Heinz G. Konsalik

Im Tal der bittersüßen Träume

Roman

Herausgegeben und
mit einem Nachwort versehen
von Dagmar Konsalik

WILHELM HEYNE VERLAG
MÜNCHEN

MIX
Papier aus verantwortungsvollen Quellen
FSC® C014496
www.fsc.org

Verlagsgruppe Random House FSC® N001967
Das für dieses Buch verwendete
FSC®-zertifizierte Papier *Holmen Book Cream*
liefert Holmen Paper, Hallstavik, Schweden.

Vollständige Taschenbuchausgabe 12/2014

Die Originalausgabe ist 1975 im Bertelsmann Verlag erschienen

Umschlaggestaltung: Eisele Grafik-Design, München
unter Verwendung eines Fotos von © Hurricane1984/GettyImages
Satz: Buch-Werkstatt GmbH, Bad Aibling
ISBN: 978-3-453-41825-7

www.konsalik.de
www.heyne.de

Die Trockenheit war überall. In dem zerrissenen, staubenden morschen Boden, in den kahlen Felsen, den braungrauen, versengten Bäumen und Sträuchern, dem glutenden, erbarmungslosen, strahlend blauen Himmel, in den Hütten, die zu Bratöfen wurden, und in den verzweifelten Herzen.

Es hatte seit sieben Monaten nicht mehr geregnet.

In der kleinen erbärmlichen Steinkirche von Santa Magdalena knieten die Menschen und beteten – Gerippe nur noch, in schlotternden Kleidern, Totenschädel unter pergamentener Haut, aus denen groß die Augen glänzten. Gebete wie Staubwolken, tonlos, aus ledernen Gaumen: »Maria, schick uns Regen! Jesus Christus, lass eine Wolke über Santa Magdalena ziehen! Gott im Himmel, lass uns nicht von deiner Sonne verbrennen ...«

Pater Felix Moscia stand hinter dem Altar und überlegte, was er noch sagen sollte. Die Sonne schob sich jeden Morgen mit ungeminderter Glut über die Berge, und wenn sie versank, konnte er nur vor dem Bild des Erlösers knien und fragen: »Herr, ist das Dein Wille? Warum? Warum hast Du solches Elend über diese Menschen geschickt, gerade über diese Menschen? Leiden sie nicht schon genug? Sind sie nicht arm und rechtlos, krank und ausgebeutet, armseliger als ein streunendes Tier und duldsamer als ein blinder Esel? Herr im Himmel, warum diese Strafe für Menschen, die nur einen Besitz noch haben: den Glauben an Dich?«

Aber es kam keine Antwort ... die Sonne stieg, die Sonne versank, und der Himmel blieb unendlich blau und glühend.

Es gab ein paar Brunnen, natürlich. Aber was sind sechs Brunnen, die achthundertfünfundsiebzig Menschen zu versorgen haben, siebenhunderteinunddreißig Kühe, eine Hammelherde und unzählige Hühner? Ein Brunnen gehörte zur Kirche, aus drei Brunnen trank das Dorf Santa Magdalena, mit einem Brunnen musste das Hospital »Henri Dunant« auskommen, aber der größte Brunnen, ein tiefer Schacht, der aus dem Bauch der Erde herrliches, klares Wasser sprudeln ließ, gehörte Jack Paddy.

»Ich habe viel von der Welt gesehen, aber Santa Magdalena muss die irdische Niederlassung des Teufels sein!« Dies sagte der Bischof von Chihuahua, als er Altar, Kirche und die Gemeinde weihte und Pater Felix mit ehrlicher Bewunderung die Hand drückte. »Und Sie meinen, Pater, dass Sie daraus eine Gemeinde Gottes machen können?«

»Wo Menschen die Hände falten können, ist nichts verloren«, hatte Pater Felix Moscia geantwortet. »Aber mit dem Händefalten allein ist's nicht getan – ich werde den Menschen beibringen, dass sie Menschen sind.«

Der Bischof verstand das damals nicht richtig. Er begriff es erst, als Jack Paddy bei ihm in der Residenz Chihuahua auftauchte, einen Beutel mit Geld auf den Tisch setzte und sagte: »Exzellenz, Sie kennen mich noch nicht. Das ist auch weiter nicht nötig. Ich stifte Ihnen dreißigtausend Pesos.«

»Danke, Mr. Paddy«, hatte der Bischof gesagt. »Gott segne Sie.«

»Mit den dreißigtausend Pesos verbinde ich die Bitte, dass Sie Ihren komischen Pater Felix aus Santa Magdalena abberufen.«

Der Bischof hatte sich diesen Mr. Paddy genau betrachtet und fand ihn widerlich. Groß, breitschulterig, muskelbepackt, mit kalten graublauen Augen, stand Jack Paddy vor dem Schreibtisch, den kantigen Schädel etwas vorgestreckt, und wartete auf Antwort.

»Mr. Paddy«, hatte der Bischof dann gesagt, »ich verkaufe

Ihnen keinen meiner Priester. Auch nicht für eine Million Pesos.«

»Ich will den Narren nicht kaufen, er soll gehen!«, hatte Paddy geschrien. »Wissen Sie überhaupt, was für ein Priester das ist? Mit der einen Hand segnet er, mit der anderen verteilt er Flugblätter mit sozialistischen Schlagworten. Die vervielfältigt er selber! Ist das Ihre moderne Kirche, Exzellenz? Die Schäfchen zum Altar holen und dort umfunktionieren zu wilden Hunden? Was soll der Blödsinn mit Ausbeuterei, Mitbestimmung, Tariflohn! Ich beschäftige auf meiner Pflanzung vierhundertsechzig Indios. Sie leben gut im Vergleich zu dem, was sie leisten, sie waren zufrieden mit ihrem Leben, bis dieser Flegel Pater Felix auftauchte! Aber man kennt das ja aus der Geschichte: Wo sich die Kirche niederlässt, werden Revolutionen geboren. Fünfzigtausend Pesos, Exzellenz, und Sie stecken Ihren Pater ins Kloster zurück!«

»Das geht nicht, Mr. Paddy«, hatte der Bischof ruhig geantwortet. »Pater Felix ist eingesetzt vom ›Orden der Dornenkrone Christi‹ Ich bin ein sogenannter weltlicher Priester, habe ein gütiges Auge auf sein Wirken, aber keine Befehlsgewalt.«

»Und wo sitzen diese Jünger von der Dornenkrone?« brüllte Paddy.

»Ihr General wohnt in Rom.«

»Damit wir uns richtig verstehen …« Paddy hatte den Sack mit den dreißigtausend Pesos wieder an sich genommen: »Santa Magdalena ist *mein* Dorf! Wenn Pater Felix seine Dornenkrone durchaus haben will – er kann sie bei mir bekommen!«

Nach diesem Besuch, vor zwei Jahren, hatte sich der Bischof diskret erkundigt, was jener Pater eigentlich so trieb. Und dabei erfuhr er etwas, was ihn entsetzte, was er aber nicht verwerten konnte, weil es ihm ein Indio unter dem Siegel des Beichtgeheimnisses gesagt hatte: Die Pflanzung des Amerikaners Jack Paddy bestand nur für gelegentliche Besucher aus künstlich bewässerten Baumwollfeldern und einigen Kaffeeplantagen. Dort aber, wo kein anderer hinkam als die bei Paddy unter Vertrag stehenden Indios, in den Seitentälern und auf den einsamen Hochebenen, erstreckten sich Felder mit Paddys ungeheurem Reichtum: Hanf. Hanf für die Herstellung von Marihuana. Und wo es ganz einsam wurde und so glühend, dass selbst die Indios wie auf einer Pfanne schmorten, wuchsen kleine runde Kakteen, halbkugeligen Rettichen gleich, krautlos, hässlich: Peyotl. Der Rausch-Kaktus, das Gewächs der Hölle, aus dem man das Mescal destilliert, ein Rauschgift, das wilde Halluzinationen hervorruft.

»Herr im Himmel«, hatte der Bischof damals gesagt. »Hier muss etwas getan werden. Wir haben die Hölle direkt vor der Nase – und keiner kümmert sich darum!«

Kam daher die Trockenheit? Ließ Gott es deshalb sieben Monate nicht regnen? Wollte er die Privathölle des Jack Paddy austrocknen?

Auch Pater Felix wagte nicht, darauf eine Antwort zu geben.

Er verteilte an die Indios so viel von seinem Wasser, wie es der Brunnen zuließ. Aber es wurde immer weniger. Aus dem Boden sickerte es nur noch langsam nach; die Glut der unbarmherzigen Sonne schien die Erde zu spalten und bis in die Tiefe zu dringen.

Jack Paddy hatte seinen Kampf gegen Pater Felix damit begonnen, dass er jedem Indio, der die Kirche nicht mehr betrat, pro Stunde einen Zuschlag von zwanzig Centavos anbot. Das war erbärmlich, aber für einen Indio, der auf Paddys Hanf- und Peyotl-Feldern schuftete, war es, auf eine Woche zusammengezählt, ein Vermögen.

Die Kirche leerte sich wirklich. An den Sonntagen predigte Pater Felix vor fast leeren Bänken. Nur die ganz Alten, die Invaliden, die Mütterchen, die nicht mehr von Paddy abhängig waren, hockten herum, und auch sie hatten Ponchos über die Köpfe gezogen, damit man sie nicht erkannte. Denn an der Kirchentür stand Antonio Tenabo.

Tenabo war eine Kreatur, ein treffenderes Wort gibt es nicht. Ein dicker, breiter, hirnloser, muskulöser, von keinen Skrupeln belasteter Knecht seines Herrn. Grinsend, mit wulstigen Lippen, stand er vor der Kirche und gab jedem, der herauskam, einen Tritt in den Hintern. Die alten Leute fielen in den Staub, erhoben sich stumm und trotteten zu ihren ärmlichen Häusern aus groben Felssteinen. Pater Felix konnte nichts dagegen tun. Ein Zweikampf mit dem gewaltigen Tenabo wäre sinnlos gewesen.

Die Kirche aber war nicht die einzige Sorge Jack Paddys. Es gab noch eine andere Institution, zwar außerhalb Santa Magdalenas, aber doch zur Gemeinde gehörend, die ihn jedes Mal, wenn er daran vorbeiritt, wütend aufbrausen ließ: ein Hospital.

Dass jemand hier, in der schäbigsten und dreckigsten Ecke Mexikos, ein Krankenhaus baute, war schon unvernünftig genug. Paddy hatte zuerst nicht begriffen, was die Leute, die da auf staatlichem Boden ausschachteten und Mauern hochzogen, eigentlich wollten und woher denn die Patienten kommen sollten. Aber dann, als das Hospital fertig war, kamen von allen Seiten so viel Indios aus den Bergen und aus den wüsten Hochebenen, dass Paddy mit dem großen Fluchen begann.

Er wartete ab. Was taten die Schwarmgeister da drüben im Hospital? Wurden sie ihm gefährlich? Versorgten sie die Regierung mit Berichten über die Hanffelder und die Peyotl-Plantagen? Wie verhielten sich die Indios, die nicht von ihm abhängig waren, weil sie nicht bei ihm arbeiteten?

Nichts geschah, bis zu dem Augenblick, da die mexikanische Mannschaft das Hospital verließ und ein neues Schild über die Einfahrt montiert wurde: »Hospital Henri Dunant«.

Zwei Tage später traf der neue Arzt ein. Dr. Richard Högli,

ein Schweizer aus St. Gallen. Er machte vier Tage später seinen Antrittsbesuch bei Mr. Paddy, so wie es sich für einen guten Nachbarn gehörte. Aber da wusste Paddy bereits von seiner Kreatur Tenabo, dass Dr. Högli ein paar Tage zuvor mit einem Jeep in die Berge gefahren war und einige Peyotl-Felder besichtigt hatte.

»Sie leben wie im Paradies«, sagte Dr. Högli, nachdem er einen eisgekühlten Fruchtcocktail getrunken hatte. Das war nicht übertrieben. Paddys Haus lag in einem üppigen Park, in dem das Wasser durch künstliche Bachläufe plätscherte, gespeist von einem Tiefbrunnen, der unermüdlich Wasser hergab. Und wo Wasser ist, verschenkt die Natur all ihren Zauber an Blüten und Duft. An diesem luxuriösen, herrschaftlichen Besitz störte nur die hohe Mauer, und die um die Mauer verteilten Wachttürme störten noch mehr. Es war eine paradiesische Festung, eine kleine, abgeschlossene Welt voll Saft und Kraft inmitten einer sandigen, felsigen, glutenden Einöde.

»Sie leben auch nicht schlecht, Doktor«, sagte Paddy und musterte den Arzt nachdenklich. Ein anderer Typ als Pater Felix, dachte er. Der Priester ist ein hagerer Asket – das sind die gefährlichsten Aufwiegler. Dr. Högli ist jung, mit jungenhaftem Charme, hat einen sportlichen Körper und treue Augen. Ein Arzt, der bei seinem Leisten bleiben und nicht wie der Priester mit dem Sozialismus kokettieren wird. Tenabo ist ein Rindvieh!

»Gestern wurde ich beschossen.« Dr. Högli winkte ab, als Paddy ihm eine Kiste mit Zigarren hinschob. »Oben in den Bergen. Ich ritt an einem Kaktusfeld vorbei, da pfiff es mir um die Ohren …«

»Indios!« Paddy lächelte milde. »Sie jagen dort und können doch nicht schießen. Es ist immer das Gleiche.«

»Sie wurden auch schon beschossen?«, fragte Dr. Högli.

Paddy hob die dicken Augenbrauen. »Nein! Vielleicht jagten da gerade keine Indios.«

»Ihr Glück!« Dr. Högli stand auf, der Antrittsbesuch war beendet. Man hatte sich berochen und man mochte sich nicht, das war jetzt klargeworden. »Kennen Sie 3,4,5-Trimethoxyphenyl-*ß*-aminoäthan?«

»Nein!«, sagte Paddy steif.

»Es ist der chemische Name für Meskalin. Es wächst vor Ihrer Haustür. Sie sollten so einen kleinen Kaktus nie zu Gemüse verarbeiten ...«

Von diesem Augenblick an wusste Jack Paddy, dass Dr. Högli der zweite große Gegner geworden war.

Man sah sich nun nicht mehr. Die Indios ließen sich im »Hospital Henri Dunant« behandeln, die Frauen brachten dort ihre Kinder zur Welt, die armseligen Behausungen wurden dank Dr. Höglis Aufklärungsarbeit sauberer, es gab sogar eine Badetage im Hospital, einmal wurden die Männer, ein anderes Mal die Frauen in großen Holzbütten gewaschen.

»Padre Riccardo« – so nannten die Indios bald Dr. Högli. Vater Riccardo.

»Es ist zum Kotzen!«, sagte Jack Paddy, als ihm ein bestochener Indio verriet, dass am Sonntag zwar die Kirche leer war, dass nun aber die Gläubigen nach Einbruch der Dunkelheit ins Gotteshaus schlichen, wann immer sie wollten. Pater Felix war zur Stelle, taufte und schloss Ehen, tröstete die Verzweifelten und predigte über Gerechtigkeit und Menschenwürde. »Der eine salbadert, der andere macht's mit Spritzen und Tabletten«, sagte Jack Paddy. »Der eine wäscht die Seele rein, der andere steckt sie einfach in Bottiche. Und beide sind Narren! Man sollte sie in Ruhe lassen; ein Esel, den man nicht prügelt, schlägt nicht zurück.«

Nun aber hatte es sieben Monate lang nicht geregnet. Santa Magdalena verdorrte. Das Vieh starb dahin, die Menschen schrumpften zusammen ... Nur die Rausch-Kakteen wuchsen auf den heimlichen Bergfeldern. Paddy rechnete sich aus, was er verdienen würde. Es war weniger als erhofft, denn der Hanf stand schlecht. Die automatischen Sprühanlagen blieben ohne Wasser, weil sich die Indios unter die Strahlen stellten und es in ausgehöhlten Kürbissen oder Ledersäcken auffingen.

Wasser! Wasser!

Eine Woche lang hieben Antonio Tenabo und seine Aufseher mit Lederpeitschen auf die Indios ein – es nützte nichts. Wo Wasser auftauchte, wurde es gestürmt. Man war sogar bereit, sich dafür zum Krüppel schlagen zu lassen. Nur trinken, Herr im Himmel, einmal richtig trinken, die geschwollene Zunge im Wasser baden, den sandigen Rachen ausspülen … Trinken!

»Abstellen!«, hatte Paddy befohlen. »Alle Sprühanlagen abstellen! Die Löhne werden um die Hälfte gekürzt.«

Dann ließ er das große Tor in der hohen Mauer schließen, besetzte die Wachttürme mit Scharfschützen und wartete ab. Sein großer tiefer Brunnen versiegte nie. In seinem Garten drehten sich die Rasensprenger, plätscherten die künstlichen Bäche, blühten Sträucher und Blumen in geradezu satanischer Pracht.

»Es gibt Wasser«, sagte Jack Paddy, als eine Abordnung der Indios von Santa Magdalena bei ihm erschien und beim Anblick des im Garten wegfließenden Wassers fast in die Knie sank. »Zehn Liter für jedes schöne Mädchen, das ihr mir bringt. Sie nimmt es am nächsten Morgen mit, wenn ich sie wieder gehen lasse!«

Die Abordnung der Indios verschwand lautlos hinter dem zuklappenden Tor. Ihre Töchter! Ihre stolzen Töchter für zehn Liter Wasser!

Man ließ sich ausbeuten, man arbeitete für den Americano bis zum Umfallen, man nahm seine Pesos, man duldete alles, sogar die Peitschenhiebe Tenabos, man kroch vor ihm im Staub, denn er war hier der Herr, und keiner war über ihm. Wer von den Behörden kümmerte sich denn um die Indios von Santa Magdalena, wo blieb der Gouverneur von Chihuahua, was tat der Polizeichef Mendoza Femola in Nonoava? Nein, niemand kümmerte sich um sie – und so hatten sie gelernt, auch die schlimmsten Demütigungen zu ertragen.

Aber die Töchter hergeben für zehn Liter Wasser? Hermanos, Amigos, dann lasst uns verdorren, wie unsere Bäume, unser Vieh, unser Land!

Sieben Monate Sonne …

»Die Lage spitzt sich gefährlich zu«, sagte Pater Felix. »Wir müssen etwas unternehmen, sonst entgleiten uns diese Menschen.«

Pater Felix war mit seinem alten, klapperigen Jeep, den er sich von Spenden aus einer Aktion »Priesterhilfe in Mexiko« hatte kaufen dürfen, zum »Hospital Henri Dunant« gefahren. Nun saß er in dem von drei Ventilatoren kaum gekühlten Sprechzimmer Dr. Höglis und trank heißen Tee, das beste Mittel gegen die grauenhafte Hitze. Eine Klimaanlage gab es im Hospital nicht, dazu hatten die Mittel der Schweizer Stiftung nicht gereicht. Man war froh, dass der ärztliche Versorgungsdienst aufrechterhalten werden konnte, dass es einen halbwegs funktionsfähigen OP-Saal gab, saubere Betten mit weißer Bettwäsche und eine gut gefüllte Apotheke. Das war gar nicht so selbstverständlich, denn der Weg nach Santa Magdalena ist weit … Ob man von Mexico City herüberkommt, von El Paso an der amerikanischen Grenze oder sogar aus der nähergelegenen Hauptstadt Chihuahua – immer verschwinden auf diesem Weg Kartons und Kisten, Säcke und Konserven, und keiner weiß, wo sie geblieben sind. Man muss sich in Mexiko an das Wunder gewöhnen, dass Dinge sich plötzlich in Nichts auflösen.

Dr. Högli blickte hinaus auf den staubigen Vorplatz des Hospitals. Dort wartete wieder, unter notdürftigen Sonnendächern aus Balken und Blättergeflechten, eine lange Reihe Indios; geduldig hockten sie auf der Erde, in ihre Ponchos eingewickelt trotz der glühenden Hitze, die runden schwarzen oder dunkelgrünen Hüte ins Gesicht gezogen. Menschen, für die es keine Zeit mehr zu geben schien.

In der Ambulanz, wie man den großen Raum nannte, in dem fünf Kranke gleichzeitig behandelt wurden, ihre Spritzen, ihre Tabletten, ihre Verbände bekamen, arbeitete der Krankenpfleger Juan-Christo Ximbarro, ein Mestize, der die Krankenpflegerschule in Chihuahua besucht hatte und mehrere indianische Dialekte sprach. Ohne ihn wäre Dr. Högli im ersten Jahr seiner Tätigkeit völlig hilflos gewesen. Als man ihm die ärmlichen Baracken übergab, waren die mexikanischen Ärzte schon weggefahren, keiner war da, der ihn in seine Arbeit hätte einweisen können, alles sah wie nach einer Flucht aus. Flucht vor dieser Einsamkeit, vor diesem schrecklichen Land, vielleicht auch eine Flucht vor Jack Paddy?

Juan-Christo war ein junger Mann von siebenundzwanzig Jahren mit dem schönen Gesicht der Mischlinge, lackschwarzen Haaren und einer Haut, die in der Sonne wie Bronze glänzte. Er war der Einzige, der einen Zusammenstoß mit Antonio Tenabo riskiert hatte, obwohl er nur mittelgroß war. Aber er kannte einige indianische Tricks, war klug und scharfäugig, schnell wie ein Wiesel, und warf Tenabo, der ihn mit der Faust schlagen wollte, mit einem blitzschnellen Schwung so hart auf den steinigen, aufstaubenden Boden, dass Tenabo Mühe hatte, aufzustehen, zu seinem Pferd zu wanken und fortzureiten.

Von diesem Tag an war Juan-Christo so etwas wie der Boss der Indios. Paddy erkannte es sofort. »Er ist ein unfallgefährdeter Idiot!« sagte er zu Tenabo. »Es wird sich machen lassen, dass er irgendwann verunglückt.«

»Etwas fällt mir auf«, sagte Dr. Högli. »Die Indios haben sich verändert.«

»Ich weiß, was es ist«, sagte Pater Felix. »Sie haben es mir gebeichtet. Verdammt ja, es ist ein Beichtgeheimnis – aber Arzt und Priester sollten zusammenhalten.« Er holte aus der Tasche seiner langen weißen Soutane ein paar dünne Scheibchen getrockneter Kakteen hervor und warf sie vor Dr. Högli auf den Tisch. »Eine neue Teufelei von Paddy. Er lässt an alle Arbeiter, die noch für ihn schuften, jeden Tag fünf dieser Scheiben verteilen. Die Indios kauen sie, und plötzlich ist die Welt für sie ein Paradies, sie schwelgen im Glück, haben keinen Durst mehr, baden sich in riesigen Seen. Die Luft ist voll Duft, als strömten Millionen Blüten ihre Süße aus; auf den Feldern wachsen schillernde Edelsteine an gläsernen Sträuchern, aus der Sonne tropft das Licht wie Honig …«

»Peyotl«, sagte Dr. Högli dumpf.

»Ja. Aus dem chlorophyllhaltigen Mittelstück der Kaktee werden Scheiben geschnitten, getrocknet und dann verteilt. Das macht man seit Jahrhunderten. Man nennt sie Mescal buttons. Paddys teuflischer Plan ist, seine Indios dadurch von ihm abhängig zu machen. Früher kauten sie die Mescal buttons aus Vergnügen, um einen billigen Rausch zu haben, denn Alkohol ist teuer. Paddy aber teilt ihnen so große Mengen zu, dass sie wie in einem Wahn leben, von Halluzinationen erfüllt werden, den Durst nicht mehr spüren, bis zum Umfallen arbeiten und sich mit Begeisterung und umnebeltem Gehirn kaputt machen.«

»Wir müssen die Indios über die Folgen aufklären, Pater«, sagte Dr. Högli und sprang auf. Pater Felix hielt ihn an seinem Arztkittel fest.

»Worte sind jetzt völlig unnütz. Ich habe alles Nötige schon von der Kanzel gesagt – es war umsonst. Wenn das Wort von der Kanzel nichts mehr ausrichtet, was wollen Sie dann noch mit Ihren Erklärungen? Paddy nimmt den Indios den Durst – ohne Wasser! Dass sie zu Wracks werden, kümmert sie nicht. Sie leben für den heutigen Tag, nicht für die Zukunft wie wir. Und heute sind sie satt und ohne Durst.«

»Ich werde ihnen etwas demonstrieren.« Dr. Högli trat an das Fenster. Die Schlange der wartenden Indios war kleiner geworden. Juan-Christo in der Ambulanz war ein fleißiger Arbeiter. »Ich werde durchs Dorf gehen und mir einen herausholen, der schon ein Meskalin-Wrack ist. Und den führe ich ihnen vor.«

»Und?« Pater Felix lächelte mühsam. »Sie kennen ihn doch, Doktor. Er lebt doch mitten unter ihnen. Diese Menschen haben sich in einen Fatalismus geflüchtet, der schon einem Scheintod gleicht. Wir müssen an die Basis.«

»Paddy?«

»Ja!«

»Wie denn? Er lässt uns hinausprügeln – wenn er uns überhaupt empfängt.«

»Sie sollten der Regierung melden, dass auf Paddys Bergfeldern Rauschgifte angebaut werden.«

»Mein lieber Pater Felix«, sagte Dr. Högli. Sein jungenhaftes Gesicht schien plötzlich gealtert. »Ich habe vier Berichte an den Polizeikommandanten von Nonoava, der zuständig ist, geschickt. Señor Mendoza Femola hat nicht einmal geantwortet.«

»Die Regierung in Chihuahua?«

»Zwei Schreiben.« Dr. Högli zeigte auf die Briefordner im Regal. »Dort können Sie die Antwort lesen, wenn Sie sich die Mühe machen wollen, die Briefe herauszusuchen! Weitergegeben an den zuständigen Polizeikommandanten von Nonoava. Er hat jetzt sechs Berichte da, dieser Femola. Anscheinend stopft er damit sein Kopfkissen.«

»Dann helfen wir uns selbst, Doktor. Gott hat gesagt: Tue kein Leid, aber verhindere jedes Leid! – Über die Waffen, mit denen man Leid verhindern kann, steht allerdings nichts in der Bibel!«

»Wollen Sie Paddy erschlagen, Pater? Das wäre der einzige Weg.«

»Warum verstehen die Menschen unter Revolution immer nur Blut und Tod?«

»Nennen Sie mir eine Revolution, die unblutig war! Sogar die Reformation hat Millionen Tote gekostet – und es hört nicht auf!«

»Ich will nur, dass sich die Indios auf ihre Menschenwürde besinnen!« rief Pater Felix. »Helfen Sie mir dabei?«

»Gern. Aber vergessen Sie nicht: Ich bin Arzt! Ich rette Leben, ich opfere keine!«

»Wie sieht es mit Ihren Wasservorräten aus?«

»Mies! Der Hospitalbrunnen sickert so dahin. Tageweise ist nur noch der Boden bedeckt. Es reicht kaum für die Stationären.«

»Und Paddy lässt seine Blumen besprengen und hält seine künstlichen Bäche in Betrieb!«

»Ich weiß. Gestern hat er demonstrativ seinen Springbrunnen angestellt. Der Strahl zischte bis über die Mauer. Die Indios standen draußen, starrten das in der Sonne sprühende Wasser an, und dann schlichen sie sich davon.«

»Sie schlichen davon! Das ist es!« schrie Pater Felix. »Warum hat keiner das Haus gestürmt?«

»Auf den Wachttürmen stehen Paddys Männer mit Maschinenpistolen. Was haben die Indios? Ihre Hände, ein paar Knüppel, Beile, Jagdgewehre …«

»Fahren Sie mit mir zu Mendoza Femola!«

»Den Weg können wir uns sparen. Wissen Sie, ob er nicht von Paddy bezahlt wird?«

»Er ist getaufter Christ. Ich werde als Priester mit ihm reden und ihm notfalls ein paar Ohrfeigen geben.«

»Auch diese individuelle Spielart des apostolischen Segens wird ihn nicht vergessen lassen, wie viel Pesos er von Paddy erhält. Aber gut.« Dr. Högli griff nach seinem geflochtenen, bunt bemalten Sombrero. Er zog den Arztkittel aus und schnallte sich seine Pistole um. Pater Felix blickte ihn erstaunt an.

»Ihre neue Injektionsspritze?«

»Ich bin ein paar Mal beschossen worden. Aus dem Hinterhalt. Und ich pflege auf Fragen immer eine Antwort zu geben.«

»Sie sind mir ein Rätsel, Doktor.« Pater Felix hielt die Tür auf. Von draußen drang die Hitze wie eine schwere Wolke herein. »Sie sehen sanft wie ein Lamm aus, leben asketisch nur für Ihre Kranken, halten es hier im Vorhof der Hölle freiwillig aus – und nun lassen Sie sich auch noch beschießen und wollen zurückballern. Wie alt sind Sie?«

»Zweiunddreißig, Pater.«

»Wie ich. Scheint ein guter Jahrgang zu sein.«

In der Ambulanz arbeitete Juan-Christo wie am Fließband. Ein angelernter Indio stand ihm mit Handreichungen zur Seite.

»Ich muss nach Nonoava«, sagte Dr. Högli. »Schaffst du es allein?«

»Heute schon, Padre Riccardo.« Juan-Christos Gesicht glänzte vor Schweiß. »Sie müssen eben länger warten.«

Dr. Högli und Pater Felix gingen, vorbei an den herumhockenden Indios, zu ihren Jeeps. Jeder fuhr mit seinem Wagen, falls einer auf den höckrigen Straßen ausfallen sollte.

Die Indios hoben die Köpfe nicht, die steifen Hüte waren ihnen in die Stirn gerutscht. Nur ein paar Alte grüßten. Högli blieb stehen und griff einem der Indios unters Kinn. Glänzende, weltferne, glückliche Augen starrten ihn an – zwei Lichter in einem ausgemergelten, verfallenden Körper.

Meskalin. Der Rausch des Paradieses …

»Fahren wir, Pater Felix!« sagte Dr. Högli heiser. »Vielleicht helfe ich Ihnen, Mendoza Femola zu ohrfeigen!«

Jack Paddy kam vom Swimmingpool zurück und fühlte sich wunderbar erfrischt. Er machte einen kleinen Dauerlauf durch den blühenden, duftenden Park, übersprang dreimal einen seiner künstlichen Bäche und kam sich jung und voll ungenutzter Kraft vor. Seine knappe Badehose mit dem Hawaii-Muster verdeckte kaum seine Blöße, der muskelbepackte Körper glänzte in der Sonne, als die Wassertropfen von ihm abperlten und verdunsteten.

Heute war ein schöner Tag. Das erste hübsche Indiomädchen war über Nacht bei ihm geblieben und hatte am Morgen das Haus wieder verlassen – mit zehn Litern Wasser. Damit es sich herumsprach, hatte Paddy das Wasser sogar mit Orangensaft versetzen lassen – das musste für die Indios ein Getränk aus einer anderen Welt sein. Sieben Monate ohne Wasser, sieben Monate nur glühende Sonne und Staub, seit einem Monat das höllische Paradies der Mescal buttons – da sind zehn Liter orangengewürztes Wasser für ein paar Stunden Stillhalten in den Armen Paddys geradezu ein königliches Geschenk.

Auf der Terrasse unter den kühlenden Bögen, in denen sich große Ventilatoren drehten, war der Kaffeetisch gedeckt. Matri, das Hausmädchen, machte einen Knicks, als Paddy herangelaufen kam, die Arme angewinkelt, als wolle er, wie auf einem Sportfest, demonstrieren, wie man schulmäßig einen Dauerlauf macht. Dann ließ er sich lachend in einen der breiten Korbsessel fallen, streckte die Beine von sich und knotete sich ein Frottierhandtuch um die kantigen Schläfen. Matri schielte zu dem »Viereckschädel« hin und goss eine Tasse mit Kaffee randvoll.

Paddy schnippte mit dem Finger und winkte dem Mädchen zu. »Warum hast du eigentlich noch nicht mit mir im Bett gelegen?«, rief er mit seinem dröhnenden Bass, der, wie alles an ihm, Ausdruck einer Vitalität war, die ihre Kraft aus dem Elend der Indios sog. »Eine Schönheit wie du … Mädchen, du bist das schönste Weib zwischen El Paso und Los Moschis!«

»Sie wissen, Señor, ich bin verlobt.«

»Mit diesem Kretin Juan-Christo? Dem Pissflaschenschwenker vom ›Henri Dunant‹?« Paddy lachte schallend und biss in ein knackfrisches Brötchen. »Matri, wir sollten es uns überlegen!«

»Nie, Señor.«

»Wie lange bist du bei mir?«

»Neun Jahre, Señor.«

»Neun Jahre?« Paddy schnitt ein dickes Stück Schinken ab, schob es in den Mund und betrachtete Matri wie eine Stute, die zum Verkauf steht. »Ich erinnere mich. Du warst das dreckige, magere Balg, das man mir eines Tages ins Haus brachte. Sie haben dich oben in den Bergen gefunden, ein aus dem Nest gefallenes Vögelchen.«

Matri schälte eine dicke Orange und brach sie in Stücke, die sie Paddy auf einem Teller hinschob. »Das stimmt nicht ganz, Señor«, sagte sie. »Ihre Leute haben meine Sippe überfallen und verjagt. Meine Mutter ließ mich fallen, sie musste mich damals tragen, weil ich mir den Fuß an einem Kakteenstachel verletzt hatte, und als sie mich holen wollte, hat man sie mit Peitschen weggetrieben. Ich habe sie nie wiedergesehen.«

»Und dein Vater?«

»Er war schon ein Jahr tot. Ein Stier hat ihn zu Tode getrampelt.«

Paddy aß ein paar Orangenscheiben und tätschelte seinen nackten Bauch. »Was wärst du heute ohne mich?«, sagte er.

»Matri Habete. Vom Stamme der Tarahumara-Indianer. Ich habe erst einen Menschen aus dir gemacht! Und was für einen Menschen! Wie alt bist du jetzt?«

»Ich müsste einundzwanzig sein, Señor.«

»Eine Schande! Läuft eine einundzwanzigjährige Schönheit Tag und Nacht bei mir herum – und war noch nicht in meinem Bett! Ist das Dankbarkeit, Mädchen?« Paddy trank den starken heißen Kaffee mit kleinen Schlucken, begann zu schwitzen und tupfte den Schweiß mit einem Zipfel des um den Kopf geknoteten Handtuchs ab. Plötzlich wurde er ernst, sein joviales Lachen verschwand aus seinem eckigen Gesicht, die Augen bekamen jene Härte, die alle fürchteten, die mit Paddy in nähere Berührung kamen. »Und wenn ich dir's befehle?«, sagte er laut.

»Sie können mir alles befehlen, nur das nicht, Señor!«

Matri goss neuen Kaffee ein. Ihre Hand zitterte nicht. Paddy achtete genau darauf. Ein Indianer-Luder, dachte er. Wie sie sich in der Gewalt hat, diese schwarze Katze!

»Wer will mich daran hindern?«, rief er und griff nach ihrem Arm. Sie war schneller, sprang zurück, ihr schlanker, schöner Körper spannte sich unter dem dünnen Kattunkleid. Eine Wildkatze, die sich zum Sprung anschickt. »Komm her!« sagte Paddy gedämpft.

»Nein, Señor.«

»Verdammt! Nein? Nein in meinem Haus? Ich lasse dich auspeitschen!«

»Sie können mich totschlagen, Señor, aber Ihre Hure werde ich nicht.«

Paddy blieb sitzen. Entgegen seiner Art schrie er nicht nach Antonio Tenabo, der alles ausführte, was in das Fach des Henkers fiel. Seine gute Laune verflog nicht. Er aß weiter, schnitt Schinken ab und rieb die nackten Fußsohlen aneinander. Matri blieb in sicherer Entfernung stehen.

»Ich habe mir immer genommen, was ich wollte, Matri«, sagte Paddy kauend. »Bekam ich es nicht durch überzeugende Worte, habe ich dafür bezahlt. Nutzte auch das Geld nichts, so gab es immer noch Mittel genug, meinen Wunsch durchzusetzen. Nur eines habe ich nie getan: eine Frau mit Gewalt genommen! Warum auch? Sie kommen allein. Zurzeit ist ihr Preis zehn Liter Wasser. In New York kostete mich eine Gräfin, uralter Adel, hunderttausend Dollar. Verstehst du, was ich meine, schönes Luder?«

»Sie können mich nie kaufen, Señor«, sagte Matri ruhig.

»Aber es gibt diesen Juan-Christo.« Paddy wählte nach einigem Zögern einen Toast und frischen Schafskäse.

»Was – was wollen Sie von Juan-Christo?«, fragte Matri leise.

»Er hetzt die Leute auf. Was dieser Himmelskomiker Pater Felix in seiner Kirche predigt, das setzt dieser Juan beim Pillengeben fort.«

»Er hilft den Leuten!«, sagte Matri. »Er tröstet sie, er macht ihnen Mut!«

»Sehr schön!« Paddy blickte zu Matri hinüber und biss in den Käsetoast. »Jetzt hör mir mal zu. Ich bin heute Morgen bester Stimmung, und ich will sie mir nicht verderben lassen. Obwohl mir zum ersten Mal klar wird, wen ich da all die Jahre über als meine persönliche Bedienung im Haus habe! Darüber sprechen wir noch. Aber diesen Juan-Christo lege ich noch heute in die Pfanne und werde ihn mir braten. Los, hau ab! Schick Tenabo zu mir! Und noch eins«, er rief es Matri nach, die davonrannte, »wenn du das Haus verlässt, lasse ich dich suchen! Es macht mir nichts aus, ganz Santa Magdalena einzureißen, um dich zu finden!«

Paddys gute Morgenlaune wurde doch noch gestört. Ein Boy erschien auf der Terrasse und brachte den Telefonapparat. »Ein Gespräch aus Nonoava, Señor Paddy. Dringend!«

Polizeichef Mendoza Femola rief an.

Vor der Tür der Polizeipräfektur in Nonoava hielten Dr. Högli und Pater Felix mit ihren staubüberzogenen Jeeps. Femola beobachtete sie aus seinem Zimmer und stotterte hilflos ins Telefon: »Señor Paddy, was soll ich tun? Der Doktor und der Pfaffe!«

Er putzte sich die Nase, wedelte sich Luft zu und sank auf seinen Stuhl zurück.

Es war jetzt knapp vor elf. Eine unpassende Zeit, Mendoza Femola zu besuchen, denn ab elf Uhr war er betrunken, und das bedeutete: Das Polizeibüro war geschlossen bis zum Sonnenuntergang.

Polizeichef Mendoza Femola ließ seine Besucher zunächst eine halbe Stunde lang im stickigen Vorzimmer warten. Dort saß ein pockennarbiger Polizist, polkte in der Nase, rauchte schwarze Zigarillos und beantwortete alle Telefongespräche mit der lapidaren Empfehlung: »Versuchen Sie es in einer Stunde noch einmal. Wir sind im Augenblick überlastet.«

»Ein Saustall!«, sagte Dr. Högli erschüttert. »Das also ist die Exekutive dieses Distrikts?«

»Die Verwaltung in den Städten und Kleinstädten ist auch in Mexiko vorzüglich.« Pater Felix beobachtete den Pockennarbigen, der immer wieder zu ihm hinschielte und sich anscheinend nicht wohl fühlte. Immerhin ist ein Priester für die strenggläubigen Katholiken Mexikos ein Stellvertreter Gottes auf Erden, und ihn einfach warten zu lassen wie einen Eseltreiber, das war von Mehdoza Femola schon eine große, mutige, aber unverständliche Tat. »Je weiter Sie aber in die Einsamkeit kommen«, fuhr Pater Felix fort, »in die reinen Indiogebiete, in die Bezirke der großen Hacienderos und Großgrundbesitzer, die, trotz Bodenreform, noch ihre Macht behalten haben, je weiter Sie also ins Elend kommen, umso elender wird auch die Staatsmacht. Da ist der Peso in der Hand wichtiger als der Paragraph in einem Gesetzbuch.«

Pater Felix griff in seine Soutane und holte eine Trillerpfeife hervor. Dr. Högli starrte sie entgeistert an. »Was wollen Sie denn damit, Pater?«

»Dass Femola uns warten lässt, das ist der uralte Trick aller Beamten auf der ganzen Welt: Wer wartet, schrumpft! Passen Sie mal auf, wie gut ein bisschen Aufsässigkeit tut.«

Er setzte die Pfeife an den Mund und blies. Ein unerträglich lautes Trillern zerriss die heiße Stille. Der Pockennarbige grinste und hielt die Hände an seine Ohren.

Die Tür sprang auf und krachte gegen die Wand. Mendoza Femola stand im Rahmen und schwankte leicht. Sein schwammiges Gesicht war gerötet, die schmuddelige Uniform über seinem dicken Bauch hatte sich verschoben. Der dritte Knopf von oben fehlte, die Jacke klaffte auseinander, das grauweiße Unterhemd wurde sichtbar.

»Wer ist das?«, brüllte Femola. »Festnehmen! Abführen!«

Pater Felix setzte die Trillerpfeife ab. Sein hageres Gesicht drückte tiefste Zufriedenheit aus. Er stand auf, auch Dr. Högli erhob sich.

»Gott segne dich, mein Sohn!«, sagte der Pater. Dabei hob er die rechte Hand. Femola konnte nicht anders, als den Kopf senken und »Gelobt sei Jesus Christus!« flüstern. Pater Felix sah Dr. Högli triumphierend an.

Der trat zwei Schritte vor, musterte Femola eindringlich und nickte dann mehrmals. »Ich bin Dr. Högli vom »Hospital Henri Dunant«. Habe ich es mir doch gedacht, Señor Femola: Sie haben eine portale Cirrhosis hepatitis.«

Mendoza Femola seufzte tief, machte die Tür frei, zeigte in seinen Raum und ließ die Herren eintreten.

Die Unterredung war kurz, und es zeigte sich, dass Dr. Högli offenbar mit seiner Vermutung recht gehabt hatte, Mendoza Femola stopfe mit unliebsamen Briefen seine Kissen.

»Eingraben?«, rief Femola theatralisch und hakte die Daumen in den Gürtel. »Anzeigen? An mich – und über die Regierung in Chihuahua auf dem Dienstweg hierher? Señores, das ist mir völlig unbekannt! Bei mir ist nichts dergleichen angekommen! Bei der Mutter Maria.«

»Femola, lästern Sie nicht die Gottesmutter!«, sagte Pater Felix scharf.

»Bei allen Heiligen, Pater, ich kann es auf mich nehmen: Ich kenne keine Anzeigen! Rauschgift in den Bergen? Hanffarmen und Peyotl? Bei Señor Paddy? Unerhört! Ich werde in den nächsten Tagen einen Überraschungsbesuch machen! Wir alle wissen, Señores, dass Rauschgift ... nein, so etwas! Ich nehme ein Protokoll auf.«

Femola holte ein Blatt Papier und eine alte Schreibmaschine und ließ sich von Dr. Högli und Pater Felix die erforderlichen Angaben diktieren. Trotz seiner Trunkenheit konnte Femola fließend Maschine schreiben. Er ratterte das Protokoll herunter, wie es keine Stenotypistin besser gekonnt hätte.

Was sie nicht sahen, war, was Femola wirklich schrieb. Als Dr. Högli diktierte: »Als ich an einem Peyotlfeld vorbeiging, wurde ich aus den Felsen heraus beschossen ...«, schrieb Femola flott und mit ernster Miene: sjckeosg shezwps shwpools, aww westkstel. AAAAfshejsons kezs wpsüsshj …

Er hackte willkürlich und sinnlos auf den Tasten herum.

»Gut so«, sagte er, als die Aussagen beendet waren. »Das genügt. Das wird seine Wirkung auch beim Gouverneur in Chihuahua nicht verfehlen. Ich danke Ihnen, Señores, für diese ungeheuer wichtige Information.« Er faltete das ›Protokoll‹ zusammen und schob es in eine Schublade.

»Müssen wir die Aussagen nicht unterschreiben?« fragte Dr. Högli.

»Wir sind hier nicht in der Schweiz, Doktor«, sagte Femola und verbeugte sich. »Ich zeichne es; die Unterschrift eines mexikanischen Beamten ist Dokument genug. Wir sind nicht so misstrauisch wie die Europäer.«

»Ich habe ein ungutes Gefühl bei der ganzen Sache«, meinte Dr. Högli, als sie wieder zu ihren Jeeps gingen. Vom Fenster, hinter einer schmutzigen Gardine, blickte ihnen Mendoza Femola nach.

»Was wird er jetzt tun?«

»Paddy anrufen. Das ist sicher.«

»Und das Protokoll?«

»Bleibt in der Schublade.« Pater Felix schwang sich auf den glühheißen Sitz. Ein Rudel Straßenjungen, das die Jeeps umlagert hatte, war auseinandergestoben, als es den Priester hatte kommen sehen. »Aber dass er Paddy anruft, ist ein voller Erfolg! Paddy wird den Fehdehandschuh aufnehmen. Dazu kenne ich ihn viel zu gut.« Er ließ den Motor an. »Sie fahren wieder direkt zurück nach Santa Magdalena?«

»Ja. Sie nicht, Pater?«

»Ich will noch meinen Amtsbruder hier in der Kirche besuchen.« Pater Felix gab Dr. Högli die Hand. »Seien Sie vorsichtig, Doktor. Es kann sein, dass Paddy schon unseren Rückweg als Kampfplatz benutzt.«

»Ich passe schon auf mich auf, Pater.«

Dr. Högli wartete, bis der Priester um die Straßenecke verschwunden war, dann stieg auch er ein und fuhr zurück in die glühende Einsamkeit.

Kurz vor Santa Magdalena, wo aus der Straße ein Geröllweg wird, sah er schon von Weitem etwas Dunkles am Straßenrand stehen.

Er holte seine Pistole aus dem Futteral und hielt sie schussbereit in der Rechten, während er weiterfuhr.

Näher kommend, erkannte er, dass es ein großer amerikanischer Reisewagen war, eines jener unerhört langen und luxuriösen Autos, in denen man fährt, als sitze man in einem Clubsessel. Das automatische Dach war halb geöffnet, die Fenster waren heruntergekurbelt.

Eine Gestalt hatte sich in den Motorraum gebeugt und schien dort herumzuwerken.

Billige Falle, dachte Dr. Högli. So etwas hat man schon hundertmal im Kino gesehen. Er bremste scharf und sprang sofort aus seinem Jeep. Eine dichte Staubwolke, die sich im Nu bildete, nebelte ihn ein. Er riss die Pistole vor und rannte durch den Staubnebel, bereit, sofort zu schießen.

Dann aber ließ er die Waffe sinken und blickte verlegen seinen Gegner an. Es war eine Frau, wie sie Dr. Högli noch nicht gesehen hatte. Um die langen schwarzen Locken schlang sich ein buntes Chiffontuch, ihre schlanke Gestalt umhüllte ein rotgelb gestreifter Hosenanzug, unter dem die Bluse so weit aufgeknöpft war, dass man die Hälfte ihrer vollen Brust in zwei Schalen aus feinster weißer Spitze sehen konnte. Das schmale Gesicht mit den nachgezogenen Brauen und dem rot geschminkten Mund erinnerte Dr. Högli sofort an ein Gemälde von Velázquez, an eine jener stolzen, unnahbaren, unbegreiflich schönen Damen der altspanischen Aristokratie.

»Ich glaube, ich habe kein Benzin mehr«, sagte die Frau. Ihre Stimme passte zu ihrer Erscheinung: dunkel, melodisch wie Celloklang. »Ich glaube nicht, Señor, dass Sie den Wagen mit einer Pistole flottmachen können.«

Sein Verblüffung war so groß, dass er erst nach ein paar Sekunden begriff, wie dumm er aussehen musste, mit der schussbereiten Pistole in der Hand, den Lauf auf die schöne Unbekannte gerichtet, den Finger am Abzug. Er lächelte verlegen, steckte die Pistole wieder in das Futteral und deutete eine Verbeugung an. Das machte in dieser Lage und dieser trostlosen Umgebung einen kläglichen Eindruck, aber tapfer sagte er: »Dr. Högli. Ich bin Arzt, Señora.«

»Señorita.« Sie erwiderte sein Lächeln und zeigte wieder auf den riesigen Wagen. »Dieses Monstrum braucht keine Diagnose. Es hat kein Benzin mehr. Es verschlingt unheimliche Mengen. Natürlich ist weit und breit keine Tankstelle, nicht wahr!«

»Hier? Wenn Sie weiterfahren, vergessen Sie, dass Sie sich noch auf unserer Erde befinden. Eine Tankstelle? Nein, Señorita …«

»Evita Lagarto.« Sie klopfte sich den Staub von dem auffälligen Hosenanzug, band das Chiffontuch ab, schüttelte ihre langen schwarzen Haare aus und war sich bewusst, wie schön sie war und wie sie auf Männer wirkte. »Kann man bei Ihnen Benzin zapfen, Doktor?«

»Natürlich. Ich habe drei Ersatzkanister bei mir.«

»Sie sind auf Patientenbesuch?«

»So kann man es auch nennen.« Dr. Högli dachte an Mendoza Femola und dessen schon an der Färbung des Gesichts erkennbare Säuferleber. »Im Allgemeinen kommen die Patienten zu mir.«

»Sie haben hier, in dieser Einsamkeit, eine Praxis?«

»Ein ganzes Krankenhaus sogar. Oben in den Bergen leben viele Indios, vergessene Menschen – wenn sich keiner um sie kümmern würde.« Dr. Högli ging zu seinem Jeep, schnallte zwei Benzinkanister los und kehrte zu dem riesigen Amerikaner zurück. Evita Lagarto hatte den Tankverschluss aufgeschraubt und spielte mit ihm wie ein kleines Mädchen mit einem Ball, sie warf ihn in die Luft und fing ihn wieder auf.

»Wie weit komme ich damit?« fragte sie, als Högli den Inhalt des ersten Kanisters einfüllte.

»Bis zum Hospital bestimmt.« Er stützte den gekippten Kanister auf sein angehobenes Knie und blickte Evita erstaunt an. »Sie wollen diese Straße weiterfahren? Ich dachte, Sie hätten sich verfahren. Wo wollen Sie denn hin?«

»Zu Señor Paddy«, sagte sie. Dr. Högli setzte den Kanister ab. »Die Richtung stimmt doch?«

»Es gibt nur diese eine Straße nach Santa Magdalena. Das Hospital und Mr. Paddys Hazienda liegen sich gegenüber. Dazwischen ist das Dorf. Kennen Sie Jack Paddy?«

»Nein.«

»Und warum besuchen Sie ihn?«

Evita Lagarto lehnte sich an den Wagen und drehte den Tankverschluss zwischen den schönen schmalen Händen. Die langen, lackierten Nägel glänzten, als habe sie ihre Fingerspitzen in Blut getaucht.

»Ich könnte jetzt antworten, Doktor: Was geht das Sie an? Aber Sie haben einen Ton in Ihrer Stimme gehabt, der mich neugierig macht. Ist es so außergewöhnlich, dass man Señor Paddy besucht?«

»Ich glaube nicht. Er wird oft Besuch bekommen, er ist ja ein sehr erfolgreicher Geschäftsmann …«

»Wieder dieser Zwischenton, Doktor.« – »Werden Sie länger in Santa Magdalena bleiben?«

»Nein. Mein Vater hat einen Auftrag für Señor Paddy. Ich bin so eine Art Bote. Natürlich gibt es Telefon und Fernschreiber, aber mir macht's Spaß herumzufahren. Es ist die einzige Tätigkeit, die mir erlaubt wird – neben Partys, Tennis, Reiten und Flirten.« Sie lachte dieses dunkle, faszinierende Lachen, das ihn ins Herz traf. »Wir haben den größten Südfrucht-Export und -Import in New Mexico. Waren Sie schon einmal in El Paso?«

»Nur auf der Durchreise.« Dr. Högli füllte weiter ab. Südfrüchte, dachte er, schöne Früchte werden das sein! Natürlich ist die Peyotl-Kaktee eine Südfrucht, alles kann man Südfrüchte nennen, auch den Hanf und das Haschisch. Und diese Frau, die wie ein Engel aussieht, reist herum, in der Tasche die Aufträge für Kreaturen wie Paddy, und ist mitschuldig am Verfall von Tausenden von Menschen.

Ob sie das überhaupt weiß?

Er schielte zu Evita hinüber. Sie hatte das Autoradio angestellt. Tanzmusik eines amerikanischen Senders, hämmernde Rhythmen aus Saxophonen und Klarinetten. Sie wippte im Takt auf den Zehenspitzen, ihre vollen Brüste unter der offenen Bluse hüpften.

Dr. Högli warf den leeren Kanister zur Seite, schraubte den zweiten auf und konzentrierte sich ganz auf das Gluckern des Benzins.

»Paddy hat keine Südfruchtfarm«, sagte er unvermittelt.

»Nein?« Die Frage klang ehrlich erstaunt. Von einem Augenblick zum anderen wurde er unsicher. Sie hat wirklich keine Ahnung, dachte er und spürte, wie ihn das erleichterte. Man benutzt sie als unwissenden Boten, weil sie eben so gern in der Welt herumfährt. Sie erteilt Aufträge für die Hölle und bleibt doch ein Engel.

Blödsinn, diese Gedanken! Romantisierendes Gestammel. Hölle, Engel – die Hitze brennt einem das Hirn weg! Sieben Monate kein Wasser, keinen Schatten, nur diese leuchtende Glut vom Himmel. Da muss man ja blödsinnig werden.

»Paddy baut Baumwolle und Kaffee an«, sagte er. »Und anderes.«

»Mit Baumwolle haben wir gar nichts zu tun«, sagte Evita erstaunt. »Gibt es hier noch einen anderen Paddy in der Gegend?«

»Um Himmels willen, nein! Der eine genügt!«

Der Kanister war leer. Dr. Högli ließ ihn auf die harte, zerrissene Erde poltern. Mit dem Unterarm wischte er sich den Schweiß von der Stirn.

»Jetzt wird Ihre Riesenkiste wieder schnurren!« sagte er.

»Fahren Sie hinter mir her, ich zeige Ihnen den Weg, bis Sie abbiegen müssen zu Paddy.«

»Sie halten nicht viel von Señor Paddy?«, fragte Evita. Sie machte keine Anstalten, die Motorhaube zu schließen und in den Wagen zu steigen. »Was ist er für ein Mann?«

»Was hat Ihnen Ihr Vater über ihn erzählt?«

»Nichts. Ich soll ihm ein dickes Kuvert übergeben und, wenn ich Lust habe, weiterfahren bis Acapulco. Drei herrliche Wochen am Ozean. Acapulco ist märchenhaft schön. Kennen Sie es?«

»Nein. Ich habe einen Ozean kranker Menschen um mich.«

Sie sah ihn wortlos an, so wie man ein ganz seltenes Gemälde betrachtet, warf den Tankverschluss wieder in die hitzeflimmernde Luft, fing ihn auf und schraubte ihn auf den Stutzen. »Ist Paddy ein Ekel, Doktor?«

»Sie werden ihn ja kennenlernen.«

»Wird er mich belästigen?«

»Wäre er der erste Mann, der das versucht?«

»Nein!« Sie lachte wieder und schob die dünne Jacke des Hosenanzuges zur Seite. Über der Hüfte, an den Gürtel geschnallt, hing ein kleiner Revolver in einem offenen Halfter. »Ich habe schon einmal einem zu feurigen Liebhaber in den Fuß geschossen.« Sie sagte es geradezu fröhlich, es gab einen neuen Farbtupfer auf dem Bild, das Dr. Högli sich von dieser Evita Lagarto gemacht hatte. Sie war zwar eine Luxuspuppe, aber die Abenteuerlust und der zähe Mut ihrer spanischen Vorfahren, der Konquistadoren, lebten in ihr noch weiter.

»Fahren wir?«, fragte er. Die Gegenwart dieser Frau begann ihn zu verwirren. Er empfand plötzlich den Wunsch, sie möge jetzt sagen: Kann ich bei Ihnen wohnen, im Hospital? Und dann sollte sie bleiben, tagelang, wochenlang, bis sie sagen würde: Ich habe mich an Santa Magdalena gewöhnt, kann ich für immer bleiben?

Dr. Högli wandte sich ab. Diese verfluchte Sonne! Die Gedanken schlagen Blasen wie ein zerplatzender Hefeteig im überhitzten Ofen. Er kletterte in seinen Jeep, ließ sich auf den heißen Sitz fallen und drehte den Zündschlüssel.

Evita blieb verblüfft stehen, bückte sich dann, hob die leeren Kanister auf, warf sie in ihren Kofferraum und schloss knallend die Motorhaube. Ein merkwürdiger Knabe, dieser Dr. Högli. Die meisten Männer benahmen sich in ihrer Gegenwart anders. Sie wurden zu balzenden Hähnen und merkten nicht einmal, wie lächerlich sie wirkten mit ihrer Geziertheit, den hochgeschraubten Reden, der vorgetäuschten Gescheitheit und dem Bemühen um eine besonders sonore Stimme. Nur dieser Dr. Högli – dem Namen nach müsste er Schweizer sein – benahm sich, als habe er nicht einer ungewöhnlich schönen Frau Benzin, sondern einer verirrten Alpkuh eine Handvoll Gras gegeben.

»Sind Sie Schweizer?«, rief sie, als Dr. Högli langsam an ihr vorbeifuhr.

»Ja. Aus St. Gallen!«, rief er zurück. »Warum?«

»Ich dachte mir's!«

Er zuckte die Schultern; es war eine Antwort, mit der er nichts anfangen konnte. Evita stieg in ihren Riesenwagen.

Sie fuhren drei Stunden lang in einer einzigen, heißen Staubwolke, bis sie in den weiten Talkessel kamen, in dem Santa Magdalena lag. Von der Hochebene senkte sich die »kriminellste Straße der Welt«, wie Pater Felix sie nannte, in dieses Tal, das nun vor ihnen lag wie eine riesige Pfanne, in der Mensch und Vieh gebraten wurden.

Evita Lagarto hielt an und stieg aus. Dr. Högli legte den Rückwärtsgang ein und fuhr zu ihr.

»Das ist ja eine Hölle«, sagte sie leise. Eine dicke Staubschicht bedeckte sie; sie war die ganze Zeit mit offenen Fenstern und zurückgeklapptem Dach gefahren.

»Geologen meinen, das sei ein großer vulkanischer Trichter, etwa wie der Ngorongoro-Krater in Tansania. Sehen Sie sich die Bergformationen an! Das waren einmal Vulkane.«

»Ich sehe mir Santa Magdalena an.« Evita zeigte ins Tal. »Das da hinten, die weißen lang gestreckten Gebäude …«

»Das ist mein »Hospital Henri Dunant«.«

»Und Paddys Haus?«

»Ist von hier aus nicht zu sehen. Mir gegenüber ist ein Einschnitt, ein zweites, lang gestrecktes Tal …«

»Ich sehe den Eingang.«

»In diesem Tal liegt seine Hazienda. Ein Märchenbesitz. 1001 Nacht in Mexiko. Paddy hat einen Tiefbrunnen gebohrt und holt das Wasser mit einem Pumpwerk herauf. Da strotzt alles vor Blüte und Saft.«

»Und das Dorf hat nichts davon?«

»Señorita, fangen Sie jetzt bloß nicht an, sozial zu denken«, sagte Dr. Högli mit Bitterkeit. »Nein. Das Dorf und rund neunhundert Indios haben nichts davon. Und es hat seit sieben Monaten nicht mehr geregnet.«

»Sieben Monate?« Sie starrte ihn entsetzt an. »Wovon leben sie denn?«

»Von sich selbst. Sie werden es nicht glauben, Señorita. Sie kommen in eine andere Welt. Es ist unheimlich und unbegreiflich, was ein Mensch alles aushalten kann.«

»Das ganze Dorf hat kein Wasser?«

»Es hat zu viel zum Sterben, nennen wir es so. Hier stirbt man langsam, jeden Tag ein bisschen mehr. Man hat ja so viel Zeit.«

»Und wenn es regnen würde?«

»Dann erkennen Sie Santa Magdalena nicht mehr wieder. Als ich hierherkam, war das Leben nicht besser oder schlechter als in tausend Indiodörfern der Berg- und Wüstenregionen Mexikos. Armut ist hier ja nicht erwähnenswert, man kennt nichts anderes seit Jahrhunderten. Wissen Sie, was Armut ist, Señorita?«

»Sie etwa, Dr. Högli?« fauchte sie zurück. »Kann ich dafür, dass ich einen reichen Vater habe? Gut, Sie leben da unten, weil Sie Arzt sind. Es ist Ihre Aufgabe, Idealist und Humanist zu sein. Der Eid des Hippokrates. Ihre Wohltäterrolle ist freiwillig. Der neue Messias vom Roten Kreuz! Aber wo kommen Sie her?«

»Mein Vater war ein kleiner Beamter der Schweizerischen Bundesbahn. Er saß vierzig Jahre lang in einem Stellwerkhäuschen, machte die Schranken auf und zu, kontrollierte seine Schienenstrecke und putzte die Signallampen. Wir waren sieben Kinder und aßen mit Vorliebe Kartoffeln und Weichkäse.«

»Und trotzdem konnten Sie Arzt werden?«

»Ich habe mir mein Studium mit Nachhilfestunden verdient.« Dr. Högli ließ den Motor im Leerlauf aufheulen. »Können wir weiter, Señorita?«

»Ja!« Sie warf den Kopf in den Nacken und strich die verstaubten Haare aus dem Gesicht. »Wenn ich den Brief meines Vaters nicht abzugeben hätte, würde ich mit einem Freudengeheul umkehren.«

»Etwas anderes habe ich auch nicht erwartet, Señorita.«

Sie sah ihm nach, wie er mit seinem Jeep über die Geröllstraße hüpfte und vom Staub eingenebelt wurde. »Idiot!«, rief sie, hieb mit der Faust gegen das heiße Blech des Kotflügels und stieg ein. »Hochnäsiger Idiot! Er ist auch noch stolz auf seine Armut!«

Im Tal, an der Weggabelung, wo die Straße ins Seitental zu Paddy abzweigte, hielt Dr. Högli an. Scharf hinter ihm stoppte Evita.

Högli winkte nach links.

»Da weiter! Sie können sich nicht verfahren. Die Straße endet im Paradies.«

Evita schob den Kopf durch das offene Wagenfenster.

»Nun fahren Sie schon, Doktor!«, schrie sie.

»Ich muss geradeaus!«

»Von mir aus …«

Er hob die Schultern, gab Gas und ratterte davon. Aber schon nach wenigen Metern merkte er, dass Evita nicht zu

Paddy abgebogen war, sondern ihm folgte. Das machte ihn plötzlich ungemein fröhlich, obgleich er sich im selben Augenblick den größten Idioten Mexikos nannte.

Über einen Trampelpfad kam Paddys Oberaufseher Antonio Tenabo geritten. Er trabte durch das aufklappende Tor, sprang vor dem Herrenhaus aus dem Sattel seines Mulis und schob den Sombrero in den Nacken. Paddy hielt eine Konferenz mit den Kolonnenführern ab. Gerade hatte er erfahren, dass sich heute fast fünfzig Prozent der Indios krank gemeldet hatten und am Hospital herumlungerten. Die Mescal buttons, diese Peyotl-Scheibchen, die die Welt verzauberten, hatten die Indios zwar gekaut, aber nach einer Stunde Arbeit, spätestens nach drei Stunden, warfen sie die Geräte fort und wandelten wie Mondsüchtige zurück nach Santa Magdalena. Schläge und Peitschenhiebe nahmen sie gelassen hin. Die Drohung, keinen Centavo mehr zu bekommen, erreichte sie nicht mehr. Mit Geld konnte man kein Wasser kaufen, keine Gesundheit, kein längeres Leben. Nicht hier in Santa Magdalena. Nur zwei Menschen gab es noch, die wichtig waren: Padre Riccardo, ihr Arzt, und Pater Felix, der Betreuer ihrer Seele.

Nun kam Tenabo zurück, und so, wie er aussah, musste er schlechte Nachrichten bringen. Paddy beugte sich über die Veranda.

»Hast du die Hosen voll?«, brüllte er. Sein eckiger Kopf glühte. Tenabo blickte zu ihm empor. Viereckschädel, dachte er. Die Indios haben immer die treffendsten Namen. Wie kann ein menschliches Gesicht nur so kantig sein!

»Es war unmöglich! Als ich den Doktor im Visier hatte, war er nicht allein. Nein, nicht der Pfaffe, eine Señorita war bei ihm. Mit einem großen amerikanischen Wagen.«

»Eine was?« Paddy starrte seine Kreatur Tenabo ungläubig an. »Eine Frau? Eine weiße Frau? Hier? Mit einem amerikanischen Wagen? Wo ist sie?«

»Sie ist mit dem Doktor gefahren.«

»Högli hat Damenbesuch?« Paddys raues Lachen klang gefährlich. Eine der wenigen günstigen Gelegenheiten war vertan worden. Dr. Högli im Bereich seines Hospitals zu liquidieren war nahezu unmöglich. »Fahr meinen Wagen heraus!«, schrie er. »Das muss ich mir ansehen: ein Weib, das unangemeldet nach Santa Magdalena kommt!«

An der Weggabelung wären Pater Felix und Paddy beinahe zusammengestoßen, obgleich sie sich schon von Weitem gesehen hatten und Platz genug vorhanden war. Aber da keiner nachgeben wollte, bremsten sie mitten auf der Kreuzung erst im letzten Moment, als die Wagen sich fast berührten.

»Sie kommen von links, Mr. Paddy«, rief Pater Felix fröhlich und hob drohend den Finger. »Rechts hat Vorfahrt!«

»Der Gesinnung nach steuern Sie hart links!«, brüllte Paddy und sprang aus seinem Wagen. Tenabo hinter ihm verhielt sich still und blieb sitzen. Paddy ging zu dem alten Jeep, aus dem Pater Felix herauskletterte und den Staub von seiner Soutane klopfte. »Jetzt sind wir endlich einmal allein, Priesterlein!«

»Sie können mich jederzeit im Pfarrhaus sprechen, Paddy, wenn Ihnen nach Aussprache oder Beichte zumute ist.«

»Reden Sie keinen Blödsinn, Pfaffe!« Paddy stand breitbeinig vor Pater Felix, ein Klotz von Mann, so groß wie der Priester, aber fast doppelt so breit in den Schultern. »Sie haben versucht, Mendoza Femola wild zu machen!«

»Ich wusste, dass er sofort bei Ihnen anruft. Natürlich wird er nichts unternehmen. Und wenn er kommt, wird er bei Ihnen Schnaps trinken, und Sie legen ihm ein Weib ins Bett. Mehr braucht er nicht.«

»Und trotzdem versuchen Sie und Dr. Högli es immer wieder. Sie sind nicht nur Dickköpfe, sondern auch Hohlköpfe.«

»Ich habe mich in den vergangenen Monaten hundertmal gefragt, warum Gott diesen Ärmsten der Armen hier solch eine feurige Strafe schickt.« Pater Felix blickte hinauf in den glühenden Himmel. Es sah nicht danach aus, als könne sich in den nächsten Tagen oder Wochen etwas ändern. Es war, als sei der Himmel aufgebrochen und alle Energie des Weltraums habe sich in der Sonne konzentriert. Ein Jahr ohne Regen, dachte Pater Felix – können wir das überleben? Warum ziehen wir nicht einfach weg, in eine Gegend, wo Wasser ist? Neunhundert Indios, Männer, Frauen, Kinder und Greise, die muss man doch in ein besseres Land führen können. Warum sollte sich im kleinen Maßstab nicht das wiederholen, was Moses getan hat?

Paddys raue Stimme unterbrach seinen Gedankengang. »Hat Gott geantwortet?«, fragte er anzüglich.

»Ja. Ich glaube es jetzt zu wissen. Keine Staatsmacht schützt die Indios von Santa Magdalena – warum, das wissen wir ja. Sie waren unangreifbar, Paddy. Sie haben Ihre Verbindungen zu allen maßgebenden Leuten, auch über die Grenzen hinweg.«

»Sehr treffend beobachtet, Priesterlein.« Paddy räusperte sich. »Was soll da noch Ihr Gott?«

»Gott vernichtet Sie da, wo Sie allein sterblich sind: mit dieser Sonne.« Pater Felix zeigte mit ausgestrecktem Arm in den Himmel. »Er lässt nicht regnen. Er lässt alles verdorren, und er wird so lange kein Wasser schicken, bis die Indios in ihrer letzten Verzweiflung den Mut aufbringen, Sie wegzujagen und Ihren Brunnen zu besetzen.«

»Das glauben Sie?« Paddy starrte Pater Felix böse an. »Natürlich müssen Sie das glauben, und solchen Blödsinn predigen Sie auch in der Kirche. Hinter dem Plakat ›Mit uns Gott!‹ tragen Sie die Revolution. Aber Sie irren sich, Felix Moscia. Ich habe Maschinenpistolen, und sollten die Indios diese Waffen durchbrechen, werden sie einen Brunnen finden, in dem eine Giftlauge schwimmt oder der in die Luft fliegt, wenn sie alle aus ihm saufen. Ich kapituliere nie, und wenn doch – dann nur, wenn auch um mich herum alles zugrunde geht!«

»So etwas habe ich schon mal aus Deutschland gehört …«

»Sie sollten sich nicht um Politik kümmern, Pfäfflein, und vor allem keine Revolutionen inszenieren!« Paddy steckte die Hände in die Hosentaschen. »So etwas Dämliches, auf der Straße zu diskutieren. Wer gibt den Weg frei?«

»Sie, Mr. Paddy.«

»Wenns Ihnen Spaß macht, bitte! Ich wusste gar nicht, dass es so billig ist, Ihnen einen Gefallen zu tun.«

Sie stiegen beide in ihre Wagen. Paddy wartete, bis Pater Felix einen Meter zurückgestoßen hatte und dann in die Straße nach Santa Magdalena einbog. Antonio Tenabo sah seinen Chef missbilligend an. Er wertete das als eine Niederlage.

»Fahr ihm nach«, sagte Paddy, gab Tenabo einen Stoß, rutschte auf den Beifahrersitz und wartete, bis Tenabo um den Wagen herumgelaufen war und hinter dem Lenkrad Platz genommen hatte. »Mach einen Umweg an der Kirche vorbei! Ich will sehen, wie viel Arbeitsscheue und angeblich Kranke da herumlungern.«

Er irrte sich. Der Vorplatz der Kirche war leer. Nur Pater Felix war schon da und wuchtete gerade eine Kiste mit Weinflaschen aus seinem alten Jeep. An der Mauer des Pfarrgartens hockten ein paar greise Indios im Schatten eines überhängenden Baumes und dösten vor sich hin. Sonst war das Dorf wie ausgestorben, nicht einmal die zahlreichen halb verwilderten, struppigen Hunde liefen herum. Alles verkroch sich in die Häuser, in die heißen Schatten, wo es sich immer noch besser aushalten ließ als in der prallen Glut.

»Weiter«, knurrte Paddy. »Wir werden sie alle beim Hospital treffen.«

Evita Lagarto hatte – nach allem, was sie beim Durchfahren des Dorfes gesehen hatte – nicht erwartet, dass das Hospital so sauber, so gepflegt, so durch und durch ›europäisch‹ sein würde. Juan-Christo verteilte draußen unter den auf Behandlung wartenden, im Schatten der Schutzdächer hockenden Indios Wasser aus einer Blechkanne, für jeden Patienten einen Viertelliter. Die stationären Kranken bekamen ohnehin ihren Mate-Tee; sie waren die Einzigen, die nicht unter Durst zu leiden brauchten.

»So ist das hier«, sagte Dr. Högli, nachdem sie in seinem Zimmer auf einem Rohrsofa Platz genommen hatten. Ein Boy, ein kleiner Mestize, der nach einer Blinddarmoperation bei Dr. Högli geblieben war, weil er keine Angehörigen besaß und im Dorf vegetiert hatte wie ein wilder Hund, servierte Fruchtsaft aus Dosen, made in California, USA. »Es mehren sich in den letzten Tagen die Selbstverstümmelungen. Sie hacken sich einen kleinen Finger oder eine Zehe ab oder reißen sich den Oberschenkelmuskel auf, nur damit sie als stationärer Patient ins Hospital aufgenommen werden. Man sieht sofort, dass es keine Unfälle sind …«

Evita starrte durchs Fenster auf die hockenden Indios, die ihren Viertelliter Wasser schlürften, jeden Schluck im Mund behielten, durch den Gaumen rollen ließen, dann erst hinunterschluckten. »Und was machen Sie?«

»Ich verbinde sie und schicke sie wieder nach Hause.«

»Ist das nicht grausam?«

»Auch mein Brunnen beginnt zu versiegen. Bei Paddy aber sprudelt das Wasser aus den Rohren und speist die Blumenbeete, jeden Tag viele Hundert Liter. Er hat seinen Swimmingpool randvoll und plätschert darin herum. Und draußen vor der Mauer stehen die Verdurstenden und hören sich das an.«

»Der Mann muss ein Satan sein.« Sie wandte sich ab, blickte Dr. Högli kurz an und wusste, was er fragen wollte. »Was hat mein Vater mit ihm zu tun? Das liegt Ihnen doch auf der Zunge, Doktor. Meine Antwort: Ich weiß es nicht. Ich bin nur ein Bote, und das auch nur, weil ich gern herumreise.«

»Paddy baut die Grundsubstanzen für Rauschgift an.« Dr.

Högli sagte es ohne besondere Betonung. Aber Evitas schwarze Augen wurden groß und starr. »Hanf und Peyotl.«

»Mein Vater handelt mit Südfrüchten!«, sagte Evita laut.

»Möglich, dass Paddy seine Erzeugnisse in Südfruchtkisten verschickt. Das ist ein harmloser Weg.«

»Trauen Sie meinem Vater solch eine Schurkerei zu, Doktor?«

»Ich kenne Ihren Vater nicht, Señorita.«

»Genügt es nicht, dass er *mein* Vater ist?«

»O Himmel!« Dr. Högli hob abwehrend beide Hände. »Springen Sie mich nicht gleich an wie eine Wildkatze! So eine Frage musste kommen, sie ist sehr weiblich. Über die Vererbbarkeit von Charakter ist der medizinische Streit bis heute nicht beigelegt. Millionengeschäfte haben meistens wenig mit Charakter zu tun.«

»So denken die Armen.«

»Es ist Erfahrung der sehend gewordenen Dummen, Señorita. Wenn Sie wieder zu Hause sind, sollten Sie Ihren Vater einmal fragen, welche Südfrüchte er aus Santa Magdalena bezieht. Was hier wächst, haben Sie ja selbst gesehen.«

»Ich werde ihn fragen, Doktor.« Sie warf den Kopf in den Nacken, mit jener nur den Spanierinnen eigenen Wildheit und Würde. »Kann ich jetzt etwas daran ändern?«

»Der Brief?«

»Ich unterschlage nichts.«

»Er kann tausendfaches Elend verursachen.«

»Das werde ich sehen, wenn ich ihn Señor Paddy überbracht habe. Er soll ihn mir vorlesen, noch besser zeigen.«

»Einen Teufel wird er tun.« Dr. Högli stand auf und reichte Evita die Hand, damit sie sich hochziehen konnte. Als sie sich berührten, zum ersten Mal, fuhr es durch beide wie ein elektrischer Schlag. Ihre Finger verkrampften sich ineinander und lösten sich erst, als Dr. Högli sich zu einem Lächeln zwang. »Ich möchte Ihnen das Hospital zeigen«, sagte er mit belegter Stimme. »Wenn es Sie interessiert …«

»Aber ja, Doktor!« Auch ihre Stimme war unsicher. – »Lauter dreckige Indios, Señorita.«

»Warum hauen Sie mir immer solche Worte um die Ohren? Nur um mich zu provozieren? Jetzt freue ich mich doppelt auf die Besichtigung, auch wenn Sie noch so sehr überzeugt sind, dass ich lüge!«

Er schwieg, ging voraus, hielt die Türen offen und war glücklich, wenn sich ihre Hände, Arme, ihre Körper berührten.

Paddy traf sie in der Ambulanz.

Man hatte ihn schon vorher gehört, wie er über den Platz brüllte: »Da sitzen sie herum, die Faulenzer! Ungeziefer alles, Schmeißfliegen! Und Wasser trinken sie. Eine verlogene Bande! Arbeiten nicht, fallen um vor Durst, und schleichen sich hierher, um sich heimlich zu mästen! Antonio, stell die Namen fest. Alle holen die Stunden nach! Auf die Minute holen sie alles nach!«

»Ihr Südfruchtlieferant«, sagte Dr. Högli, als Evita erstaunt den Kopf hob. Sie saß an einem der einfachen Behandlungstische, auf dem ein Kind lag, übersät mit Geschwüren. Juan-Christo tupfte gerade den Eiter weg und schmierte Antibiotika-Salbe über die tief ins Fleisch hineinragenden Krater.

»Dieser Brüllhals?« fragte sie und stand auf. »Was fällt ihm ein, sich bei Ihnen, in Ihrem Hospital, so flegelhaft zu benehmen?«

»Fragen Sie ihn mal, Señorita!« Dr. Högli knöpfte seinen weißen Arztkittel zu, den er gerade übergestreift hatte. Er wollte Juan-Christo helfen. Draußen hockten Patienten, die schon seit sieben Stunden warteten. Ihre Geduld war rätselhaft, wie so vieles an den Indios, der Urbevölkerung dieses Landes.

Am Eingang zur Ambulanz flogen ein paar Indios zur Seite und prallten gegen die Wand. Dann erst sah man Jack Paddy, der einem Mann, der nicht schnell genug aus dem Weg ging, das Knie mit großer Gewalt in den Hintern stieß. Der Mann ächzte und taumelte zur Tür.

»Sie Schwein!«, sagte Evita laut in die plötzliche Stille. Nur das Kind auf dem Tisch jammerte leise, in einem gleichbleibend hohen Ton.

Paddy blieb mit einem Ruck stehen. Alle sahen ihn an, als erwarteten sie etwas von ihm. Wer hatte jemals gewagt, ihn ein Schwein zu nennen?

»Jack Paddy –«, sagte Dr. Högli gedehnt. »Sie befinden sich in meinem Haus. Ich habe keine Skrupel, mein Hausrecht auf die Ihnen einzig verständliche Weise durchzusetzen.«

Er griff unter seinen Arztkittel und warf die Pistole vor sich auf einen der noch nicht belegten Tische. Die Kranken wichen zurück an die Wände. Drei Indios, die mit offenen Wunden auf den Tischen lagen, ließen sich hinuntergleiten und versuchten sich zu verkriechen.

»Ihr dämliches Hausrecht soll keiner antasten!« sagte Paddy friedlicher als erwartet. Er starrte Evita an, und er mochte, wie vor ein paar Stunden Dr. Högli, denken, dass er noch nie eine schönere, faszinierendere Frau gesehen hatte. »Aber habe ich nicht als Arbeitgeber dieser Faulpelze das Recht, mich über ihren wahren Gesundheitszustand zu informieren? Vier Felder müssen abgeerntet werden, und was lässt sich draußen blicken? Ganze neunundzwanzig Mann! Was soll ich mit neunundzwanzig Mann, Doktor?«

Er kam näher, musterte Evita unverhohlen und deutete, zum Erstaunen aller, sogar eine kleine Verbeugung an.

»Eine Ärztin?«, fragte er. »Ich bin Jack Paddy. Ich freue mich, Miss … Miss …«

»Ich freu mich nicht.«

Er hob die buschigen Augenbrauen und grinste breit. »Das habe ich gehört. Waren Sie das, die mich Schwein nannte?«

»Allerdings.«

»Ich vermute, dass Sie Tierärztin sind und sich nur aushilfsweise um Menschen kümmern. Halten wir fest: Wenn ich ein Schwein bin, dann bin ich jedenfalls ein Eber. Sie kennen die Gefährlichkeit gereizter Eber?«

»Werden Sie nicht witzig, Mr. Paddy«, mischte sich Dr. Högli ein, bevor Evita etwas erwidern konnte. »Señorita Lagarto ist auf dem Weg zu Ihnen. Sie hat nur einen Umweg gemacht, um das Hospital zu besichtigen.«

»Lagarto?«, sagte Paddy gedehnt. Das Grinsen verschwand. »Miguel Lagarto?«

»Mein Vater.« Evita holte ein dickes Kuvert aus der Tasche, die sie auf einem Stuhl abgelegt hatte. »Ich habe mich dazu hinreißen lassen, Ihnen das zu überbringen.« Sie zog schnell den Arm zurück, als Paddy die Hand nach dem Brief ausstreckte. »Sie haben schon auf den Brief gewartet?«

»Ich warte immer auf solche Briefe.«

»Wegen der Südfrüchte?«

»Ich liefere jede Menge Südfrüchte«, grinste Paddy.

»Ich übergebe Ihnen den Brief nicht!« sagte Evita laut.

»Da wird der liebe Vater seiner schönen Tochter aber das Fell versohlen«, lachte Paddy. »Wissen Sie überhaupt, wie viel Dollar dieser Brief schwer ist?«

»Ich ahne es.« Mit einem Schwung warf sich Evita herum und hielt Dr. Högli den Brief hin. »Nehmen Sie ihn, Doktor.«

»Sind Sie verrückt?« fauchte Paddy. »Den Brief her!«

Er machte einen Schritt vorwärts, aber da stand plötzlich Juan-Christo zwischen Dr. Högli und ihm und hielt die Pistole hoch. Paddy bremste seinen Angriff und steckte die Hände in die Taschen seiner staubigen Hose.

»Ich werde Ihren Vater anrufen, Miss Lagarto«, sagte er dumpf.

»Mit meinem Vater werde ich selbst einiges zu klären haben.« Furchtlos ging sie auf Paddy zu, blieb ganz nahe vor ihm stehen und sah ihm in die kalten, glitzernden Augen. Welch ein Blick, durchfuhr es sie. Diese Augen können töten. »Sie haben einen neuen Gegner, Mr. Paddy«, sagte sie langsam. »Und vielleicht den bisher gefährlichsten …«

»Soll ich auf die Knie fallen, Sie kleines hysterisches Luder?« Paddy atmete tief ein. »Auf unsere Geschäftsbeziehung bin ich nicht angewiesen – Ihr Vater schon weit mehr! Man wird dem liebenswerten Daddy bald das Paradies anbrennen, wenn aus Santa Magdalena nichts mehr kommt. Aber das sind handelspolitische Auswirkungen. Etwas anderes ist Ihr persönliches Engagement, Miss Lagarto. Haben Sie sich Santa Magdalena genau angesehen? Wir wohnen alle in einem Kessel, zu dem nur eine befahrbare Straße führt: die Nabelschnur zur übrigen Welt. Und Nabelschnüre kann man durchschneiden.«

Er drehte sich herum, alles wich wieder an die Wände zurück. Ungehindert verließ er die Ambulanz. In der Tür drehte er sich aber noch einmal um und zeigte mit ausgestrecktem Arm auf Juan-Christo.

»Sie sind der Kretin, nicht wahr, mit dem sich Matri als verlobt betrachtet? Wo ist Matri? Seit dem Frühstück ist sie verschwunden. Ist sie bei Ihnen? Sie soll sofort zurückkommen!«

»Ich werde es Matri sagen, wenn ich sie sehe«, antwortete Juan-Christo ruhig. »Sie ist nicht hier.«

»Sehen Sie, Miss Lagarto … so werde ich von allen immer nur belogen!« Paddy kam einen Schritt zurück in die Ambulanz. »Ich sage das Ihnen, weil die anderen es mir nicht abnehmen: Ich habe Matri heute Morgen ein bisschen erschreckt, und anscheinend kann hier keiner einen deftigen Witz vertragen. Ich habe Matri aufgezogen, ich habe sie gefunden wie eine kleine, zum Sterben weggeworfene Katze. Sie können darüber lachen, aber Matri gegenüber fühle ich mich als Vater. Ich würde ihr nie etwas an tun, ich würde jedem den Schädel einschlagen, der ihr etwas tut. Dass sie diesen Mestizen liebt, habe ich erst heute erfahren. Verdammt, es hat mir irgendwie wehgetan. Sie ist für mich wie eine Tochter, begreifen Sie das?«

»Nein!«, sagte Evita hart.

»Dachte ich mir. Warum vergeude ich auch so viele Worte? Aber nehmen Sie zur Kenntnis, auch Sie, Dr. Högli: Matri kommt zurück – oder ich walze ganz Santa Magdalena nieder, samt Ihrem Hospital. Das ist ein Versprechen, Doktor!«

Er wandte sich ab und ging hinaus. Die Reifen heulten, als Paddy in einer Staubwolke abfuhr.

»Das war er also«, sagte Dr. Högli und nahm Juan-Christo die Pistole aus der Hand. »Ist Matri bei dir?«

»Ja, Padre Riccardo. Aber sie geht nie mehr zu Paddy zurück.« Juan-Christo zitterte plötzlich. »Sagen Sie bitte, bitte, dass sie nicht wieder zurückmuss. Sie hat Angst!«

»Jetzt wissen wir, wo er verwundbar ist.« Evita starrte noch immer auf die offene Tür, als stände dort noch Paddy. »Mein Gott, dieses Scheusal hat ja doch ein Herz! Dr. Högli, ich glaube ihm, was er von Matri sagt.«

»Blödsinn!«

»Nein! Eine Frau hat für diese Zwischentöne ein besseres Gehör als die Männer. Das war echt, ich habe es gespürt. Juan-Christo, bringen Sie mich zu Ihrer Matri. Ich will sie sehen.«

Am Abend kam Pater Felix zum Hospital. Seinen alten Jeep hörte man schon von Weitem. Er brachte einen der schwarzen runden Indiohüte mit; vier Schusslöcher hatten den Filz zerrissen.

»Die Straße ist gesperrt«, sagte er, als Dr. Högli ihn Evita Lagarto vorgestellt hatte. »Die Indios haben es mir sofort gemeldet, und ich bin mit diesem Hut an einer Stange – eine neue Version von Wilhelm Teil! – bis zur Höhe gefahren. Da war Schluss. Aus den Felsen von beiden Seiten hagelte es Schüsse. Außerdem ist meine Telefonleitung unterbrochen.«

»Ich weiß. Wir sind auch abgeschnitten, Pater.« Dr. Högli betrachtete den durchschossenen Hut. »Paddy war immer ein Perfektionist.«

»Was soll das alles?«, fragte Pater Felix ratlos.

»Er will diesen Brief haben.« Högli zeigte auf das große

dicke Kuvert. Evita hatte es in seiner Gegenwart aufgeschlitzt und den Inhalt auf den Tisch geschüttet. Fünfzigtausend Dollar in bar, in großen Banknoten, und ein Scheck auf die Nationalbank in Mexico City über zweihundertfünfzigtausend Dollar.

Pater Felix schüttelte den Kopf. »Trotzdem. Über das Bargeld wird Señorita Lagarto Rechenschaft ablegen müssen, und einen Scheck kann man sperren und einen neuen direkt an die Bank schicken. Weshalb regt er sich so auf?«

»Er ist in einer Klemme.« Dr. Högli vermied es, Evita anzusehen. Er wollte vermeiden, dass sie seine Sorge an seinen Augen ablesen konnte. »Señorita Lagarto ist zu einem potienziellen Gegner geworden. Er *muss* sie ausschalten. Wir können ihm ja nur kleine Insektenstiche beibringen; ich kann meine Kranken nicht verlassen, Sie nicht Ihre Gläubigen. Aber Señorita Evita kann draußen einen gefährlichen Wirbel veranstalten.«

»Das heißt …«, sagte Pater Felix mit plötzlich trockener Kehle.

»Ja, das heißt es!« Dr. Högli blickte auf seine Hände. »Sie werden sich auf einen längeren Aufenthalt in Santa Magdalena einrichten müssen, Señorita Lagarto. Zum Flirt nach Acapulco kommen Sie nicht mehr.«

»Sie glauben wirklich, er lässt auf mich schießen?«, sagte Evita mit einem Gleichmut, den weder Pater Felix noch Dr. Högli verstanden.

»Glauben? Wir wissen das.« Der Pater zeigte auf den Indiohut. »Ich schlage vor, Sie ziehen ins Pfarrhaus um. Dort sind Sie sicherer, Señorita Lagarto, als im Hospital.«

»Paddy wird sich einen Dreck um Ihre Kirche kümmern, Pater.« Dr. Högli schüttelte den Kopf. »Seine mexikanische Leibwache stürmt auf Befehl auch Gotteshäuser.«

»Die meisten von diesen Schießhelden kommen heimlich zu mir zur Beichte. Und außerdem … Haben Sie im Hospital zwei Maschinenpistolen?«

»Nein.«

»Na also!«

»Pater!«

»Es steht nirgendwo in der Bibel, dass man sich wehrlos abschlachten lassen soll.« Pater Felix lächelte mild. Sein asketisches, schmales Gesicht wurde erstaunlich weich. »Und soll Señorita Lagarto immer nur Kranke sehen? Bei mir hat sie Unterhaltung. Ich habe noch einen weiblichen Gast.«

»Pater, Sie sind ein ganz abgefeimter Bursche!« Dr. Högli hieb mit der flachen Hand auf den Tisch. Die Saftgläser klirrten. »Matri ist bei Ihnen!«

Pater Felix nickte fröhlich. »Wie steht es geschrieben, Doktor?« Er hob sein Glas. »Lasset die Kindlein zu mir kommen … Übrigens, der Wetterbericht im Radio: Es gibt auch weiterhin keinen Regen.«

In den nächsten Tagen verhielt sich Paddy still.

Das hieß nicht, dass er untätig war. Seine kleine Privatarmee, meistens abenteuerlich aussehende Mexikaner, die er aus allen Gegenden herangeholt hatte – viele hatten überhaupt keine Papiere –, zog den Ring um Santa Magdalena dichter. Pater Felix nannte es: »Er schnürt uns zu wie einen Tabaksbeutel. Auch alle Eselspfade und Trampelwege hat er unter Kontrolle. Sein größter Trick: An allen Wegen nach Santa Magdalena hat er große Schilder aufgestellt. Aufschrift: Achtung! Seuchengebiet! Betreten verboten. Lebensgefahr! – Ein raffinierter Bursche, was? Da kehrt jeder sofort um, ohne lange zu fragen. Die Festung ist vollkommen. Nichts schreckt mehr als die Gefahr einer tödlichen Ansteckung.«

»Ich weiß nicht, was er damit erreichen will.« Dr. Högli saß in dem kleinen Garten hinter dem Pfarrhaus in einer Art Laube. Auch dieser Garten war braun, staubig, verdorrt. Jeder Wassertropfen aus dem Kirchenbrunnen gehörte den Menschen. Vier Mestizen, die sich auch als Messdiener ablösten, gingen abends mit Wasserkannen durch das Dorf und verteilten die kostbaren Tropfen erst an Kranke, Alte und Kinder, ehe der Rest unter den Männern geteilt wurde.

Dreimal war Evita Lagarto mitgegangen; jedes Mal kam sie erschüttert von dem Elend zum Pfarrhaus zurück und war beschämt, wenn sie an das weiße Schloss der Lagartos in El Paso dachte. Immer wieder sagte sie: »Das habe ich nicht gewusst. Dass Menschen so leben können …«

»Sie haben es bisher immer verstanden, einen großen Bogen um die Armut zu machen«, sagte Dr. Högli. »Das schöne Mexiko! Palmenhaine am Meer, Blumenkorsos, Karneval der Freude, Rumbamusik, Flirt an riesigen Swimmingpools, Paraden, Pferde mit silberbeschlagenem Zaumzeug … Das ist *nicht* Mexiko, Señorita!«

»Warum muss er mich immer attackieren, Pater?« rief Evita wütend. Ihre schwarzen Augen glühten. »Bin ich schuld am Elend dieser Menschen? Oh, Sie aufgeblasener Armenarzt! Sie wollen doch nur hören, dass Sie ein Märtyrer sind!«

Am vierten Tag trabte eine kleine Reitergesellschaft durch Santa Magdalena und hielt vor der Kirche. Der Boden war so ausgetrocknet, dass die Pferdehufe Löcher in die Erde schlugen. Pater Felix blickte auf, als einer der Messdiener-Mestizen in den Garten stürzte, das Gesicht vor Angst verzerrt, am ganzen Körper zitternd.

»Er ist da!«, stammelte er. »Er hält auf dem Kirchplatz. Mit seinen besten Männern. Gott verfluche sie!«

»Doktor, gehen Sie mit Señorita Evita ins Haus, und setzen Sie sich in die Küche. Da sind Sie am sichersten. Und du in den Keller!« Pater Felix zeigte auf Matri, die abseits an einem Tisch saß und eine Melone zerteilt hatte. »Paddy will nur demonstrieren, wie mutig er ist. Das haben wir gleich.«

»Ich komme natürlich mit«, sagte Dr. Högli. Sie waren aufgesprungen und rannten ins Haus. Pater Felix zeigte auf die Küchentür.

»Da hinein, Doktor!«

»Pater!«

»Keine Widerrede! Sie sind in meinem Haus, und das ist ein Haus Gottes! Wollen Sie Gott widersprechen?«

»Das ist typisch jesuitische Logik!«

»Wir brauchen in Santa Magdalena einen Arzt, aber keinen Wirrkopf!«

Dr. Högli schob die widerstrebende Evita in die Küche. Matri kletterte über eine schmale Treppe in den kleinen Keller und zog hinter sich die Falltür zu. Högli hörte, wie sie von innen einen knirschenden Riegel vorschob. »Und Sie meinen, Ihr Priesterrock ist Panzer genug, um allein mit Paddy und seinen Gesellen zu sprechen?«

»Riccardo, fragen Sie nicht so viel! Das ist jetzt genauso wie bei Ihnen am Operationstisch: Man muss sich entscheiden – und das sofort! Los, in die Küche!«

Pater Felix rannte weiter, machte einen Umweg über sein Arbeitszimmer, gelangte von dort in die Kirche und trat durch die kleine Tür in die Sakristei. Dort legte er seine Stola um, klemmte die Maschinenpistole unter den rechten Arm und ging langsam um den Altar herum, durch den Mittelgang, und hinaus durch das immer offen stehende Portal.

Vor der Kirche standen die schwitzenden Pferde. Die Männer saßen noch in den Sätteln, auch Jack Paddy, der beim Anblick von Pater Felix laut lachte. Das Dorf schien leer. Alles hatte sich in die Hütten verkrochen und die Türen verrammelt.

»Wir suchen Matri!«, rief Paddy. »Pater, ich habe es Ihnen gesagt: Ich lasse nicht locker. Was Sie und Ihr Doktor von mir erzählen, ist mir gleichgültig; es glaubt Ihnen doch niemand. Und sollten einige Beamte nachdenklich werden, so gibt es Freunde genug, die ihnen einen Geldschein auf den Mund kleben. Wie sagt Gott? Der Himmel gehört den Einfältigen. Aber mit Matri ist das etwas anderes. Wo ist sie?«

Pater Felix hob den linken Arm zu einer bedauernden

Gebärde. Mit dem rechten hielt er die Maschinenpistole. Es war ein äußerst seltsamer Anblick, der Selbst Paddy nicht unberührt ließ: ein schlanker, asketischer Priester mit einem Backenbart, in langer weißer Soutane, um die Schultern die goldbestickte Stola gelegt, in der Hand die schussbereite Waffe, und um ihn herum das glühende, ausgelaugte, sterbende Land.

»Pater!«, sagte Paddy gefährlich ruhig. »Als Volksaufwiegler mögen Sie eine gewisse Qualität haben, als sozialistischer Idiot sind Sie sogar Spitze, aber den Unwissenden nehme ich Ihnen nicht ab. Matri versteckt sich bei Ihnen!«

»Sind Sie so sicher, Señor?«, fragte Pater Felix.

»Und wie!« Paddy winkte. Der eng zusammengescharte Reitertrupp bewegte sich, man reichte einen großen, länglichen Gegenstand herüber und warf ihn vom vordersten Pferd in den Staub. Der Gegenstand rollte etwas über den Boden und blieb dann liegen. Aus dem Klumpen von Poncho und Kleidung schälten sich Arme und Beine und zuletzt ein Kopf, blutverkrustet und durch festgepappten Dreck unkenntlich. Paddy deutete auf den zerschlagenen Menschen und schob den breiten Sombrero in den Nacken.

»Nach langem Fragen hat er endlich die Erinnerung wiedergefunden und uns gesagt, dass Matri in der Kirche ist. Mir war das von vornherein klar, aber ich brauchte einen Zeugen.«

»Wer ist das?«, fragte Pater Felix mit heiserer Stimme und zeigte mit der Maschinenpistole auf den Klumpen Mensch. Dann blieb der Lauf der Waffe in der Luft stehen, und Paddy blickte direkt in die Mündung.

»Wenn Sie ihn nachher abwaschen, ist's ein guter Bekannter von Ihnen. Juan-Christo. Der Esel nennt sich der Verlobte von …«

»Was haben Sie mit ihm gemacht, Paddy?«

»Ich habe ihn mir aus der Ambulanz gefischt und höflich gefragt. Das hat ihn so aufgeregt, dass er plötzlich zu bluten begann! Wo ist Dr. Högli? Auch bei Ihnen, was? Fragen Sie ihn, ob es eine so seltene Krankheit gibt!«

Die Männer lachten dröhnend. Paddy genoss seinen Triumph. Er hatte ihn nötig. Mendoza Femola hatte, besoffen wie immer, aus Nonoava angerufen und böse Nachricht übermittelt. Der Bischof in Chihuahua hatte erreicht, dass man eine Kommission nach Santa Magdalena schicken wollte. Wann, das wusste man allerdings noch nicht. Die anhaltende Dürre, das Vertrocknen des Landes, die Zerstörung der Ernten, das Sterben des Viehs, der große Durst aller Menschen auf einem Gebiet von mehreren Hunderttausend Quadratkilometern waren größere Probleme als der Verdacht eines Bischofs, irgendwo in den Hinterfalten dieses Landes baue ein Amerikaner Rauschgift an. Aber die Anzeige lag bei den Akten; irgendwann würde sie ausgegraben werden, wenn es nicht gelang, bis dahin die mit der Untersuchung beauftragten Beamten ausfindig zu machen.

Paddy hatte sofort nach Femolas Anruf eine Art Alarm gegeben und mit El Paso telefoniert. Nicht mit dem reichen Handelsherrn Lagarto, sondern mit einem Mann, der sich Pierre Porelle – oder einfach PP – nannte. Er war ein kleiner, eleganter, etwas geckenhaft gekleideter Südfranzose mit einem Menjoubärtchen. Er tanzte und liebte gern, war Vertreter für Landmaschinen und wurde für einen harmlosen, fröhlichen Bürger gehalten.

Pierre Porelle hatte über Paddys Alarmruf gelächelt. »Monsieur«, hatte er in seiner von ihm selbst entwickelten Sprache, einer perfekten Mischung von Französisch, Englisch und Spanisch, gesagt, »Monsieur, das ist keine Excitación wert! Ich werde mich um die Sache kümmern. Wie sieht es mit dem Money aus?«

»Erst einen Erfolg, PP!«, hatte Paddy ins Telefon geschrien. »Sie geldgieriger Hund!«

»Zehntausend Dollar. Okay? Monsieur, ich habe eine schöne Voraus-Idee. Kein Hombre wird Sie stören!« Und dann hatte Pierre Porelle den Vorschlag mit den Warntafeln – Achtung! Seuchengebiet! – gemacht. So klein der Bursche war, so vollgestopft war er mit brauchbaren Ideen.

Paddy ritt jetzt ein paar Schritte vor. Zwischen ihm und Pater Felix lagen nur noch runde sechs Meter, und zwischen ihnen krümmte sich der zerschundene, nicht mehr zu erkennende Juan-Christo im Staub.

»Sie bleiben dabei, Pfaffe? Matri ist nicht bei Ihnen?«

»Kommen Sie herein!«, sagte Pater Felix rau. Er schielte auf Juan-Christo. Ihm jetzt zu helfen war unmöglich. Paddy hätte es ausgenutzt und die Sekunden der Unaufmerksamkeit dazu verwandt, den Priester niederzureiten.

Langsam kroch Juan-Christo auf den Pater zu, wälzte sich durch den Staub, schob sich auf Händen und Knien stöhnend weiter, an Felix Moscia vorbei, hinüber zur Kirche. Meter um Meter, ein Schleifen und Sich-vorwärts-Krümmen, ein unendlich langer Weg.

Er erreichte die Kirchentür, brach wieder zusammen, wälzte sich auf den Rücken und stieß sich ab, und so rollte er in die Kirche, in dem festen Glauben, dort sicher zu sein und zu überleben …

»Wo hinein soll ich gehen?« fragte Paddy endlich. »In Ihr Pfarrhaus?«

»Auch! Aber vor allem in die Kirche.« Pater Felix winkte mit dem Lauf seiner Maschinenpistole zum Eingang. »Durchstöbern Sie das Haus des Herrn! Stellen Sie alles auf den Kopf! Die Kirche ist offen, es hindert Sie niemand, sie zu schänden! Auch ich nicht! Überlegen Sie, Paddy: Vielleicht habe ich Matri hinter dem Altar versteckt? Vielleicht schläft sie unter dem Marienbild? Auch in der Kanzel ist noch Platz, einen Menschen zu verbergen! Los, hinein!« Pater Felix trat zur Seite. Die Mexikaner auf ihren tänzelnden Pferden starrten ihn böse, aber zugleich auch verlegen an. »Was ist? Miguel, Carlos, Pablo, Federico! Warum so zurückhaltend? Die Madonna ist nur gemalt, der Christus nur aus Holz geschnitzt, die Apostel sind nur aus buntem Gips! Sie tun euch nichts! Geht hinein, und schändet das Haus Gottes!«

Die Mexikaner rührten sich nicht. Sie blickten in alle Richtungen, nur nicht auf ihren Pater und auf die Kirche. Paddy ballte die Fäuste und schüttelte sie.

»Sie Teufel von einem Pfaffen!«, brüllte er. »Jetzt haben Sie mir das abergläubische Pack ganz schön eingeschüchtert – gratuliere!«

»Jeder hat seine eigenen Waffen, Señor Paddy!« Pater Felix lächelte. »Ich gehe voraus. Wer mir folgen will, kann kommen.«

Er ging, Paddy immer ansehend, nach rückwärts zur Kirche und drehte sich erst um, als er schon im Inneren war.

Juan-Christo hatte sich den Mittelgang entlanggeschleppt und lag jetzt besinnungslos, lang hingestreckt, vor den Altarstufen. Dr. Högli war gerade dabei, ihn umzuwenden. Hinter dem Altar klirrte es. Evita Lagarto kam um das Marienbild herumgerannt, eine geköpfte Weinflasche in der Hand. Noch im Laufen goss sie den Wein in eines der weißen Tücher, die Pater Felix nach dem Messopfer zum Ausputzen des Kelches benutzte.

»Ich habe mir, obgleich evangelischer Christ, erlaubt, Ihren Messwein zu nehmen. Es ist das einzig Flüssige, was ich hier sehe!«, sagte Dr. Högli. Er hatte Juan-Christo umgedreht und wischte ihm mit dem weingetränkten Tuch das blutverschmierte Gesicht ab. »Übrigens: Die MPi steht Ihnen gut, Pater. Wird Paddy in die Kirche kommen?«

»Ich hoffe es.« Pater Felix warf die Maschinenpistole am Lederriemen über die Schulter. »Wird er's überstehen?«, fragte er besorgt.

»Das wird erst eine genaue Untersuchung ergeben. Sie haben ihn ganz schön zugerichtet. Noch weiß ich nicht, ob er innere Verletzungen hat.«

Pater Felix ging zu dem alten Harmonium, das hier die Orgel ersetzte, klappte es auf und setzte sich auf den wackeligen Stuhl. Dann begann er zu spielen, mit vollen Registern, ein schönes, altspanisches Kirchenlied, das die Konquistadoren in die Neue Welt mitgebracht hatten. Es hatte nur einen Schönheitsfehler: Mit diesem Lied auf den Lippen hatten die Eroberer im Namen ihrer heiligen spanischen Majestät geplündert und gemordet, die indianischen Völker ausgerottet, ihnen ihr Gold und ihre Edelsteine geraubt, die uralten Kulturen vernichtet, ihre imposanten Städte niedergebrannt. Die weißen Götter mit Bibel und Schwert …

Dr. Högli und Evita schleiften den noch immer besinnungslosen Juan-Christo in die Sakristei. Dort hoben sie ihn auf einen Tisch und lösten die zerfetzten Kleider von dem zerschundenen Körper.

»Welch ein Mensch!« sagte Evita mit einer Leidenschaft, die selbst den sonst so nüchternen Högli mitriss. »Ist Paddy überhaupt noch ein Mensch? Man sollte ihn totschlagen wie einen wildernden Hund.«

Das Dröhnen des Harmoniums drang bis zu ihnen, trotz der dicken Balkentür. Es war, als habe Pater Felix eine Riesenorgel unter den Händen. Dr. Högli richtete sich auf. Er hatte sein Ohr auf Juan-Christos Brust gelegt und das Herz abgehört. Es schlug matt, aber regelmäßig. Ganz vorsichtig begann er, den zuckenden Körper abzupalpieren. Wenn man Juan in den Leib getreten hatte, war ein Milzriss möglich. Niere und Blase schienen unverletzt; er schied keinen blutigen Urin aus.

Plötzlich, mit einem Missklang, brach das Harmoniumspiel ab. Dr. Högli fuhr herum und griff in die Tasche.

»Bleiben Sie hier, Doktor«, sagte Evita schnell. »Ich bitte Sie, bleiben Sie hier!« Als Dr. Högli seinen Revolver aus der Tasche riss, umklammerte sie seinen Arm und stellte sich ihm in den Weg. »Bleiben Sie, Doktor!«, rief sie. »Sie haben doch gehört, was der Pater gesagt hat …«

»Ich habe gehört, dass er plötzlich … Evita, lassen Sie mich los! Bitte!«

»Sie können gar nichts machen, mit diesem lächerlichen Revolver! Er hat eine Maschinenpistole … Ich flehe Sie an, bleiben Sie hier!«

Sie warf sich gegen ihn, als er sie wegdrängte, schlang die Arme um ihn, klammerte sich an ihm fest und hing so schwer an ihm, dass er keinen Schritt mehr vorwärts setzen konnte.

Er starrte sie verwundert an, ließ den Revolver zu Boden poltern und versuchte, ihre Arme wegzudrücken. Es gelang ihm nicht, sie umschlang ihn nur noch fester. »Bleib!«, stammelte sie. »Mein Gott … Riccardo … bleib! Geh nicht hinaus! Bitte … bitte!«

Und plötzlich begann sie zu weinen, packte seinen Kopf und küsste ihn, immer und immer wieder. Dr. Högli stand wie erstarrt. Der vulkanische Ausbruch ihrer Liebe überrumpelte ihn völlig, vor allem in dieser kritischen Situation. In den langen Abenden, die er allein in seinem Zimmer gesessen hatte, während Evita drüben im Pfarrhaus wie in einer Burg lebte, hatte er verzaubernde Gedankenspiele durchgespielt, von denen er selbst sagte, sie seien wohl das Blödeste, was ein Mann sich ausdenken konnte. Aber es war herrlich, sich vorzustellen, dass eine Frau wie Evita Lagarto sich für einen kleinen Armenarzt im dreckigsten Dorf der Welt interessierte, auf all ihren Reichtum verzichtete und bei ihm blieb in der glühenden, wasserlosen Hölle von Santa Magdalena. Evita Högli, er hatte diesen Namen ein paar Mal auf ein Blatt Papier geschrieben, dann den Kopf geschüttelt und den Zettel wieder zerrissen. Welch ein kindisches Benehmen! Die Sonne trocknet wirklich das Gehirn aus! Ein leerer Benzintank hatte Evita mit ihm bekannt werden lassen, ein dummer Zufall, den man nicht einmal Schicksal nennen konnte. Hätte das Benzin bis zu Paddys Hazienda gereicht, wäre er nie mit Evita in Berührung gekommen. Sie hätte ihren Brief abgegeben, einen Tag als Paddys Gast am Swimmingpool gelegen und Braten vom offenen Feuer gegessen, ganz zünftig und voll Romantik, eine kleine Combo aus Mestizen und Indios hätte ihr mexikanische Lieder und Tänze vorgespielt, Paddy wäre der charmanteste Gastgeber gewesen, so wie Evita immer nur charmanten Männern begegnet war. Und dann hätte Paddy sie wieder aus dem Tal begleitet zur großen Autopista nach der Pazifikküste, wo die Luxushotels und die Luxusmänner auf Evita Lagarto warteten.

Was ist da ein kleiner Dr. Högli aus St. Gallen? Der ›Chef‹ des »Hospitals Henri Dunant«! Wie gewaltig das klingt. Der Chef! Chef über sich selbst, einen Krankenpfleger, vier Hilfskräfte und eine nur notdürftig ausgebildete indianische Krankenschwester. Drei Steinbaracken mit fünfundzwanzig Betten, einem kleinen OP, einem noch kleineren Labor, zwei Behandlungszimmern, einer Ambulanz – diesem trostlosen Saal mit vier Tischen, durch den das ganze Elend dieser Welt zog, die Armut einer rechtlosen Menschenklasse. Tuberkulose, Anämie, Leberschäden durch heimlich selbst gebrannten Kakteenschnaps, Dystrophie, Vitaminmangelerkrankungen, Ekzeme, Knochenmissbildungen … die ganze Skala der Armenkrankheiten. Dazu die vielen Unfälle, gewollt oder ungewollt, das konnte man nie sagen, die meisten sicherlich mit Absicht herbeigeführt, um eine Woche oder gar zwei im Hospital liegen zu dürfen und vor den Antreibern des Señor Paddy sicher zu sein.

Evita Högli … welch ein Wahnsinn!

Und jetzt hing sie an ihm, küsste ihn, weinte und bettelte und sagte immer wieder: »Bleib, Riccardo! Bleib! Ich habe solche Angst um dich! Ich liebe dich … Begreifst du das denn nicht? Ich liebe dich … Geh nicht hinaus, Riccardo, bitte, bitte!«

Dr. Högli umfasste ihren Kopf und zog ihn langsam von sich fort. Ihre weit aufgerissenen Augen bettelten noch eindringlicher als ihre Lippen.

»Evita –«, sagte er heiser vor Erregung. »Wir – wir sollten später darüber sprechen. Erst müssen wir uns um Juan-Christo kümmern …«

»Kannst du nicht ein paar Augenblicke lang vergessen, dass du Arzt bist?«, schrie sie.

»Doch. Aber nicht jetzt!« Er drehte sich um. Juan-Christo erwachte aus seiner Bewusstlosigkeit. Mit dem Erwachen waren aber die Schmerzen wieder da. Er stöhnte laut, sein Körper begann wild zu zucken. Dann schlug er die Augen auf und starrte Dr. Högli an. »Padre Riccardo –«, stammelte er.

Dr. Högli beugte sich über ihn. »Es ist alles halb so schlimm, Juan. Man kann alles wieder reparieren. Lieg jetzt ganz still, und sag mir genau, wo's dir besonders wehtut. Ich glaube, du hast großes Glück gehabt.«

Juan-Christos Atem ging rasselnd. »Sie wollten wissen, wo Matri ist. Sie haben die ganze Ambulanz zerschlagen. Alles, Doktor, alles. Die Tische, die Stühle, die Schränke, die Instrumente …«

»Ich hole mir alles von Paddy wieder, verlass dich drauf, Juan.« Dr. Höglis Stimme klang ruhig, aber diese Ruhe verriet äußerste Entschlossenheit. »Er wird mir ein völlig neues Hospital einrichten.«

»Mein Vater wird es dir schenken«, sagte Evita und netzte Juans Gesicht wieder mit dem weingetränkten Lappen. Dr. Högli tastete den zerschlagenen Leib, die Beulen und Blutergüsse ab. Ein paar Mal stöhnte Juan auf, aber auf eine innere Verletzung wies nichts hin.

»Mit deinem Vater wirst du noch deine Mühe haben«, sagte er. »Du hast ihn um einige Hunderttausend Dollar Nebenverdienst gebracht.«

»Ich werde ihm ein Ultimatum stellen, Riccardo.«

Dr. Högli sah Evita von der Seite an. Ihr schmales, aristokratisches Gesicht sah hart und kantig aus. Diese Frau hatte einen eisernen Willen, aber es war anzunehmen, dass der clevere Señor Lagarto sich davon kaum beeindrucken ließ.

»Ich kenne deinen Vater nicht«, sagte Dr. Högli. »Aber wer solche Geschäfte macht, wird sich von einem Mädchen nicht dazwischenreden lassen.«

»Ich bin seine Tochter. Sein einziges Kind!«

»Und auf der anderen Seite stehen Millionen Dollar. Was wiegt mehr?«

»Das werden wir sehen!« Evita warf den Kopf in den Nacken. Ihr spanischer Stolz umgab sie wie ein glänzender Panzer. »Er wird sich entscheiden müssen. Selbst Paddy verändert sich, wenn es um Matri geht. Und sie ist nur sein Pflegekind.«

»Matri!« Juan-Christo hob mühsam den Kopf. Seine Augen waren zugeschwollen und lagen in dicken, blutigen Wülsten. »Wo ist Matri? Hat der Teufel sie wieder in seiner Gewalt?«

»Traust du Pater Felix das zu?« Dr. Högli drückte Juan auf den Tisch zurück. »Matri hat sich unten im Keller versteckt.« Er wandte sich um und winkte ab, als Evita etwas sagen wollte. Dann ging er zur Tür der Sakristei und lauschte.

Aus der Kirche kein Laut. Nach dem Abbruch des Harmoniumspiels war die Stille unheimlich und drohend.

»Geh nicht hinaus«, sagte Evita wieder leise. »Bitte, Riccardo!«

Sie. bückte sich, nahm den Revolver vom Boden und steckte ihn in ihren Rockbund.

»Und wenn Paddy jetzt die Tür aufstößt?«, sagte Dr. Högli.

»Dann lass ihn. Er will ja nur Matri und mich.«

»Und genau das bekommt er nicht!«

Keiner hätte geglaubt, dass Dr. Högli so hart sein konnte.

Pater Felix klappte den Deckel zu, griff nach seiner Maschinenpistole, legte sie über seine Knie und drückte den Sicherungsflügel herum. In der Kirchentür war Jack Paddy erschienen.

Allein kam er, seine sonst so willige Spezialtruppe blieb draußen in der sengenden Sonne stehen. Pater Felix sah nur eine Mauer aus großen Sombreros.

Und noch etwas geschah, was Pater Felix nie für möglich gehalten hätte. Paddy nahm, als er das Kirchenschiff betrat und durch den Mittelgang direkt auf das Marienbild blicken konnte, seinen Hut ab.

»Ist Ihnen unwohl, Señor?« fragte Pater Felix ruhig.

Paddy blieb stehen. »Nicht vor Ihnen nehme ich den Hut ab, Pfaffe!«, rief er. »Verdammt, das ist noch ein Rest meiner Erziehung. Es soll auch das letzte Mal gewesen sein. Ich will mit Ihnen reden, Pater.«

»Bitte. Im Hause Gottes kann jeder Mensch alles sagen.«

»Verzichten Sie auf alberne Floskeln, Pater!« Paddy setzte sich auf eine der Betbänke. »Ich will nur eine Frage stellen: Was bringt uns unsere Todfeindschaft ein?«

»Ruhe und Ordnung in Santa Magdalena. Soziale Gerechtigkeit und Menschenwürde, auch für die Indios. Zerstörung der Hanf- und Peyotl-Felder ...«

»So blöd kann nur ein Priester reden! Wovon sollen die Indios denn leben, he? Sollen sie Steine fressen und aus Sand Kuchen backen? Wer ernährt sie denn? Und zwar besser als Tausende ihrer Landsleute? Wer schafft Gemüse und Kartoffeln, Mais und Fleisch heran? Was wären diese Menschen ohne meine Kühlhäuser? Zugegeben, die Arbeit ist schwer, die Rationen sind knapp, der Lohn ist mies ... Aber was tut die Regierung für die Indios? Hat sie vielleicht ein Sozialprogramm, so ein verrücktes, wie Sie's immer von der Kanzel fordern? Hier wird sich jeder selbst überlassen, und ich sage Ihnen, Pater: Ohne Jack Paddy wäre Santa Magdalena eines der vielen abgelegenen Indiodörfer, nach dem kein Hahn kräht und das eines Tages ausgestorben sein wird, wie Tausende solcher Nester. Und die Menschen hier? Sie würden in die Städte ziehen, in den Fabriken arbeiten, in Slums hausen, am Rande der Menschheit dahinvegetieren, bettelnd und stehlend, ein verfaulendes Proletariat! Ist *das* Ihr himmlischer Sozialismus?«

»Señor Paddy, ich antworte Ihnen darauf nicht«, sagte Pater Felix. »Sie wissen ganz genau, welchen Blödsinn Sie reden.«

»Hier hat jeder sein Haus, sein kleines Stück Land, sein bisschen eigenes Vieh, Ziegen und Hühner …«

»Und seit Monaten kein Wasser!«

»Das ist etwas anderes.« Paddy grinste breit. »Das handeln Sie mit Gott aus, Pfaffe. Das ist nun Ihr Gebiet. Nicht ich lasse nicht mehr regnen, sondern Gott! Sie kennen das andere Santa Magdalena. Da gab's Wasser genug.«

»Bis Sie das Wasser abgruben und es auf Ihre Felder leiteten. Da wurde es in den Brunnen immer weniger. Sie vergeuden in Ihrer Burg Wasser fürs Blumensprengen und Ihren Swimmingpool, Sie lassen Springbrunnen rauschen, und draußen sehen die verdurstenden Menschen ohnmächtig zu. Sie verkaufen zehn Liter Wasser für eine Nacht mit einem hübschen Indiomädchen. Mit Peitschen lassen Sie die Arbeiter über die Felder treiben, und wenn sie vor Durst umfallen, lassen Sie sie die verfluchten Mescal buttons kauen, damit sie im Rauschzustand weiterarbeiten. Und Sie wagen es, Gott anzuklagen?« Pater Felix erhob sich von seinem wackeligen Stuhl. Die Maschinenpistole ließ er am Harmonium stehen. Paddy war unbewaffnet, und sollte er eine Waffe versteckt haben – in der Kirche würde er niemals von ihr Gebrauch machen. Die Mauer der großen Sombreros in der Tür wurde noch dichter. Jeder wollte sehen, was es zwischen dem Haciendero und dem Pater geben würde.

Langsam ging Felix Moscia auf Paddy zu. Der sah ihm lauernd und wachsam entgegen. Unter seinem verschwitzten Hemd spannten sich deutlich die Muskeln. Die Augen wurden hart. Priesterlein, sagten diese Augen, werde nicht zu mutig! Auch die Kirche und das große Marienbild und alle zwölf Apostel schützen dich nicht vor einer Tracht Prügel, wenn du mich anfasst. Bleib stehen, Junge! Um jedes Tier zieht sich eine Gefahrengrenze. Wird sie überschritten, springt es zu. Meine Grenze liegt genau da, wo die Länge deines Armes aufhört. Pass auf, Priesterlein …

Pater Felix machte einen Bogen und setzte sich Paddy gegenüber auf eine andere Betbank. »Sie leben vom Unglück der Menschen«, sagte er dann.

»Das werfen Sie mir vor, Pater?« Paddy lachte rau. »Die Politiker leben von der Dummheit der anderen, die Pfaffen von der Angst der Menschen vor der Ewigkeit. Da befinde ich mich in bester Gesellschaft.« Er beugte sich vor und sah Pater Felix mit seinen stahlgrauen Augen fast verwundert an. »Sie glauben doch wohl nicht im Ernst, dass ich, nach einigen Predigten von Ihnen, meine Peyotl-Felder verlasse und irgendwo anders Baumwolle anbaue?«

»Ich werde die Indios so lange bearbeiten, bis keiner mehr auf Ihre Felder geht.«

»Und wer wird sie dann ernähren? Die Kirche? Mit Hostien? – Pater, die Zeiten sind vorbei, wo man mit fünf Broten und zwei Fischen fünftausend speisen konnte. Der heutige Mensch will fressen und saufen und huren! Wenn eines von den dreien fehlt, ist die Welt nicht mehr in Ordnung! Da hört auch Ihr in der Theorie so lieblicher Sozialismus auf!« Paddy rutschte von der Betbank. »Verstehen wir uns?«

»Nein.« Pater Felix presste die Lippen zusammen. »Der Mensch ist nicht nur ein Schlauch! Er hat schließlich noch andere Werte.«

»Ich wusste, dass es sinnlos ist, mit Ihnen über reale Dinge zu diskutieren. Geben Sie Matri heraus?«

»Nein!«

»Auch gut! Dann wird Santa Magdalena verrecken!« Paddys Stimme wurde ganz ruhig. »Hören Sie zu, Pater Reformatus: Ich gebe keinen Tropfen Wasser mehr heraus. Ich stelle auch die Versorgung meiner Arbeiter ein! Die Dorfbrunnen sind versiegt. Der Hospitalbrunnen – ich habe mich vorhin davon überzeugt – ist voller Fäkalien, denn neunzehn meiner Leute haben nach einem guten Essen in ihn hineingeschissen. Ihr Kirchenbrunnen allein schafft es nicht, die Straßen und Wege sind gesperrt, die Telefonverbindungen sind, bis auf meine, unterbrochen. Die Hölle ist komplett!

Ich stelle eine einzige Bedingung: Bringen Sie mir Matri zurück! In der gleichen Stunde, in der Matri wieder im Haus ist, lasse ich die Tore öffnen, pumpe ich Wasser für alle aus meinen Brunnen, können sich die Indios von mir aus unter meinen Springbrunnen stellen und sich vollsaugen wie ein Schwamm. Mehr habe ich nicht zu sagen, Pater.«

»Jack Paddy, Herr über Leben und Tod …«, sagte Pater Felix heiser.

»Nennen Sie es, wie Sie wollen!«

»Wir werden uns unser Leben von Ihnen holen, Señor.«

»Ist das eine Drohung, Pfaffe?«

»Nennen Sie es, wie Sie wollen«, antwortete Pater Felix mit Paddys Worten.

Sie sahen sich an, eine ganze Weile, stumm und starr, so wie sich zwei Gegner mustern, von denen einer zu viel auf der Welt ist. Dann drehte sich Paddy mit einem Ruck herum und verließ mit klirrenden Sporen die Kirche. Die Sombreromauer in der Tür zerstob.

Auch Pater Felix hatte sich umgedreht und war langsam zum Altar gegangen. Dort kniete er nieder und faltete die Hände. »Herr«, sagte er leise. »Die Zeit der Worte ist vorbei. Segne unsere Taten, wie auch immer sie sein mögen. Es geht um den Menschen, Herr, den Du geschaffen hast.«

Draußen entfernte sich klappernd die Kavalkade. Paddys Leute schrien, als ritten sie eine Attacke. Sie hatten es nötig, denn jedem saß ein dicker Kloß in der Kehle.

Juan-Christos Transport zum Hospital wurde nicht gestört. Nur ein Beobachter Paddys registrierte das und funkte mit einem Walkie-talkie zur Hazienda: »Vier Männer und eine Frau in zwei Jeeps. Der Pater, der Doktor, Juan-Christo, Señorita Lagarto und ein Unbekannter.«

»Ein Unbekannter?« Paddy sah Antonio Tenabo an. »Wer ist denn das? Verflucht, ist trotz der Sperren einer von draußen nach Santa Magdalena durchgebrochen?«

Der Unbekannte trug einen viel zu weiten, um seine Glieder schlotternden Anzug, einen breiten Poncho und einen noch breiteren Sombrero, der sein Gesicht völlig verdeckte.

Es war unmöglich, Matri Habete zu erkennen.

Nur so gelang es, sie zum Hospital zu bringen. »Ich lasse Juan-Christo nicht mehr allein!«, hatte sie geschrien, als sie endlich aus dem Keller auftauchen konnte und ihren so schrecklich misshandelten Geliebten sehen durfte. Sie warf sich über ihn, küsste ihn und presste ihren Kopf auf seine Brust. »Juanito, mein Held, mein Tapferster aller Tapferen! Ich bleibe bei dir, Juanito!«

Evita Lagarto sah an Dr. Högli vorbei, als er und Pater Felix den mannhaft seine Schmerzen verbeißenden Juan in den Jeep trugen.

»Das Gleiche wollte ich auch sagen.« Sie fuhr sich mit beiden Händen durch die langen schwarzen Haare. Sie roch nach Wein, weil sie immer wieder Juans Kopf und seinen blaugeschlagenen Körper mit dem Lappen gekühlt hatte. »Ich bleibe bei dir, Riccardo.«

»Darüber werden wir noch sprechen, Evita.«

»Sprechen, sprechen! Was ist darüber zu sprechen? Wenn du mich liebst …«

Er blieb stehen, und da er vorausging, musste auch Pater Felix stehen bleiben. Juan-Christo sackte in der Mitte durch und stöhnte auf.

»Ich liebe dich auch, verdammt noch mal!«, sagte Dr. Högli. »Wie du siehst, halten mich äußere Ereignisse ab, dich jetzt zu küssen! War das deutlich?«

»Ja!« sagte Evita glücklich.

Pater Felix gab Dr. Högli einen Stoß.

»Los, weiter!«, kommandierte er. »Ihr kompliziertes Liebesieben können Sie in einer Stunde fortsetzen. Immerhin, Señorita Evita« – er blickte kurz zur Seite –, »Sie haben schon eines erreicht: Unser Doktor verliert allmählich seine St. Gallener Gelassenheit. Er fängt an, mit den Fäusten zu arbeiten.«

Das Hospital sah schrecklich aus. Paddys Kreaturen hatten nicht nur in der Ambulanz gewütet, sondern auch die anderen Räume verwüstet. Sogar in den beiden Krankensälen waren sie nicht untätig gewesen. Sie hatten die Bettlägerigen auf den Fußboden geworfen, die Betten zerstört oder hineingepinkelt. Die Kranken berichteten, dass Paddys Männer gejohlt hatten, als sei Karneval.

Der Brunnen war unbrauchbar.

In einer stinkenden Brühe schwammen die Exkremente. Dr. Högli lehnte sich tief erschüttert gegen den ummauerten Rand.

»Er fällt mindestens vierzehn Tage aus, Pater«, sagte er schwer atmend. »Auch wenn wir ihn sofort säubern. Bei dem schwach nachlaufenden Wasser wird es eine Zeit dauern, bis es völlig keimfrei und wieder trinkbar ist.« Er wischte sich mit dem Unterarm den Schweiß aus dem Gesicht. »Ich glaube, jetzt müssen Sie dreimal so innig zu Gott flehen, dass er es endlich regnen lässt.«

Pater Felix hob beide Arme. »Mehr kann ich nicht tun, Dr. Högli. So demütig wie ich hat noch kein Büßer im Staub gelegen. Wir können nur warten.«

»Das überleben wir alle nicht, Pater.«

»Wissen Sie etwas anderes, Doktor?«

Und da sagte Dr. Högli etwas, was von diesem Augenblick an niemandem mehr aus dem Kopf ging, so entsetzlich es auch war:

»Wir müssen uns das Wasser holen. Selbst wenn wir Paddy dabei vernichten müssten! Ein Einzelner wiegt nicht so viel wie ein ganzes Dorf.«

»Das bedeutet offenen Aufruhr und Mord, Dr. Högli —«, sagte Pater Felix leise.

Dr. Högli stieß sich von dem verseuchten Brunnen ab. In der Ambulanz hämmerte man die zerbrochenen Tische wieder zusammen. Die Hammerschläge dröhnten in einem klangvollen Rhythmus, und die Indios sangen dazu.

»Beten Sie dafür zu Gott!«, sagte Dr. Högli hart. »Wir wollen nichts als leben. Wir wollen nur leben.«

Am Abend waren die Aufräumungsarbeiten so weit gediehen, dass man im Hospital wieder wohnen und behandeln konnte. Aus dem Dorf waren zwanzig Frauen gekommen und hatten geholfen, die Trümmer wegzuräumen, die Zimmer zu putzen und die Kranken zu versorgen. Vier Männer standen unten im Brunnen und holten mit Eimern, die an Seilen hochgezogen wurden, die Fäkalien herauf. Juan-Christo lag in einem Bett neben Dr. Höglis Privatraum und schlief. Er hatte eine schmerzstillende Injektion bekommen und war beruhigt, als die genaue Untersuchung ergab, dass keine inneren Verletzungen Vorlagen. Matri hockte auf einer Bastmatte neben seinem Bett und sah ihn unverwandt an. Sie trug noch die viel zu weiten Männerkleider; keiner hatte sie bisher gesehen. In das Zimmer durfte niemand hinein; Dr. Högli hatte es abgeschlossen und den Schlüssel eingesteckt. Alle Versuche, Matri zum Verlassen des Zimmers zu bewegen, waren fehlgeschlagen.

»Ich schlafe gut auf der Erde«, sagte sie. »Es ist ja eine Matte da, Padre Riccardo. Wie könnte ich jetzt woanders sein als bei meinem Juanito?«

»Jetzt haben wir Zeit, über alles zu sprechen«, sagte Dr. Högli. Es war Nacht geworden, Pater Felix war in die Kirche zurückgekehrt und hatte sich mit seiner Maschinenpistole ins Bett gelegt. Im Dorf streunten wieder die hungernden Hunde herum und heulten schaurig. Bis jetzt hatte Högli gearbeitet, hatte die Verletzten neu verbunden, die Ambulanten untersucht, Tabletten und Kapseln verteilt, Spritzen gegeben und geduldig die verschiedenen Versionen angehört, die ihm die Indios von Paddys Ritt durch das Dorf und zum Hospital erzählten.

Sie alle wussten – denn Paddy hatte es durch das Dorf gebrüllt –, dass sie überhaupt kein Wasser mehr bekommen würden, wenn Matri nicht an den Haciendero zurückgegeben wurde. Schon kamen Stimmen auf, die zaghaft verlangten, Matri müsse sich für das Dorf opfern.

Paddys Vernichtung aber wäre eine Befreiung … Dr. Högli sagte es sich immer wieder vor, allerdings ohne Erfolg. Auch Paddy war ein Mensch, so schwer es war, ihn als solchen anzusehen.

Müde, mit hohlen Augen, am Rande der totalen Erschöpfung, hing Dr. Högli in seinem Korbsessel. Über ihm kreisten die beiden Ventilatoren, und als er ihr tiefes Summen bewusst wahrnahm, wunderte er sich plötzlich, dass Paddy noch nicht den elektrischen Strom abgeschnitten hatte. Nichts war leichter als das; man brauchte nur einen der Masten zu stürzen, über die man die Drähte bis nach Nonoava gespannt hatte. Auch von der Stromversorgung war Paddy unabhängig; er holte sich, was er brauchte, aus eigenen Stromerzeugern, Generatoren, die mit Dieselöl betrieben wurden.

Evita hatte in der kleinen Küche ein Stück Ziegenbraten aufgewärmt und deckte vor Dr. Högli den Tisch. Dann brachte sie einen außen sehr schmutzigen Tonkrug und ein Wasserglas. Dr. Högli lehnte den Kopf zurück, er war wie leergebrannt.

»Wo hast du den denn ausgegraben?«, fragte er.

»Ein Indio hat ihn mir gegeben. Für den Doktor, hat er gesagt. Es ist Pulque drin.« Sie goss ein. »Ein trüber Saft, eine Art Bier, der vergorene Saft von Agaven.«

»Sie bringen mir Pulque und haben selbst nichts zu trinken?«

»So lieben sie dich.« Sie setzte sich neben Dr. Högli und schnitt ihm das Fleisch. »Komm, iss etwas!«

»Ich kann nicht. Ich bin zu fertig. Ich habe nicht mal mehr die Kraft zum Kauen und Schlucken.«

Sie schüttelte den Kopf, griff nach dem Glas Pulque und setzte es ihm an die Lippen. »Trink!« Das kam wie ein Befehl, er schluckte gehorsam. Das »Indianer-Bier« rann durch seine Kehle wie eine Säure, aber er spürte, wie es ihm guttat und ihn nach wenigen Schlucken wieder belebte. Er nahm Evita das Glas aus der Hand und stellte es weg.

»Jetzt möchte ich dich küssen«, sagte er und griff mit beiden Händen in ihre Haare. Sie kam ihm entgegen und schloss die Augen. Sein Kuss war nur ein Hauchen, ein zitterndes Berühren ihrer halb geöffneten Lippen.

»Das war der schönste Kuss, den ich je bekommen habe«, sagte sie leise. »Komm, leg dich schlafen. Ich pass auf dich auf, wie Matri auf ihren Juanito.«

Später lagen sie nebeneinander auf dem breiten Bett. Dr. Högli schlief, aber noch im Schlaf hielt er Evitas Hand fest, und sie bewegte sich nicht, um ihn nicht zu wecken. Sie blickte an die getünchte, fleckige Decke und dachte an das weiße Schloss der Lagartos in El Paso, an den riesigen Park mit seinen üppigen Gärten und dem mit Mosaiken ausgekleideten Schwimmbad, so groß wie eine Tennishalle.

Millionen – verdient mit dem Rausch. Mit Menschen, die sich selbst zerstören – mit dem Gift, das man ihnen verkauft hat … Gab es noch einen Weg zurück? Konnte eine Evita Lagarto in Santa Magdalena leben? Vorsichtig beugte sie sich über Dr. Högli und küsste ihn auf die geschlossenen Augen. Seine Lider zuckten im Schlaf. Aber sie fand keine Antwort auf ihre Fragen.

Drei Tage lang lag eine trügerische Ruhe über dem Talkessel von Santa Magdalena. Jack Paddy blieb in seiner vor Fruchtbarkeit strotzenden Burg, seine Springbrunnen plätscherten bei Tag und Nacht, bewacht von sechs schwerbewaffneten Capatazos*. Jeden Morgen schwamm er in seinem riesigen Pool, wippte auf dem Sprungbrett, drehte Schrauben und Saltos in der Luft und demonstrierte nicht nur seine Macht und seine Schwelgerei in Wasser, sondern auch seine körper-

* Vorarbeiter

liche Konstitution: ein aus den Nähten platzender Muskelprotz.

Draußen vor der Mauer hockten die Indios in der gnadenlosen Sonne und starrten zu ihm hinüber. Sie sahen die Wasserfontänen, sie hörten das Rauschen, und jeder Tropfen, der dort vergeudet wurde, hätte für sie und ihre Familien blankes Leben bedeutet.

Ein paar Mal erschien Paddy auf der Mauerkrone, triefnass und schallend lachend, schleuderte die Wassertropfen in den gelben Sand und schrie: »Ich lade euch ein! Ihr könnt, wie das Vieh, aus meinem Pool so viel Wasser saufen, wie ihr wollt. Das ganze Dorf! Ich verspreche euch, eine Leitung nach Santa Magdalena zu bauen. Aber nichts im Leben ist umsonst. Auch ihr müsst dafür zahlen. Mein Angebot: Wasser gegen Pater Felix und Dr. Högli! Jagt die beiden weg – und ihr könnt euch in meinem Wasser aufquellen lassen wie Klöße!«

Die Indios rührten sich nicht. Wie zusammengesunkene Stoffpuppen hockten sie an der Mauer, die großen Sombreros über die Gesichter gezogen. Klöße – was ist das? dachten sie. Sie kannten nur Tortilla de Huevo a la Española oder Guiso de Guadalajara, und das gab es auch nur an hohen Feiertagen.

Sonst aßen sie einfache Mehlfladen, knochige, wie das Land um sie herum vertrocknete Hühner oder einen Gemüsebrei aus harten Strauchbohnen und gequetschten Süßkartoffeln.

Den Pater verjagen? Den Doktor aus dem Dorf treiben? Wirft man Gott hinaus, tritt man den Einzigen, der Krankheiten heilen kann, in den Hintern? Was wäre Santa Magdalena ohne Pater und Doktor? Jetzt lebte man im Vorhof der Hölle – ohne sie wäre man verurteilt, in ihrer hintersten und heißesten Ecke zu schmoren.

Und doch saß Paddys Ansprache wie ein Stachel in den Herzen. Am Abend kamen die Indios zusammen, hockten vor dem Haus des von ihnen gewählten Bürgermeisters und beredeten ihr grausames Schicksal.

Konnte Gott Wasser geben? Er gewiss – aber der Pater? Floß aus den Instrumenten des Doktors ein einziger Tropfen, der den qualvollen Durst linderte?

Heilige Mutter Gottes – was sollte man tun?

Pater Felix spürte diesen Umschwung der Stimmung. In seiner Kirche blieben immer mehr Plätze leer, es kamen nur noch die Weiber, die Männer standen vor den Hütten und nahmen nur die Hüte ab, wenn die kleine Glocke bimmelte.

»Paddy wird für die Leute hier so etwas wie der Satan in der Wüste, der Jesus versuchte«, sagte er zu Dr. Högli. Er war zum Hospital hinübergefahren, um einem Sterbenden den letzten Beistand zu geben. »Wir müssen etwas unternehmen, Doktor! Weder Gottes Wort noch Ihre Pillen sind stärker als der große Durst. Ich kenne die Indios zu gut, um noch länger zu warten, ob endlich der Regen fällt. Haben Sie die Monatsprognose des Wetteramtes in Mexico City gehört?«

»Ich habe.« Dr. Högli stand im kleinen OP und versorgte einen Indio, der einen Riesenkarbunkel auf dem Rücken trug. Nachdem jede konservative Behandlung mit Zugsalben und Antibiotika vergeblich gewesen war, hatte man sich entschließen müssen, das Geschwür aus dem Rückenmuskel herauszuschälen.

Die Operation war gerade beendet, als Pater Felix erschien. Juan-Christo und Matri Habete hatten Dr. Högli assistiert. In der Ecke des kleinen, stickig-warmen OPs, gegen dessen verbrauchte Luft der Ventilator an der Decke vergebens ankämpfte, stand Evita Lagarto und wusch die Instrumente aus. Sie hatte einen weißen Kittel an, die Haare waren hochgebunden und zu einem Knoten verschlungen. Ihr schmales »altspanisches« Gesicht bekam dadurch einen herben Zug und einen eigentümlichen Zauber.

»Es wird auch nächsten Monat nicht regnen«, sagte Dr. Högli. Er hatte die große Schnittwunde vernäht und puderte sie jetzt mit Penicillin ein, bevor Juanito den Verband anlegte. Es stank nach Eiter und Blut, Äther und saurem Schweiß.

»Das bedeutet, dass Santa Magdalena verdurstet, wenn man ihm kein Wasser gibt. Und Paddy verspricht Wasser – im Austausch gegen uns.«

»Wollen Sie Ihre Kirche aufgeben, Pater?«, rief Dr. Högli. Er trat vom OP-Tisch zurück, tauchte die Hände in die Sterillösung und dann in heißes Wasser. Man hatte es aus dem als Latrine missbrauchten Brunnen nehmen müssen, immer wieder gefiltert und aufgekocht, bis es nach menschlichem Ermessen von Bakterien frei sein musste. Aber genau wusste das auch Dr. Högli nicht. Ohne Wasser jedoch war ein Krankenhausbetrieb undenkbar. »Ich tröste mich mit einem guten Wort meines Lehrers Professor Vennekamp«, hatte Högli am Abend vorher zu Evita gesagt, als die Arbeiter ihm meldeten, der Brunnen sei nun vom gröbsten Schmutz frei, aber das Wasser gleiche noch immer einer stinkenden Brühe. »›Meine Damen und Herren‹, sagte er zu uns jungen Studenten, ›die Lehre von der Sauberkeit ist ein Grundpfeiler der Medizin. Aber in der Not verdaut ein menschlicher Körper auch Mist.‹ Was hätte Vennekamp wohl gesagt, wenn er in Santa Magdalena gewesen wäre?«

Pater Felix lehnte sich an die gekalkte Wand des OPs und sah Juan-Christo zu, wie er den noch Narkotisierten verband. Ximbarros Gesicht sah noch schrecklich aus, dick verschwollen, fleckig und vor allem in den Augenhöhlen aufgetrieben. Dr. Högli hatte ihm befohlen, im Bett zu bleiben – aber schon am nächsten Tag stand er in der Ambulanz und behandelte die wartenden Indios. Viermal hatte Högli ihn aus dem Zimmer gejagt, und fünfmal kam Juan-Christo zurück, wie ein Hund, den man wegtritt und der doch immer wiederkommt, mit traurigen Augen und auf dem Bauch kriechend. Da hatte es Dr. Högli aufgegeben und Ximbarro gewähren lassen.

»Ich würde meine Kirche verlassen«, sagte Pater Felix langsam. »Himmel, starren Sie mich nicht an, Doktor, als wollten Sie mir den Kopf amputieren! Das ist keine Flucht, noch weniger ist es Feigheit. Trauen Sie mir Feigheit zu?«

»Eben nicht. Darum wundere ich mich maßlos.«

»Ich gehe, um stärker wiederzukommen. Doktor, wir haben keine Telefonverbindung mehr. Mein Benzinvorrat reicht noch für dreihundert Kilometer. Ich stehe hier mit leeren Händen und kann nur predigen. In diesen Wochen habe ich eingesehen, dass das Wort allein keine Seligkeit bringt. Diese Menschen hier krepieren elend! Sie erleben es doch täglich! Sie stehen da draußen, halb betäubt vom Meskalin, weil es das Elend und den Durst vergessen lässt. Und dann brechen sie wie morsche Wracks zusammen und vertrocknen. Selbst das Begraben kann man sparen; die Sonne bäckt sie wie Lehmziegel. Soll ich das tatenlos mit ansehen und nur predigen und predigen, segnen und von Gottes Hilfe reden, die doch nicht kommt? Ich muss raus aus dem Kessel und Hilfe von draußen holen!«

»Und wie kommen Sie hinaus? Paddy lässt Sie nicht gehen.«

»Er hat den Indios das Angebot gemacht.«

»Ich weiß. Meine Kranken plaudern genauso fleißig wie Ihre Gläubigen. Wenn Paddy von Wegjagen spricht, dann heißt das: Tötet sie! Treibt sie die Straße hinauf in unsere Gewehre! Die Rechnung ist ganz einfach: Hier sind fünf Menschen, die für ihn zu viel auf der Welt sind. Sie, Evita, Juanito, Matri und ich. Jeder von uns ist draußen eine enorme Gefahr für Paddy. Es gibt für ihn nur noch ein Ziel: unsere totale Vernichtung. Es bleibt ihm auch gar nichts anderes übrig, wenn er selber überleben will.«

Dr. Högli trocknete sich die Hände ab. Juan-Christo, Matri und eine stille indianische Krankenschwester hoben den Operierten vom Tisch und legten ihn auf eine alte, verrostete Rolltrage. Die Räder quietschten schauerlich, als Ximbarro sie aus dem OP schob. Jetzt erwachte der Patient, sah als Erstes Pater Felix vor sich und glaubte, er müsse nun sterben. Er begann laut zu beten, in diesem indianischen Singsang, der noch aus der Zeit der Konquistadoren im Gedächtnis des Volkes geblieben war. Seine zittrige Stimme verlor sich nach ein paar Sekunden hinter zuklappenden Türen.

»Ich werde versuchen, durchzubrechen«, sagte Pater Felix laut.

»Mit Ihrem lahmen Jeep? Der platzt doch schon bei 40 Stundenkilometern auseinander.«

»Darüber wollte ich mit Ihnen reden. Leihen Sie mir Ihren Wagen, Doktor.«

»Mit dem Roten Kreuz? Pater, soll man denken, *ich* flüchte? Ein Arzt lässt seine Kranken allein?«

»Es wird nicht geflüchtet – es wird Hilfe geholt, zum Teufel!«, rief Pater Felix unheilig.

»Man kann ohne Gott leben, aber nicht ohne Arzt.«

»Danke! Diese Doktrin sollten Sie als Schild über Ihr Hospital nageln. Ich bin ehrlich genug – selbst als Priester –, das anzuerkennen. Wenn es Sie beruhigt, übermalen wir Ihr Rotes Kreuz und pinseln *mein* Kreuz auf Ihren Lack.«

Seit Paddy in die Kirche eingedrungen war, ging Pater Felix nur noch mit umgeschnalltem Revolver aus dem Haus. Er hing an einem breiten, mit Silberknöpfen beschlagenen Gürtel, wie ihn die Mexikaner zu Volksfesten tragen, aber hier war er keine Zierde mehr, sondern eine deutliche Drohung. Der Griff des schweren Trommelrevolvers ragte aus dem Futteral, sofort schussbereit, wenn man ihn schnell genug herausziehen konnte.

Schnell schussbereit zu sein – das hatte Pater Felix in den letzten Tagen heimlich in seinem kleinen Garten hinter dem Pfarrhaus geübt. Wenn es auch eigentümlich, ja grotesk aussieht, wenn ein Priester in Soutane mit umgeschnalltem, silberbeschlagenem Gürtel einen Revolver herausreißt, als sei er ein Cowboy in einem billigen amerikanischen Westernfilm – hier in Santa Magdalena war das eine lebenserhaltende Fertigkeit. Jeden Tag ritten Paddys Vorarbeiter durch das Dorf, pöbelten die Indios an, schrien Gemeinheiten zur Kirche hinüber, warfen einmal sogar ein Fenster ein. Manchmal stellten sie ihre Pferde mit dem Hintern gegen die Kirchentür und ließen sie apfeln, und dabei grölten sie und riefen: »Gott ließ auch Pferde in der Arche Noah mitschwimmen!«

Pater Felix ließ sich nicht provozieren; er blieb im Inneren der Kirche und übertönte den Lärm draußen mit seinem Harmoniumspiel. Wenn es aber dunkel wurde, schlichen hintenherum, durch die Gartenpforte, die gleichen Capatazos ins Pfarrhaus, die vorher vor der Kirche die wilden Männer gespielt hatten. Dann empfing Pater Felix sie in seiner kriegerischen Aufmachung, nannte sie Lumpenhunde und Hurenbastarde, betete darauf mit ihnen, gab ihnen die Absolution und trat jedem in den Hintern, wenn sie den Garten heimlich wieder verließen. »Wir danken alle Gott«, sagten die Capatazos dann und verschwanden glücklich.

Am nächsten Morgen ritten sie wieder wie eine Horde Verrückter durchs Dorf und hetzten die Indios gegen Kirche und Hospital auf.

Welch eine Welt hast Du geschaffen, Gott im Himmel!

Aus der Ecke des Zimmers kam Evita Lagarto zum Tisch. Sie hatte den weißen Kittel ausgezogen und trug jetzt nur eine dünne Bluse und enge Shorts.

Pater Felix warf einen kritischen Blick auf ihre spärliche Bekleidung. »Auch das ersetzt kein Wasser«, sagte er sarkastisch.

»Ich wollte Ihnen meinen Wagen anbieten, Pater.« Evita Lagarto legte den Arm um Höglis Hüfte. »Er hat 255 PS, er bricht bestimmt nicht auseinander. Außerdem wird Paddy denken, ich säße im Wagen.«

»Es wird kaum möglich sein, dass man mich mit Ihnen verwechseln könnte. Bei allen möglichen Wundern auf dieser Welt: Ein Bart wird Ihnen nie wachsen.«

»Wenn Sie sich rasieren und meine Kleider anziehen —«

»Ein guter Gedanke.« Dr. Högli grinste verlegen. »Gab es nicht mal einen mittelalterlichen Papst, der in Frauenkleidern aus Rom flüchten musste?«

Pater Felix schwieg. Er ging zum Fenster und lehnte die Stirn gegen den Rahmen. Draußen hockten, wie immer, eine Menge Indios und warteten auf ihren Aufruf in die Ambulanz. Viele Mütter waren darunter, die Kinder auf dem Rücken in eine Art Säcke gesteckt, knochige Frauen, ausgelaugt von der Sonne, dem Durst und dem Hunger, Kinder mit riesengroßen Telleraugen in verschrumpelten Gesichtern. Totenköpfe auf faltigen dürren Hälsen, Ärmchen wie abgebrochene, verdorrte Äste.

Ein stummes, klagloses Warten auf den Tod.

»Ich werde es versuchen«, sagte Pater Felix heiser. »Mit Ihrem Wagen und in Ihren Kleidern, Señorita Lagarto. Sonst bleibt nur noch ein anderer Weg …«

»Ich warte immer noch darauf, dass unsere plötzliche Schweigsamkeit in Nonoava oder gar in Chihuahua auffällt und dass man nachsieht, was eigentlich hier los ist«, sagte Dr. Högli.

»Das wird Mendoza Femola verhindern. Auch in Mexiko ist die Bürokratie vollkommen, Sie haben es doch erlebt, Doktor. Femola wird einfach melden: Leitung gestört, Störung wird gesucht und beseitigt. Und wer zu uns will, kehrt spätestens an den Tafeln ›Achtung! Seuchengebiet!‹ sofort wieder um. Nein!« Pater Felix stieß sich vom Fenster ab. Das Elend draußen in der Sonne drückte auf sein Herz wie eine eiserne Klammer. »Der zweite Weg ist der offene Aufstand! Der Sturm auf Paddys Hazienda.«

»Unmöglich, Pater!«, rief Dr. Högli. »Diese Elendsgestalten haben keinen Mut dazu.«

»Ihnen fehlt nur der Führer! Mein Gott, zucken Sie nicht bei dem Wort zusammen … ich kenne Ihre Antwort. Aber hier ist eine Ausnahmesituation. Die großen Revolutionäre haben es uns vorgemacht. Bei ihnen ging es um politische Ideen, um gesellschaftliche Veränderungen – hier geht es um unser nacktes Leben! Diese Indios haben dulden und sterben gelernt, sie kennen nichts anderes als Rechtlosigkeit und Unterdrückung. Ihr ganzes armseliges Leben ist für sie eine einzige Fügung Gottes. Aber jetzt ist ein Stadium erreicht, wo sie aufwachen *müssen!* Jetzt genügt *ein* Mann, es ihnen zu erzählen und vorzumachen.«

»Und das wollen Sie sein?«

»In diesem Extremfall – ja!«

»Als Priester? Im Kirchenrock Anführer einer rachsüchtigen mordenden Menge?«

»Wir wollen nur das Wasser, Doktor, das wissen Sie genau!«

»Und wie allen Revolutionären werden auch Ihnen die Menschen entgleiten. Pater Felix, dieses Land hat Ihr Vorfahre Fernando Cortez für seine heilige spanische Majestät erobert. Mit Feuer und Schwert, Mord und Verbrennungen, Greueln und Lügen, Bergen von Erschlagenen und blutigem Raub der ungeheuren Schätze. Und es waren Ihre Priesterkollegen, die mit dem Kreuz über die Leichenberge schritten, die Mörder in den spanischen Rüstungen segneten und fromme Lieder sangen. Soll sich das im Kleinen in Santa Magdalena wiederholen?«

»Wollen Sie, dass neunhundert Männer, Frauen und Kinder verdursten, weil ein einziger Mann ihnen das Weiterleben verweigert?«

»Ich lehnte Gewalt grundsätzlich ab!«, sagte Dr. Högli hart.

»Mein Gott, warum sind Sie Arzt?« Pater Felix schnallte seinen breiten Gürtel mit dem Revolver ab und warf ihn auf den OP-Tisch. »Sie hätten das Zeug zum Märtyrer. Nur Wasser können Sie damit nicht herzaubern! Und nur das brauchen wir, keinen neuen Heiligen! Evita, geben Sie mir Ihre Kleider. Es ist nicht unter meiner Würde, im Weiberrock neunhundert Menschen zu retten!«

Um die Mittagszeit, als die Sonne senkrecht über dem

Land stand und der Sand und die Steine so heiß wurden, dass man sie nicht mehr anfassen konnte, als der Himmel eine einzige, hellgelbe Lohe wurde und selbst die Luft so mit Glut durchsetzt war, dass man sie kaum einzuatmen wagte, fuhr Pater Felix in Evitas schwerem amerikanischem Luxuswagen durch das leblose Dorf. Er hatte sich den Bart abrasiert und sah nun völlig verändert aus, jünger, noch asketischer, fast wie die verdurstenden Indios von Santa Magdalena.

Dr. Högli hatte, als Pater Felix aus dem Schlafzimmer gekommen war, wo er sich rasiert hatte, leise gesagt: »Pater, ich habe Sie unterschätzt.«

»Ich weiß. Sie haben mich für einen jener jungen Revolutionäre gehalten, die Krach um des Krachs willen machen wollen, auch wenn sie einen Priesterrock tragen. Aufstand um jeden Preis. So ist es nicht, Doktor. Wo sind die Weiberkleider?«

Sie lagen auf dem Bett. Evitas Koffer waren ausgeräumt, ihre Sachen hingen in Höglis Schränken. Pater Felix zog das geblümte Sommerkleid an, aber trotz seiner Dürre war es ihm in den Schultern und um die Hüften zu eng. Er hatte Mühe, sich darin zu bewegen, ließ den Reißverschluss offen und zeigte auf seinen Nacken.

»Doktor, nehmen Sie eine Schere, und schneiden Sie einen Schlitz in den Ausschnitt. Er erwürgt mich ja! Donnerwetter, hat diese Frau eine Figur!«

»Die hat sie!« Dr. Högli verzichtete auf eine Schere, packte den Stoff und riss ihn am Rücken ein. Pater Felix bewegte die Schultern.

»Viel besser.« Er band sich das seidene Kopftuch Evitas um den Schädel und setzte sich dann auf das Bett. »Sie schlafen mit Evita?«, fragte er plötzlich.

Dr. Högli war von der Frage so überrascht, dass er verwirrt nach einer Antwort suchte. »Ist das eine Frage für einen Priester?«, sagte er dann.

»Natürlich. Das Allzumenschliche ist unser Jagdrevier.«

»Ja, ich schlafe mit Evita hier in diesem Bett.«

»Wollen Sie sie heiraten?«

»Darüber habe ich noch nicht nachgedacht.«

»Sie lieben Evita doch?«

»Ja«, sagte Dr. Högli schlicht. Was sollte man mehr darüber sprechen? Jede Erklärung seiner Liebe zu Evita empfand er als Kitsch.

»Und Evita?«

»Was soll diese Frage, Pater?«

»Sie ist fasziniert von Ihnen, Ihrem Leben, Ihrer Armut, Ihrem Kampf gegen Elend und Krankheit; es ist für sie eine neue Welt, fast ein Märchen, das sie plötzlich erlebt. Für den Armen sind Prinzessinnen die goldenen Märchengestalten – für eine Prinzessin wie Evita sind Sie, der arme Hund, so etwas wie ein Sagenheld. Gegensätze ziehen sich an, der uralte Spruch gilt immer noch. Darum meine Frage: Wie soll das mit euch beiden ausgehen?«

»Ist das jetzt so wichtig, Pater?«

»Das müssen *Sie* wissen, Doktor. Wenn ich Chihuahua lebend erreiche, werden einige Menschen wie in einem Wirbelsturm durcheinanderfliegen! Darunter wird auch der reiche Señor Lagarto sein, der Biedermann mit der Teufelshand. Mir wäre nur nützlich zu wissen, ob ich dann einen Lumpen oder Ihren Schwiegervater auf die Hörner nehme.«

»Gibt es da einen Unterschied, Pater?«

»Töchter hängen sehr an ihren Vätern, auch wenn die Väter Schurken sind.«

»Nehmen Sie keine Rücksicht, Pater.« Dr. Högli hielt Pater Felix einen Handspiegel vor das Gesicht. »Bis auf Ihre Kummerfalten sehen Sie wirklich passabel aus ...«

Pater Felix schob den Spiegel zur Seite. »Sie sollten mit Evita darüber sprechen, Riccardo«, sagte er. Es war das erste Mal, dass er Högli beim Vornamen nannte. »Sie sind ein Mensch, der mit seiner Seele lebt und dann erst mit dem Intellekt und dem nüchternen Kalkül. Ich möchte nicht, dass Sie an einer Frau zugrunde gehen. Evita ist eine wundervolle Frau – aber sie braucht die blühenden Parks von Acapulco, die Cocktail-Stunde im weißen Nerz, eine weichgepolsterte Gartenliege mit Sonnensegel. Ob sie auf einem selbstgebauten harten Hocker vor stinkenden Indios oder in einem heißen Verbandszimmer voller Eitergeruch glücklich sein wird, das wäre eine Frage, die jetzt noch nicht endgültig zu beantworten ist. Trotzdem sollte man sich Gedanken darüber machen.«

»Evita hat mich gebeten, sie zu allen Untersuchungen mitzunehmen. Ich soll sie zur Arzthelferin ausbilden. Ist das keine Antwort?«

»Eine halbe, Doktor. Sie sind Evitas strahlender Sagenheld! Aber immerwährendes Heldentum, aus nächster Nähe erlebt, ist etwas entnervend. Ist Ihre Liebe wirklich so groß? Das Bett, Doktor, ist auch nicht so wichtig … auch da schläft bald die Langeweile mit. Liebe muss tiefer sitzen. Liebe ist Aufgabe und Neugeburt eines Menschen …«

Wenig später standen sie vor dem Hospital und winkten Pater Felix nach. Evita war bei ihnen, in der weißen Soutane des Priesters, mit einem alten Strohhut auf dem Kopf, um etwaige Beobachter Paddys zu täuschen. Als Pater Felix in einer großen gelben Staubwolke verschwand, wandte sich Evita ab und ging ins Haus zurück.

»Ich liebe dich, Riccardo«, sagte sie mit einer Selbstverständlichkeit, die Dr. Högli entwaffnete. »Ich habe euer Gespräch gehört. Welche Frau lässt sich das entgehen und lauscht nicht an der Tür? Ich liebe dich und werde bei dir bleiben, und ich kann auf einem harten Hocker sitzen und eitrige Wunden auswaschen, und du bist kein Sagenheld für mich, sondern mein Mann. Ist das genug?«

»Ich habe nie daran gezweifelt, Evitalita.« Er zog sie an sich und küsste sie, und als sie sich berührten, war wieder dieser seltsame Zauber in ihnen, diese Sehnsucht, die die Haut mit einem unerklärbaren elektrischen Flimmern durchzog.

Aber sie hatten keine Zeit für sich. Juan-Christo klopfte an der Tür und rief von draußen: »Kommen Sie, Doktor! Eine Geburt. Eine schwierige Sache. Der Kopf des Kindes ist im Becken festgeklemmt.«

»Das wird ein Kaiserschnitt.« Dr. Högli küsste Evita auf die geschlossenen Lider. Erst dann kam ihm zu Bewusstsein, wie absurd die Situation war ... sie trug den Priesterrock. Er ließ sie los und wischte sich mit beiden Händen über das staubige Gesicht.

»Ich helfe dir bei der Operation«, sagte sie und knöpfte die weiße Soutane auf. Sie war darunter nackt bis auf einen winzigen Slip. Pater Felix hätte dies wieder eine giftige Anmerkung entlockt.

»Wir brauchen Wasser, viel heißes Wasser.«

»Ich habe heute Morgen dreißig Liter gefiltert, Riccardo.«

»Dreißig Liter für ein kleines Heer von Kranken.« Dr. Högli riss die Tür auf. Juan-Christo lief gerade um die Ecke des langen Ganges zum OP. »Morgen werden es vielleicht nur zwanzig sein. Wir werden wirklich dazu gezwungen werden, Paddys Brunnen zu stürmen.«

Nun also fuhr Pater Felix in schnellem Tempo aus Santa Magdalena hinaus, warf einen kurzen Seitenblick auf seine Kirche und bereitete sich darauf vor, sie nicht mehr wiederzusehen. Er griff noch einmal nach der Pistole, die im offenen Handschuhfach lag, schussbereit, trat dann den Gashebel ganz durch und raste in einem wahnwitzigen Tempo über die Kreuzung auf die ausgebaute Straße, die aus dem Talkessel hinausführte in den Felsenpass hinein. Der Durchbruch musste ihm gelingen!

Bei Paddy pfiff es in den tragbaren Funkgeräten. Die Wachen in den Felsen fragten an, was sie tun sollten. Die Señorita fahre wie eine Verrückte die Straße hinauf.

»Anhalten!« befahl Paddy. Er saß auf der Terrasse und war missgelaunt. Aus El Paso hatte PP angerufen, der kleine, elegante, schmierige Landmaschinenhändler Pierre Porelle, die Drehscheibe zu den großen Geschäften mit den unbekannten amerikanischen Abnehmern. Vor drei Jahren noch hatte Paddy sich auch um den Handel allein gekümmert, aber das erwies sich als zu zeitraubend und zu gefährlich. Er hatte immer nur kleine und mittlere Händler beliefert, sogenannte »Mäuse«; an die Großabnehmer war er erst herangekommen, als sich Porelle eingeschaltet hatte. Wer hinter dem windigen Südfranzosen stand, erfuhr Paddy nie. Auch der reiche Lagarto war, verglichen mit Porelles Kunden, nur ein Ein-Mann-Betrieb.

Um so mehr traf es Paddy, als Porelle vorhin am Telefon sagte: »Mein Lieber, was ist eigentlich bei Ihnen los? Die Indios streiken? Ja, gibt es denn so was? Sie sollten mehr Geschichtsbücher lesen, Paddy! Dieses Land hat eine große Tradition im Umfunktionieren arbeitsunwilliger Menschen in folgsame Roboter. Sagen Sie bloß nicht, Ihr Privatkrieg mit dem Pfaffen und dem Armenarzt hemme Ihren Betrieb. Das ist ja Blödsinn! Wozu hat man eigentlich Pulver und Blei erfunden?«

»So idiotisch kann nur einer reden, der weit weg mit seinen Weibern im Himmelbett liegt!«, hatte Paddy zurückgebellt. »Hier ist, Gott sei's geklagt, keiner, der mir einen Priester erschießt!«

»Sie auch nicht?«, fragte Porelle anzüglich zurück.

»Ich bin kein Mörder.«

»Paddy, hören Sie auf, ich ersaufe in meinen Tränen!« Porelle hatte schallend gelacht; er konnte lachen, wie ein Geier schreit. »Und natürlich gibt es in Santa Magdalena auch niemanden, der einen Arzt beseitigt!«

»Ganz natürlich! Jeder braucht ihn hier.«

»Und so etwas baut Hasch und Meskalin an! Paddy, Sie sind ein Riesentrottel, weiter nichts. Soll ich Ihnen vielleicht jemanden schicken, der in Ihrem Mistdorf aufräumt – aber gründlich?«

»Sie verkennen die Lage, PP!« Paddy hatte alle Beleidigungen geschluckt; Pierre Porelle war für ihn Tausende von Dollars wert. »Auch Ihr Killer – erklären Sie mir als Amerikaner nicht, wen Sie mir da schicken wollen, ich kenne mich aus –, auch der würde nur einen erledigen können – dann zerreißen ihn die Indios wie Papier in kleine Fetzchen. Und mich dazu! – Und jetzt hören Sie einmal her, PP! Ich habe den einzigen Plan, der Erfolg verspricht. Ich entziehe ihnen das Wasser und biete ihnen ein Meer, wenn sie von sich aus Pater Felix und Dr. Högli wegjagen. Man muss nur warten können, PP! Lernen Sie von den Russen und Asiaten; für die arbeitet immer die Zeit. Auch hier ist die Zeit auf unserer Seite. Es wird weiterhin trocken bleiben. Noch eine Woche, PP, und ich gewinne aus den Reihen der verdurstenden Indios zehn potente Mörder.«

»Wir brauchen jetzt, Paddy, *jetzt,* eine Lieferung Peyotl-Konzentrat. Mein Kunde hat kein, aber auch gar kein Verständnis für Ihre Schlafmützigkeit. Diese Leute denken in anderen Dimensionen. Wir brauchen vierzig Ballonflaschen zu fünfzig Litern Konzentrat.«

»Unmöglich! Keiner meiner Arbeiter ist mehr auf die Felder zu kriegen.«

»Dann geben Sie ihnen Wasser, zum Teufel!«

»Das wäre eine Kapitulation vor dem Pater und dem Arzt.«

»Ich sehe, mit Ihnen zu reden ist genauso sinnlos, wie eine Hure zu einer Jungfrau zu machen!« Pierre Porelle schwieg. Im Telefon gluckerte es. PP trank genussvoll einen Kognak. »Ich komme zu Ihnen, Paddy«, sagte er dann.

»Das würde mich freuen! Dann verlieren Sie endlich Ihre Revolverschnauze.«

»Oder Santa Magdalena verliert einen Pfaffen und einen Arzt.«

»Das schaffen Sie nie, PP.«

»Wenn ich Wetten nicht hassen würde, könnte ich Ihnen jetzt eine vorschlagen.« PPs Stimme nahm wieder diese leiernde, beleidigende Gleichgültigkeit an, die Paddy so maßlos aufregte. So spricht man mit einem Krämer. »Ich werde meinem Kunden Ihr Problem weitergeben. Vierzig Ballons Konzentrat sofort an die Kontaktstelle! Ich selbst bin in Kürze bei Ihnen.«

Pierre Porelle hängte grußlos ein, Paddy brüllte in den stummen Apparat alle Flüche, die ihm einfielen, und das war eine ganze Menge. Genau in diesem Augenblick meldete man von der Straße, Evita Lagarto versuche, den Talkessel zu verlassen.

»Nicht schießen!«, sagte Paddy in das Sprechfunkgerät. »Ihr werdet doch wohl noch auf höfliche Art eine Señorita am Weiterfahren hindern können! Benehmt euch wie echte mexikanische Caballeros. Und bringt mir die Señorita unversehrt hierher! Ich will, dass sie wie eine Dame behandelt wird ...«

Unterdessen fuhr Pater Felix mit unverminderter Geschwindigkeit die Straße hinauf. Er wunderte sich über die Stille in den Bergen. Nach seiner Meinung hätte man ihn längst beschießen müssen. Die Stelle, an der man vor einigen Tagen seinen Jeep unter Feuer genommen hatte, hatte er längst passiert.

Er holte die Pistole aus dem Handschuhfach, legte sie neben sich auf den Sitz und beobachtete die zerklüfteten Bergwände zu beiden Seiten, soweit ihm der aufwirbelnde Staub dazu Gelegenheit gab. Die Stille wurde ihm unheimlich; er bereitete sich darauf vor, in einen Hinterhalt zu geraten. Für diesen Fall hatte er die ungeheuren Reserven von 255 PS unter der Kühlerhaube. Ein Druck auf das Gaspedal, und der Wagen musste vorwärtsschießen wie eine Rakete.

Aber nichts geschah. Ließ Paddy die Tochter seines Geschäftsfreundes ungehindert passieren? Hatte er mit Lagarto gesprochen? Wartete das gute Väterchen irgendwo da draußen auf die Rückkehr seines zauberhaften Töchterchens aus der Hölle von Santa Magdalena?

Pater Felix kam nicht mehr dazu, zu überlegen, was er Lagarto sagen könnte, wenn der ihm gegenüberstehen und sehen würde, wie statt Evita ein Priester in Frauenkleidern aus dem Wagen stieg. Vor ihm, am Straßenrand, stand ein knochiger Esel, ein kleiner zerlumpter Indio winkte mit beiden Armen, er winkte in wilder Verzweiflung, und neben dem Esel lag eine Frau, krümmte sich, hielt sich den Leib, bäumte sich vor Schmerzen auf.

Man kann nicht über seinen Schatten springen, man kann ihm nur nach- oder davonlaufen. Auch Felix Moscia dachte bei diesem Anblick nicht mehr daran, dass er um jeden Preis durchbrechen wollte. In diesem Augenblick war er nur Priester.

Er bremste sofort, sprang aus dem Wagen und rannte zu der laut wimmernden Frau. Dabei verlor er sein Kopftuch, und das war der Augenblick, da der kleine, zerlumpte Mexikaner sein Winken aufgab und die jammernde Frau sich lang auf den Boden streckte und Pater Felix aus entsetzten Augen ansah.

Die Señorita war der Padre! Gott verzeiht uns alles – aber ob er das verzeihen kann …?

»Gelobt sei Jesus Christus …«, stammelte der kleine Mexikaner neben seinem halb verhungerten Esel. Dann bekreuzigte er sich und griff in seinen Gürtel.

»In Ewigkeit. Amen!«, antwortete Pater Felix.

Es waren seine letzten Worte an diesem heißen Mittag. Ein harter Schlag auf seinen Hinterkopf ließ ihn in die Knie fallen, ein zweiter Schlag betäubte ihn endgültig. Aber bevor er in die Schwärze versank, erkannte er noch, dass die Frau – wie er selber – ein Mann in Weiberkleidern war … Und er begriff sogar noch etwas von dem makabren Humor dieser Situation …

Der kleine Mexikaner stierte auf den besinnungslosen Pater und holte dann mit zitternden Fingern aus dem Deckensattel seines Esels das Funksprechgerät. »Wir haben die Señorita«, sagte er, als sich Paddy knurrend meldete. »Es ... es geht ihr gut. Sie ist nur ein bisschen ohnmächtig.«

»Sofort hierher!« Paddy schlug mit der Faust auf den Tisch. »Wie konnte das passieren? Warum habt ihr sie so erschreckt?«

Der kleine Mexikaner verzog das staubige Gesicht und starrte auf den leblos vor seinen Füßen liegenden Pater Felix.

»Es war umgekehrt, Patron«, stotterte er. »Sie hat uns erschreckt. Sie werden es selbst sehen, Patron ...«

Er schaltete das Sprechgerät ab, um vor Paddys weiteren Fragen sicher zu sein.

Die Ankunft der »Señorita Lagarto« auf der Hazienda war eine Sensation. Selbst Paddy war sprachlos, als er Pater Felix in Evitas Kleid auf dem Hintersitz des weißen Wagens liegen sah. Vorn hockten die beiden Mexikaner und grinsten verlegen. Den Esel hatten sie einfach zurückgelassen; er trottete jetzt gemütlich heimwärts, hinunter nach Santa Magdalena, wo man ihn bei irgendeinem Indio, ohne groß zu fragen, aus dem Stall geholt hatte.

»Das übertrifft alles!«, sagte Paddy und blickte sich um. Seine sonst so mutigen und großmäuligen Capatazos drückten sich an der Treppe zur Terrasse und an der Hauswand herum, nur der Bulle Antonio Tenabo, so hirnlos wie groß, rieb sich die Hände und schielte nach einem Baum. Paddy verstand den Blick und schüttelte den Kopf. »Nein! Bringt ihn ins Haus.« Er wartete, aber bis auf Tenabo rührte sich keiner vom Fleck. »Ins Haus!«, brüllte Paddy. »Habt ihr Angst, einen Pfaffen anzupacken? Ist das noch ein Priester? In Weiberkleidern? Ein Popanz ist das! Ein Witz! Versteckt sich unter einem Rock und will flüchten! Und solch ein Feigling redet zu euch von Gott und macht euch mit Worten besoffen!

Seht ihn euch an … glattrasiert! Und ein Autodieb ist er auch, euer heiliger Mann!«

Zögernd kamen zwei Mexikaner heran, packten Pater Felix an den Beinen, Tenabo fasste die Schultern. So trugen sie ihn ins Haus, legten ihn auf eine der großen Couches und verließen schnell wieder das Zimmer.

Paddy setzte sich ihm gegenüber, schob einen Tisch mit Eis und Whisky in Griffnähe und wartete auf das Erwachen. Zu Tenabo sagte er noch: »Hol einen Pinsel und Ölfarbe. Rot, grün, blau und gelb. Damit wartest du draußen, bis ich dich rufe.«

Pater Felix erwachte, ohne dass Paddy es merkte. Er nahm gerade einen langen Zug Whisky, als der Pater sagte: »Prost, Sie Walross!« Paddy verschluckte sich, hustete schauerlich und ließ es sogar zu, dass der Pater ihm kräftig auf den breiten Rücken klopfte.

»Ihre Falle war primitiv, aber gerade deshalb wirksam. Auf so etwas muss ein Priester hereinfallen.« Pater Felix goss sich auch ein Glas ein, bevor Paddy, noch nach Atem ringend, ihm eines anbieten konnte. »Wir ewigen Samariter.«

»Sie vergessen, dass ich Evita Lagarto erwartete.« Paddy hatte sich beruhigt. Er streckte die Beine von sich und betrachtete den Pater genussvoll. »Für meinen Geschmack sind Sie zu knochig, Lady«, sagte er dann. »Zu wenig Busen. Keine runden Schenkel. Und Ihre Waden … o Jammer! Mylady sollten zu einem Schönheitschirurgen gehen.«

»Was haben Sie jetzt mit mir vor, Paddy?«, fragte Pater Felix ruhig und setzte das Glas auf den Tisch zurück. »Sie wissen genau, dass ich nicht mit einem gestohlenen Wagen in Frauenkleidern flüchten wollte.«

»Ach! Sie haben draußen alles gehört? Sie waren gar nicht besinnungslos?«

»Beim Passieren Ihrer Einfahrt wurde ich wach. Eine reine Reflexsache, wenn Priester in die Nähe von Teufeln kommen. Ich blieb weiter in Ohnmacht, um zu sehen, wie sich meine Schäfchen benehmen. Sie haben mich nicht enttäuscht. Ihre Kreatur Antonio ausgenommen, natürlich. Den beiden anderen, die mich an den Füßen packten, werde ich bei nächster Gelegenheit zwanzig Vaterunser aufbrummen.«

»Sie wollten nach Chihuahua durchbrechen und Hilfe holen?«

»Endlich, jetzt sind wir beim Thema. Es wäre mir elegant gelungen, wenn ich nicht auf Ihren billigen Trick hereingefallen wäre.«

»Irrtum! Eine Meile weiter stand die zweite Kontrolle mit einer etwas schärferen Anweisung. Sie hätten es nie geschafft. Und von draußen kommt keiner rein, weil jenseits der Seuchenschilder die Männer von Polizeichef Femola stehen und jeden zurückschicken, der diese Straße nehmen will. Dafür habe ich Mendoza Femola tausend Dollar in den Gürtel schieben müssen. Geben Sie jetzt auf, Pfaffe?«

»Ich verstehe Ihren Gedankengang nicht, Paddy. Sie lassen uns nicht raus, aber andererseits sollen wir aufgeben! Können Sie mir bitte erklären, was Sie darunter verstehen?«

»Sie halten nicht viel von Logik, Pater?« Paddy trank mit Genuss den Whisky. In dem hohen Glas klapperten die Eiswürfel.

»Logisch wäre es, mich zu töten.«

»Bravo.«

»Dazu haben Sie jetzt die Gelegenheit. Bedienen Sie sich, Paddy. Wie hätten Sie's gern? Baum oder Pistole? Knüppel oder Würgeseil?« Pater Felix stand auf und begann, Evitas Kleid auszuziehen. Paddy hob das Bein, trat Felix vor den Bauch und warf ihn mit diesem Tritt auf die Couch zurück.

»Behalten Sie das Kleid an«, sagte er rau.

»Wenn es Ihnen Spaß macht, bitte.« Pater Felix verkniff den Schmerz in seinen Eingeweiden. Er war so stechend, dass er sich am liebsten gekrümmt hätte, aber er gönnte Paddy diesen Anblick nicht und lehnte sich mit fest zusammengebissenen Zähnen weit zurück. »Ihre Leute werden lachen.«

»Das sollen sie auch! Ich werde Sie so lächerlich machen, dass kein streunender Hund mehr Lust hat, an Ihre Kirche zu pissen!«

»Wozu der Aufwand? Sie wollen mich töten und berauschen sich an billigen Nebeneffekten. Das ist Zeitvergeudung.«

»Die Zeit, ach ja. Die Zeit spielt ja mit, sie spielt sogar die Hauptrolle! Das ist auch die Lösung Ihrer Fragen, Pater. Nicht ich töte Sie – die Zeit tötet Sie! Ich bin kein Mörder ...«

»Darauf muss ich einen trinken, Paddy.« Pater Felix goss sich Whisky ein, ließ das Eis im Glas klingeln und blickte Paddy durch das braungoldene Getränk an. Paddys eckiger Kopf sah in dieser Verzerrung wie eine Fratze aus.

»Ihre eigenen Gotteskinder werden Sie und Dr. Högli in einer Woche, spätestens in zwei, erschlagen. Das ist der Grund, warum ich Sie und den Idealistenprotz Högli nicht aus dem Kessel lasse. Die Sonne, Gottes Sonne, und der Große Durst werden an Ihnen zum Mörder werden. Nicht ich!«

»Diese Teufelei geht nicht auf, Paddy! Bis dahin sind auch Ihre so kostbaren Felder rettungslos verdurstet und verdorrt.«

»Kakteen verdorren nicht so schnell. Mit dem Hanf werde ich Sorge haben, das stimmt. Aber ich bin kein armer Mann, ich kann's verkraften.«

»Wahrhaftig. Sie könnten aus Santa Magdalena ein Paradies machen.«

»Das erzählen Sie ja auch immer den Indios. Das ist Ihre Waffe gegen mich, dieses gemeine Aufhetzen der Massen. Kommen Sie mir jetzt bloß nicht mit dem mildtätigen Mann, der seinen Mantel teilte!«

»Es wäre sinnlos, Paddy.« Pater Felix erhob sich. Der bohrende Schmerz in seinem Bauch ließ etwas nach. Er konnte aufrecht stehen, ohne seine Hände stützend gegen den Leib zu drücken. »Sie töten mich jetzt nicht?«

»Nein!«

»Ich kann gehen?«

»Bitte, Pater!« Paddy lachte dröhnend. »Machen Sie mir eine Freude, und bewegen Sie sich in den Weiberkleidern wenigstens etwas fraulich. Wiegen Sie sich in den Hüften, Felicitas!« Er klatschte in die riesigen Hände, konnte sich vor Freude nicht fassen, brüllte: »Antonio! Die Farben bereit! Die Señorita ist so blass geworden! Oje, ein so zartes Mädchen und solch eine Ohnmacht! Antonio!«

Pater Felix kümmerte sich nicht um die Fröhlichkeit Paddys und ging ahnungslos hinaus. Auf der Terrasse empfing ihn Antonio Tenabo. Mit einem breiten Grinsen stieß er Felix gegen die Hauswand und gab ihm damit keine Gelegenheit, einen seiner gefährlichen Judogriffe anzuwenden. Er hätte es auch gar nicht gekonnt … der neue Stoß ließ den Schmerz wieder aufleben. Hilflos gegen seine Schwäche ankämpfend, lehnte Pater Felix an der Wand. Tenabo tauchte den Pinsel in einen Topf mit roter Ölfarbe und trat näher an Felix heran.

»Was ist eine Señorita ohne rote Lippen und rote Bäckchen, he?« lachte er fett. Dann schwang er den Pinsel, klatschte ihn Pater Felix auf den Mund und rechts und links auf die Wange. »Und blond muss ein Mädchen sein. Blond, das ist unsere große Sehnsucht. Für blond könnten wir töten, mein Süßes.« Die grelle gelbe Farbe – sattvoll fuhr der Pinsel mehrmals über den Kopf von Pater Felix hin und her, kreuz und quer und immer wieder, bis nichts mehr von seinem schwarzen Lockenhaar übrig geblieben war. Felix Moscia hielt still. Die Schwäche war vorbei, aber er wehrte sich nicht, obgleich Antonio Tenabo so nahe stand, dass er ihn leicht greifen konnte.

»Blau ist der Himmel!«, grölte Tenabo. Er tauchte den Pinsel in den blauen Ölfarbentopf und klatschte ihn auf das Kleid. »Eine blonde Señorita in einem blauen Kleid … welch ein Bild! Mein Herz quillt auf!«

Unten, am Fuß der Terrassentreppe, standen die anderen Capatazos und starrten schweigend auf ihren misshandelten Padre. Ihre schwarzen Augen riefen ihm zu: Verzeih uns,

Padre! Aber ihr Respekt vor Paddy und ihre Angst vor Antonio Tenabo lähmten sie; sie hätten diese sadistische Kreatur Paddys sonst bis zur Unkenntlichkeit verprügelt.

Die grüne Farbe. Tenabo grunzte vor Wonne und tanzte vor Pater Felix hin und her. »Grün sollen alle Felder wieder sein, wenn es regnet!«, schrie er und nahm den Farbtopf in beide Hände. »Kennen deine Indios noch grün? Wissen sie noch, wie grün aussieht? Bring es ihnen, bring es ihnen …«

Er schüttete den Farbtopf über Felix' Schulter, die Ölfarbe lief in das Kleid hinein und verteilte sich über den ganzen Körper. Es war kein fröhlicher, es war ein schrecklicher Anblick, als Tenabo zurücktrat und sich zu Paddy wandte mit einer Geste, die so viel hieß wie: Habe ich es gut gemacht Patron? Die gelben Haare, das rotbemalte Gesicht, das blaugefleckte Kleid und der grüne Körper … Es war eine höllische Vision.

Pater Felix Moscia stieß sich mühsam von der Hauswand ab. An seinen Beinen lief die grüne Farbe als zäher Brei herunter.

»Kann ich jetzt gehen?« fragte er Paddy.

Paddy nagte an der Unterlippe. Sein Triumph wurde zu einer grandiosen Niederlage. Er erkannte es plötzlich.

Langsam ging Pater Felix die Treppe hinunter. Die Capatazos wichen zurück, zogen ihre breitkrempigen Hüte und senkten den Kopf. Ruhig ging Felix weiter, den Kopf hoch erhoben, ein wandelnder Farbklecks, und zu jedem, an dem er vorbeischritt, sagte er ebenso ruhig: »Gnade sei mit dir! Gnade sei mit dir …«

»Fünfhundert Dollar für den, der ihn erschießt!«, schrie Paddy hysterisch von der Terrasse. Er beugte sich über das hölzerne Geländer und trat mit den Stiefeln gegen die Brüstung. Seine Stimme überschlug sich. »Tausend Dollar! Tausend Dollar und einen Monat Urlaub auf meine Kosten am Meer! Erschießt ihn doch! Erschießt ihn endlich!«

Ohne den Schritt zu verzögern, den Blick geradeaus, ging

Pater Felix weiter. Das Tor in der Mauer stand weit offen, oben auf den Wachttürmen starrten ihn die Posten entgeistert an, sie hatten die Gewehre in den Händen, sie konnten sich tausend Dollar und einen Monat Urlaub am Meer verdienen, aber keiner hob die Waffe und zielte auf diese buntbemalte Menschenpuppe.

»Zweitausend Dollar!«, brüllte Paddy. »Ich erhöhe auf zweitausend Dollar! Dreitausend Dollar! Das sind siebenunddreißigtausendfünfhundert Pesos! Wer ihn erschießt, ist ein reicher Mann! Er braucht nicht mehr zu arbeiten! Warum erschießt ihn denn keiner? Ich biete dreitausend Dollar!«

Antonio Tenabo hatte seinen Revolver bereits gezogen, als Paddy tausend Dollar schrie. Aber er konnte ihn nicht heben. Hinter ihm, in der Tür des Salons, stand der Hausboy Paddys und zielte mit einer Schrotflinte auf Antonios Magen, als sich Tenabo zufällig umdrehte. Da verzichtete auch Antonio auf Reichtum und steckte den Revolver ins Halfter zurück.

Langsam verließ Pater Felix die Hazienda, das Tor klappte hinter ihm zu. Draußen empfingen ihn die Indios, nahmen ihn in ihre Mitte, hoben ihn auf einen Esel und führten ihn zum Dorf zurück. Ein paar schnelle Läufer rannten voraus und meldeten das Ereignis. Auch zum Hospital rannten sie und alarmierten Dr. Högli. Er hatte die Kaiserschnitt-Operation gerade hinter sich, stand am Waschbecken und seifte sich die Arme ab. Mit Evita und Juan-Christo sprang er sofort in seinen Jeep und raste ins Dorf. Sie trafen Pater Felix, als er gerade über den Marktplatz ritt, umringt von seinen Indios, die heulende Laute ausstießen wie geprügelte Hunde.

»Sind Sie verletzt, Felix?«, schrie Högli und boxte sich durch die dichtgedrängte Menschenmenge. »Kommen Sie, wir tragen Sie in den Wagen …«

Pater Felix stieg von dem kleinen Esel. Der Rücken des Tieres war grün und blau bekleckst. Die Farben auf Felix' Körper waren angetrocknet und glänzten in der glühenden Sonne.

»Haben Sie vielleicht Terpentin im Krankenhaus?«, fragte er den Doktor.

»Natürlich nicht!«

»Was soll ich dann bei Ihnen? Mir fehlt nichts. Und das bisschen Farbe, ich bitte Sie, Doktor, das Leben ist so grau, da tut etwas Farbe Wunder.«

Er ging hinüber zur Kirche, schrecklich in seiner Farbigkeit anzusehen, drückte die Kirchentür auf und wandte sich noch einmal um. Aber die Kirche konnte er nicht mehr betreten.

Auf der Schwelle fiel er in sich zusammen und riss sich mit beiden Händen das Kleid vor der Brust auf. »Luft! Luft! Mein Gott, gib mir Luft!«

»Er erstickt!«, brüllte Dr. Högli. »Juan! Schnell!«

Sie rannten zur Kirche, rissen Pater Felix hoch, warfen ihn in den Jeep und rasten mit ihm davon. Evita blieb zurück, eingekeilt zwischen den Indios, von misstrauischen Augen betrachtet, und dann war sie allein, stand vergessen vor der Kirche, einsam in der sengenden Sonne, und begriff plötzlich, was Dr. Högli gemeint hatte, als er sagte: »Hier musst du dein eigenes Leben wegwerfen und dir ein neues aus Staub und Steinen backen.«

»Ich will!«, sagte sie laut. »Mein Gott, ich will es!«

Dann rannte sie durch den heißen Staub quer durch das Dorf zurück zum Krankenhaus.

So viel wusste sie, dass ein Mensch unweigerlich ersticken muss, wenn ein bestimmter Prozentsatz seiner Haut nicht mehr durch die Poren atmen kann.

Pater Felix' Körper war fast vollständig von der luftundurchlässigen Ölfarbe überzogen. Es war ein medizinisches Rätsel, wie er den Weg nach Santa Magdalena hatte überstehen können.

Der Wettlauf war fast verloren, als Dr. Högli endlich das Hospital erreichte. Die bremsenden Räder des Jeeps überschütteten die vor der Ambulanz wartenden Indios mit einer riesigen Staubwolke. Sie zogen die Sombreros tiefer ins Gesicht und die Ponchos höher über die Schulter, hielten den Atem an und warteten, bis die Masse des Staubes über sie hinweggezogen war. Dreihundert Frauen, Kinder und Männer standen vor dem Hospital, seit drei Stunden, mit der rätselhaften Geduld von Eseln.

Juan-Christo hatte bekannt gegeben, dass es gelungen sei, aus dem Brunnen und seinem noch immer nicht ganz reinen Wasser zweihundert Liter abzukochen und damit trinkbar zu machen.

Es war, als feiere das Dorf zum zweiten Mal das heilige Marien-Fest. Wasser für jeden! Nur einen Becher voll. Lauwarmes, schales Wasser ... aber es war Flüssigkeit, die man im Gaumen wenden konnte, ehe man sie herunterschluckte. Es war Leben, das man ganz langsam in sich hineinfließen lassen konnte, genussvoll, fast betäubend. Unbeschreiblich schöner war das, als bei einer zärtlichen Frau zu liegen, und – Amigos! – was gibt es sonst noch Sinnenbetörenderes als ein leidenschaftliches Weib?

Einen Becher Wasser für jeden! Ganz Santa Magdalena pilgerte, wie bei der Marienprozession, zum Hospital. Und so erlebten sie auch alle die Ankunft des mit Ölfarbe lackierten Paters Felix, seine lauten, pfeifenden Atemstöße, seinen weit aufgerissenen, schrecklich verzerrten Mund, die angstvoll hervorquellenden Augen und die ganze Hilflosigkeit eines Menschen, der an einem Kilo Farbe zugrunde geht.

»Äther!«, brüllte Högli, als sie Pater Felix in den OP trugen. »Schafft sofort alles her, was wir an Äther haben!«

Juan-Christo starrte ihn ungläubig an, dann rannte er zum Narkoseschrank und entnahm ihm die dunkelbraunen Flaschen, dazu eine Tropfmaske.

»Idiot!«, schrie Högli. »Keine Narkose. Watte! Zellstoff!«

Mit Hilfe von drei Indios hatte er Pater Felix auf den Tisch gelegt. Jetzt riss er ihm Evitas Kleid vom Körper herunter.

Erst da sah er das ganze Ausmaß der Katastrophe; die fast

völlig mit grüner Ölfarbe überflossene Haut, zwischen die sich schreiend grell das Blau und das Rot mischten. Der Kopf leuchtete zitronengelb, die mit Farbe vollgesogenen Haare lagen um das Gesicht wie ein gehämmerter Helm.

Dr. Högli beugte sich über Felix Moscia. Seine dunkelbraunen Augen starrten ihn in höchster Todesangst an. Jetzt musst du etwas sagen, dachte Högli. Etwas ganz Dummes, Idiotisches, aber es muss ihm das Gefühl geben, dass du die Lage beherrschst. Auch ein Priester hat Angst vor dem Sterben, wer kann ihm das übelnehmen? Gottes Wort allein macht einen Menschen nicht gefühllos.

Matri war plötzlich neben ihm, eine Injektionsspritze in der Hand, reichte sie ihm hin. Dazu den Kasten mit den Ampullen, geordnet nach Indikationen. Dr. Högli zog eine Ampulle mit einem Herz- und Kreislaufmittel auf, drückte die Luft aus dem Kolben und injizierte. Er stieß die Nadel durch die grüne Ölfarbe; man hatte keine Zeit mehr, an diesem lackierten Körper nach einer farbfreien Stelle zu suchen.

»Als junger Assistent war ich fur ein halbes Jahr auf einer Missionsstation in Neu-Guinea«, sagte er mit mühsam fester Stimme. »Da liefen die Papuas genauso irr bemalt herum wie Sie, Felix. Waren Sie etwa auch mal auf Neu-Guinea?«

Pater Felix verstand ihn. Er versuchte zu lächeln, es wurde eine schreckliche Fratze daraus. Sein rot-gelb-grün-gestreiftes und getupftes Gesicht glich wirklich einer urweltlichen Göttermaske. Er bemühte sich zu sprechen, Högli sah, wie er nach den Worten rang, nach dem bisschen Luft, das ein paar Töne brauchten.

»Ich war – als junger Missionar – auf – Feuerland …«, keuchte er. Dann quollen seine Augen wieder aus den Höhlen. Luft! Gott im Himmel, Luft!

»Feuerland! Sieh an!« Högli ballte eine Lage Zellstoff zusammen. Juan-Christo stand hinter ihm und band ihm ein Mundtuch um, ein lächerlicher Schutz gegen den Äther, den Högli gleich in verschwenderischem Maße ausschütten würde. Aber wenn man Glück hatte, überstand man ein paar Minuten lang die eigene Narkose. Mit einem Plop fuhr der Gummistöpsel aus dem Flaschenhals. Sofort roch es widerlich süß und penetrant nach Äther, ein Geruch, an den sich Högli nie hatte gewöhnen können. »Die Feuerländer«, sagte er hinter seinem Mundschutz und überflog mit einem schnellen Blick Felix' Körper. Wo anfangen? Am besten an der Brust und den Extremitäten. Es ist ja nur ein Versuch, mein Freund, dein Gott muss mithelfen. Wir sind in Santa Magdalena und nicht in einer Universitätsklinik. Was habe ich denn zur Verfügung? Ein paar Spritzen, den ekelhaften Äther und meine Hände. Bis jetzt weiß ich nicht, ob Äther überhaupt die Ölfarbe löst. Hätten wir Terpentin, Azeton oder sonst irgendetwas! Einen Blasenstein kann ich dir herausnehmen, mit der Schlinge, mit dem Skalpell … »Die Feuerländer …«, sagte Högli heiser. Der Zellstoff saugte sich mit Äther voll. Juan-Christo und Matri standen abseits und drückten nasse Handtücher gegen ihre Gesichter. »Weißt du, dass die Feuerländer nicht sagen: ›Leck mich am Arsch‹, sondern ›Verbrenn dir nicht die Zunge‹?«

Pater Felix atmete röchelnd. Sein ganzer Körper zitterte und krümmte sich in der unerträglichen Qual des Erstickens. Högli begann zu reiben … er hielt so lange den Atem an, wie es möglich war, saugte dann mit abgewandtem Gesicht schnell neue Luft ein und bearbeitete Felix' nackten Körper weiter.

Der Äther griff die Farbe an, löste sie auf, machte sie wieder flüssig und ließ sie in den Zellstoff ziehen. Dr. Högli hätte vor Freude schreien können – aber gleichzeitig fühlte er, wie der Äther auch in sein Gehirn kroch, wie die Geräusche um ihn herum gleichsam in Watte gepackt wurden, alles wurde so leicht und selig taumelig, Juan-Christos Mestizengesicht schwamm wie in Milch, und Matris zarte indianische Schönheit schwebte daneben wie ein Bild aus braunen und schwarzen Wolken.

Noch einmal wechselte Dr. Högli den Zellstoffknäuel, träufelte ihn voll Äther und rieb Pater Felix' Brust. Er lehnte sich an das Eisengestänge des OP-Tisches, presste die Lippen zusammen und rieb mit beiden Händen irgendwo an dem nackten Körper herum. Er sah nicht mehr, wo er arbeitete, er begriff nicht mehr, was er tat … Er wusste nur eins mit seinem Willen, der verzweifelt gegen die Betäubung ankämpfte: Du musst reiben … reiben … nichts als reiben … überall, ganz gleich, wo … die Farbe muss weg … die Poren müssen frei werden … er erstickt … er erstickt dir unter den Händen …

Högli merkte nicht, wie er zur Seite geführt wurde und, gestützt auf Matri, zur Tür schwankte, hinaus in die heiße Luft, die jetzt trotz Staub und Glut so wundervoll rein war. Am Tisch machte Juan-Christo weiter. Er hatte sich das nasse Handtuch um das Gesicht gebunden, nur die Augen waren noch frei, und Fleck nach Fleck von Pater Felix' Leib wurde von der Farbe befreit. Hinter Juan-Christo hatten sich Indios in zwei Reihen aufgestellt. Mit dem Wasser, das sie trinken wollten, hatten sie ebenfalls Tücher angefeuchtet und um Nase und Mund gebunden. Sie warteten, bis auch Juan-Christo zu schwanken begann und vom Tisch taumelte. Dann kamen sie zu ihrem nackten, lackierten Pater, rieben und saugten die Ölfarbe weg, einer nach dem anderen, bis sie selbst schwankten und dem Nachfolgenden Platz machten.

Evita Lagarto hatte nach knapp hundert Metern das Laufen aufgegeben. Die Glut der Sonne packte sie wie mit feurigen Zangen, der Staub, der unter ihren Füßen aufquoll, drang in Nase und Mund, Ohren und Augen und gerbte sie wie mit heißer Lohe. Erschöpft ruhte sie sich im erbärmlichen Schatten einer Hauswand aus. Das Haus, ein grober Bau aus Felssteinen mit einem Strohdach, war verlassen, die Tür stand offen, ein struppiger Hund beschnupperte sie und begann heiser zu kläffen, als er den fremden Geruch aufgenommen hatte. Wie können es Menschen hier aushalten, ihr kleines Glück genießen, Kinder gebären und bis zu ihrem frühen Ende hinvegetieren, und dazu noch Gott loben, dass er ihnen dieses Leben gegönnt hat? Wie groß muss die Liebe dieser Menschen zu ihrer Heimat sein, zu diesem gnadenlosen Boden und der noch gnadenloseren Sonne, dass sie nicht wegziehen aus diesem Höllental, sondern sich im Gegenteil an jedes Fetzchen Fruchtbarkeit klammern, in der durch nichts begründeten Hoffnung, es könne einmal eine bessere Zeit fur sie kommen?

Sie erreichte das Hospital, als Juan-Christo gerade an die Luft wankte und sich schwer atmend an die Mauer stellte. Dr. Högli saß halb narkotisiert auf einem Flechthocker in der prallen Sonne, eine Indiofrau wusch ihm das Gesicht mit dem kostbaren Wasser ab. Wasser für zehn Menschen – jetzt floss es über den Kopf des Doktors in seinen aufgerissenen Mund, lief den Hals hinunter über die nackte Brust. Irgendjemand hatte ihm das Hemd vom Leib gerissen, als könne er ihn damit aus der Betäubung wecken.

»Wir schaffen es, Señorita«, stammelte Juan-Christo. Er pumpte die heiße Luft in sich hinein und fing Matri auf, die gerade aus dem Haus taumelte. »Wir schaffen es. Wir haben die Brust schon frei. Jetzt sind sie an den Armen und Beinen. Es geht mit Äther, mit dem verdammten Äther. Es geht …«

Eine süßliche, ekelhafte Wolke schlug Evita entgegen, als sie in das Hospital rannte. Sie drängte sich durch die Schlange der wartenden Indios, bekam von irgendjemandem ein nasses Tuch, flinke Hände verknoteten es hinter ihrem Kopf, und dann stand sie am Tisch, Felix grünschillernder Körper lag vor ihr, sie griff nach dem Zellstoffballen, den man ihr anreichte und rieb die Farbe von den Oberschenkeln.

Über ihr drehten sich die großen Flügel des Ventilators, alle Fenster waren aufgerissen, doch was nutzte das? Die heiße Luft staute sich, und wo die rotierenden Flügel sie packten, wurde sie nur umeinandergewirbelt und mit dem Ätherdunst vermischt. Als betäubende Wolke sank sie dann über den Tisch zurück und griff die verzweifelt bemühten Menschen an.

Pater Felix war längst narkotisiert und atmete mit Röcheln und Schnarchtönen. Die kräftige Kreislaufinjektion hatte den Tod, der durch diese Überdosis von Äther hätte einsetzen können, bis jetzt verhindert, aber mit jeder Minute wurde sein Herzschlag schwächer, sein Atem flacher.

»Ans Fenster!«, hörte Evita eine Stimme neben sich. »Er muss ans Fenster!«

Durch einen Nebelschleier erkannte sie Dr. Högli. Sie lehnte sich gegen einen Indio, der ihr ein neues nasses Tuch gegen den Mund hielt, und nahm alle Kraft zusammen, um nicht die Besinnung zu verlieren. Sechs Indios hoben den nackten Pater vom Tisch und trugen ihn zum offenen Fenster. Dort hielten sie ihn in liegender Stellung fest, ein lebender Tisch, während Dr. Högli mit einer Herzmassage begann und Juan-Christo neben ihm weiter den Unterleib von der grünen Farbe säuberte.

»Er hält durch!«, keuchte Högli, sein Gesicht glänzte vom Schweiß. »Er *muss* durchhalten! Matri! Matri! Noch eine Injektion! 5 ccm!«

Evita lehnte aus dem Fenster und saugte die ätherfreie Luft ein. Sie spürte, wie der süße Nebel verwehte, wie die Welt aus Watte wieder eine Welt aus Tönen und Formen wurde.

»Warum nimmst du denn keinen Sauerstoff?«, rief sie. »Du hast doch drei Flaschen in der Ecke stehen …«

Dr. Högli trat zurück. Juan-Christo beugte sich über Pater Felix und versuchte eine Mund-zu-Mund-Beatmung. »Sauerstoff!« Dr. Högli beugte sich aus dem Fenster. Sein Atem rasselte. »Ich habe den letzten Rest für den Kaiserschnitt gebraucht. Die Flaschen sind leer. In Nonoava stehen sie herum, wir brauchen sie nur abzuholen … nur abzuholen …«

Evita verstand. Was Paddy tat, machte er gründlich. Er

mordete nicht mit eigener Hand; er sorgte nur dafür, dass die Menschen von Santa Magdalena am Nichts zugrunde gingen.

»Ich werde mit Paddy sprechen«, sagte sie laut. Dr. Högli schüttelte den Kopf. Die Schweißperlen sprühten von ihm, als schüttle ein nasser Hund sich ab.

»Hier geht es nicht mehr um schöne Worte, hier geht es ums Ganze!«

»Sollen wir denn alle verrecken, Riccardo?«, schrie Evita.

»Ja!« Er blickte hinüber zu Pater Felix. Die Indios hatten ihn jetzt durch das Fenster geschoben. Innen hielten drei Mann seine Beine, draußen stützten vier Indios Kopf und Oberkörper. Es sah aus, als liege er unter einer Guillotine.

»Er atmet schon besser!«, keuchte Juan-Christo. Er schwankte wie ein Betrunkener. »Er bekommt wieder Luft!«

Vom Brunnen brachten drei Indios in schnellem Lauf einige Eimer mit dem ungereinigten Wasser. Wie sinnlos war jetzt Hygiene … wichtig waren allein Nässe, Kühle, der Schock, der Herz und Lunge zwang, zu reagieren und zu rebellieren.

Atme, Padre, atme! Bei Gott, bei Christus, bei der leidenden Mutter Maria und allen Heiligen: Atme endlich, Padre mio!

Nach zwei Stunden lag Felix Moscia in einem Bett neben Dr. Höglis Zimmer. Sein Körper war zwar noch grün, aber die Farbe war doch soweit weggewischt oder aufgelöst, dass seine Haut wieder atmen konnte. Er hatte noch drei Herzinjektionen bekommen, denn schlimmer als die Gefahr des Erstickens war jetzt die Überdosis an Äther, die er eingeatmet hatte. Dr. Högli hatte ihn außerdem noch an eine Tropfinfusion angeschlossen; langsam flossen Traubenzucker, Kalzium und Kochsalzlösung, vermischt mit konzentrierten Vitaminen, in die Vene. Auch diese Infusionsflaschen hatte Dr. Högli aus Chihuahua herangeholt. Sie lagerten in einem winzigen Kühlraum und wurden von den Indios mit scheuer Bewunderung betrachtet, wenn einer aus ihrer Familie so ein Ding am chromblitzenden Galgen über sich hängen hatte.

Aus einer Flasche, einem Schlauch und einer Nadel fließt neues Leben in die Adern. Das war für sie ein Wunder, unbegreiflich und doch anzufassen. Madre de Dios, wie nahe stand der Doktor doch Gott!

Pater Felix röchelte und schnarchte in seiner gewaltigen Narkose. Müde, ausgelaugt, aber glücklich saßen Dr. Högli und Evita Lagarto neben seinem Bett, kontrollierten den Puls, hörten den Herzschlag ab und achteten auf die immer gleichmäßiger werdende Atmung. Juan-Christo war nach dem Ausruf Höglis »Wir haben ihn durch!« umgefallen. Vier Indios trugen ihn in sein Zimmer neben der Ambulanz und legten ihn auf das harte Bett. Dort lag er jetzt wie ein Toter, Matri massierte mit nassen Händen seine Brust und kühlte seine Stirn.

Und als er, immer noch regungslos und mit geschlossenen Augen, auf keine Frage, keinen Anruf antwortete, zog Matri ihr geblümtes Kattunkleid über den Kopf, übergoss sich mit einem Kübel des ungereinigten Wassers und legte sich neben Juan-Christo auf das Bett. Sie presste ihren glatten, kühlen Körper eng an ihn, als wolle sie sich völlig mit ihm vereinen.

Juan-Christo bewegte sich langsam. Seine zittrige Hand glitt über Matris nackte Haut, über die Rundungen ihrer jungen Brüste und die flache Wölbung ihres Leibes. Die Zärtlichkeit wurde endlich zum mächtigen Strom, der neue Kraft in seinen vor Schwäche fast zerfließenden Körper trug.

»Matri«, sagte er mit schwerer Zunge. »Matri, was tust du?«

»Auch du musst weiterleben, Juanito. Du kannst nicht so einfach einschlafen und nicht mehr sein. Ich liebe dich … du musst bei mir bleiben … du musst bei mir bleiben …«

»Das Wasser.« Juan-Christo riss die Augen auf. Es war eine Anstrengung, als wälze er einen Felsblock von seinen Lidern. »Matri, das Wasser! Du hast das Wasser für zwei Tage gestohlen!«

»Für dich, Juanito. Für dich.«

Sie kroch über ihn wie eine braune, zärtliche Schlange

und lag auf ihm, und die Kühle ihrer nassen Haut war wie das Leben selbst.

Als er noch etwas sagen wollte, presste sie ihre kleinen Hände auf seinen Mund und küsste seine Augen, sein Gesicht, seine Schulter. Ihre kalten, schnellen Lippen glitten über ihn und küssten Stück für Stück das Leben in seinen Körper zurück.

»Du musst leben«, sagte sie. Immer nur: »Du musst leben!« Und Juan-Christo streckte sich und fiel in einen kräftigen, gesunden Schlaf.

Dr. Högli hatte es schwerer als sein Krankenpfleger Ximbarro. Er vertrieb seine lähmende Müdigkeit mit verdünntem Kakteenschnaps, den ihm eine Indiofrau noch während des Kampfes um Pater Felix' Leben gebracht hatte. Es war ein höllisches Gesöff, aber es brannte in ihm alles weg, was wie ein Bleistrom durch ihn floss. Nach drei Gläsern, gemixt mit Fruchtsaft aus Dosen, spürte er, wie sein Hirn wieder klarer wurde. Aber nun wurde sein Blick stier, der Alkohol übernahm die Rolle der Müdigkeit. Evita hatte mit dem letzten gefilterten Wasser eine große Kanne starken Kaffee gekocht. Högli trank alles in sich hinein, als sei er ein Schlauch, der einen Riesenbehälter zu füllen hatte.

Nach vier Stunden war Pater Felix außer Gefahr. Die Atmung war kräftig, der Herzschlag fast wieder normal. Wenn er aus der tiefen Narkose erwachte, würde er sich den Magen auswürgen und so lange brechen, bis nur noch heiße Luft kam. Im Augenblick war nichts mehr zu tun.

»So kann es nicht weitergehen«, sagte Evita leise. Sie saß neben Högli; er hatte seinen Kopf gegen ihre Schulter gelehnt und starrte gegen die getünchte, fleckige Wand. »Riccardo, das halten wir keine zwei Wochen mehr aus.«

»Das ist sicher.« Er schloss die Augen, sein Kopf wurde schwerer. Sie legte den Arm um ihn und hielt ihn fest, damit er nicht nach vorn vom Bett fiel. Neben ihnen röchelte

Pater Felix und begann sich unruhig zu bewegen. Die Phase des Erwachens nahte.

»Wir können uns doch nicht wehrlos umbringen lassen, Riccardo. Wir müssen aus Santa Magdalena heraus, wir müssen Hilfe holen!«

»Ich habe keine Waffen gegen Jack Paddy«, sagte Dr. Högli matt. Der Kampf zwischen Müdigkeit und Alkohol in seinem Körper war entschieden. Sieger war die Müdigkeit.

»Pater Felix hat den einzigen Weg gezeigt: Stürmt Paddys Hazienda! Holt euch das Wasser!« sagte Evita laut. Sie rüttelte Högli, sein Kopf pendelte hin und her, als säße er auf einem dünnen Gummihals. »Riccardo, der Einzige, der das jetzt noch kann, bist du! Du musst die Indios zusammenrufen und mit ihnen zu Paddys Hazienda ziehen!«

»Das kann man.« Högli sank zur Seite und legte sich neben Pater Felix auf das schmale Bett. »Stürmen! Und dann? Paddy wird schießen, rücksichtslos schießen. Für seine Capatazos sind die Indios doch nur streunende Hunde. Ich soll zehn oder zwanzig oder vielleicht vierzig Menschen in den Tod treiben, mit vollem Wissen, soll über diese Leichen das Wasser erobern, nur, um damit auch mein Leben zu retten? Evita, das ist unmöglich.«

»Dann werden nicht vierzig Männer sterben, sondern das ganze Dorf!«

»Vorausgesetzt, ich bin zu feige und nehme Paddys Alternative nicht an. Er bietet dem Dorf ein Meer voll Wasser, wenn …«

Sie drückte ihm die Hand auf den Mund und erstickte die weiteren Worte.

»Sprich es nicht aus!«, rief sie. »Das wirst du nie, nie tun! Das werde ich nie zulassen.«

Sie wird es nie zulassen, dachte Högli. Schöne Evita, wer wird dich fragen? In fünf oder sechs Tagen werden die Indios soweit sein, dass sie wie Raubtiere über uns herfallen und nachher unsere Körper Paddy vor das Hazienda-Tor legen. Wasser, werden sie brüllen. Nun gib uns Wasser, Patron! Hier sind sie … der Padre und der Padre Doktor. Dein Wille geschehe, Herr, auch wenn du der Satan bist. Wasser! Unsere Frauen, unsere Kinder … wie vertrocknetes Holz liegen sie herum. Patron, lass das Wasser fließen, lass Santa Magdalena weiterleben. Hier hast du deine beiden Feinde …

Muss es dazu kommen? Ist es nicht einfacher, hinzugehen zu Paddy und zu sagen: »Bedienen Sie sich, Sir. Rufen Sie Ihre Kreatur Tenabo. In ein paar Sekunden sind Sie alle Sorgen los, und die Indios ebenfalls.«

Aber dazu gehört Mut, Richard Högli, ein fast unwirklicher Mut. Hast du den? Kannst du dich jemals dazu zwingen? Bringst du es fertig, dich zum Abschlachten hinzustellen?

Er dachte noch weiter. Aber alles, was sich jetzt in seinem Hirn in sich überstürzenden, verzerrten Bildern spiegelte, war bereits ein Traum. Er schlief fest, und Evitas letzte Worte »Du wirst nicht hingehen, und wenn ich dich festbinden müsste!« hörte er nicht mehr.

Kurz danach wachte Pater Felix auf. Er spuckte sich fast die Seele aus dem Leib, trank zwischendurch Evitas heißen Kaffee, erbrach wieder, trank weiter, erbrach erneut, und so ging es weiter, bis die große Kanne leer war. Danach lag er sehr schwach, aber hellwach neben dem nach Kakteenschnaps stinkenden Dr. Högli und hielt Evitas zitternde Hände fest.

»Jetzt bin ich wieder da«, sagte er stockend. Das Sprechen machte noch große Mühe. Er hob den Kopf, sah an seinem nackten Körper hinunter und lächelte verzerrt über den grünen Schimmer, der noch immer über ihm lag. »Sie müssen schon entschuldigen, Evita – ein nackter Priester ist sicher kein alltäglicher Anblick …«

»Er will sich opfern«, stammelte sie. »Padre, begreifen Sie das? Er will sich opfern. Für Santa Magdalena – für seine Indios – für das Wasser … Wir müssen ihn anbinden und einschließen, bevor er aufwacht.«

»Was will er?« Pater Felix hob mühsam den Kopf und sah Dr. Högli kurz an. »Der Kerl ist ja besoffen!«

»Er will zu Paddy gehen und sich gegen Wasser eintauschen!«

»Er bleibt ein humaner Idiot!« Felix ließ sich zurücksinken auf das harte Graskissen. »Und so einer sagt zu mir: Die Feuerländer sagen:Verbrenn dir nicht …« Mit einem Ruck richtete er sich auf. Evita zuckte zusammen. »*Was* will er?«, sagte Pater Felix laut. Jetzt erst erreichte ihn der Sinn der Worte.

»Zu Paddy gehen?«

»Ja.«

»Recht hat er.«

»Pater!« schrie Evita auf.

»Wir alle gehen zu ihm! Viele Hundert Indios mit Frauen und Kindern. Viele Hundert durstige Berglöwen! Die Frauen und Kinder zuerst, in der vordersten Reihe! Ich werde es morgen von der Kanzel verkünden. Und ich will den Capatazo sehen, der auf ein Kind schießt, das man ihm entgegenhält!«

Draußen vor dem Hospital hockten noch immer die Indios. Die indianische Krankenschwester verteilte neues abgekochtes Wasser, noch warm, nicht einmal durch den Filter gelaufen, eine braune, aber bakterienfreie, sandige Brühe. Für jeden gab es einen Viertelbecher, einen Gaumen voll.

Aus einem billigen Transistor-Radio plärrte eine Stimme. Es stand auf einem leeren Benzinfass und war auf volle Lautstärke gedreht. Die Stimme des Ansagers war der einzige Laut in der gespensterhaften, durchgluteten Stille.

»Die Wetteraussichten für Nord-Mexiko, Chihuahua, Ciudad Juarez und amerikanische Grenze: Es bleibt weiterhin sonnig und trocken.«

So einfach kann man ein Todesurteil aussprechen.

An diesem Tag erhielt der Landmaschinenhändler Pierre Porelle unverhofften und nicht besonders angenehmen Besuch. Er hatte lange geschlafen, sich gerade sorgfältig rasiert, mit französischem After shave eingerieben und sein schwarzes Haar mit einer Sprühflasche parfümiert, als es an der Tür klingelte. Pierre Porelle warf einen Blick auf die Uhr, die über der Spiegelwand im Badezimmer in die Reliefkacheln aus Italien eingelassen war.

11.17 Uhr. Wer konnte es wagen, um diese Zeit Porelle zu stören, der gerade die Nacht von El Paso von sich gewaschen und den Duft einer Frau aus seiner Haut entfernt hatte. Jetzt würde ein Frühstück folgen mit frischen Croissants, duftender Butter, Orangenblütenhonig und einem ausgesuchten Käse aus der Normandie, dazu ein Kaffee, schwarz und heiß, die Morgenzeitung und die köstliche Ruhe, die den Genuss des Essens erst vollkommen macht. Wenn ein Franzose speist, hat die Welt stillzustehen. Porelle räusperte sich, bürstete seinen gepflegten Menjoubart, band den Gürtel seines seidenen Morgenmantels zu einer Schleife und ging zur Tür. Draußen stand ein mittelgroßer, schwindsüchtig wirkender, knochiger Mensch in einem Dreißig-Dollar-Anzug und grinste Porelle unverschämt an.

»Sie stinken wie ein Puff, PP!«, sagte der ungehobelte Kerl, schob Porelle zur Seite und ging in die Wohnung. Im weiträumigen Livingroom ließ er sich in die weißlederne Couch fallen und legte die schmutzigen Schuhe auf den spanischen Glastisch. Porelle schloss die Tür, griff in die Tasche des Morgenmantels und schob den Sicherungsflügel seiner Pistole zur Seite.

»Ich kenne Sie nicht«, sagte Porelle ruhig. »Nehmen Sie Ihre Dreckquanten von meinem Tisch, oder ich schieße Ihnen ein Loch durch die Zehen. Dann können Sie die Beine woanders aufhängen.«

»Tommy lässt grüßen«, antwortete der Kerl, ohne die Schuhe vom Tisch zu nehmen. Für Pierre Porelle war Tommy ein Begriff. Er verzichtete auf den Beweis, dass ein Landmaschinenhändler aus Sainte Maxime an der französischen Riviera ebenso gut und schnell schießen kann wie ein amerikanischer, Profi, aber er behielt doch die Hand am Pistolengriff.

»Seit wann schickt Tommy solche Flaschen?«, fragte er. »Überhaupt – ich kenne keinen Tommy.«

»Er ist ein Kakteen-Liebhaber. Genügt das?«

»Ja.« Porelle kam um die Couch herum. Der knochige Kerl zeigte mit ausgestrecktem Arm auf einen gläsernen Schrank. Hinter den Scheiben blitzten Batterien von Flaschen aller Größen und Formen; eine unsichtbare Kühlanlage temperierte sie. »Mann, Sie schlagen jede mittelgroße Bar! Krieg ich einen?«

»Nein! Ich habe noch nicht gefrühstückt.«

»Was hat das mit Ihnen zu tun?«

»Alkohol auf nüchternen Magen ekelt mich an. Schon der Geruch ist widerlich.«

»Glauben Sie, Ihr Puffgestank ist mir angenehm? Aber gut. Krieg ich eben keinen. Ich habe Sie mir ganz anders vorgestellt, PP.«

»Auf Ihre Phantasie kann ich verzichten.« Porelle lehnte sich gegen einen altspanischen Kassettenschrank. »Kommen wir zur Sache. Was will Tommy?« Es war eine rein rhetorische Frage, er wusste genau, worum es ging. Eigentlich hatte er auf diesen Besuch längst gewartet. Dass man ihm allerdings ein solches Frettchen schickte, überraschte ihn denn doch.

»Er lässt Ihnen sagen, dass es so nicht weitergeht.«

»Das hat er schon am Telefon gesagt. Dazu braucht er keinen Boten.«

»Außerdem ist er der Ansicht, Sie sollten mich genau ansehen.« Der schwindsüchtige Kerl räkelte sich, pfiff kurz durch die Zähne, und plötzlich lag in seiner Hand ein schöner, brünierter Revolver. Es grenzte an Zauberei.

Porelle war ehrlich genug, zu sagen: »Alle Achtung! Das war gekonnt. Aber im Ernstfall würden Sie jetzt schon meine schöne Couch beschmutzen, denn ich hätte aus der Tasche geschossen.«

»Im Ernstfall hätten Sie den Revolver gar nicht wahrgenommen, PP.« Der dürre, wie verhungert wirkende Mensch grinste breit. »Krieg ich jetzt einen?«

»Für dieses Kunststück – ja.«

»Einen zehn Jahre alten Bourbon. Die dicke Flasche da.« Der Mann winkte mit dem Revolver und steckte ihn wieder in die Rocktasche. Porelle goss ein Glas voll, verzog das Gesicht vor Ekel und stellte es klirrend auf den Glastisch. Meine Croissants und mein Orangenblütenhonig, dachte er wehmütig. Mein köstlicher Kaffee. Er stiehlt mir die schönste Zeit des Tages.

»Gut. Ich habe Sie angesehen. Was nun? Wie heißen Sie überhaupt?«

»Rick Haverston ...«

»Ein so schöner Name hätte einen besseren Träger verdient.« Haverston trank den Whisky wie Wasser und rülpste ungeniert. Für Porelle, Schöngeist und Ästhet, war die ganze Erscheinung seines Besuches eine Zumutung.

»Tommy ist der Ansicht, dass dieser Mr. Paddy endlich mit dem Quatsch aufhören soll, wie ein König zu regieren.« Haverston setzte das Glas ab. »Was höre ich da? Ein Arzt und ein Priester kommen uns auf die Bahn? Und Sie sehen sich den Blödsinn ruhig an, PP?«

»Ich habe Paddy alles so weitergegeben, wie es Tommy meinte.« Porelle spürte eine unangenehme Wärme seinen Körper durchziehen. Hinter Tommy stand nicht bloß eine harmlose Gesellschaft zur Herstellung von Fruchtsäften, sondern ein viel mächtigerer Koloss, dessen Namen niemand laut ausspricht, wenn er sich einmal mit ihm eingelassen hat. Was Tommy sagte, war nur wie das Abspielen einer Schallplatte; besprochen hatten sie andere, die für immer im Dunkel blieben. »Ich habe Paddy auch gesagt, dass ich notfalls selbst nach Santa Magdalena kommen werde.«

»Was heißt notfalls? Der Notfall ist da, mein duftender Junge.«

Porelle nickte verstört. Sie haben wirklich keine Geduld, dachte er. Aber die kann man ihnen nicht beibringen. Sie sehen alles von amerikanischer Seite, mit den Augen des absoluten Herrschers, für den es kein Unmöglich gibt. Wie kann man ihnen klarmachen, dass Santa Magdalena ein besonderer Fall ist, mit nichts anderem vergleichbar? Überall ist es möglich, zwei Menschen zu beseitigen, auch wenn es Ärzte oder Priester sind. Aber gerade dort, in den einsamen, heißen Felstälern wird das für amerikanische Begriffe so Einfache zu einem echten Problem.

»Sagen Sie Tommy ganz klar, dass es nicht um einen Arzt und einen Priester geht, sondern um über neunhundert Indios …«

»Wir haben uns noch nie um Zahlen gekümmert«, sagte der widerliche Kerl ruhig. Er trank sein Glas leer und hielt es Porelle demonstrativ hin. PP füllte mit vor Ekel verzerrtem Gesicht nach. »Danke. Ein Haufen Indios! Sie kapitulieren davor. Darum bin ich hier, und Sie sollen mich genau ansehen.«

»Ich sehe ein am frühen Morgen Whisky saufendes Ekel.«

»Sie können mich nicht provozieren, PP. Ich habe einen klaren Auftrag, und der lautet: Bring endlich Ordnung in den Saustall! Wo liegt das denn überhaupt, dieses Santa Magdalena?«

»Wenn Sie Ihre große Schnauze zuschrauben wollen, führe ich Sie gern hin.« Porelle schloss mit sich einen Kompromiss und schenkte sich ein kleines Glas französischen Apéritifs ein. »Aber die Schwierigkeiten häufen sich: Im Hospital befindet sich seit einigen Tagen auch die Tochter von Miguel Lagarto. Fragen Sie Tommy, wer Lagarto ist. Fragen Sie jeden auf der Straße von El Paso, greifen Sie sich willkürlich einen raus. Lagarto ist hier ein Begriff wie Coca-Cola.«

»Ich nehme an, man hat den alten Herrn von anderer Stelle aus schon benachrichtigt. Also kein neues Problem. Sonst noch was?«

»Bei dem Pater befindet sich jetzt auch noch Paddys Hausmädchen, man kann auch sagen so eine Art Pflegetochter, Matri Habete.«

»PP! Was soll das? Verlangt man von uns, dass wir uns auch noch um interne Familienangelegenheiten kümmern? Wenn die Alten ihre Töchter nicht im Zaum halten können – ihre Sache. Wir warten auf die Lieferung – nur um die geht es uns! Muss ich Ihnen erklären, was draußen los ist? Die Dealer werden unruhig, die Fixer springen sie an wie Raubtiere, wenn sie sich nur blicken lassen. Die Stimmung ist miserabel, PP! Und nur Sie – und ich – können das jetzt noch ändern.«

»Also mit anderen Worten: Rick Haverston ist ein Killer!«

»Unter Brüdern kann man sich ruhig so nennen.« Haverston grinste gemütlich. »Ich soll Ihnen doch bloß helfen, Sie Gigolo.«

Porelle nickte. In seinem Kopf purzelten die Gedanken durcheinander. Haverston war ein eiskalter Liquidator. Solange er nur Dr. Högli, Pater Felix und Evita Lagarto auf Kimme und Korn nahm, konnte es Paddy recht sein. Aber niemand würde Haverston hindern können, auch Matri zu liquidieren. Und damit hätte man den Vulkan Paddy zum alles vernichtenden Ausbruch gebracht.

»Ein Vorschlag«, sagte Porelle leichthin, um seine wahren Gedanken zu überspielen. »Ich treffe mich übermorgen mit Paddy in El Angel.«

»Wo ist denn das?« fragte Haverston und griff zum dritten Mal nach der Flasche.

»Das ist eine besondere Sache.« Porelle nippte elegant an seinem Apéritif. »El Angel besteht aus zwölf großen Wohnwagen. Sie sind zu einem Kreis zusammengefahren und stehen mitten in der Wüste östlich der Straße El Paso – Chihuahua. Die fleißigen Bewohner haben sogar eine Landepiste für Hubschrauber und Sportflugzeuge in den Sand gewalzt. Man muss es Blondie Mary lassen: Sie verwöhnt ihre Kundschaft, wo sie kann …«

»Blondie Mary?«, sagte Haverston gedehnt. »Was soll denn das bedeuten?«

»El Angel – ich sagte es schon – ist eine besondere Einrichtung.« Porelle setzte sein Glas ab und strich sich mit den Fingerspitzen über sein Menjoubärtchen. »Es ist eine fahrbare Bordellstadt. Ein nomadisierender Puff. Dort werde ich Paddy zu einer letzten ernsten Aussprache treffen.« Porelle nahm Haverston die Whiskyflasche ziemlich grob aus der Hand und trug sie in den Glasschrank zurück. Als er sich wieder umdrehte, sagte er hart: »Erreiche ich nichts, Haverston, können *Sie* eingreifen.«

Pater Felix erholte sich schnell. Er war nicht nur ein zäher Bursche, nein, das war es nicht allein, was ihn schon nach anderthalb Tagen wieder auf die Beine brachte. Ein völlig unheiliger Rachedrang pumpte ihn mit Kraft voll. Er ließ seine Haare gelb lackiert und wehrte Dr. Högli ab, der noch eine Flasche Äther opfern wollte, um auch diese Farbe abzuwaschen.

»Mit den Haaren atme ich nicht, Riccardo«, sagte Felix. Seit diesem Tag waren sie Freunde geworden, nannten sich Felix und Riccardo und wussten, ohne dass sie sich das gegenseitig beteuern mussten, dass er eine für den anderen immer da sein würde. Wozu auch Phrasen dreschen – sie alle waren in der Sonnenglut zu einer Schicksalsgemeinschaft zusammengebacken worden.

Am folgenden Sonntag predigte Pater Felix in einer für einen Priester wirklich ungewöhnlichen Kleidung nicht von der kleinen Holzkanzel, sondern vor dem Altar. Er trug nur die knappe Badehose und war sonst nackt. Sein Körper schillerte noch immer grün, die gelben Haare glänzten in den Sonnenstrahlen, die durch die schmalen Fenster fielen. Um den Hals hatte er die gestickte Stola gelegt, das einzige kirchliche Gewand, und wie er so vor der ebenfalls bunt bemalten, kitschigen, aber genau die Vorstellung der Indios von der

Herrlichkeit der Gottesmutter treffenden Marienstatue aus Gips stand, war er eine einzige Anklage, eine stumme, aber nicht zu übersehende Aufforderung, diese Schmach nicht länger zu erdulden.

Die Indios, die Frauen und Greise, die erwachsenen Kinder und die Säuglinge in den Rückensäcken der Mütter – ja, sogar sie – schwiegen, als Pater Felix mit ruhiger Stimme aus dem Evangelium las und sinnigerweise die Stelle wählte, in der berichtet wird, wie man die hohen festen Mauern der Stadt Jericho mit Posaunenblasen zum Einsturz gebracht und die Stadt dann erstürmt hatte.

Man soll nicht glauben, ein Indio denke nur an Essen, Saufen, Schlafen und Kindermachen. Wer hier in der Kirche von Santa Magdalena saß, verstand sehr gut, dass die Mauern der Hazienda Paddys ebenso zusammenfallen konnten wie jene von Jericho, allerdings nicht durch Posaunengeblase. Und wer den Priester da vorn vor der Mutter Gottes ansah, grün bemalt, mit lackierten gelben Haaren, misshandelt wie die Märtyrer, von denen Pater Felix in den Bibelstunden so spannend erzählen konnte, begriff sofort, dass dieser Sonntag in der Kirche kein Sonntag wie die anderen vor ihm war.

Nach dem Schlussgesang, einem heiseren Krächzen – denn wer hatte jetzt noch Feuchtigkeit genug im Mund, einen schönen Ton hervorzubringen! –, gingen die Indios schweigend hinüber zu ihren trostlosen Steinhäusern. Dr. Högli, der mit Evita ganz hinten an der Tür gesessen hatte, kam nach vorn, als alle die Kirche verlassen hatten. Juan-Christo war im Hospital geblieben und überwachte mit Matri das tägliche Abkochen und Filtern des Brunnenwassers. Dann begann die Rechnerei: Wie viel Liter haben wir gewonnen, wie viel kann jeder von Santa Magdalena bekommen, wie viel wird der Pater vom Kirchenbrunnen schicken? Überleben wir auch diesen Tag?

»Sie sind ein raffinierter Hund«, sagte Dr. Högli. Er stand neben Felix, der seine Stola vom Hals zog und zusammenlegte. »Sie haben das Zeug zu einem großen Demagogen. Diese Predigt heute war ein Meisterstück an passiver Revolution. In den Indios kocht es jetzt … und dabei haben Sie *nur* über Jericho gesprochen! Felix, worauf wollen Sie hinaus?«

»Das wissen Sie genau, Riccardo.« Pater Felix ging in die Sakristei und warf jetzt erst seine Soutane über den grünschillernden nackten Körper. »Evita hat mir gesagt, was Sie mit sich herumschleppen. Man opfert sich keinem Mann wie Paddy!«

»Evita übertreibt«, sagte Högli ausweichend.

»Ich kann jeden Gedanken in Ihren Augen lesen. Sie können nicht lügen, das ist das Beste an Ihnen.« Er setzte sich auf einen wackeligen Stuhl an den kleinen Tisch, auf dem der Pater Heiligenbildchen, einen Kasten mit Hostien und einige zusammengerollte Plakate verwahrte, Plakate mit ergreifend schlichten Malereien und erklärenden Worten darunter: der Mann – die Frau – das Kind – der Stein – der Topf – die Sonne – das Wasser. Mit diesen Plakaten brachte er den Indios das Schreiben und Lesen bei, Wort nach Wort, eine mühselige Angelegenheit, aber am Ende eines Monats stand der Erfolg, wenn die Schüler ihre ersten selbstgeschriebenen Sätze abgaben, auf Einwickelpapier, auf einem Stück Stoff, einmal sogar auf einer Toilettenpapierrolle, die über einen Capatazo Paddys, der ein Indianermädchen liebte, aus der Hazienda in das Dorf gekommen war. Dort betrachtete man die Wunderrolle als zu schade, sie ihrer eigentlichen Bestimmung zuzuführen – man verteilte sie zettelweise unter des Paters Schüler und hatte nun für ein paar Wochen Schreibpapier genug.

»Ich wiederhole«, sagte Dr. Högli ernst, »dass es beim Sturm auf Paddys Wasser eine Menge Tote geben wird.«

»Glauben Sie wirklich, die Capatazos würden auf mich schießen?« Pater Felix wollte, wie er es gewohnt war, mit beiden Händen durch seine schwarzen Locken streichen, aber dann zuckte er zurück. Auf seinem Kopf war ein einziger

Lackklumpen. »Sie hatten die Gelegenheit dazu, als Paddy mich anmalen ließ.«

»Sie treiben ein gefährliches Spiel, Felix, bei dem Sie sehr schnell die Kontrolle verlieren können.«

»Vielleicht.« Pater Felix band sich wieder den silberbeschlagenen breiten Mexikanergürtel und die Tasche mit dem schweren Revolver um die Soutane. »Ein Mensch, der verdurstet, hat seine eigene Moral.«

Man muss diese fahrbare Bordellstadt – El Angel, welch ein Name dafür! – gesehen haben. Luxuriöse große Wohnwagen waren zu einem weiten Kreis zusammengefahren, es gab einen Barwagen mit Tanzfläche, ein Schwimmbad mit Duschen, für romantische Gemüter einen Lagerplatz mit nächtlichem Lagerfeuer, die berühmte Rollbahn für Sportflugzeuge, einen Spielwagen, in dem man Roulette und Bakkarat spielen konnte, und sogar einen sogenannten Gruselwagen, in dem sich die Perversen zu Hause fühlten, bei Ketten, Peitschen, Lederbekleidung, Folterinstrumenten und mancherlei abartigen Spielen.

Über allem herrschte Mary Hawk, 38 Jahre alt, superblond, weshalb sie auch Blondie hieß, üppig wie aus einem Rubensgemälde, geschäftstüchtig wie ein Armenier und, im Gebrauchsfall, stark wie ein Boxer. Sie hatte ihre Stammkunden, die mit dem Flugzeug anschwebten, meistens gut angesehene Geschäftleute aus dem amerikanischen New Mexico, aus El Paso und sogar aus entlegeneren Gebieten. Empfehlung ist das halbe Geschäft, und El Angel galt als Geheimtipp für alle Ehemänner, die außer einer dicken Brieftasche noch eine langweilige Frau besaßen.

Neben diesen guten Freunden, die Blondie alle duzte, deren Maschen sie kannte und für die immer das Spezialgirl bereitstand, rollte auch Laufkundschaft heran. Dicke Wagen mit schwitzenden Männern, die sich durch die Wüste und über die schmale Piste gequält hatten, um sich in El Angel endlich ihren erotischen Wunschtraum zu erfüllen, ehe es zu spät war.

Es war schon ein gut geführter Laden, dieses El Angel, und Blondie Mary Hawk rechnete sich aus, dass sie in vier Jahren so weit sein würde, die Bordellstadt in der Wüste an Eileen, ein amerikanisches Callgirl, verpachten und sich als reiche Rentnerin nach Florida zurückziehen zu können.

Über eines der Hauptgeschäfte aber verlor Blondie Mary kein Wort, weil jedes Wort akute Gefahr bedeutete: Über die Bordellstadt El Angel liefen Paddys Peyotlsaft-Exporte. Das war ein einfaches und sicheres Transportverfahren. Jeder Lastwagen wurde an der Grenze kontrolliert, und die Bestechungsgelder, die man hätte zahlen müssen, um alle Zollbeamten, Polizisten und Soldaten auf amerikanischer wie auf mexikanischer Seite erblinden zu lassen, hätten jede Kalkulation gesprengt. Dagegen hatten alle, die nach El Angel fuhren oder flogen, ohnedies Narrenfreiheit. Man kannte sie im Laufe der Zeit alle, die Stammkunden der Blondie Mary, die Zöllner grüßten sie wie alte Freunde, ließen sich bei der Rückkehr pikante Einzelheiten erzählen, und einige Offiziere von beiden Seiten durften sogar gratis, auf Einladung von Mary, an El Angels Annehmlichkeiten teilhaben. So etwas verbindet und verpflichtet, und so wurde keiner der Kunden von El Angel mehr kontrolliert, wenn er fröhlich und hohläugig wieder auf dem Rückweg ins ehrbare Leben war.

Auf diese Weise sickerten Jack Paddys Meskalinbrühen ungehindert nach den USA … mit einem Pendelverkehr im wahrsten Sinn des Wortes. Die Sendboten des geheimnisvollen Tommy wechselten sich in einem bestimmten Turnus ab – man konnte die Männer ja nicht physisch überfordern –, aber der Auftrag blieb der gleiche: Heranschaffen aus Paddys Giftfeldern, was nur in Kofferraum und Flugzeug hineinging.

Jetzt stagnierte das Geschäft, und auch Mary spürte es. Die Pendelkunden blieben aus. In El Angel kam miese Stimmung auf.

Als Jack Paddy mit einem Hubschrauber der Polizei aus Nonoava eintraf und auf der Piste landete, hatte Mary ihre Notsignale gegeben. Die Mädchen verwandelten sich zu braven Camperinnen, die sittsam ihre Wäsche wuschen, Federball spielten oder romanlesend unter Sonnenschirmen lagen. Erst als Mary den gewaltigen Körper Paddys aus dem Hubschrauber klettern sah, blies sie den Alarm ab.

»Idiot!«, sagte sie, als Paddy sie umarmte und auf die Stirn küsste. »Mit einem Polizeiflugzeug! Wie kommst du denn an so was?«

»Mendoza Femola hat es mir geliehen. Ich habe keine Zeit, stundenlang durch die Wüste zu fahren. Bei mir im Tal ist die Hölle los. Wo ist Pierre Porelle?«

Blondie Mary hob die runden Schultern. Ihre mächtigen Brüste sprengten fast das Bikinioberteil. »Wer ist Pierre?«

»Himmel noch mal, der kleine Franzose mit dem Bärtchen! Der elegante Pinkel! Er war schon dreimal hier zu einer Besprechung.«

»Dieser widerliche Ignorant?« Mary verzog das hübsche, etwas aufgeschwemmte Gesicht. »Kommt her, trinkt nichts, sieht keinen Film an, tanzt nicht, blafft Dolores an, wenn sie sich auf seinen Schoß setzen will, haut Ulla auf die Pfoten – und was er mit Poppie gemacht hat … na, ich sage dir, die Mädchen haben geschworen, ihn beim nächsten Mal unentgeltlich und gemeinsam zu vergewaltigen.« Sie hakte sich bei Paddy unter und schlenderte mit ihm in die Wohnwagenburg. Die Mädchen begrüßten Paddy mit Hallo und Winken – es war noch früh am Tag, die ersten Kunden kamen erst gegen elf, die Kunden von gestern schliefen noch im »Hotelwagen Nr. 1«. Ulla duschte sich nackt neben dem Schwimmbecken; in El Angel hatte man Wasser genug, Tankwagen brachten es aus Ciudad Juarez heran.

»Wo kann man ungestört miteinander reden?« fragte Paddy. Er blieb stehen und bewunderte Ullas weißhäutigen schwedischen Körper mit den naturblonden Haaren. Sie lachte ihm zu, machte eine obszöne Hüftbewegung, und Paddy ging weiter, seltsam ernüchtert.

»Und lasst Pierre Porelle in Ruhe. Es ist eine verdammt kritische Lage.«

»Was ist los bei dir in den Bergen, Jack?« Blondie schloss im Hotelwagen Nr. 2 eine Tür auf. Ein schöner großer Raum, eine Art Konferenzzimmer, klimatisiert, mit Clubsesseln und Tischen und Teppichen auf dem Boden. Auch das gab es hier. Nach einer gemeinsamen fröhlichen Nacht wurden hier unter Geschäftsfreunden Verträge ausgehandelt.

»Gut so, Jack?«

»Vorzüglich, Blondie.« Paddy kletterte in den Salon. »Auf deine Art bist du ein Genie.«

»Wo liegt bei dir der Hase in der Soße?«

»Ein Pfarrer und ein Arzt wollen mich aufs Kreuz legen.«

»Das ist doch nichts Neues, Jack.«

»Sie sind anders als ihre Vorgänger. Der eine ist ein neuer Albert Schweitzer, der andere scheint aus dem Mittelalter der Kirche zu kommen. Allerdings verbindet er Religion mit Sozialismus. Das ist die explosivste Mischung, die in einem Menschen brodeln kann. Ich bin dabei, sie verdursten zu lassen. Aber das braucht seine Zeit, und um diese Zeit muss ich jetzt mit Tommy ringen.«

»Tommy hat nie Zeit, Jack«, sagte Blondie gedehnt. Sie musterte Paddy mit dem Blick einer auf allen Gebieten erfahrenen Frau. »Jack, wird es für dich gefährlich? Was will dieser Widerling Porelle hier?«

»In einer Stunde weiß ich mehr.«

Nach einer Stunde wusste Paddy wirklich mehr.

Porelle traf mit einem schweren Wagen ein, betrachtete Poppie, die mit schaukelnden Brüsten auf ihn zukam, mit so deutlichem Widerwillen, dass sie die Zunge herausstreckte und wieder abzog, und gab Paddy im Salonwagen kurz die Hand.

»Welche Hitze!«, sagte PP höflich. Mit einem parfümierten Taschentuch tupfte er über seine staubige Stirn. »Unerträglich, diese Sonne.«

»Sie ist meine Verbündete, meine Waffe, PP!«

»Gut, dass wir gleich beim Thema sind! Tommy wünscht, dass Ihr Privatkrieg unverzüglich beendet wird. Die Verteiler werden von den Kunden angepöbelt und sogar schon tätlich angegriffen, weil keiner glaubt, dass keine Ware gekommen ist. Wann können Sie die vierzig Ballons liefern?«

»Gar nicht. Ich habe keinen Arbeiter, der noch arbeitet. Der Betrieb steht still, PP! Warum begreift das keiner, zum Teufel!«

»Was heißt hier begreifen? Sie haben kein Organisationstalent, das ist alles!«

»Dann machen Sie es doch besser, Porelle!«

»Deshalb bin ich hier.« Porelle fächelte sich mit dem Taschentuch Luft zu, obgleich die Klimaanlage summte. Sein süßlicher Geruch war Paddy zutiefst zuwider. »In El Paso steht Rick Haverston bereit. Kennen Sie Haverston?«

»Nein.«

»Das ist gut. Ich möchte ihn Ihnen und mir ersparen. Reden wir nicht in Theorien, gehen wir in die Praxis. Womit sind Sie hier, Jack?«

»Mit einem Polizeihubschrauber«, sagte Paddy knirschend. Porelles überlegene Art war beleidigend.

»Fabelhaft!« Porelle steckte das Taschentuch ein. »Vergeuden wir keine Zeit, fliegen Sie mich nach Santa Magdalena! Ich werde selbst den gordischen Knoten zerhauen. Seien Sie froh, dass ich gekommen bin!«

Das Gespräch zwischen Jack Paddy und Pierre Porelle war schnell beendet, aber abfliegen konnten sie noch nicht. Der Hubschrauberpilot, der Polizei-Sergeant Emanuel Lopez, ein freundlicher, ewig grinsender Mestize, war verschwunden.

Paddy brüllte durch das Hurencamp und scheuchte Mary Blondie Hawk auf, die aus ihrem Luxuswohnwagen herausstürzte, halb angezogen, mit entblößten Brüsten. In der Zwischenzeit waren neun Wagen von El Paso herübergekommen, gute Kunden mit speziellen Wünschen und prallen Brieftaschen. Blondies Mädchen waren im harten Einsatz, über den schalldichten Türen glimmten kleine rote Birnen auf: Eintritt verboten!

»Benimm dich nicht wie ein Stier!«, schrie Blondie. »Was fehlt euch denn? Der feine Pinkel aus Frankreich rümpft die Nase über meine Mädchen? Hat er noch nicht genug von seinen Pariser Schlampen?«

»Eine unmögliche Frau!«, sagte PP konsterniert und fächelte sich wieder mit seinem stark parfümierten Taschentuch Luft zu. »Macht einen so passablen Eindruck. Aber wenn sie die Schnauze aufmacht … o Gott!«

»Wo steckt Emanuel Lopez?«, schrie Paddy.

»Bei Poppie! Jack, gönn ihm auch etwas! Er hat einen Monat dafür gespart!«

»Raus mit ihm! Ich bin hierhergekommen, um eine Besprechung zu führen, nicht um Poppie zu beschäftigen! Lopez! Lopez!«

Blondie Mary hob die Schultern, lief über den Platz, klopfte mit den Fäusten gegen den Wohnwagen Nr. 11 und sah dabei Pierre Porelle provozierend an. Er blickte an ihren gewaltigen, aber festen Brüsten vorbei, als sei er tief beleidigt worden. Nicht, dass ihn Blondies reife Schönheit – und sie war schön, verdammt noch mal, das konnte keiner leugnen, auch wenn der Lack stellenweise schon abplatzte – nicht männlich erregt hätte, aber der Gedanke, dass man dafür fünfzig oder hundert Dollar berappen musste, ernüchterte ihn sofort. Ein Pierre Porelle zahlt nicht für die Liebe – das war einer seiner Grundsätze. Es gab Frauen genug auf der Welt, die unter seinen Händen wegschmolzen, ohne dass diese Hände vorher in die Kasse greifen mussten.

»Schluss!«, rief Mary. »Poppie! Zieh die Bremse! Der große Boss hat's eilig. Er braucht seinen Piloten.«

In der Tür von Blondie Marys Luxuswagen erschien jetzt ein großer, hagerer Mann in einem gelben Slip. Jack Paddy winkte zu ihm hinüber.

»Blondie kommt gleich zurück, Mr. Sloan!«, rief er.

Mr. Sloan war keineswegs betroffen, dass man sich im fahrbaren Wüstenbordell kannte und traf. Er winkte freundlich zurück.

»Kann vorkommen, Mr. Paddy!« Er lachte. »Sie haben mich noch nicht gestört. Bin gerade erst gekommen.«

»Viel Spaß, Sloan!«

»Danke, Jack.«

Mr. Sloan verschwand wieder in dem Wohnwagen. Blondie Mary ging über den Platz, löste ihre Haare und schüttelte sie über die nackten Schultern. Phil Sloan liebte es, während der Ouvertüre in ihren Haaren zu wühlen. Er war ein dankbarer, anspruchsloser, harmloser Gast, verglichen mit Mr. Hobbart, der einer tiefreligiösen Sekte angehörte, die weder trinken noch rauchen durfte. Was er aber alles von den Mädchen verlangte, gehört nicht in den Mund eines gebildeten Menschen.

»Wer ist Sloan?«, fragte Pierre Porelle, während sie auf Emanuel Lopez warteten, der bei Poppie in seine Wäsche fuhr und altindianische Flüche ausstieß. Poppie saß ebenso wütend auf ihrem breiten Bett und trank einen Whisky zur Beruhigung. Sie war so exzellent in Fahrt gewesen, als Blondie gegen die Tür hämmerte. Aber so ist das immer: Wenn man nur ein kleiner Mann ist, bleibt einem nicht einmal Zeit im Puff, wenn der Chef draußen steht.

»Phil Sloan ist ein bekannter Grundstücksmakler in El Paso. Baut ganze Städte in Wüstengebiete und Sumpflöcher. Die ›My-Home-Gruppe‹ – von der haben Sie doch schon gehört?«

»Das ist Sloan?« sagte Pierre Porelle. »Natürlich kenne ich sie. Und so ein Mann fährt in einen Wüstenpuff? Hat er das nötig?«

»Mary Blondie ist Spitzenklasse, PP.« Paddy lachte. »Sie können ein Haus für 10 000 Dollar haben – dann ist's aus Holz. Und eins für eine Million Dollar – dann haben Sie Marmorwände. Blondie ist ein 10-Millionen-Haus!«

»Für Geld!«, empörte sich Porelle.

»PP! Sparen Sie sich Ihre Entrüstung! Ich lebe seit fast zwanzig Jahren in einer Welt, die die Bezeichnung Lebensraum nicht verdient. Es ist ein Felsenloch mit ein paar Hochebenen – aber es wächst Peyotl dort und Hanf, und keiner sieht es. Von Kontrollen gar nicht zu reden. Ich habe die Hölle zu einer Fabrik gemacht. Wenn man von dort herauskommt in Marys Wüstencamp und sieht Ulla oder Eileen, dann werden sie in meinen Augen zu wahren Engeln. Aha! Da ist Lopez! Hoffentlich hat er nach Poppie noch genug Nerven, uns nach Nonoava zu fliegen.«

Aus dem Wohnwagen Nr. 11 kletterte Emanuel Lopez. Er knöpfte sich das Hemd zu. Das rote Licht über der Tür erlosch. Poppies schwarzer Kopf mit den krausen Haaren erschien. Sie steckte Pierre Porelle die Zunge heraus. Der fächelte sich wieder Parfüm zu.

»Ordinär, widerlich«, sagte er mit Ekel. »Schon vom Hinblicken bekommt man die Syphilis!«

»Irrtum!« Paddy lachte dröhnend. »Auch darin ist Blondie perfekt. Hat vor Jahren schon einen Kursus als medizinische Assistentin absolviert. Jede Woche zweimal marschieren ihre Mädchen zum Appell. Bei Blondie Mary sind Sie sicherer, als wenn Sie eine bis zum Hals zugeknöpfte Dame der Gesellschaft auf der Matratze haben! Ich sage Ihnen, PP, dieses Camp ist einsame Klasse!«

Lopez, der Mestize, hatte mittlerweile seine Jacke angezogen und war nun wieder ein Polizist des Polizeidepartements Chihuahua. Er ging zu dem abgestellten Hubschrauber hinüber. Seine ohnmächtige Wut drückte sich darin aus, dass er ab und zu einen Stein wegtrat und damit eine gelbe Staubwolke erzeugte.

»Gehen wir«, sagte Paddy. »In Nonoava steht mein Wagen. Dort lernen Sie den Polizeichef Mendoza Femola kennen. Ein Freund von mir, solange er saufen kann. Übrigens bekommt er von mir eine monatliche Rente. Sie ist für ihn lebensnotwendig, denn sie gestattet es ihm, zweimal im Monat einen Kontrollflug über sonst nie besuchte Landstriche zu machen.«

»Also auch in dieses fürchterliche Bordell hier!«

»Mendozas Frau wiegt bei grober Schätzung fast drei Zentner. Als er sie kennenlernte, war sie – so klagt er immer – ein wunderhübsches glutäugiges Mädchen von fünfzehn Jahren und so schlank und leicht, dass er sie auf der Handfläche tragen konnte. Kaum waren sie verheiratet, ging sie auseinander, als blase sie jemand auf. Sie wird immer dicker, keiner kann ihr helfen.«

Sie hatten den Hubschrauber der Polizei erreicht. Lopez saß schon hinter dem Steuer und hatte den Helm mit den eingebauten Kopfhörern für den Sprechfunk übergestülpt. Er sprach mit der Zentrale in Nonoava. Femola war in der Leitung und beschimpfte Lopez, weil er so lange wegblieb. Man brauchte den Hubschrauber dringend. Auf einer Farm hatten Indios Schafe gestohlen, sie geschlachtet und das Blut getrunken. An dem Fleisch lag ihnen nichts … nur trinken, Flüssigkeit, den ausgedörrten Körper mit ein paar Tropfen füllen, auch wenn es Blut war. Jetzt saß Femola in seiner Dienststelle fest und konnte die Verfolgung der Indios nicht aufnehmen. Der Polizeihubschrauber stand im Bordell.

Jack Paddy half Pierre Porelle in den Hubschrauber. Kaum saßen sie, begannen die Motoren aufzuheulen, die Rotorflügel kreisten. Der kleine Kreisflügel am spitzen, gebogenen Heck wirbelte bereits und wurde zu einer glitzernden Scheibe, die die Sonnenstrahlen zerhackte. Außerhalb der Wagenburg stand Poppie in ihrer ganzen schwarzen glänzenden Schönheit und winkte. Lopez hob grüßend die Hand und seufzte tief. Dann drückte er ein paar Hebel, und der Hubschrauber stieg schnell empor, wie eine Riesenlibelle. Paddy blickte hinunter. Die Bordellstadt sah aus der Höhe wie ein altes Fort aus: ein großes Karree wehrhafter Wagen, ein weiter Platz wie zum Exerzieren. Nur die bunten Sonnenschirme waren artfremd. Auf der Straße, die durch die Wüste zu dem Camp führte, erkannten sie in der Ferne eine Staubwolke.

»Neue Kundschaft«, sagte Paddy. Er zeigte hinunter. Sie zogen einen Bogen über Marys Bordellstadt. Lopez nahm Abschied von Poppie, dem ebenholzfarbenen Tierchen. »Sieht es nicht wie eine alte Wagenburg aus? Wie eine Festung?«

»Es wird ja auch scharf geschossen.«

Paddy starrte Pierre Porelle verblüfft an. »Mann, Sie haben ja Humor!«, rief er fröhlich. »Bleiben Sie so, PP! In Santa Magdalena werden Sie ein heiteres Gemüt gebrauchen können.«

Heiter wurde Pierre Porelle nur für einen Augenblick, als sie, nach der Landung wieder in Paddys Wagen sitzend, die Schilder passierten:

»Stopp! Seuchengefahr! Weiterfahrt auf eigene Gefahr!«

Sie hielten kurz an und musterten die schroffen, gebleichten, in der Sonne glühenden Felsen um sich herum. Es war totes, ausgebranntes Land. Aber dann hob sich plötzlich hinter einem ausgebleichten Felsblock eine Hand und gab ein Zeichen.

Die erste Wache.

Pierre Porelle strich mit dem Zeigefinger elegant über seinen Menjoubart. »Ein mörderischer Dienst!«

»Sie haben eine Plane gespannt, man sieht es von hier aus nicht. Außerdem haben *sie* genug Wasser. Sie werden alle zwei Stunden abgelöst.«

»Ganz militärisch.«

»Das ist notwendig.« Paddy fuhr langsam weiter. Man hatte die sonst glatte Straße mit Geröll überschüttet, um zu verhindern, dass Pater Felix mit dem Jeep oder Evitas Wagen doch noch einen rasanten Durchbruch unternahm. An diesem Schotter musste der beste Wagen zerbrechen. Für Paddy allerdings hieß das auch, die Hitze zu ertragen und ganz vorsichtig zu fahren. »Sie ahnen nicht, was es heißt, hier Disziplin zu halten. Meine Capatazos sind gute, fleißige Kerle, alles reinrassige Mexikaner, zum Teil mit gutem spanischem Blut. Aber wenn die Kirchenglocke läutet, löst das bei ihnen einen gewissen Kontakt aus, und sie werden unzurechnungsfähig. Bei den Indios liegt es anders. Die schwören auf ihren Doktor. Gott ist weit, aber der Medizinmann ist nah. Nun bringen sie diese Bande einmal dazu, gegen ihr Gefühl zu handeln und gezielte Aktionen gegen Pater und Arzt zu unternehmen! Ich vermute, Porelle, Sie begreifen schon jetzt auf der Fahrt, in welche Hölle wir kommen werden.«

»Wasser«, sagte PP charmant. Paddy starrte ihn an.

»Was heißt das?«

»Ihre Macht ist das Wasser, Paddy!«

»Natürlich! Sonst wäre mein Kampf aussichtslos. Meine Capatazos bekommen genug zu trinken, die Indios müssen sich das verdienen. Das ist meine ganze Taktik, die Sie nicht begreifen wollten. Und dieser geheimnisvolle Tommy auch nicht.«

»Wir werden das Verfahren abkürzen, Paddy.«

»Zum Teufel, *Sie* können einen Killer spielen?«

»Nein. Ich muss!« Pierre Porelle dachte an Rick Haverston, und die Gluthitze auf seiner Haut verlor sich, so kalt wurde es in ihm. »Wer ist der Gefährlichere?«

»Der Mann Gottes, der mit umgeschnalltem Halfter herumrennt.«

»Setzen Sie mich bei ihm ab, Paddy.«

Paddy trat so fest auf die Bremse, dass Porelle nach vorn kippte und mit der Stirn gegen die Windschutzscheibe prallte.

»Idiot!«, schnaubte er.

»Moment mal!« Paddy starrte ins Tal. Sie standen an der Stelle, von der aus sich die Straße ins Tal senkte. Vor ihnen lag das Dorf Santa Magdalena; einen solchen Haufen erbärmlicher Steinhütten mit Bretter- und Blätterdächern hatte Porelle noch nie gesehen. Auf dem großen Dorfplatz stand die Kirche mit dem Türmchen. Dahinter, wie ein angeklebtes Schwalbennest, das Pfarrhaus, nicht anders als die Indiohäuser, ebenso erbärmlich, nur dass ein winziger Garten in einer Art Innenhof die steinerne, kahle Trostlosigkeit unterbrach. »Ich soll Sie direkt zur Kirche bringen?«

»Ich bitte darum.«

»Sie wollen einfach in die Kirche gehen und den Pater niederknallen? Wissen Sie, was die Indios innerhalb zehn Minuten aus Ihnen machen? Ich werde Ihr Brüllen bis zu meiner Hazienda hören. Beim Töten eines Menschen können Indianer eine geradezu geniale Phantasie entwickeln.«

»Ich will mit Pater Felix sprechen«, sagte Pierre Porelle ruhig.

»Wozu? Der geweihte Mann ist erst dann ein verträglicher Mann, wenn er unter der Erde liegt. Das aber sollen die Indios selbst besorgen; der Große Durst wird sie dazu treiben! Nur noch zwei oder drei Wochen, dann haben wir sie so weit. Tommy soll warten! Er *muss* warten!«

»Aber er *will* nicht warten, das ist entscheidend. Paddy, Sie hatten noch nicht das Vergnügen, Rick Haverston kennenzulernen. Aber er wird nach Santa Magdalena kommen, sofern nicht innerhalb einer Woche alle Probleme ausgeräumt sind.«

»Ohne Mord ist das unmöglich, PP!«

»Sie sagen es, Paddy.« Porelle zeigte nach unten in den Talkessel. »Bringen Sie mich zur Kirche.«

»Sie sind ein merkwürdiger Mensch, Porelle.« Paddy fuhr weiter, sie passierten die dritte Wache. »Wer spricht sein eigenes Todesurteil schon so gelassen aus!«

Das Dorf regte sich kaum. Ein paar alte Weiber hockten im Schatten, die struppigen, gefleckten kleinen Hunde kläfften das Auto an, einige Kinder starrten auf Paddy und Porelle mit tellergroßen Augen in verschrumpelten, ausgetrockneten Gesichtern. Bis zur Kirche sahen sie nur drei Indios; grußlos, trotz der Hitze in ihre Ponchos gehüllt, gingen sie an dem Auto vorbei. Ihre Blicke waren seltsam starr.

Mescal buttons … Ein getrocknetes Scheibchen der Peyotl-Kaktee. Die Halluzination einer schöneren Welt …

Pierre Porelle stieg vor der Kirche aus dem Wagen. »Warten Sie hier, Jack?«, fragte er.

»Nein!« sagte Paddy. »Ich möchte überleben.«

»Es geschieht nichts.«

»Da kennen Sie den Pater nicht! Bei dem geschieht immer was.«

»Wie komme ich zu Ihrer Hazienda?«

»Vielleicht bringt Pater Felix Sie zu mir. Dazu müssten Sie ihn allerdings leben lassen.«

»Ich heiße nicht Haverston«, sagte Porelle pikiert. »Es gibt immer Argumente.« Er nahm seinen weißen Strohhut vom Sitz und setzte ihn auf. Er sah aus, als käme er aus einem Pariser Modejournal.

Paddy gab Gas, hüllte Porelle in eine Staubwolke, fuhr zurück zur Kreuzung und bog in den Weg zu seiner Hazienda ein.

Die Kirche war, wie immer, geöffnet. Die Doppeltür war an den Seitenwänden eingehakt; zu Gott durfte jeder zu jeder Tageszeit kommen.

Pierre Porelle nahm seinen schönen Hut wieder ab. In einem streng katholischen Elternhaus erzogen, das über sechs Generationen die Messdiener stellte und wo seit zwei Jahrhunderten die Väter bei den Prozessionen den Himmel trugen, tupfte er die Fingerspitzen in das Weihwasserbecken und bekreuzigte sich. Dann ging er den Mittelgang hinunter, den Blick starr auf den holzgeschnitzten Christus und die bunt bemalten, schauerlich kitschigen Gipsheiligen gerichtet. Auf halbem Weg zum Altar blieb er stehen. Eine Stimme hielt ihn fest: »Wohin, mein Sohn?«

Porelle wandte den Kopf. Hinter dem Harmonium stand Pater Felix. In weißer Soutane, den breiten mexikanischen Revolvergürtel umgeschnallt, wie Paddy ihn geschildert hatte. Die Waffe allerdings war außerhalb des Halfters; sie lag in seiner Hand.

Das aber war es nicht, was Porelle so überwältigte. Es war das schwach glänzende Grün der Gesichtshaut, es waren die lackierten gelben Haare. Was da stand, war fast ein Fabelwesen. Von der Ölfarbenaffäre hatte Paddy kein Wort erzählt.

»Feiern Sie verspäteten Karneval, Pater?«, fragte Porelle. »Begrüßen Sie Ihre Gläubigen immer mit dem Revolver in der Hand?«

»Was wollen Sie hier?«, fragte Pater Felix zurück.

»Nehmen wir an, ich möchte beten. Das kann man doch bei Ihnen, nicht wahr?«

»Paddy hat Sie mitgebracht. Das ist keine Empfehlung.«

»Ich wollte Sie kennenlernen, Pater. Jetzt kenne ich Sie.« Porelle lehnte sich an eine der Kirchenbänke. In der Rocktasche trug er eine durchgeladene Pistole, aber es war unmöglich, jetzt an sie heranzukommen. »Als Priester sind Sie sicherlich die absonderlichsten Beichten gewöhnt. Ich will Ihnen auch etwas anvertrauen: Ihr Kampf gegen Paddy und alles, was Ihnen missfällt, ist verloren.«

»Danke, mein Sohn.«

»Nennen Sie mich nicht Sohn. Ich bin älter als Sie!«

»Also: Danke, du Schaf.« Pater Felix lächelte freundlich. »Sie kennen die Bibel: Jesus, der gute Hirte …«

»Paddy ist nur ein armes Schwein. Er glaubt, er sei der große Boss, aber in Wahrheit ist er eine Null. Mit dem Anbau seiner Peyotl-Kakteen hat er seine Freiheit verloren, ohne es zu merken. Er sieht nur die Dollars! Hinter uns allen steht eine mächtige Organisation.«

»Das dachte ich mir.«

»Eine unbesiegbare Organisation.«

»Nichts, was irdisch ist, ist unbesiegbar.«

»Diese Organisation ist es.«

»Sie gibt sich so.« Pater Felix musterte Pierre Porelle eingehend. Sein Urteil unterdrückte er nicht. Er sagte: »Dass man Sie schickt, ist ein Beweis, wie verwundbar alles ist!«

»Wie können Sie so vermessen sein, gegen eine Organisation anzurennen, die das gesamte öffentliche Leben der USA bis in die kleinsten Verästelungen hinein kontrolliert? Zwei Männer – Sie und dieser Dr. Högli – sind so wahnsinnig, gegen einen Orkan zu spucken!«

»Ich weiß, was Sie meinen, Sie Schaf Gottes!«

»Ich heiße Pierre Porelle«, knirschte PP.

Pater Felix nickte höflich. »Endlich. Franzose?«

»Sie verkennen die Lage, Pater.«

»Durchaus nicht. Sie wollen mir erklären, dass die Mafia mich im Visier hat, die Cosa Nostra oder wie der Verein heißen mag. Es braucht nur noch jemand abzudrücken, und das Problem ist erledigt.«

»Genauso ist es, Pater.«

»Und Sie wollen abdrücken?« Pater Felix zeigte mit dem Revolver auf Porelle. »Nehmen Sie beim Schießen immer Ihren Strohhut ab?«

»Sie können mich nicht provozieren, Pater.« Porelle grinste schief. »Sie warten nur darauf, dass ich in die Tasche greife, damit Sie endlich abdrücken können. Und das in der Kirche, vor dem Altar! Aber, aber, Pater …«

»Nicht jeder ist zum Mörder geeignet! Ich bestimmt nicht. Ich schlage zurück oder stürme voraus! Verstehen wir uns?«

»Vollkommen! Erhalte ich Ihren Segen, Pater?«

»Wenn Sie ihn brauchen?«

»Ich brauche ihn. Denn ich muss Sie töten!«

»Das ist eine ungewöhnliche Beichte. Man lernt nie aus.«

»Die Porelles gelten in Frankreich als tief religiös.«

»Jedes Pferd verliert mal ein Hufeisen. Wollen Sie den Segen mit dem Revolverlauf oder mit dem Griff?« Pater Felix hob die Hand mit der Waffe. »Im Namen des Vaters und des Sohnes und des Heiligen Geistes …«

»Amen!«, antwortete Porelle und bekreuzigte sich. »Es wird mir schwerfallen, Sie zu töten.«

»Das glaube ich auch.«

Sie sahen sich einen Augenblick an, und wenn sie sich auch nicht sympathisch waren, so wussten sie doch jetzt, was jeder vom anderen zu halten hatte.

»Bringen Sie mich zu Paddy zurück?«, fragte Porelle nach dieser Schweigeminute.

»Damit Sie mich im Wagen abknallen? Nein!«

»Wie komme ich zu Paddy?«

»Mieten Sie sich bei den Indios einen Esel, und lassen Sie sich hintragen. Es kostet nur ein paar Pesos. Noch besser: Sie versprechen ihnen von Paddy eine Kanne Wasser.«

»Das kann ich.« Porelle lächelte zuvorkommend. »Es wird, wie die Meteorologen brutal sagen, bis zum nächsten Jahr nicht mehr regnen. Ich glaube, Pater, Sie werden doch noch zum Märtyrer gemacht.«

Eine halbe Stunde später fuhr Pater Felix hinüber auf die andere Seite von Santa Magdalena, zum Hospital. Er hatte durch ein Kirchenfenster beobachtet, wie Pierre Porelle auf einem Esel, begleitet von zwei Indios, durch das Dorf trabte. Er bot einen ergötzlichen Anblick mit seinem rohseidenen Anzug und dem weißen Panamahut – aber er war gekommen, um zu töten.

Im Hospital herrschte der übliche Nachmittagsbetrieb. Die Visite auf der Bettenstation war vorbei; jetzt standen Dr. Högli, Juan-Christo, Evita und Matri in der Ambulanz und verbanden die Verletzten.

Sie gaben Tabletten und Pulver aus, einige erhielten ihre Injektionen, und dann zog die lange Schlange der vertrockneten Elendsgestalten an dem kleinen Kessel vorbei, hinter dem die indianische Krankenschwester stand und mit einer

Blechtasse abgekochtes Wasser ausschenkte. Jeder bekam eine halbe Tasse – das war für viele die erste und einzige Flüssigkeit an diesem glutheißen Tag.

»Wie sie das aushalten, ist mir ein Rätsel – als Mediziner und als Psychologe«, sagte Dr. Högli zu Evita. Sie sahen vom Fenster aus, wie die Indios sich unter die staubigen, verdorrten Büsche hockten und aus Tonschalen oder flachen Kürbisrinden das schale Wasser in ganz kleinen Schlucken tranken.

Am Hospitalbrunnen stand jetzt Tag und Nacht eine Wache von sechs Mann, um einen neuen Überfall durch Paddys Leute zu verhindern. »Noch einmal scheißen sie mir den Brunnen nicht voll!«, hatte Dr. Högli grimmig gesagt. »Und wenn, dann knallen wir ihnen noch zusätzliche Löcher in den Arsch!«

Es war das erste Mal, dass Pater Felix den Doktor so kraftvoll reden gehört hatte.

»Wann haben Sie Zeit, Pater?«, fragte Evita. Felix Moscia schwang sich aus seinem klapprigen Jeep. Dass der überhaupt noch fuhr, war Wohl auch ein Wunder Gottes.

»Zeit?« Felix lachte. »Ich kann mit den Stunden jonglieren!« Er hakte sich bei Evita unter. Sie hatte sich in diesen Tagen verändert. Mit der Schminke und den modischen Kleidern war auch das ›Püppchenhafte‹ von ihr abgefallen. Sie trug einen weißen Krankenpflegerkittel und hatte die schwarzen Haare mit einem roten Band hochgebunden. »Wozu brauchen Sie Zeit?«

»Ich möchte Riccardo heiraten, Pater.«

»Sehr löblich. Aber will der Doktor auch?«

»Wir haben lange darüber gesprochen. Er sieht in mir ein Luxusgeschöpf und nicht die Frau eines Armenarztes. Wie soll ich ihm das anders austreiben als damit, dass ich ihn heirate?«

»Ihre Millionen verschwinden dadurch nicht, Evita.«

»Sie gehören nicht mir, sondern meinem Vater.«

»Sie sind die einzige Tochter. Die Alleinerbin!«

»Soll ich darunter leiden, dass ich zufällig genug Geld habe? Ich liebe Riccardo.«

»Ich weiß.«

»Wann trauen Sie uns?« Sie hielt Pater Felix davon zurück, die Ambulanz zu betreten. Dr. Högli war von Juan-Christo an einen Tisch gerufen worden, auf dem eine Frau lag. Sie hatte Blutungen, und ihr Mann jammerte, es sei alles verflucht: Kein Wasser – und jetzt gebe die Frau auch noch die letzte Flüssigkeit ab …

»Wenn ihr euch einig seid – am nächsten Sonntag.«

»Riccardo hat Ihnen gesagt, dass er evangelisch ist?«

»Das ist nur ein anderes Wort für Gottes Liebe.«

»Er hat Ihnen etwas verschwiegen, Pater. Riccardo ist seit zehn Jahren aus der Kirche ausgetreten. Es hatte einen Grund: Er konnte einfach nicht mehr glauben, was ihm von der Kanzel herunter erzählt wurde.«

Pater Felix ging langsam weiter. Er war sehr ernst geworden. »Er war wenigstens so ehrlich, die Konsequenzen zu ziehen.«

»Wir können also heiraten?«, fragte Evita. Ihr schmales, aristokratisches Gesicht leuchtete vor Freude. Sie kann glücklich sein, während wir alle elend verrecken, dachte Felix ergriffen. Welch ein Wunder – vielleicht das letzte für den Menschen – ist doch die Liebe!

»Sie können.« Pater Felix betrat die Ambulanz. Dr. Högli blickte auf. Er hob die Gummihandschuhe, sie waren voller Blut. Die Frau lag wimmernd auf dem Tisch, ihr Mann sprach auf sie ein, in einer fremdartigen indianischen Sprache. Nebenan behandelte Juan-Christo einen Furunkel, auf der anderen Seite verteilte Matri Vitamin-Tabletten.

»Neuigkeiten?«, fragte Dr. Högli. Er tamponierte die Frau und wartete auf die beiden Krankenträger. Die Frau musste stationär behandelt werden. »Wann entschließen Sie sich eigentlich, Ihre schrecklichen gelben Lackhaare abzuweichen?«

»Vorläufig nicht. Das ist mein Helm! Ich schnalle ihn erst ab, wenn es regnet oder wir auf andere Weise Wasser bekommen.«

»Bis dahin hat es sich rausgewachsen.« Die Träger kamen, man lud die wimmernde Frau auf die Trage und brachte sie zur Bettenstation. Die Indios waren jetzt alle versorgt, nur noch vier Frauen zogen an dem Wasserkessel vorbei und bekamen ihre halbe Tasse.

»Was hört man von Paddy? Bei mir ist alles still.«

»Um so fröhlicher wird's bei mir. Ich hatte vorhin Besuch. Ein Herr kam in die Kirche, bespritzte sich mit Weihwasser und bat um meinen Segen.«

»Ein frommer Mensch.«

»Das will ich meinen.« Pater Felix lachte etwas rau und vermied es, Evita anzusehen. »Es war mein Mörder.«

Gegen zehn Uhr abends klingelte das Telefon.

Dr. Högli, Evita und Pater Felix saßen am offenen Fenster und tranken Tee. Man konnte jetzt abends wieder in der etwas kühleren Luft sitzen, die Mücken und Fliegen waren längst vertrocknet. Tiefe Dunkelheit lag über Santa Magdalena. Der Mondschein war noch nicht in den Felsenkessel gedrungen; es war die Zeit, die Högli »die Stunde der Selbstanklage« nannte, denn jeder halbwegs Vernünftige musste sich in dieser Stunde sagen, dass nur ein Idiot es noch hier aushalten konnte. Wenn dann der Mond in den Kessel schien, versilberte er auch die Verzweiflung, und sie erstarrte.

»Was ist denn das?« fragte Högli so verblüfft, dass er vergaß, den Hörer abzuheben. »Das Telefon klingelt! Können Engel Leitungen flicken, Pater?«

»Ich würde mal fragen, Doktor.«

Am anderen Ende war Jack Paddy. Seine Stimme dröhnte.

»Ist Mr. Porelle bei Ihnen?«

»Nein! Ich kenne keinen Mr. Porelle! Aber wieso geht das Telefon?«

»Meine Leute kneifen für dieses Gespräch den Draht zusammen. Ich habe schon bei dem Pfaffen angerufen …«

»Der Pfaffe ist hier. Warten Sie, Paddy.« Er gab den Hörer an Pater Felix weiter. Dabei hielt er die Sprechmuschel zu. »Was haben Sie mit Porelle gemacht, Felix? War Ihr Segen zu stark?«

Pater Felix lehnte sich zurück. »Mr. Paddy, hier ist der Pfaffe! Was ist denn mit dem schönen Porelle?«

»Das frage ich Sie!«, bellte Paddy. »Er war bei Ihnen!«

»Sie haben ihn ja selber vor meiner Tür abgesetzt.« – »Und wo ist er jetzt?«

»Nur Gott ist allwissend.«

»Was haben Sie mit Porelle gemacht?«, brüllte Paddy.

»Nichts! Auf meinen Rat hin hat er sich einen Esel und zwei Indios gemietet. Ich habe gesehen, wie er in Richtung zu Ihnen davongeritten ist.«

»Er ist aber nicht angekommen!«

»Sollte ich auf ihn aufpassen? Das hat mir keiner gesagt. Immerhin ist er volljährig.«

»Sie kommen in Teufels Küche, Pater, wenn Porelle nicht wiederauftaucht!«

»Eine schlimmere Hölle als Santa Magdalena kann's gar nicht geben. Aber warum blaffen wir uns an, Paddy? Lassen Sie uns in Ruhe nachdenken!« Pater Felix hielt die Sprechmuschel wieder zu. »Ihm ist sein Gast Porelle abhandengekommen. Mein Mörder ist verschwunden!«

»Vom Fenster weg!«, rief Dr. Högli. Er riss Pater Felix vom Stuhl, warf das Fenster zu und schob die Innenholzladen vor, eine Konstruktion aus der Erobererzeit, wo man von einer Minute zur anderen verteidigungsbereit sein musste. Pater Felix blieb auf der Erde hocken und schüttelte den Kopf. Im Hörer hörte man Paddy toben. »Sie glauben doch nicht, dass Porelle draußen steht …«, sagte Pater Felix verwundert.

»Wir wissen alle, warum er in Santa Magdalena ist!«

Evita, die hinausgerannt war, kam zurück. Auf den Armen trug sie drei Gewehre und Gurte mit Munition.

»Paddy, hören Sie auf mit Brüllen!«, sagte Pater Felix ruhig ins Telefon. »Sie verschrecken ja alle Leute. Der Doktor bewaffnet sich, als zöge er in den Krieg. Ich wiederhole: Porelle ist mit zwei Indios zu Ihnen geritten. Nein, ich kenne die Indios nicht, ich habe sie nur von hinten gesehen; sie sehen ohnedies alle gleich verhungert und verdurstet aus. Ich schlage vor, Sie suchen Ihren Gast selber.«

»Pater!« Paddys Stimme dröhnte nicht mehr. »Sie wissen wie ich, dass sich hier keiner verlaufen kann. Sie wissen, dass Porelle mit zwei Indios weggeritten ist. Er ist nicht bei mir angekommen. Was kann das also bedeuten? Genau das, woran auch Sie jetzt denken, Pater! Und ich mache *Sie* dafür verantwortlich! Wenn jetzt gemordet wird, beginnt Ihre rhetorische Saat aufzugehen.«

»Das muss mir einer sagen, der einen Mörder nach Santa Magdalena bringt!«

»Pierre Porelle ist Vertreter für landwirtschaftliche Maschinen.«

»So kann man Feuerwaffen auch nennen. Porelle hat mich aufgeklärt.«

»Hat ihn die Sonne zum Idioten gemacht?«

»Durchaus nicht. Wir hatten ein gutes Gespräch. Ein faires Gespräch. Er sagte: ›Ich werde Sie umbringen‹, und ich antwortete: ›Ich werde Ihnen dazu keine Gelegenheit bieten!‹ Was soll daran idiotisch sein? Außerdem war es ein Gespräch in der Kirche, und Pierre Porelle bediente sich meines Weihwassers.«

»Ich werde verrückt!«, stöhnte Paddy. »Pater, können Sie Ihre Indios nicht fragen, wo sie Porelle abgesetzt haben?«

»Einverstanden. Gegen fünfhundert Liter Wasser.«

»Ich bitte den Priester darum!«, schrie Paddy.

»Und ich antworte Ihnen als Priester. Fünfhundert Liter Wasser für meine Gemeinde.«

Pater Felix legte auf. Er setzte sich und rollte die schweren Holzläden zur Seite. Dr. Högli und Evita saßen an der Wand mit schussbereiten Gewehren.

»Sie sind sträflich leichtsinnig, Felix!«, sagte Högli mit belegter Stimme. »Sie bieten sich ihm dar wie eine von Scheinwerfern angestrahlte Schießscheibe.«

»Porelle wird heute Nacht nicht schießen.« Felix riss das Fenster wieder auf. Die Nachtluft strömte ins Zimmer. Ein köstlicher, kühlender Hauch nach diesem glutenden Tag. »Ich fürchte, er wird genug damit zu tun haben, sich um sich selbst zu kümmern.«

Am nächsten Tag, gegen drei Uhr nachmittags, bei einer Hitze, die das Knochenmark pulverisieren konnte, fanden Paddys berittene Suchtrupps den verschollenen Pierre Porelle.

Er saß in dem obersten Peyotlfeld in voller Sonnenglut. Man hatte ihn an eine der großen Kakteen gebunden, nachdem man ihn anscheinend mehrmals über die Stacheln gewälzt hatte.

Porelle sah fürchterlich aus. Aber er lebte noch.

Wer ihn so zugerichtet hatte, konnte man noch nicht herausfinden. Er war unfähig zu sprechen, seine Zunge hing dick geschwollen und blau aus dem Mund, die einst so schönen funkelnden Augen quollen aus den Höhlen, das zarte Gesicht war, wie sein entblößter Oberkörper, von den Kakteenstacheln zerstochen. Hunderte dieser langen, spitzen Stacheln steckten in seinem Fleisch, die Einstichstellen begannen sich zu entzünden. Das Einzige, was er mühsam lallen konnte, war »Wasser! Wasser!«.

Fluchend ließ Paddy ihn mit Wasser übergießen, aber er hütete sich, die Stacheln aus dem Körper zu ziehen. Auf jede Frage antwortete PP nur: »Wasser!« Er schien völlig geistesabwesend zu sein, nicht nur äußerlich, sondern auch innerlich zerstört.

Paddy reimte sich die Tragödie zusammen. Die Indios hatten Porelle nicht zur Hazienda gebracht, sondern waren mit ihm in die Berge geritten, sie hatten den Ahnungslosen überwältigt und dann auf indianische Art gefoltert.

»Ich werde das ganze Dorf ausräuchern!«, brüllte Paddy. »Porelle, hören Sie mich? Ich werde Santa Magdalena pulverisieren! Sie stecken alle unter einer Decke. Jeder ist dort schuldig! Aber sie unterschätzen mich! Sie unterschätzen mich alle! Jetzt läuft das Fass über!«

»Wasser!«, stöhnte Porelle. Man hatte ihn auf ein Pferd gehoben. Dort hockte er jetzt wie ein Igel, ein Capatazo saß hinter ihm im Sattel und hielt ihn fest. »Wasser …« Er trank wie ein Schlauch. Dann begann er zu wimmern. Mit der Rückkehr des Verstandes kamen auch die Schmerzen. Paddy beugte sich zu ihm hinüber.

»Waren es die beiden Indios? Pierre! Waren es die Eseltreiber?«

Porelle starrte Paddy aus leeren Augen an. Und dann sagte er etwas Sensationelles: »Nein! Es waren Mexikaner …«

»Mexikaner?« Paddy schnaufte. Sein breites Gesicht rötete sich gefährlich. »Porelle, das ist ein Irrtum! Hier gibt es nur Mexikaner, die in meinen Diensten stehen. Sie müssen sich irren!«

»Nein!« Porelle schwankte und knirschte mit den Zähnen. Die Stacheln in dem entzündeten Fleisch brannten höllisch. »Es waren Mexikaner. Ihre Leute, Paddy!«

»Das werden wir nachprüfen!« Paddy blickte seine Capatazos an. Ihre gelblich-braunen Gesichter wirkten wie Masken. »Tausend Dollar für den, der mir einen Tipp gibt!«

Die Mexikaner schwiegen. Ihr Leben war ihnen mehr wert als lumpige tausend Dollar.

Eine halbe Stunde später klingelte im Hospital wieder das Telefon.

Dr. Högli nahm Evita den Hörer ab. Er war gerade aus dem OP gekommen, wo er bei der Frau mit den starken

Blutungen einen Eingriff hatte vornehmen müssen. Es stellte sich heraus, dass sie eine perforierte Zyste gehabt hatte. Die Operation hatte ihr das Leben gerettet; der Indio, ihr Mann, hatte sich vor Dr. Högli auf die Knie geworfen, seinen blutbefleckten OP-Mantel geküsst und geschworen, künftig nur noch für den großen Doktor zu leben.

»Paddy ist am Apparat«, sagte Evita. »Und so kleinlaut, als habe er ein Pflaster vor dem Mund.«

Dr. Högli lächelte grimmig und lehnte sich gegen die Wand. »Was gibt es, Mr. Meskalin?« fragte er. »Kneifen Ihre Burschen wieder die Leitung zusammen? Gestern war sie nach unserem Gespräch wieder tot. Ein paar Indios sind auf Suche gegangen, aber sie haben die Bruchstelle nicht gefunden. Ich nehme an, Sie schnippeln an der Leitung kurz vor Nonoava herum.«

»Lassen wir das«, sagte Paddy friedlich. »Doktor, ich brauche Sie dringend!« Seine Stimme war rau. »Kommen Sie bitte sofort zu mir.«

»Nein!«

»Mensch, ich rufe einen *Arzt!* Ich brauche einen. Man hat Porelle grausam misshandelt. Wenn ihm kein Arzt hilft, geht er hinüber!«

Dr. Högli blickte an die niedrige, gekalkte Decke. »Ich komme«, sagte er.

»Danke. Ich wusste es, Doktor.«

»Gegen fünfhundert Liter Wasser.«

»Das ist Erpressung, Doktor! Das ist eines Arztes unwürdig!«

»Das müssen *Sie* mir sagen, Paddy?«

»Gut! Fünfhundert Liter, Sie Messias!«

»Ich bin in zwanzig Minuten bei Ihnen.«

Evita legte den Hörer auf die Gabel. Ihre Augen waren verschattet vor Angst.

»Du willst wirklich zu Paddy?«

»Ich muss. Ein Verwundeter braucht einen Arzt. Da ist es

völlig gleichgültig, ob er Pierre Porelle heißt. Außerdem bekommen wir fünfhundert Liter reines, kaltes Wasser.«

»Gut! Dann komme ich mit.«

»Nein, du bleibst hier.«

Sie antwortete nicht, band sich ein Kopftuch um und stellte sich vor die Tür. Verblüfft sah Dr. Högli, wie aus Evita plötzlich eine zu allem entschlossene Wildkatze werden konnte.

»Ohne mich kommst du nicht aus diesem Zimmer«, sagte sie. »Ab heute wird es nichts mehr geben, was wir nicht gemeinsam tun! Ich gehöre zu dir wie deine rechte Hand, dein rechtes Auge, die Hälfte deines Herzens.«

Zehn Minuten später brachen sie auf. Sie setzten sich in Dr. Höglis Hospital-Jeep mit dem aufgemalten großen Roten Kreuz. Ihnen folgte ein Bauernwagen mit einem Holzfass, gezogen von zwei klapprigen, abgemagerten Eseln. Vier kräftige Indios mit breiten Macheten und einem alten Militärgewehr aus den neunziger Jahren, das sie irgendwo versteckt gehalten hatten, begleiteten sie. Als sie an der Kirche vorbeikamen, ließ Pater Felix kurz die Glocke läuten. Es hatte sich bereits im Dorf herumgesprochen, dass der Doktor Wasser von der Hazienda holte. Es versprach ein Feiertag zu werden – schöner als Weihnachten oder Ostern.

Bis dicht vor die Hazienda folgte ihnen eine Menschenschlange wie bei einer Prozession.

Es gibt Wasser, Amigos, Wasser! Unser Doktor heilt für Wasser! Für einen Tag können wir den großen Durst vergessen!

Als sie vor dem Tor der Hazienda stehen blieben, lag auf dem leeren Fass ein kleiner, verwelkter Blumenstrauß.

Jack Paddy stand auf der Veranda, bullig, die Hände in den Hosentaschen, den Kopf so angezogen, dass sich im Nacken drei dicke Hautwülste bildeten. Seine Capatazos standen schwerbewaffnet am Tor und auf hölzernen Gestellen, von denen aus sie die Mauer überblicken konnten.

Die Hazienda war zu einer Festung geworden.

Dr. Högli machte dem Fahrer des Wagens mit dem Wasserfass ein Zeichen und ließ den Jeep erst einmal allein durch das geöffnete Tor rollen. Die Mexikaner grinsten ihn verlegen an. Uns trifft keine Schuld, Doktor, hieß dieses Grinsen. Wir sind auch nur arme Hunde, die von Paddys Geld leben müssen. Wir haben Frauen und Kinder, und die meisten haben auch noch die Eltern bei sich wohnen, die Großeltern und was so alles zu einer *familia* gehört. Du kennst es doch, Doktor: Ein ganzes Haus voller Verwandter, und alle leben von unserem Lohn. Da darf man nicht denken, sondern nur gehorchen, wenn man einen *patrono* hat, der so gut zahlt wie Mr. Paddy.

Dr. Högli bremste vor der Terrasse und stieg aus. Auf der anderen Seite schwang sich Evita Lagarto aus dem Jeep. Paddy zögerte, aber dann kam er doch die Treppen herunter.

»Ich heiße Sie willkommen in meinem Haus, Miss Evita«, sagte er brummig. »Ich brauche ja wohl nicht zu fragen, ob Sie den Brief Ihres Vaters mitgebracht haben.«

»Ich habe ihn verbrannt.«

»Brav!« Paddy starrte Dr. Högli wütend an. »Ich habe es mir gedacht. Ihre Humanitätsduselei hat dadurch wieder eine Spritze bekommen. Übrigens, wo ist der Pfaffe?«

»Braucht man ihn schon?« Dr. Högli holte seinen Arztkoffer aus dem Jeep. »Hat man Porelle so zugerichtet?«

»Darüber reden wir noch!« Die Indios hatten sich rund um den Wagen auf die Erde niedergelassen. Paddy zeigte auf das Fass vor dem Tor. »Steckt er vielleicht da drin, der Pfaffe?«

»Wo ist der Kranke?«, fragte Dr. Högli laut.

»Also gut. Eins nach dem anderen.« Paddy winkte zu seinem großen, prunkvollen Haus hin. In der Tür stand Antonio Tenabo, die Hände an den breiten Gürtel gelegt, an jeder Seite hing ein großkalibriger Revolver. Dr. Högli blieb stehen und schob sich vor Evita.

»Paddy, Sie hatten mir freien Abzug zugesichert!«

»Den haben Sie, Doktor!«

»Ich komme jetzt als Arzt, nicht als Ihr Gegner.«

»Ich werde mir den feinen Unterschied merken.«

»Wenn ich Ihre Kreatur Tenabo ansehe, denke ich immer an Ölfarbe. Ich habe keine Lust, für ihn Leinwand zu spielen.«

»Antonio hat bei mir die gleiche Stellung wie bei Ihnen dieser Affe Juan-Christo. Aber wenn Sie Angst haben, Doktor …« Er winkte mit einer großzügigen Geste, und Antonio Tenabo verschwand im Innern des Hauses.

»Ich glaube, wir können wieder gehen.« Dr. Högli wandte sich ab. »Monsieur Porelle scheint nur einen Schnupfen zu haben. Träufeln Sie ihm Peyotlsaft in die Nase, Paddy, dann vergisst er das Niesen.«

»Stopp!« Paddy hielt Dr. Högli am Ärmel fest. »Sie bleiben! Wenn Sie nicht endlich tätig werden, krepiert Porelle!«

Er drehte sich um und ging voraus. Dr. Högli nahm wieder seinen Arztkoffer vom Boden und blickte Evita kurz an, die neben ihm stand. »Geh zurück vors Tor«, sagte er leise.

»Nein, Riccardo.«

»Bitte«, sagte Högli.

»Nein! Warum fängst du immer wieder davon an? Ich will nicht in Watte gepackt werden … Nicht mehr!«

Im Haus war es kühl gegen die Glut draußen. Ein riesiger Saal nahm sie auf, eine Wohnhalle, in deren Mitte ein steinerner Brunnen mit mexikanischen Ornamenten plätscherte. Die große Brunnenschale wurde von sieben Löwen aus poliertem schwarzem Basalt getragen.

Dr. Högli trat sofort an den Brunnen, griff mit beiden Händen hinein, schöpfte das kühle Wasser und warf es sich über das Gesicht, tauchte dann den ganzen Kopf ein und genoss die köstliche Kühle auf seinem Nacken.

Auch Evita übergoss ihr Gesicht mit Wasser, es floss über Hals und Schultern an ihr herunter. Paddy stand daneben und lächelte breit.

»Warum sagen Sie das nicht gleich, Doktor, dass Sie ein trockener Schwamm sind? Sie dürfen nachher in meinem Pool ein paar Runden drehen. Für Sie, Miss Lagarto, habe ich eine besondere Attraktion: eine Rutschbahn ins kühle Nass!«

»Wo liegt Porelle?« Dr. Högli sah sich um. Im Hintergrund der großen Halle, in einer Art Bar-Ecke mit mächtigen Sesselgruppen und Couchen, standen drei Mexikaner unbeweglich, als hielten sie Totenwache. »Dort? Haben Sie Porelle in der Bar abgelegt?«

»Sehen Sie ihn erst einmal an«, knurrte Paddy. »So etwas kann man in kein Bett legen.«

Pierre Porelle lag still, wie gelähmt. Ob er Schmerzen hatte, war nicht festzustellen – er antwortete nicht mehr. Paddy hatte ihn angeschrien, aber Porelle starrte gegen die Decke, nur die Atembewegung des Brustkorbs bewies, dass er nicht versteinert war.

Sein Gesicht und sein Körper mit den Kakteenstacheln waren wachsbleich, nur wo die Stacheln im Fleisch saßen, wölbten sich rot die Entzündungen.

Dr. Högli blickte Paddy kurz an und öffnete seinen Arztkoffer.

»Sauerei, was?«, sagte Paddy. »Aber ich kriege raus, wer das gemacht hat! Und wenn ich ganz Santa Magdalena niederwalze! Es waren *Ihre* Indios, Doktor!«

Högli zog eine Spritze mit einem Kreislaufmittel auf, drückte die Luft aus dem Kolben und gab Evita das Chromkästchen mit der Alkoholwatte, damit sie die Einstichstelle reinigen konnte.

»Wo?«, fragte sie leise. Sie saß neben Porelle auf der Couch und starrte auf diesen stachelübersäten, sich überall entzündenden Körper. Porelle reagierte überhaupt nicht. Seine Augen waren wie aus Glas.

»Irgendwo, wo noch Platz ist!« Dr. Högli senkte die Spritze. Paddy schnaufte durch die Nase.

»Was nun?«

»Er muss sofort ins Hospital! Bringen Sie ihn auf schnellstem Wege zu mir hinüber.«

»Natürlich. Aber warum spritzen Sie nicht? Was ist das?«

»Eine Kreislaufstütze.«

»Dann los. Nadel rein!«

»Noch nicht.« Dr. Högli lehnte sich an die Rückwand der Couch. »Erst die fünfhundert Liter!«

»Ich habe sie Ihnen versprochen!«, schrie Paddy.

»Aber ich habe sie noch nicht.«

»Trauen Sie mir nicht?«

»Genau da trifft der Hammer auf den Nagel.«

»Das heißt: Sie stehen hier mit der Spritze in der Hand und lassen Porelle verrecken, wenn ich nicht sofort …«, brüllte Paddy.

Dr. Högli legte einen sterilen Wattebausch um die Injektionsnadel und nickte zum Fenster hin. »Sagen Sie den Indios, sie können in den Hof kommen und das Fass mit Wasser füllen. Erst wenn sie mir zurufen: ›Doctor, hemos agua!‹, gebe ich ihm die Injektion.«

»Und Sie wollen Arzt sein? So ein Schuft will Arzt sein! So benimmt sich der große Menschenfreund!« Paddy hieb die dicken Fäuste gegeneinander. »Da liegt ein Misshandelter vor Ihnen, ein armer, sterbender Mensch, und was tun Sie, der Arzt? Sie machen mit seinem Leiden ein Geschäft!«

»Jedes dieser Worte war zu viel, Paddy«, sagte Dr. Högli ruhig. »Sie hätten stattdessen nur ›Füllt das Fass!‹ zu rufen brauchen, dann wäre die Injektion bereits vergessen. Und noch eins: Ihre humanitäre Entrüstung ist bemerkenswert. Was da liegt, ist eine Kreatur, die nach Santa Magdalena gekommen ist, um Pater Felix und mich umzubringen. Ich rette also meinen Mörder, damit er weiterleben kann, um mich zu töten.«

»Ich denke, vor dem Arzt sind alle Menschen gleich?«, sagte Paddy. Sein Spott ging nicht so spurlos an Högli vorüber, wie es den Anschein hatte. Das Problem hatte ihn die ganze Zeit über beschäftigt, von Paddys Anruf bis jetzt, wo er vor Porelle stand: Ich muss meinen Mörder retten! Mit der Gewissheit, dass Pierre Porelle nach seiner Gesundung mich umbringen wird, muss ich ihn bei mir aufnehmen, ihn pflegen und alles für ihn tun, was ein Arzt nur tun kann. Ich gebe ihm die Kraft zurück, wieder ein Unmensch zu sein!

Ist das zu verantworten? Geht ärztliches Ethos so weit? Muss ein Arzt ein so weites Gewissen haben – oder ein so enges, ganz, wie man die Sache sieht? Ist der Eid, der mich verpflichtet, allen Menschen zu helfen, so zwingend, dass man den Mörder seiner Frau und seines Freundes rettet?

»Ist das noch ein Mensch?«, fragte Högli heiser.

»Sehen Sie ihn an! Hat er Ohren, eine Nase, zwei Arme, zwei Beine, zwei Füße? Finden Sie etwas, was ihn *nicht* zum Menschen macht?« Paddy trat ans Fenster. Er riss es auf und brüllte hinaus. »Macht ihnen das Fass voll! Aber nur das Fass! Wer beim Einfüllen trinkt, wird ausgepeitscht! Nur das Fass! Keinen Tropfen daneben.« Er kam zurück zur Couch, starrte Porelle an und winkte wie ein Feldherr, der eine Armee in die Schlacht schickt. »Ich halte mein Wort, Doktor! Also los!«

Högli beugte sich über den starren Porelle. Evita hatte eine Stelle am rechten Oberschenkel gefunden, wo zwischen zwei weit auseinanderstehenden Stacheln eine noch nicht entzündete Hautpartie frei war. Dr. Högli injizierte das Kreislaufmittel und warf dann die Spritze an die Wand. Mit einem scheppernden Laut zerplatzte sie. Paddy nagte an seiner breiten Unterlippe.

»Machen Sie das immer so?«

»Ich könnte diese Spritze nicht mehr anfassen!«

»So ein zartes Gemüt haben Sie? Ihr Liebster ist ein Seelchen, Miss Lagarto! Und so etwas will Santa Magdalena reformieren!« Paddy setzte sich und stemmte die Beine von sich. »Sie tun mir fast leid, Doktor.«

»Bitte, fangen Sie nicht an zu weinen, Paddy.«

»Wäre das so absurd? Meine Gegner: ein fanatischer Pfaffe und ein armes Doktorherzchen! Da muss man doch weinen! Högli, wären Sie ein Kerl, der nicht mal mit der Nase wackelt, wenn ich ihm eine runterhaue, dann wäre das ein ehrlicher Kampf. Aber so? Ihre sogenannte Unbestechlichkeit ist doch nur Blödheit! Sie könnten Geld genug haben, in Frieden weiterleben, ich verspreche eine doppelte Wasserleitung für das Dorf mit Abzweigungen zum Pfarrhaus und zum Hospital, die Indios wären nach einem Jahr fett wie Mastkühe, dieses Höllental hier wäre ein Paradies … Sie brauchen nur die Schnauze zu halten!«

»Paddy, warum reden wir noch darüber?« Dr. Högli schloss seinen Arztkoffer. Porelles Atem ging kräftiger, seine bislang so starren Augen begannen zu flimmern. »Sorgen Sie dafür, dass Porelle sofort ins Hospital kommt. Noch kann ich ihn retten.«

»Er ist vor Ihnen da!« Paddy sprang auf. »Ich nehme an, Sie begleiten das Wasserfass, damit ihm bloß nichts passiert.«

Von draußen hörte man Händeklatschen. Das Fass war voll Wasser, die Indios freuten sich wie kleine Kinder und tanzten um den Wagen herum. Für jeden einen Liter Wasser! O Madonna, du hast uns nicht vergessen!

»Wollen Sie nicht schwimmen?«, fragte Paddy, als Dr. Högli und Evita durch die Halle gingen.

»Nein.«

»Und Sie, Miss Lagarto?« – »Wenn sich Gelegenheit bietet, Sie dabei zu ersäufen …«

»Doktor, was haben Sie bloß aus der feinen jungen Dame gemacht? Die ganze Erziehung ist hin! Fünfhundert Jahre spanische Tradition haben Sie zerstört! Ihr Vater wird entsetzt sein.«

»Mein Vater!« Evita blieb stehen. »Sie werden meinen Vater sehen, nicht wahr? Sie werden ihn sprechen? Wann?«

»Wie soll ich das wissen? Ich habe keinen Anlass, Mr. Lagarto eine Nachricht zu geben. Ich habe ja auch keine von ihm bekommen. Aber es ist möglich, dass er anruft. Er wird sich Sorgen machen über meine Schweigsamkeit.«

»Sagen Sie meinem Vater …«

Paddy unterbrach sie mit einem Wedeln seiner großen Hände. »Ich werde ihm nichts sagen. Oder besser: Ich werde ihm sagen – wenn er fragt –, dass ich keinen Brief erhalten habe. Ist das die Wahrheit?«

»Sie werden ihm nicht sagen, dass ich in Santa Magdalena bin?«

Evitas Stimme wurde unsicher. Bis zu dieser Minute hatte sie geglaubt, ihre Anwesenheit könnte einen kleinen Schutz für Riccardo bedeuten. Sie hatte nie darüber gesprochen, auch mit Pater Felix nicht, weil sie wusste, dass jeder sie auslachen würde. Die Tochter des großen Lagarto von El Paso ist unangreifbar, hatte sie gedacht. Man muss die Zeit besiegen – das ist alles! Einmal wird mein Vater kommen und uns alle hier herausholen. Das kann kein Porelle verhindern und kein Paddy. Nur ein paar Tage noch, und der Große Durst ist vorbei!

Es war eine Selbsttäuschung gewesen. Die volle, grausame Wahrheit hörte sie aus Paddys nüchternen Worten.

»Warum sollte ich sagen, dass Sie hier sind, Evita?«

»Sie wollen mich verleugnen?«

»Schönes Fräulein, ich habe Sie nie gesehen!«

»Mein Vater wird Nachforschungen anstellen.«

»Aber bitte! Die werden bei Mendoza Femola in Nonoava hängen bleiben. Er kann als Polizeichef beweisen, dass nie ein amerikanischer Wagen auf dieser Straße nach Santa Magdalena gefahren ist.«

Paddy begleitete sie auf die Terrasse und versuchte eine korrekte Verbeugung vor Evita. »Es kommt manchmal vor, dass Menschen spurlos verschwinden. Diese Welt hat immer noch ihre Geheimnisse.«

»Was wollen Sie noch, Paddy?«

Dr. Högli hatte seinen Arztkoffer auf den Rücksitz geworfen und saß schon hinter dem Steuer. Evita kam um den Wagen herum, sie ging wie eine aufgezogene Puppe – man muss sich erst daran gewöhnen, für die Welt außerhalb von

Santa Magdalena bereits tot zu sein. Der Wagen mit dem vollen Wasserfass rappelte durch das Tor ins Freie. Die Indios umgaben ihn mit ihren Leibern wie ein Kranz.

Fünfhundert Liter klares, kühles Wasser.

Amigo, kannst du dich erinnern, wann wir sauberes Wasser getrunken haben?

Vor tausend Jahren war's, hermano mio. Bestimmt, vor tausend Jahren.

Und heute wieder. Heute Abend! Die tausendjährige Seligkeit, Amigos!

»Ich will Ihnen noch etwas verraten, Doktor.« Paddy lehnte sich über das schön geschnitzte, weißlackierte Terrassengeländer. »Pierre Porelle ist kein übler Mensch.«

»Nein. Bloß ein Mörder.«

»Eben nicht! Man treibt ihn zu dieser Handlung, die ihm zutiefst zuwider ist. Er liebt Ruhe, schöne Frauen, seinen Wein aus der Provence, ein vorzügliches Essen – er ist rundherum ein Lebenskünstler, wie es ein Franzose sein soll. Nur – hinter ihm steht eine Macht, die gar kein Verständnis für ein abgeschirmtes Privatleben hat.«

»Ach!« Dr. Högli sah Paddy forschend an. Das war keine Ironie mehr. Da klang etwas heraus, was ein ganz neues Licht auf Paddy warf. »Er *muss* morden?«

»Ja. So ist es.«

»Und diese mysteriöse große Macht hat auch Sie im Griff, Paddy?«

»Sagen wir: Wir sind Partner.«

»Oder anders ausgedrückt: Sie befinden sich ebenfalls in einem Handlungsnotstand?«

»Ja.« Paddy wischte sich über das breite Gesicht. »Ist Ihnen Ihre Lage jetzt klar, Doc?«

»Ja.« Dr. Högli spürte trotz der Sonnenglut einen kalten Schauer über seine Haut fliegen. »Danke, Paddy.«

»Ich gebe Ihnen eine Chance.« Paddy beugte sich so weit vor, dass Högli befürchtete, er könne das Gleichgewicht verlieren und über das Geländer stürzen. »Nehmen Sie Ihre Evita und den verrückten Pater, und hauen Sie ab! Still und heimlich – ich mache die Straße frei!«

»Paddy, Sie wissen genau, dass das unmöglich ist! Ich habe mein Krankenhaus, Pater Felix hat seine Kirche und seine Gemeinde.«

»Ihr Idioten!« Paddys Stimme klang heiser. Mein Gott, durchfuhr es Högli, er hat ja Angst. Der große, starke Paddy hat ganz gemeine Angst. Nicht vor uns. Vor diesem unbekannten Etwas drüben in den USA, das – wie sagte Paddy es so fein – kein Privatleben duldet.

»Nach Porelle kommt Rick Haverston!«, schrie Paddy.

»Auch den werden wir überleben.«

»Den nicht!« Paddy schlug die Hände zusammen, als wollte er beten. »Doc, sprechen Sie mit dem Pater! Sie sind Schweizer, Sie haben keine Ahnung, wer hinter den Dingen steht! Pater Felix wird es Ihnen erklären, und Sie werden einsehen, dass das strahlendste Heldentum komplette Idiotie ist! Ich schwöre es Ihnen: Einen Rick Haverston überleben Sie *nicht!«*

Dr. Högli ließ den Motor an, fuhr einen Bogen und verließ in einer gelblichen Staubwolke die Hazienda. Er holte den Karren mit dem Fass und den glücklichen Indios schnell ein und blieb dann hinter ihnen. Im Rückspiegel sah er, wie das große, schwere Tor zugedrückt wurde. Die Festung war wieder geschlossen. Vor ihnen tanzten die Indios um das Wasserfass und sangen alte indianische Lieder.

»Du weißt, was er gemeint hat«, sagte Evita nach langem Schweigen.

»Ja. Ich habe so etwas geahnt.« Er blickte kurz zur Seite. Evitas schwarze Augen starrten ihn an, und er wusste, dass sie auf seine Frage wartete. »Hat dein Vater auch damit zu tun?«

»Mit der Mafia? Ich weiß es nicht, Riccardo, ich weiß es wirklich nicht.« Sie lehnte den Kopf an seine Schulter und begann plötzlich zu weinen. »Mein Gott, wie blind habe ich bisher gelebt. Wie verflucht blind und selbstverständlich! Das Leben ist ja ganz anders, Riccardo, ganz anders. Aber keiner hat mir das gesagt.«

Zehn Minuten später überholte sie Paddys schwerer Geländewagen. Antonio Tenabo fuhr ihn, drei weitere Mexikaner hockten unter der Plane. Dort lag Pierre Porelle, durch die Injektion vorläufig gerettet, aber auch wieder den Schmerzen ausgeliefert. Högli hörte ihn brüllen, als der Wagen an ihnen vorbeifuhr und über die höckerige Straße hüpfte.

»Ich glaube nicht, dass Porelle uns töten wird«, sagte Högli, umfuhr den Karren mit dem Wasserfass, gab Gas und folgte dem Geländewagen. Da Antonio Tenabo ihn fuhr, sah er keine Gefahr für das Wasser mehr. »Ich glaube es nicht, Evita. Jetzt nicht mehr. Ich werde ihn retten, und er müsste ein Mensch völlig ohne Gefühl sein, wenn er zum Dank mich anschließend umbringen würde. So einen Menschen gibt es nicht!«

Er irrte. Größer noch als das Gefühl der Dankbarkeit ist das Gefühl der Angst. Und die Angst lag über dem Tal von Santa Magdalena und stand der Glut nicht nach, die aus der Sonne fiel.

Drei Stunden arbeiteten Dr. Högli, Juan-Christo und Evita an Pierre Porelles misshandeltem Körper. Dann hatten sie ihn so weit, dass man ihn in ein Bett legen konnte. Sie mussten ihm eine Narkose geben, bevor sie jeden Stachel einzeln herauszogen, die entzündeten Wunden mit einer Antibiotika-Salbe bestrichen und dann noch mit Penicillinpuder bestäubten. Nur die ganz großen Wundkrater konnten sie verbinden – an Porelles Körper war kaum eine Stelle, in der nicht ein Kakteenstachel saß.

»Wir müssten ihn einwickeln wie eine Mumie«, sagte Högli, als sie alle Stacheln entfernt hatten. »Das ist unmöglich. Auch völlig zupflastern können wir ihn nicht. Wir werden seinen Rücken mit Zellstoff belegen, dann kann er wenigstens im Bett liegen.«

Mit Antonio Tenabo hatten sie nicht gesprochen. Er hatte geholfen, Porelle ins Hospital zu tragen, und einen Augenblick sah es so aus, als wollten sich Antonio und Juan-Christo aufeinanderstürzen, als sie sich sahen.

»Lass das«, sagte Matri ruhig.

Sie stand plötzlich hinter Tenabo und hatte einen alten Revolver in der Hand. Keiner wusste, wo sie ihn herhatte – es war ein so altes Ding mit einem langen, dicken Lauf, wie man sie nur noch in Waffenmuseen besichtigen kann. Aber Tenabo hatte Respekt vor ihm. Die Kugel, die aus diesem Lauf hervorschoss, riss ein Loch, das so schnell nicht zu flicken war.

Wortlos tappte er wieder hinaus, aber draußen, an Paddys schwerem Geländewagen, begann er zu brühen, nannte Matri eine Hure und stieß üble Drohungen aus.

Niemand wusste, ob Tenabo für das, was dann folgte, einen Auftrag erhalten hatte: Mit großer Geschwindigkeit fuhr er vom Hospital geradewegs zum Dorf, duckte sich hinter das Steuer, gab noch einmal kräftig Gas und raste dann mit voller Wucht in das erste Haus von Santa Magdalena hinein. Es war eine armselige Hütte aus Holz und Blech, keines der festen Steinhäuser. Sie gehörte dem Indio Arabo Toxeplo, einem jungen Mann mit einer sanften Frau und zwei kleinen Kindern. Er konnte sich und Frau und Kinder im letzten Augenblick retten, bevor Tenabo mit dem schweren Geländewagen das Haus völlig niederwalzte. Als rase er durch einen Heuhaufen, so durchbrach er die dünnen Wände, das Dach krachte auf ihn herunter, die hintere Hauswand fiel heraus, der Wagen schoss wieder ins Freie und hinterließ einen wirren, von einer Staubwolke eingehüllten Trümmerhaufen. Arabo Toxepio und seine Familie standen stumm und starr in dem kleinen vertrockneten Garten, die Trümmer regneten auf sie herunter.

Tenabos dicker Bullenkopf tauchte im Wagenfester auf. »Das ist der Anfang!«, brüllte er. Aus den anderen Häusern kamen jetzt die Leute von Santa Magdalena. Sie stürzten nicht hervor, nein, sie traten ganz langsam vor die Türen. Jede schnelle Bewegung kostet Kraft, verringert das Leben um wertvolle Stunden. »Wir kommen wieder! Und wir werden ganz Santa Magdalena zertrümmern, bis sich der Mann gemeldet hat, der Señor Porelle in die Kakteen geworfen hat. Überlegt euch das, ihr stinkenden Ratten!«

Dann lachte er schallend, gab wieder Gas und fuhr durch das schweigende Dorf. Alle standen jetzt vor ihren Häusern, zerlumpte, ausgetrocknete, elende Gestalten, aber so stumm und unbeweglich sie auch waren, ihre Augen lebten und strahlten einen Hass aus, den Tenabo gut verstand. Er kurbelte das Fenster wieder zu, rückte die Maschinenpistole näher zu sich und umklammerte das Steuerrad.

»Pack!«, sagte er, aber die eigene Stimme, die ihn beruhigen sollte, war unsicher. »Man sollte sie behandeln wie Rinderzecken.«

Pater Felix erschien ein paar Minuten nachdem man Porelle in das Bett getragen hatte. Dr. Högli hörte den klapprigen Jeep schon von Weitem. Es war, als schreie der Motor bei jeder Kolbenbewegung voller Qual auf.

Porelle war gerade aus der Narkose erwacht und blickte Högli aus weiten Augen an. Evita gab ihm aus einer Schnabeltasse kalten Tee zu trinken, nur drei Schlucke. Als Porelle nach ihrem Arm griff, um noch mehr zu trinken, zog sie die Tasse zurück.

»Das war die Tagesration, Monsieur Porelle«, sagte Högli. »Mit der Infusion, die Sie vorhin bekommen haben, ist sogar Ihr Wochenquantum erfüllt.«

Porelle verfolgte Evita mit den Augen, wie sie die Schnabeltasse wegtrug. »Das können Sie nicht tun!« Er sprach französisch, schaltete aber auf E nglisch um. »Die Schmerzen sind unerträglich. Noch ein paar Schluck, bitte!«

»Nein!« Im Hospital lagen zweiundzwanzig Kranke, davon sieben Operierte, und sie bekamen auch nicht mehr zu trinken als jeder in Santa Magdalena. »Sie liegen in meinem Krankenhaus, Sie sind Patient wie die anderen. Mit welchem Recht verlangen Sie eine Ausnahme? Weil Sie ein Weißer sind?«

»Ich komme um vor Durst«, sagte Porelle schwach. »Ich verbrenne innerlich.«

»Wir alle verbrennen, seit Wochen, seit Monaten! Es wird Ihnen nichts anderes übrig bleiben, als sich uns anzuschließen.« Er griff nach Porelles Hand, kontrollierte den Puls, hörte danach das Herz ab. Die Injektionen taten ihre Wirkung, Porelle war eine zähe Natur. »Sie bleiben einen Tag hier auf der Intensivstation – dann verlegen wir Sie in den großen Krankensaal.«

Porelles Augen wurden noch weiter. Seine Lippen zuckten. »Das ist nicht Ihr Ernst!«

»Mein vollster. Vor allem ist es mein Schutz. Aus diesem Saal kommen Sie weder am Tag noch in der Nacht ungesehen hinaus, Porelle! Meine kranken Indios werden Sie umsorgen und Sie nicht eine Minute aus den Augen lassen.« Er rollte die Stethoskopschläuche zusammen und steckte sie in die Kitteltasche. »Falls Sie der Meinung sein sollten, meine ständige Gegenwart biete jetzt die beste Gelegenheit, mich umzubringen … das wäre eine totale Fehleinschätzung Ihrer Lage, Monsieur.«

»Sie halten mich wohl für ein Ungeheuer, Doc, was?« Porelle versuchte verzweifelt ein Lächeln. Sein zerstochenes, mit Salbe überschmiertes Gesicht verzerrte sich. Dr. Högli schüttelte den Kopf.

»Nein! Paddy hat mir Ihre Situation beschrieben. Ihnen sitzt die große Organisation im Nacken. Sie handeln unter Zeitdruck, und es geht um Ihren eigenen Kopf. Dadurch ist aber auch meine Lage geklärt. Ich mache mir keine Illusionen.«

»Wasser!«, sagte Porelle ächzend. »Doc … nur noch einen Schluck!«

»Nein!«

»Das ist Mord!«

»So etwas müssen *Sie* sagen, Porelle! Der halbe Liter Wasser, den alle Indios bekommen, ist das Äußerste, was wir aus dem Hospitalbrunnen filtern können. Filtern, denn Paddys Leute haben bei einem Überfall auf das Krankenhaus den Brunnen vollgeschissen! Der Kirchenbrunnen gibt kaum noch Wasser.«

»Ich komme um vor Durst«, stöhnte Porelle. »Doc, Sie müssen mir helfen!«

»Sie werden von mir jede medizinische Fürsorge bekommen, das ist klar. Aber Wasser liefern Gott und Jack Paddy, und beide streiken! Heute ist für Santa Magdalena ein Feiertag: Ich habe Sie gegen fünfhundert Liter eingetauscht.«

»Dann haben Sie ja etwas! Doc, ich flehe Sie an.«

»Es ist allein für die Indios!«

»Lassen Sie mich mit Paddy reden.«

»Gern! Und der wird auch Wasser schicken! Nur: Nach dem Prinzip der Humanität, für das alle Menschen gleich sind, wird dieses Wasser unter *alle* verteilt!«

Porelle schwieg. Sein Kehlkopf zuckte. Evita stand am Fenster, sie hatte den fernen Motorenlärm gehört und wartete, wer aus der Staubwolke auftauchen würde. Sie kannte noch nicht das typische Geräusch von Pater Felix' Jeep.

»Ich habe, als Paddy mir am Telefon seine Schwierigkeiten schilderte, nie begriffen, wieso ein Arzt und ein Priester so gefährlich werden können.« Porelle schluckte. Seine Kehle war pulvertrocken, sein Gaumen wie altes Leder. Trotz der Injektionen kletterte das Fieber – die Kakteenstacheln enthielten einen Wirkstoff, gegen den sich der Körper massiv wehrte. »Jetzt weiß ich es, Doc! Sie sind der sturste Kerl, den ich je getroffen habe.«

»Irrtum! Ich bin kein Held und kein Dickkopf. Ich kämpfe

jetzt nur noch ums Weiterleben.« Dr. Högli erhob sich von der Bettkante. Draußen kreischten die Bremsen. »Wollen Sie geistlichen Beistand, Porelle?«

»Ist er gekommen?« Porelles Blick wanderte zur Tür. Sein Körper brannte trotz der Salben, als läge er in einem Gluthaufen. »Ich muss Ihnen beiden etwas sagen.«

»Ich weiß: Rick Haverston …«

»Er macht das berufsmäßig, Doc! Er rennt auch nicht in eine solch plumpe Falle wie ich! Bei Rick gibt es kein Entkommen. Für ihn sitzen Sie hier wie eine Schießscheibe.«

Die Tür flog auf. Staubüberzogen trat Pater Felix ins Zimmer. Er nahm den breitkrempigen Strohhut von den gelbgelackten Haaren und blieb breitbeinig vor Porelles Bett stehen.

»Wissen Sie, was passiert ist?«, sagte er ohne Umschweife. »Tenabo hat das Haus von Arabo Toxeplo niedergewalzt. Wie ein Panzer … mitten hindurch! Es geht um Sie, Porelle. Ich brauche Ihre Aussage: *Wer* hat Sie in die Kakteen geworfen? Indios oder Mexikaner?«

Porelle fuhr sich mit der Zunge über die aufgesprungenen Lippen, aber auch die Zunge war wie ein Lederlappen. Er hatte Mühe, überhaupt noch Worte zu formen.

»Ich habe es Paddy schon erzählt. Mexikaner.«

»Er glaubt es nicht. Seine Capatazos leugnen alles.«

»Ich kann mich irren –«

»Nein! Sie irren sich nicht! Porelle, es geht um ein ganzes Dorf! Von Ihrer klaren Aussage hängt es ab, ob Santa Magdalena weiterlebt!«

»Das ist mir gleichgültig«, sagte Porelle heiser.

»Draußen stehen hundert Indios!«, schrie Pater Felix. Dr. Högli zuckte zusammen und rannte zum Fenster. Auf dem Hospitalplatz, wo jeden Abend das Wasser verteilt wurde, wo die Kranken auf ihren Aufruf warteten, drängte sich Kopf an Kopf: Eingefallene gelbliche Gesichter unter runden Topfhüten oder geflochtenen Strohsombreros, zweihundert Augenpaare, zweihundert zusammengekniffene Lippen – aber ein einziges Wort würde genügen, um aus diesen Menschen eine alles niederwalzende, brüllende Woge der Vernichtung zu machen.

»Pater! Das können Sie nicht gutheißen!«, sagte Dr. Högli stockend. »Ein Sturm auf das Hospital …«

»Ich kann sie nicht mehr zurückhalten, Riccardo!«

»Sie vernichten ihre letzte Überlebenschance!«

»Das wissen sie. Aber sie haben keine Wahl mehr! Tenabo hat Toxeplos Haus niedergerissen. Er hat angedroht, wiederzukommen und dann Haus nach Haus einzureißen! Wer kann sich dagegen wehren? Womit? Knüppel, Eisenstangen, Äxte, vielleicht sogar selbstgeschnitzte Speere gegen Maschinenpistolen? Hier gibt es nur noch eine Alternative: die Entscheidung, was das kleinere Übel ist – den Arzt zu behalten und das Dorf zu verlieren, oder den Arzt zu opfern und Santa Magdalena zu behalten! Porelle, was würden Sie als Indio tun?«

»Mein Dorf behalten.«

»Na also!« Pater Felix beugte sich über den Verletzten. »Wer hat Sie überfallen? Porelle, den Sturm auf das Hospital überleben Sie garantiert nicht! Wie viel Männer waren es?«

»Drei.«

»Auf Pferden?«

»Auf Mulis. Ich würde sie nicht wiedererkennen. Als sie auftauchten, flohen die Indios, dann bekam ich einen Faustschlag ans Kinn und war halb betäubt. Einer sprach sogar Englisch und sagte: Mein Herzchen, du willst den Pater umbringen? Und den Doc? Überschlaf es noch einmal! Wir geben dir eine Denkpause.« Porelle atmete laut röchelnd. »Dann – dann rollten sie mich über die Kakteen. Ich wurde verrückt vor Schmerzen und nachher besinnungslos. Später, in der Nacht, habe ich immer wieder geschrien – aber wer hört einen dort oben? Dann kam die Sonne … Und plötzlich sah ich die Geier über mir kreisen …« Porelle schloss die

Augen. Ein Zittern durchlief seinen Körper. »Ich kann nicht darüber reden. Es gibt nichts Grauenvolleres.«

»Wir werden das protokollieren.« Pater Felix winkte zu Dr. Högli hinüber. »Riccardo, holen Sie Papier und etwas zum Schreiben. Monsieur Porelle wird seine Aussage unterzeichnen.«

»Paddy wird sie anzweifeln. Er wird sagen, dass sie unter Druck entstanden ist.« Dr. Högli starrte aus dem Fenster. Die Mauer der hundert Indios stand noch unbeweglich. Juan-Christo sprach auf die vorderen ein, aber sie blickten an ihm vorbei, als rede er eine andere Sprache. Evita war in Höglis Privatzimmer gerannt, um Papier und Kugelschreiber zu holen. »Mir scheint es wichtiger, Sie beruhigen die Indios, Felix.«

»Da helfen keine Worte mehr. Sie haben gehungert, sie haben gedurstet, sie haben Typhus und Cholera ertragen, sie haben ihre Töchter gegen eine Kanne Wasser an Paddy verkauft. Ihr Dorf aber wollen sie nicht verlieren! Ich kann mit ihnen denken und fühlen, Riccardo.«

Evita kam zurück. Pater Felix riss die Fiebertafel vom Bett, benutzte sie als Unterlage und schrieb auf, was Porelle berichtet hatte. Dann las er alles noch einmal vor und hielt Porelle den Kugelschreiber hin.

»Nun Ihre Signatur, Monsieur.«

Porelle unterschrieb mit zittrigen Buchstaben. Der Stift lag schwer in seiner Hand, als sei er mit Blei gefüllt.

»Glauben Sie nicht, dass Sie damit Ihr Leben gerettet haben, Pater!«

»Mein Leben! Porelle, Sie denken zu egoistisch, aber man kann es Ihnen nicht verübeln. Ich rette damit diesen armen Menschen da draußen ihre Heimat!«

»Und wenn Paddy trotzdem mit der Zerstörung beginnt?«

»Dann lege ich mein Priesterkleid ab und werde Terror mit Terror beantworten!«

»So etwas nennt sich Pfarrer!«

Pater Felix nickte und nahm Porelle den Kugelschreiber ab. »Und so etwas wie Paddy nennt sich Mensch!«

Am Abend erschienen tatsächlich zehn Capatazos auf Pferden in Santa Magdalena und galoppierten mit Geschrei durch die Gassen. Ihnen folgte Antonio Tenabo mit dem schweren, einem Panzer gleichenden Geländewagen. Man hatte sogar ein großes Stahlschild, mit dem man sonst Felsbrocken wegdrückte, vor den Kühler montiert. Gegen diese Kraft der Zerstörung gab es keine Gegenwehr.

Pater Felix ließ die Glocke läuten. Er hatte Paddy durch einen Indio die Aussage Porelles zugeschickt. Der Indio berichtete später, der große Señor habe die Zeilen gelesen, den Zettel zerknüllt und gegen die Hauswand geschleudert. Dann hatte er befohlen, dass alle Capatazos auf dem Platz vor der Hazienda anzutreten hätten, wie bei einem militärischen Appell. Was weiter geschehen war, wusste der Indio nicht. Paddy hatte ihn aus dem Tor peitschen lassen, und er war so katzenschnell gelaufen, dass er nur drei Schläge abbekommen hatte. Darauf war er sehr stolz.

Nun rückte Paddys Streitmacht an, um Santa Magdalena zu zerstören. Die Indios hatten ihre Häuser geräumt. Sie standen draußen in der toten Abendsonne, zur Ohnmacht verurteilt, wehrlos der Vernichtung preisgegeben, wenn jetzt kein Wunder geschah. Die Kirchenglocke läutete zwar, aber was vermochte eine Glocke gegen das stählerne Ungeheuer, das Antonio Tenabo auf Santa Magdalena lenkte!

Ein Indio hatte Dr. Högli gemeldet, was im Dorf gleich geschehen sollte. Er war so gerannt, dass er erschöpft auf den Boden fiel und schrie: »Wir werden sterben! Wir werden alle sterben! Sie vernichten uns, Padre, sie vernichten uns!« Dann lag er unbeweglich, wie tot, mit leeren Augen.

Dr. Högli fragte nicht lange. Er ahnte, was Paddy mit dieser wahnwitzigen Tat erreichen wollte, und er wusste, dass er dieses Mal Erfolg haben würde. Der Durst hatte die Indios nicht zerbrochen. Aber wenn sie ihr Dorf freikaufen konnten mit dem Doktor und dem Pater, dann würden sie es tun. Und keiner dürfte sie deswegen verurteilen.

Aus dem Nebenzimmer kam Evita. Sie trug zwei Gewehre und einen Gurt mit einer Pistole. »Komm«, sagte sie hart. »Sag bloß nicht wieder: Bleib hier! Ich liebe dich.«

Dr. Högli atmete tief auf. Er griff nach dem Gurt, schnallte ihn um, nahm ein Gewehr und ging langsam hinaus in den Abend. Vor dem Hospital wartete bereits Juan-Christo mit dem Jeep. Auch Matri saß im Wagen, in Männerkleidern, eine Schrotflinte auf dem Schoß.

»Ich hatte mir geschworen, nie einen Menschen zu töten«, sagte Högli, bevor er sich hinter das Steuer setzte. »Es gibt im Leben keine Situation, wo man töten muss, habe ich gesagt. Ich habe mich geirrt.« Er sah Evita an, sie erwiderte seinen Blick, und sie wussten, dass es vielleicht der letzte Blick sein würde, in dem ihre ganze Liebe lag.

»Fahr!« sagte sie rau. »Es gibt jetzt nur den Weg vorwärts!«

Sie kamen ein paar Minuten zu spät. Als sie vor der Kirche eintrafen, war die große Schlacht bereits geschlagen – und es war gar keine Schlacht geworden.

Das Wunder war nach Santa Magdalena gekommen. Es gab Indiofrauen, die später behaupteten, sie hätten gesehen, wie beim Klang der Glocke etwas Lichtblaues aus der roten Abendsonne heruntergeschwebt sei und sich über die Kirche gelegt habe. Pater Felix hütete sich, dem zu widersprechen. Tatsache war, dass kurz vor dem ersten Haus, das gerammt werden sollte, der schwere Wagen mit dem stählernen Schild anhielt. Die Tür öffnete sich, Antonio Tenabo fiel fast aus dem Führerhaus, kauerte sich auf die Erde, riss die Hosen herunter und befreite sich von einer widerlich stinkenden Brühe. Danach war er zu schwach, sich die Hosen wieder hochzuziehen, mit nacktem Unterleib schwankte er ein paar Schritte herum, als sei er blind, breitete die Arme aus und fiel in den Staub. Die Capatazos starrten ihn entsetzt an, aber keiner sprang aus dem Sattel und eilte ihm zu Hilfe. Erst als sie den Doktorwagen heranbrausen sahen und Pater Felix aus der Kirche stürzte, regten sie sich, sprangen von ihren Gäulen, blieben aber in sicherer Entfernung von Tenabo stehen, der das Bewusstsein verloren zu haben schien.

Dr. Högli bremste. Die wie gelähmt herumstehenden Menschen irritierten ihn. Dann erst sah er Tenabo und Pater Felix, der neben ihm niederkniete.

»Cholera.« Pater Felix sagte es in die lähmende Stille hinein. »Er muss es schon länger gespürt haben, und trotzdem kommt er hierher, um alles niederzuwalzen. Mein Gott, was für ein Büffel.«

Dr. Högli drehte Tenabo auf den Rücken. Er brauchte keine weiteren Symptome. Der bestialische Gestank des Ausgeschiedenen genügte zur Diagnose.

»Bringt ihn zurück!«, sagte er laut zu den Capatazos. »Los! Ladet ihn auf den Wagen, und weg mit ihm! Zur Hazienda!«

»Das können Sie verantworten, Doktor?« sagte Pater Felix. »Er muss ins Hospital.«

»Felix, verdammt, vermeiden Sie es, mich jetzt an irgendetwas zu erinnern, was ich als Arzt geschworen habe! Bloß das nicht! Als ich vor ein paar Minuten wegfuhr, war mir klar, dass ich ins Ende fahre. Wir alle wussten es. Juan-Christo, Matri, Evita! Mit dem Herumdrehen des Zündschlüssels und dem Anfahren ist der alte Dr. Högli tot zurückgeblieben! Sehen Sie mich nicht so an, Felix! Ich bin's nicht mehr! Ich hatte mich entschlossen zu töten!«

»Und das wollen Sie jetzt mit Ihrer Schweizer Präzision auch durchführen, nicht wahr?« Pater Felix deckte die weggeworfenen Hosen über Tenabos Unterleib. »Hat er eine Überlebenschance?«

»Wenn wir weiter von der Umwelt abgeschnitten bleiben – nein!« Dr. Högli sah auf Tenabo hinunter. Das bullige Gesicht hatte sich erschreckend verändert, es war fahl und spitz geworden. Das Choleragesicht. Die Haut an den

Händen und Fingerkuppen schrumpfte zusammen. Es waren die typischen Waschfrauenhände, das Zeichen, wie groß der Flüssigkeitsverlust bereits war. »Was habe ich denn noch im Hospital?« Dr. Högli streckte die Arme aus, die Handflächen nach oben. »So viel, wie Sie hier sehen, Felix! Wissen Sie, was Tenabo jetzt braucht? Zuallererst einen Dauertropfeinlauf von rund drei Litern! Woher nehmen? Entscheidend für das Schicksal eines Cholerakranken ist die sofortige Flüssigkeitszufuhr. Mr. Jack Paddy ist auch zum Schicksal von Tenabo geworden.« Er ließ die Hände an den Körper zurückfallen. *»Ich* kann nicht mehr helfen, Pater. Das ist jetzt Ihr Fall! Beten Sie!«

»Zum Hospital!« Pater Felix winkte den herumstehenden Capatazos. »Sofort mit dem Wagen ins Hospital.«

»Auf die Hazienda!«, schrie Dr. Högli zurück. »Ich lasse mir nicht die anderen Kranken verseuchen.«

»Gut! Dann bringt ihn in die Kirche!« Pater Felix erhob sich von den Knien. »Gott hat keine Angst vor Cholera.«

Er sah Dr. Högli mit einem langen, stummen Blick an, wandte sich dann ab und lief den vier Mexikanern voraus, die Tenabo keuchend in die Kirche schleppten. Die Indios standen noch immer unbeweglich vor ihren Häusern.

Ein paar Minuten später betrat Dr. Högli die Kirche. Pater Felix war allein mit dem besinnungslosen Tenabo. Man hatte ihn vor den Seitenaltar auf den Steinboden gelegt, unter die Figur des Apostels Petrus, der, bunt bemalt, aber streng blickend, auf einem Podest stand. Es stank infernalisch. Tenabo hatte wieder ausgeschieden.

»Petrus infiziert sich nicht«, sagte Pater Felix.

»Verzeihen Sie, Felix. Ich hatte die Nerven verloren.« Dr. Högli ging neben dem ohnmächtigen Tenabo in die Hocke. »Aber der Gedanke, wissend mit Evita in den Tod zu gehen … Ich bin kein Held, Felix, ich sage es noch einmal. Ich – ich sah nur noch Vernichtung. Jetzt kann ich verstehen, was Hass ist.« Er tastete nach Tenabos Puls, er war kaum spürbar, sehr weich, weggleitend, einschlafend. »Sie hätten mich in den Hintern treten müssen, Felix.«

»Warum? Ich wusste, dass Sie von selbst kommen. Dieser Petrus hat Christus in einer kritischen Situation dreimal verleugnet. Sie würden sich als Arzt niemals dreimal vor den Menschen verleugnen lassen! Das bewundere ich an Ihnen, Riccardo.«

Dr. Högli richtete sich wieder auf. Er hob hilflos die Schultern. »Wo nehme ich drei Liter Dauertropf her?«

»Zwei Capatazos sind wie die Irren zur Hazienda zurückgeritten, um Paddy zu alarmieren. Ich nehme an, er wird seinen Freund Mendoza Femola in Nonoava bitten, mit einem Hubschrauber alles heranzuschaffen.«

»Zu spät, Felix. Er braucht den Einlauf jetzt! Nicht in zehn Stunden!«

»Einfaches Wasser, Doktor?«

»Ich brauche Glucose und alkalische Infusionen. Ich brauche Terramycin und Chloromycetin! Ich brauche Herz- und Kreislaufmittel! Vor allem aber Flüssigkeit, Flüssigkeit! Woher nehmen bei diesem Himmel!«

»Versuchen wir es. Ich rechne damit, dass Paddy herunterkommt.«

»In die Kirche?«

»Ja. Er ist ein Mensch, der blendend verlieren kann!«

Sie packten Tenabo an den Beinen und schleiften ihn weiter bis zum Eingang der Sakristei. Dort holte Pater Felix die drittletzte Flasche Messwein und hieb an der Altarecke den Flaschenhals ab. »Hat das wirklich Sinn?«, fragte er.

»Alles, was Flüssigkeit ist, hat einen Sinn.«

Sie flößten Tenabo etwas Wein ein, aber da er in seiner Ohnmacht nicht schlucken konnte, rann alles wieder heraus über Kinn und Hals.

Während sie sich um den Kranken bemühten, füllte sich langsam die Kirche. Fast lautlos schoben sich die Indios in die Bänke; zwischen ihnen, als habe es nie Feindschaft gegeben, die Capatazos. Sie knieten nieder, blickten auf den hölzernen Christus und falteten die Hände.

Ein Wunder war über Santa Magdalena gekommen. Im Augenblick der größten Gefahr verlor der mitleidloseste Feind sein Leben durch seinen eigenen Darm. Wenn das nicht Gottes Zeichen war …

Wenig später traf Jack Paddy ein. Er brachte einen Thermoskessel voll Tee mit, ein großes Fass mit Wasser und aus der Hazienda-Apotheke zwei Glasflaschen mit Blutersatz.

»Auch das können wir gebrauchen!«, sagte Dr. Högli. »Alles, was flüssig ist!« Tenabo war aus seiner Bewusstlosigkeit erwacht. Er konnte schlucken, aber er schien seine Umgebung nicht mehr zu erkennen. Evita war mit dem Jeep unterwegs, um Infusionsnadeln und Schläuche zu holen.

»Ich habe Femola angerufen«, sagte Paddy rau. »Der Polizeihubschrauber holt alle nötigen Medikamente.« Er stand an der Sakristeitür und starrte Tenabo an. »Doc, Sie wissen, dass mich jeder Heiligenschein anwidert, und Sie tragen ihn gleich doppelstöckig. Trotzdem: Ich mag Sie irgendwie! Warum müssen wir uns zerfleischen?«

»Ich habe selten eine so dumme Frage gehört, Paddy.«

Um den Altar herum kam Pater Felix. Er trug über seiner Soutane und dem umgeschnallten Pistolengürtel die Stola.

»Nehmen Sie den Hut ab, Sie Flegel!«, bellte er den verdutzten Paddy an. »Hören Sie nicht: Ich komme zur Wandlung! Ich gebe das Abendmahl!«

Paddy unterdrückte einen Fluch – aber er nahm den Hut ab und presste ihn gegen die Brust. Pater Felix verschwand um den Altar, die Messdiener, kleine Indiojungen, klingelten und schwenkten den Weihrauch. Die Glocke läutete.

Seht, das ist mein Leib …

An diesem Abend zog das ganze Dorf an Pater Felix vorbei und erhielt eine Hostie. Auch sämtliche Capatazos gingen in die Knie, schielten zu Paddy und ließen sich die Hostie in den Mund schieben.

Paddy verstand: Hier war eine Macht, die stärker war als Terror, Drohungen und der große Durst. Hier half nur eins: der nackte Mord!

Noch vier Tage Frist, dann kam Rick Haverston nach Santa Magdalena.

Der sterbende Tenabo vor seinen Füßen stöhnte und krümmte sich in krampfartigen Muskelschmerzen. Dr. Högli kniete neben ihm, die Stethoskopschläuche in den Ohren. Es ging dem Ende zu. Atemnot, schnelles Absinken der Körpertemperatur zu unternormalen Werten, blasse Zyanose, ein Abfall des Blutdrucks, frequenter, fadenförmiger Puls. Die ab und zu noch auftretenden Entleerungen waren trübwässrig, flockig, der typische »Reiswasserstuhl«. Hob man die trockene Haut ab, blieben die Falten stehen wie modelliert.

»Verflucht, warum kommt der Polizeihubschrauber nicht?«, sagte Paddy. »Ich begreife nicht, wozu Mendoza so lange braucht!«

In der ersten Stunde der völligen Dunkelheit schwebte endlich der Helikopter ein. Seine roten und grünen Blinklichter waren wie ein Signal: Hier kommt das Leben!

Aber das täuschte. Mendoza Femola brachte nicht nur Medikamente mit. Aus dem Hubschrauber sprang, in den Knien federnd, Rick Haverston.

Die Organisation war ungeduldig geworden.

Rick Haverston hielt sich nicht mit unnützen Dingen auf. Unnütz war vor allem die Frage, ob Antonio Tenabo die Cholera überleben würde. Die Frage des Überlebens stellte sich Haverston überhaupt nicht; wo er auftrat, gab es Tote. Das war sein Beruf, und daran würde sich auch in Santa Magdalena nichts ändern. Er wurde dafür bezahlt, und er lieferte für gute Dollars auch eine gute Arbeit ab, so wie man von einem Bäcker frische, knusprige Brötchen und von einer Wäscherei ein fleckenlos weißes, korrekt gebügeltes Hemd erwarten darf. Denn Töten war für ihn ein Job wie jeder andere.

Haverston hatte schon von Mendoza Femola in Nonoava erfahren, was mit Pierre Porelle passiert war, warum man Medikamente in den Bergkessel flog und welches Durcheinander Paddy angerichtet hatte. Völlig unverständlich war es Haverston, dass Paddy diesen Dr. Högli zu Hilfe gerufen hatte, statt Porelle einfach auf dem Kakteenfeld liegen zu lassen. Das hätte vieles vereinfacht. Jetzt hockten alle sogar in der Kirche, ein Club jammernder alter Herren, ein Haufen Waschlappen, wo gerade jetzt die Gelegenheit so günstig war, sowohl den Pfaffen wie auch den Pillen-Artisten aus nächster Nähe zu liquidieren.

Rick demonstrierte gleich nach der Landung, wie er sich sein Leben in Santa Magdalena vorstellte: Wahllos griff er sich einen der vor der Kirche stehenden Indios heraus, zerrte ihn zu Paddys Wagen, gab ihm drei kräftige Ohrfeigen, warf ihn auf den Nebensitz, sagte auf Spanisch: »Zur Hazienda, du Wanze!« und ließ den Motor an. Der Indio starrte entgeistert auf den Fremden, wollte aus dem Wagen springen, aber Haverston griff sofort zu, zog den Mann am Kragen zurück und schlug seinen Kopf gegen die Holme der Windschutzscheibe.

»Nicht doch, mein Kleiner!«, sagte Rick fast väterlich. »Ich hasse es, zweimal das Gleiche zu sagen.«

Der Indio nickte, kroch in sich zusammen und zeigte auf die Straße. »Dort, Señor …«

»Na also!« Haverston fuhr los. Der Indio hatte den Kopf gesenkt, wie eine Puppe schwankte er bei jeder Kurve hin und her. Der Topfhut war ihm über das Gesicht gerutscht, und so sah Haverston nicht, wie die schwarzen Augen vor Hass funkelten. Es hätte Rick auch kaum erschüttert – er hätte sich am Ende des Weges lediglich mit einem Schuss verabschiedet.

Mendoza Femola und sein Pilot, der Polizeisergeant Emanuel Lopez, rannten mit den Medizinkartons in die Kirche, begleitet vom Gesang der frommen Indios, die auch zum

Abendmahl in der Kirche blieben, jetzt nicht allein aus purer Frömmigkeit, sondern in der vagen Hoffnung, der große Mr. Paddy könnte wieder ein Fass mit reinem Wasser spendieren.

Femola und Lopez rissen ihre Polizeimützen vom Kopf und rannten durch den Mittelgang zum Altar. Dort knieten sie nieder, gewissermaßen im Lauf abstoppend und nach vorn sinkend, sprangen wieder auf und verschwanden mit den Kartons hinter dem Altar. Pater Felix beendete gerade den Gottesdienst und hob segnend die Hände.

»Endlich!«, schrie Paddy. »Sehen Sie sich Antonio an! Wenn er noch zu retten ist, kommt das einem Wunder gleich.«

»Es war nicht meine Schuld, Mr. Paddy.« Dr. Högli riss bereits ein Paket auf. Es enthielt Einwegspritzen mit Terramycin und andere Antibiotika. Mendoza starrte auf den stöhnenden und zuckenden Tenabo. Der Gestank warf ihn fast um; er fächelte sich mit seiner silberbelitzten Polizeichefmütze Luft zu. Dr. Högli begann mit der ersten Injektion. Evita war mit den Infusionsnadeln und Schläuchen gekommen und hielt Antonios Arm, während Juan-Christo die Hohlnadel in die Armvene schob.

»Blödsinn!«, sagte Dr. Högli grob. »Wir müssen Tenabo umdrehen und ihm einen gewaltigen Einlauf machen.«

»Also, ich stehe da und warte auf den Boten aus der Apotheke«, fuhr Mendoza Femola fort. »Da hält vor der Polizeistation ein amerikanischer Wagen. Nanu, denke ich, was ist das? Hat sich wohl verfahren? Will zu Blondie Marys Puppen und landet bei mir! Aber nein! Es steigt ein Kerl aus, ein knochiger, schwindsüchtiger Bursche mit hellblauen, merkwürdig fischigen Augen, fragt ohne Begrüßung: ›Wie komme ich nach Santa Magdalena?‹, und als ich antworte: ›Überhaupt nicht! Das ist Sperrgebiet! Seuchengefahr!‹, setzt er sich auf meinen Schreibtisch und schlägt die dürren Beine übereinander. ›Hör mal, Väterchen –‹, sagt er. Wirklich, er sagt Väterchen! – ›Hör mal! Du hast da einen Hubschrauber stehen, den nehme ich!‹ Darauf holt er einen dicken Revolver aus dem Rock, legt ihn auf den Tisch, dazu zweihundert US-Dollar, und fragt: ›Was willst du haben?‹ – Mr. Paddy, was soll ein Mensch wie ich da machen? Die zweihundert Dollar …«

»Und du hast den Mann mitgenommen?«

Paddy spürte, wie sich die Haare in seinem Nacken sträubten. Wenn er das ist, dachte er, o Himmel, wenn das Haverston ist, beginnt hier das große Bluten. Er wollte doch erst in vier Tagen kommen! Ich habe doch ganz klar nach El Paso berichtet, wie die Lage hier steht! Auch ein Rick Haverston kommt jetzt nicht weiter.

»Wie heißt er?« fragte er mit belegter Stimme. – »Keine Ahnung. Er wollte unbedingt zu Ihnen.«

»Und Sie Rindvieh nehmen ihn mit, in einem Polizeihubschrauber? *Diesen* Mann!«

»Mr. Paddy – wenn Sie den Revolver und die zweihundert Dollar gesehen hätten …«

»Haben Sie keinen Revolver?«

»Ich kann doch nicht einfach jeden erschießen, der mich nach dem Weg nach Santa Magdalena fragt.«

»Diesen Kerl doch! Sie hätten von mir tausend Dollar bekommen, wenn Sie mir das berichtet hätten.«

»Tausend Dollar?« Mendoza Femola wischte sich über das schwitzende Gesicht. Zu seinen Füßen begann jetzt der »hohe Einlauf« mit einer Kombination von schwacher Kochsalzlösung und Antibiotika. Evita und Matri hielten Tenabos Kopf fest.

»Ist das ein Angebot, Mr. Paddy?«, fragte Mendoza leise.

»Ich halte es aufrecht.«

»Man kann immer noch Versäumtes nachholen, Sir.«

»Täuschen Sie sich nicht über Ihren Fluggast, Mendoza! So schwindsüchtig er auch aussieht, er ist gefährlich. Haben Sie schon einmal einem hungrigen Panther das Pfötchen gehalten?«

Femola grinste verlegen. »Denken Sie an meine Frau, Sir?«

»Das ist kein Witz, Mendoza! Dieser Mann ist kein Panther. Für diesen Mann gibt es keinen Vergleich aus der Tierwelt. Und doch kann man darüber streiten, ob er noch ein Mensch ist.«

Dr. Högli hatte den Einlauf beendet, jetzt wurde der Dauertropf angesetzt. Nährlösung, Glucose, noch einmal Terramycin. Mehr konnte man wirklich nicht tun. Einen Augenblick dachte er daran, wie er auf dem Lehrgang im Tropeninstitut eine akute Cholera zu behandeln gelernt hatte. Da war von Isolation die Rede, völliger Sterilität der Umgebung, amtlicher Meldepflicht – die Amtsperson wäre hier Mendoza Femola gewesen, die es weitergeben musste nach Chihuahua –, Quarantäne der gesamten Umgebung, Desinfizierung aller Gegenstände und Wohnräume, prophylaktische Maßnahmen bei den betroffenen Kontaktpersonen. Und jetzt die Wirklichkeit in Santa Magdalena …!

»Paddy!«, sagte Högli laut.

Jack Paddy fuhr herum, als habe man auf ihn geschossen.

»Antonio muss gewaschen werden! Dann kann ich ihn in mein Hospital bringen. Zum Waschen brauche ich Wasser. Ich werde Pater Felix bitten, es aus dem Kirchenbrunnen zu schöpfen, aber nur, wenn ich von Ihnen dafür wieder fünfhundert Liter sauberes Trinkwasser bekomme.«

»Sofort, Doktor.« Paddys Stimme klang seltsam rostig. »Von mir aus: Holen Sie mit Ihrem Fass wieder Wasser von mir. Nur – es wird nicht mehr möglich sein.«

Um den Altar herum kam Pater Felix. Aus dem Kirchenraum klang dumpf vielstimmiges Gemurmel. Die Indios beteten und warteten.

»Fertig?«, fragte er.

»Ja.« Dr. Högli erhob sich von den Knien. »Als Arzt habe ich meine Pflicht getan. Tenabo könnte überleben. Er hat die Konstitution eines Büffels. Von nun an reden wir wieder anders miteinander, Paddy!«

»Stopp!« Paddy machte ein gequältes Gesicht. Polizeichef Femola tuschelte abseits mit seinem Sergeanten Lopez. Eintausend Dollar für das schwindsüchtige Kerlchen! Solche Angebote fallen nicht jeden Tag vom Himmel.

»Sie verkennen unsere gemeinsame Lage. Femola, dieses Rindvieh, hat einen Gast nach Santa Magdalena mitgebracht. Verstehen Sie?«

Pater Felix verstand es sofort, noch vor Dr. Högli. Er nahm seine Stola ab und legte sie zusammen.

»Der Killer ist gekommen?«, sagte er ruhig.

Paddy nickte. Er hatte ein Gefühl in der Kehle, als habe er konzentrierten Essig getrunken.

»Wo ist er?«, fragte Dr. Högli. Er schielte zu Evita. Sie lehnte an der Tür zur Sakristei. Ihre schönen Augen waren vor Angst geweitet.

»Vielleicht draußen vor der Kirche …« – »Ich gehe hinaus!«, sagte Pater Felix.

»Halt! Sie bleiben hier!« Dr. Högli hielt ihn am Ärmel der weißen Soutane fest. »Welche Dämlichkeit von euch Priestern, immer den Märtyrer zu spielen!«

»*Ich* sehe nach!« Paddy straffte sich. Seine bullige Gestalt drückte Entschlossenheit aus, aber in den Augen lag, wie bei den anderen, eine erschreckende Hilflosigkeit. »Ich möchte nur eines feststellen: Ich habe ihn nicht herkommen lassen! Ich wollte« – er wandte sich an Felix – »Ihrem Gott das überlassen. Kein Regen, Durst bis zur Verzweiflung … In zehn Tagen hätten sich alle Probleme gelöst. Mein Verbündeter war allein die Sonne.«

»Und jetzt sind Sie armer Schuft ein Gefangener wie wir!«, sagte Dr. Högli. »Jetzt haben sogar Sie Angst!«

Paddy antwortete nicht. Er drehte sich schroff um und ging durch die Kirche, vorbei an den betenden Indios, hinaus ins Freie. Seine Capatazos, die ebenfalls in den Bänken knieten, senkten die Gesichter tief über ihre gefalteten Hände. Aber Paddy hatte keine Augen mehr für seine Mexikaner, die auf Befehl ein Dorf verdursten ließen, aber dennoch in der Kirche beteten.

Nach wenigen Minuten war Paddy wieder zurück. »Er ist mit meinem Wagen weg!«, schrie er. »Hat einen Indio gefischt, ihn geohrfeigt und als Führer mitgenommen. Das fängt ja gut an!«

»Er hat nur ganz harmlos seine Visitenkarte abgegeben!«, sagte Dr. Högli. »Was mich erstaunt, Paddy: Auch ein so vollkommener Satan wie Rick Haverston begeht Fehler. Sogar gleich am Anfang. Mit diesen Ohrfeigen hat er ganz Santa Magdalena gegen sich. Ein Weißer schlägt heute keinen Indio mehr.«

»Wahrhaftig!« Pater Felix klatschte in die Hände. »Ich werde gleich von der Kanzel predigen, dass jemand gekommen ist, mich zu töten, und der Doktor wird bei jeder Tablette, die er ausgibt, sagen: ›Das war die letzte, da der fremde Mann mich morgen töten wird!‹ Paddy, geben Sie Rick Haverston noch eine Chance?«

»Kaum!« Paddy zeigte nach oben. »Aber der Sonne! Es bleibt dabei, meine Herren: Wir vernichten uns auf natürliche Art!«

Mit großen Augen starrte Mendoza Femola dem wegstampfenden Paddy nach. Irgendetwas hatte er auf der Seele, man sah es am Zucken seines Gesichtes, sein Blick wanderte zu Emanuel Lopez, und da man nicht wie Sergeant und Polizeichef miteinander verkehrte, sondern eher wie zwei ausgekochte Kumpane, deren jeder vom anderen einen ganzen Sack voll Geheimnisse kennt, zwinkerte Lopez seinem Chef zu.

»Können Sie uns segnen, Pater?«, fragte Femola stockend.

»Natürlich. Immer! Warum?«

»Wir möchten uns intensiv um diesen Fremden kümmern.«

»Kniet nieder!«

Femola und Lopez knieten, senkten die Köpfe und empfingen den Segen.

Er schien ihnen gutzutun, denn sie verließen sehr schnell und sehr mutig die Kirche.

»Das ist ein starkes Stück, Felix!« sagte Dr. Högli. Er kam gerade von Tenabo zurück. Sechs Indios trugen ihn zu einem Eselskarren, um ihn ins Hospital zu bringen. Paddy war mit dem schweren Geländewagen Rick Haverston nachgefahren. »Sie segnen zwei Männer, die auf Menschenjagd gehen!«

»Ich weiß.« Pater Felix senkte den Kopf. »Ich schäme mich auch. Aber, verdammt noch mal, ich bin auch nur ein Mensch! Ich habe mir eingeredet, dass Haverston unmöglich ein Geschöpf Gottes sein kann. Beruhigt mich das? Nein! Ich werde es einmal vor Gott verantworten müssen!«

In den Felsenkessel von Santa Magdalena schob sich die Nacht. Die Indios und Capatazos aber blieben in der Kirche. Ein kleiner Trupp Freiwilliger ließ sich vor dem Hospital nieder und entfachte große Feuer, die die Umgebung hell erleuchteten. Irgendjemand musste in Santa Magdalena den Befehl über die Indios übernommen haben; sie benahmen sich wie geschulte Soldaten und besetzten alle wichtigen Punkte im Talkessel.

Schützt den Doktor und den Padre! Rettet Seele und Gesundheit!

Und das Wasser? O Amigos, das Wasser holen wir uns auch noch!

Geduld, Geduld! Haben wir nicht fünfhundert Jahre gelernt, geduldig zu sein?

Bildet einen Kreis um Kirche und Krankenhaus! Lasst den Padre und den Doktor nie allein!

Um zehn Uhr läutete Pater Felix die Glocke. Man hörte den armseligen Klang durch die klare Nacht bis zur Hazienda. Auch Rick Haverston hörte ihn. Er putzte gerade mit großer Sorgfalt seine Waffen.

Am nächsten Morgen wurde Mendoza Femola gefunden.

Das heißt: Man fand auch Emanuel Lopez, den Sergeanten, nur, im Gegensatz zu seinem Polizeichef, lebte er noch recht und schlecht.

Man hatte den Toten mit dem noch Lebenden zusammengebunden. Sie lagen, Rücken an Rücken, auf einem Felsvorsprung, der wie eine Nase aus dem Berg herausragte und etwa zwanzig Meter steil abfiel zu einem Geröllfeld. Sie lagen so nahe am Rand des Absturzes, dass Emanuel Lopez sich nicht zu bewegen wagte, denn jeder Versuch, sich mit dem toten Femola wegzuwälzen, bedeutete unweigerlich das Abrutschen in die Tiefe. So hatte es Lopez die ganze Nacht ausgehalten, seinen zerschossenen Polizeichef auf dem Rücken, aber als Indios ihn endlich fanden, war er dem Wahnsinn nahe, brüllte unverständliche, fast tierische Laute und kroch, nachdem man ihn losgebunden hatte, wie ein Blinder, der hilflos einen Weg tasten will, auf der Erde herum.

Mendoza Femola war regelrecht hingerichtet worden. Der Mörder hatte ihn zuerst ins Bein geschossen, dann beide Hände mit Schüssen zertrümmert und schließlich aus nächster Nähe den tödlichen Schuss mitten in die Stirn abgefeuert. Emanuel Lopez war glimpflicher weggekommen: Er hatte nur einen Streifschuss an der rechten Hand – anscheinend hatte er eine Pistole getragen – und dann zwei Schüsse in den Hintern bekommen. Das war nicht lebensgefährlich, aber sehr schmerzhaft und mit großem Blutverlust verbunden.

Die Indios brachten Mendoza Femola und Emanuel Lopez mit einem ihrer Eselskarren zur Hazienda. Dort lief Jack Paddy aufgeregt in seinem großen Haus herum, wartete auf Nachricht von seinen nach allen Richtungen ausgeschickten Capatazos und verstand Rick Haverston nicht, der mit Genuss und ohne jegliche Gefühlsregung frühstückte, zwei Eier aufklopfte und den goldgelben Honig auf seine Toastschnitten laufen ließ. Erst als die Indios ihre traurige Last abluden, blickte er interessiert hoch und trank einen kräftigen Schluck Kaffee, in den er einen Schuss Whisky gemischt hatte.

»Eine Katastrophe!«, brüllte Paddy. Er starrte den toten Femola an, hob schaudernd die breiten Schultern, als er Lopez' irren Blick sah und zuckte heftig zusammen, denn Emanuel hatte den kaffeetrinkenden Haverston bemerkt und begann, unartikuliert und schauerlich zu schreien.

»Wegbringen!«, schrie Paddy dazwischen und winkte seinen Mexikanern, die betroffen um den Karren standen. »Bringt sie in den Gästeflügel! Lopez! Halten Sie die Schnauze! Es ist doch alles vorbei! Lopez!«

Aber Emanuel Lopez schrie weiter und beruhigte sich erst, als man ihn wegtrug und er Rick Haverston nicht mehr sah.

Paddy ging mit schweren Schritten die Treppe zur Veranda hinauf und ließ sich in den breiten Holzsessel mit den bunten mexikanischen Kissen fallen. Haverston löffelte ein weiches Ei aus und salzte es sehr gewissenhaft.

»Femola!«, sagte Paddy so langsam, als habe der Anblick seine Zunge gelähmt. »Sie fressen wie im Hilton, Rick, und draußen ermordet man den Polizeichef von Nonoava! Hören Sie endlich mit der Fresserei auf, ich kann's nicht mehr ertragen!«

»Jack, Sie haben schwache Nerven.« Haverston biss krachend in den Toast. »Ein Bulle wie Sie, und so zart besaitet!«

»Wirklich! Ihre Nerven möchte ich haben!« Paddy nahm Haverston den Teller mit dem Honigtoast weg und warf ihn über das Geländer der Veranda. Er zerschellte auf dem staubigen Vorplatz. »Wer kann so irrsinnig gewesen sein? Den Polizeichef ermorden! Das hetzt uns die Obere Behörde von Chihuahua und das Militär auf den Hals!«

»Sie übertreiben, Jack«, sagte Haverston ruhig. »Sie werden nachher in Nonoava anrufen und fragen, wo denn zum Teufel der Hubschrauber mit den Medikamenten bleibt! Das heißt mit anderen Worten – wenn man logisch denkt: Femola, der Trottel, ist zwar aufgestiegen, aber nie in Santa Magdalena angekommen.«

»Unmöglich!« Paddy wischte sich den Schweiß vom Gesicht. »Das nimmt mir keiner ab.«

»Warum nicht! Verschwinden nicht ab und zu Menschen spurlos?«

»Aber nicht Mendoza. Er kennt diese Gegend wie sein Ehebett!«

»Auch Hubschrauber stürzen ab. Motorschäden gibt's immer mal.«

»Lopez ist ein hervorragender Pilot! Außerdem lebt er und kann Aussagen machen.«

»Natürlich. Wenn Sie ihn aussagen lassen ...« Haverston griff nach Paddys Teller. »Sie erlauben, Jack. Sie haben mein Frühstück unterbrochen.«

»Rick, wenn Sie jetzt weiterfressen, schlage ich Ihnen die Zähne ein!« Paddy beugte sich vor, seine Augen waren rot umrandet. Er sah gefährlich aus; selbst Haverston unterließ es, ihn weiter zu reizen. »Überlegen Sie lieber mit: Wie konnte das geschehen? Femola und Lopez aßen mit uns zu Abend, dann spielten wir noch eine Partie Poker, die ich gewann.«

»Weil Sie mogelten, Jack. Ich habe Sie genau beobachtet, aber nichts gesagt. Sie mogeln übrigens plump! Bei Profis überleben Sie das nicht lange.«

»Und nach dem Spielchen gingen wir auf unsere Zimmer.«

»Seien Sie doch ein bisschen ehrlicher: Sie ließen sich wieder für eine Kanne Wasser ein blutjunges Indiomädchen kommen.«

»Und Sie?«, bellte Paddy mit hochrotem Kopf. Er platzt, dachte Haverston ruhig.

»Ich habe meine Waffen geputzt«, antwortete er fast gelangweilt. »Dann läutete die Glocke dieses verrückten Pfarrers. Es war genau zehn, ich habe auf die Uhr geblickt. Tja, und dann geschah etwas total Verrücktes: Über die Terrassentür stolperten Femola und Lopez in mein Zimmer und wollten Helden spielen ...«

»*Was* sagen Sie da?«, stammelte Paddy. Ein schrecklicher Gedanke lähmte ihn. »Sie kamen ...«

»Ausgerechnet, wo ich meine Waffen reinige! Gibt es etwas Dämlicheres? Ich hatte gerade das Magazin drin, durchgeladen und den Schalldämpfer auf dem Lauf.«

»Rick …«, stammelte Paddy. Seine Augen erstarrten. »Rick, Sie … Sie haben … nein!«

»Was blieb mir anderes übrig? Brechen Sie nicht gleich zusammen! Jeder hätte so reagiert! Ich war nur eine Sekunde schneller …«

»Sie haben Femola in meinem Haus –«, stammelte Paddy.

»Aber nein! Ich schätze Gastfreundschaft. Ich habe den Polizeiclown und seinen Sergeanten nur in die Schusshand getroffen! Das warf sie um, sie wurden ohnmächtig. Also gut, ich habe sie rausgetragen, in Ihren Jeep geladen und bin in die Berge gefahren. Übrigens ein nicht ganz ungefährlicher Trip! Sie haben scheußliche Wege hier!«

»Und ich habe nichts davon gemerkt …«

»Wie auch? Sie haben ja mit Ihrem Indiomädchen gebumst.«

»Rick, ich bringe Sie um!« Paddy ballte die riesigen Fäuste. »Was geschah weiter? Was war draußen in den Bergen?«

»Ich habe Femola zum Tode verurteilt.« Haverston schenkte sich neuen Kaffee ein. »Sagen Sie bloß nicht, dazu hätte ich kein Recht. Wer einen Haverston töten will und schafft es nicht, ist völlig nutzlos auf der Erde.«

»Und warum haben Sie Lopez leben lassen, Sie Satan?«

»Als Verkünder im Tal von Santa Magdalena. Er wird überall erzählen, was es heißt, Rick Haverston anzugreifen.«

»Um ihn dann später auch zu liquidieren!«

»Nein! Warum? Wenn ich wieder in den Staaten bin, können Sie ihn meinetwegen zurück zu seiner Mami bringen. Man soll mich als großzügigen Menschen in Erinnerung behalten.«

»Ihr Zynismus ist nicht mehr zu übertreffen, Rick!«, keuchte Paddy.

»Jack, ich will auch Ihnen etwas ganz deutlich sagen: Ich

bin in dieses Drecknest gekommen, weil ich einen Auftrag habe. Als ehrlicher Geschäftsmann liefere ich für das Geld, das ich kassiere, eine gute Arbeit! Ich lasse mich nicht behindern, ebenso wenig, wie sich ein Tischler hindern lässt, ein Brett zu hobeln. Auch von Ihnen lasse ich mir keine Behinderung gefallen, Jack. Ist das klar?«

»Völlig klar!« Paddy lehnte sich zurück. Er war sich der Gefährlichkeit seiner Lage voll bewusst. Wir alle sind jetzt Gejagte, dachte er. Nicht Dr. Högli und Pater Felix allein, nein, wir alle!

Und es wird noch schlimmer, wenn Haverston sein Ziel erreicht. Dann bin ich der rechtlose Sklave der »Organisation«, dann können sie mir diktieren, was sie wollen. So absurd es ist – man muss jetzt der Verbündete von Högli und Felix sein, so lange, wie Haverston im Tal ist!

»Woran denken Sie?«, fragte Rick ruhig. Paddy starrte ihn verdrossen an.

»Ich überlegte, dass Sie recht haben, Rick. Wir haben hier in Santa Magdalena gegen alles gekämpft: gegen Hitze, Durst, Krankheiten, Missernten, Regen, Sturm, sogar Eisschauer und Geröll-Lawinen haben wir erlebt – aber mit einem professionellen Killer hatten wir noch nicht zu tun. Da müssen wir uns erst umstellen.«

Haverston lächelte höflich. »Darf ich weiter frühstücken?«, fragte er. »Mir fehlt noch ein Toast als Magenschluss.«

»Fressen Sie sich die Hölle hinein!«, schrie Paddy und sprang auf. »Ich sehe nach Lopez. Der arme Kerl muss verbunden werden. Warum mussten Sie ihn zweimal in den Hintern schießen?«

»Das ist ungefährlich.« Haverston bestrich den Toast dick mit sahniger Butter, die von kleinen Eiswürfeln umgeben war, damit sie in der fürchterlichen Hitze nicht schmolz. Der Himmel hing wie geschmolzenes Blei über dem Tal. »Später kann er den Helden spielen und überall seine Narben zeigen.«

Paddy drehte sich um und verließ die Terrasse. Vor dem Haus traf er auf einige seiner Capatazos und bemühte sich, die Haltung des großen Bosses zu bewahren.

Sie umringten Paddy, als er langsam hinüber zu dem Gästeflügel der Hazienda ging. »Emanuel hat alles erzählt!«, riefen sie.

»Ich weiß es auch, Leute.« Paddy atmete schnaufend durch.

»Bekommen wir auch die tausend Dollar, Patron?«

»Ihr seid verrückt!« Paddy blieb stehen. »Ist euch Mendoza nicht Warnung genug? Gegen diesen Americano kommt ihr nicht an! Leute, ich kenne die Typen! Ich bin ja selbst Amerikaner. Dieser Mann ist kälter als ein Stein unter dem Eis.«

»Ein Tag ist lang, Patron«, sagte einer aus der Gruppe der Capatazos. »Und eine Woche ist noch länger.«

»Versucht es!« Paddy sah seine Mexikaner an. Plötzlich spürte er so etwas wie Weichheit in sich aufkommen. Meine Leute, dachte er. Für sie bin ich der Boss und der Vater zugleich. Sie haben Angst vor mir, und sie lieben mich doch – rätselhaft genug. »Es wird Tote geben, Leute.«

»Er ist allein, Patron.«

»Ihr Idioten! Er zählt mehr als zehn Santa Magdalenas zusammen! Fühlt euch nicht so sicher! Das ist Haverstons Verbündeter: eure Sorglosigkeit! Er fühlt sich nie sicher, er ist immer auf dem Sprung, wie ein Berglöwe, der eingekreist ist.« Paddy nagte an der Unterlippe, aber dann sprach er es doch aus, obgleich es gegen alle Vernunft war.

»Wenn ihr etwas tun wollt – sagt dem Pfaffen und dem Doktor Bescheid.«

»Schon geschehen, Patron!« Die Capatazos grinsten. »Ein Reiter ist bereits unterwegs.«

Santa Magdalena richtete sich auf seine Verteidigung ein.

Solange man es mit Paddy allein zu tun gehabt hatte, war der Kampf einigermaßen fair gewesen, auch wenn's umso höllisches Zeug wie Peyotl und Rauschhanf ging. Für die

Mexikaner war der Krieg Paddys gegen Dr. Högli und Pater Felix so etwas wie ein Gesellschaftsspiel geworden – während die Indios von Tag zu Tag mehr zusammenschrumpften und vom großen Durst vernichtet wurden. Aber wen kümmern schon die Indios?

Jetzt aber sah die Sache anders aus. Der Krieg wurde zum nackten Mord (obschon, genau genommen, jeder Krieg nichts als nackter Mord ist. Denn Probleme, gleich welcher Art, durch Blut zu lösen heißt morden, auch wenn eben dadurch Kaiser, Könige und Politiker als die »Großen« in die Geschichte eingehen!).

Die Männer des Dorfes räumten ihre Häuser und marschierten in zwei Gruppen ab – die einen zur Kirche, die anderen zum Hospital. Sechs Capatazos zu Pferde – drei auf jeder Seite – hielten den Kontakt von Gruppe zu Gruppe aufrecht. Dazwischen aber breitete sich vollkommene Stille und Leere aus. Hier die Kirche, davor das nur noch von Frauen, Kindern und Greisen bewohnte Dorf – dort das Hospital. Das Land dazwischen war Niemandsland – oder freies Schussfeld, ganz wie man es sehen wollte. Was man an Holz noch heranschleppen konnte, wurde zu den beiden ›Festungen‹ geschafft. Jeder brennbare Abfall wurde gesammelt.

Feuer, Amigos, Feuer! Man muss jetzt jede Nacht große Feuer brennen! Nicht eine Wüstenmaus darf unbemerkt in die Nähe kommen.

Wenn es nur Wasser gäbe! Nur einen Tag Regen. Einen einzigen Tag, Gott im Himmel! Mehr wollen wir nicht, das genügte uns schon! Einen kleinen Tag lang Regen. Es ist ja nicht allein wegen des Wassers … es geht auch um die Hoffnung, Herr über der glühenden Sonne! Die Hoffnung, dass wir weiterleben dürfen.

So gründlich sich an diesem Tag Santa Magdalena gegen einen einzigen Mann rüstete, der fröhlich in Paddys Swimmingpool planschte und elegant vom Sprungbrett Pirouetten drehte, während zwanzig Meter weiter Emanuel Lopez weinte und hinter dem Haus, in einer Ecke des Gartens, Mendoza Femola verscharrt wurde – so uneins waren sich Dr. Högli und Pater Felix.

Es ging um ein Grundproblem: Wer kommt zu wem?

Dr. Högli sagte: »Es ist sinnlos, dass jeder sich gesondert verschanzt. Wir sind am stärksten gemeinsam! Vereint marschieren, vereint schlagen!«

»Markige Worte«, sagte Pater Felix. »Aber es ist etwas Wahres dran. Kommen wir bei mir zusammen!«

Dr. Högli schüttelte den Kopf. »Ich kann meine Kranken nicht allein lassen, Felix. Kommen Sie zu mir.«

»Unmöglich! Ich kann meine Kirche nicht allein lassen!«

»Felix! Bei mir liegen jetzt neununddreißig Kranke! Bei Ihnen handelt es sich bloß um ein Gebäude.«

»Ich bleibe in meiner Kirche!«, sagte der Pater.

»Meine Kranken brauchen mich! Felix, Sie wollen es als alter Dickschädel bloß nicht zugeben: In einer solchen Situation ist ein Krankenhaus wichtiger als ein Weihrauchkessel! Ich weiß, ich weiß! Ihre Gottesdienste! Die Beichten! Die Kommunion! Ich richte Ihnen im Hospital einen großen Raum als Notkirche ein!«

Sie konnten sich nicht einigen, und so blieb es bei den beiden Gruppen. Auch wenn es gegen jede Logik war – später sollte sich zeigen, dass sie in ihrer Sturheit doch das Richtige getan hatten.

Pierre Porelle erlebte den Aufmarsch der Indios mit. In einem Bett des großen Krankensaals liegend, bewacht von seinen Zimmergenossen, geschwächt durch die hohen Penicillingaben und gepeinigt von vielen Hundert kleinen Entzündungen, die jetzt höllisch zu jucken begannen, wunderte er sich, dass man seiner Anwesenheit solch große Aufmerksamkeit schenkte. Er nahm an, dass alles nur seinetwegen geschah, und grübelte darüber nach, was wohl Rick Haverston gegen diese Belagerung tun würde, wenn er übermorgen in Santa Magdalena eintraf. Antonio Tenabos Cholera war ein neuer Schlag, mit dem keiner gerechnet hatte, auch das verschlechterte Paddys bisher so günstige Position.

»Wenn man nicht wüsste, dass ein Pater mitspielt«, sagte er zu Juan-Christo, der seine Wunden neu einpuderte, »könnte man sagen: Bei euch hilft der Teufel mit.«

Juan-Christo gab keine Antwort. Dem Doktor allein oblag es, die neue Lage zu erklären.

Dr. Högli tat es am späten Nachmittag dieses turbulenten Tages. »Es ist eine Farce des Schicksals«, sagte er und setzte sich auf Porelles Bettkante, »aber ich bin dabei, Ihnen zum zweiten Mal das Leben zu retten, obgleich Sie sich vermutlich noch immer überlegen, wie Sie mich umbringen können. Nach den letzten Ereignissen ist sicher, dass auch Sie auf der Abschussliste stehen.«

»Auf wessen Liste?«, fragte Porelle. Er hatte immer noch Mühe mit dem Sprechen. Der halbe Liter Wasser pro Tag weichte seinen ledernen Gaumen nicht auf.

»Rick Haverston.«

»Der Name ist allerdings ein Signal, Doktor.«

»Haverston hat es schon auf Rot gestellt. Rot wie Blut. Polizeichef Mendoza Femola ist bereits liquidiert. Das war Haverstons Visitenkarte.«

»Haverston«, keuchte Porelle. Seine geschwollenen Augen weiteten sich.

»Ja. Er ist seit gestern hier! Die Hölle von Santa Magdalena ist komplett.«

Am frühen Abend, bei einem herrlichen Sonnenuntergang, der den Himmel in breite Flammenstreifen zersägte, machte Haverston im Dorf einen Besuch. Jack Paddy musste ihn auf dieser Informationstour, wie Rick es nannte, begleiten; er bestand darauf. Sie fuhren mit dem schweren Geländewagen, diesem Panzer-Ersatz, für den es kein Hindernis gab.

Schon bei den ersten, verstreut in den gelbbraunen, von der Sonne verbrannten Gärten liegenden Steinhäusern ahnte Paddy, was in Santa Magdalena geschehen war. Er legte eine Hand auf Haverstons Unterarm und zeigte mit der anderen hinaus.

»Sehen Sie sich das an! Nur Weiber und Kinder! Kein einziger Mann mehr im Dorf!«

»Na und?«, antwortete Rick gleichgültig.

»Sie hirnloser Ballerer! Das bedeutet, dass alle Indios zur Bewachung von Dr. Högli und Pater Felix eingesetzt sind.«

»Regt Sie das auf?« Haverston hielt mitten im Dorf auf der sogenannten Hauptstraße, einem breiten, geraden, mit festgestampftem Geröll befestigten Weg. Die Indios hatten ihn Avenida l'Iglesia getauft. Er führte direkt auf die Kirche zu und mündete in den großen Platz.

Dort aber standen jetzt die Gruppen der primitiv Bewaffneten bei den noch nicht entzündeten Holzhaufen und riegelten Kirche und Pfarrhaus ab.

»Es war alles so gut im Fluss!«, knurrte Paddy. »Es war alles so gut organisiert. Ich war mit einem Unbesiegbaren verbündet – mit der Sonne. Aber die Großschnauzen in den Staaten schicken mir einen, der seine Revolver beschläft wie andere ihre Weiber!«

»Jack, ich habe mich noch nie beleidigen lassen«, sagte Haverston ruhig. Er stützte sich auf das große Lenkrad und sah hinüber zu den Menschenknäueln. »Sie sollten höflicher im Umgang mit mir sein.«

»Sie sollten langsam begreifen, dass es jetzt unangenehm für Sie wird«, sagte Paddy ruhig. »Sie haben Ihren Auftrag – aber Sie können ihn nicht ausführen. Machen Sie das mal Ihren Partnern klar! Oder wissen Sie schon, wie Sie jetzt noch an Dr. Högli und Pater Felix herankommen?«

»Ja«, sagte Haverston schlicht.

Paddy blickte ihn entgeistert an. »Trotz der Indiomauer?«

»Wollen die Indios weiterleben, oder wollen sie sterben?«

»Stellen Sie nicht so dämliche Fragen, Rick!«

»Es wird für sie eine Kardinalfrage werden. Ich überlege lediglich, ob ich beim Hospital oder bei der Kirche anfange.«

Haverston grinste Paddy an, sein verhungertes Gesicht wurde dadurch noch hässlicher. »Ich habe zehn Handgranaten mitgebracht.«

»*Was* haben Sie?«

»Und einen aufsteckbaren Zusatz zum Gewehr, der es mir ermöglicht, Gewehrgranaten abzuschießen. Waren Sie in der Army, Jack? Dann kennen Sie doch die Dinger.« Haverston blickte wieder hinüber zur Kirche. Die ersten Feuer loderten auf, der Abend senkte sich schnell ins Tal. »Was glauben Sie, wie die Indios tanzen, wenn ich drei von diesen Eiern in ihrer Mitte explodieren lasse? Vor den restlichen Indios werden Sie eine Ansprache halten und ihnen erklären, dass sie weiterleben können, wenn sie Kirche und Hospital räumen! Das ist ein gutes Angebot.«

»Und Sie glauben, die Indios ziehen sich sofort zurück?«

»Sicherlich.« Haverston riss ein Streichholz an und entzündete eine Zigarette. Er rauchte mit großem Genuss und lehnte sich zurück in den harten Kunststoffsitz. »Die vierte Gewehrgranate wird in Santa Magdalena zwischen den Frauen und Kindern explodieren …«

»Rick! Das tun Sie nicht!«, brüllte Paddy.

»Wer will mich daran hindern? Sie, Jack? Kommen Sie bloß nicht auf den Gedanken, mir aufzulauern.« Er klopfte gegen seine Brust. Unter dem bis zum Hals geschlossenen Hemd klang es seltsam hart, fast metallen. Paddy schnaufte.

»Eine schusssichere Weste, ich hör's.«

»Das Beste auf dem Markt. Hält die dickste Coltkugel auf.«

»Trotzdem werden Sie Ihre verdammte Gewehrgranate nicht auf Frauen und Kinder losfeuern!«, schrie Paddy.

Haverston ließ den Motor wieder an und fuhr weiter. Er bog von der »Hauptstraße« ab, ratterte über einen Nebenweg und erreichte wieder die befestigte Straße, die zur Hazienda führte. »Sie sind eine komische Nudel, Paddy«, sagte er. »Es macht Ihnen gar nichts aus, Frauen und Kinder und die in der Weltöffentlichkeit so beliebten Greise und alten Mütterchen qualvoll verdursten zu lassen, aber wenn ich für eine schnellere Lösung der Probleme plädiere, kriegen Sie humane Anwandlungen. Verdursten ist schlimmer, als unter einer Granate zu sterben! Überhaupt – was soll diese Diskussion! Ich bin nicht gekommen, um zu reden, sondern um zu handeln. Es ist schon jammervoll genug, dass zwei solche Idioten wie der Arzt und der Pfarrer einen Betrieb wie den Ihren lahmlegen können!«

»Schnauze! Nichts als Schnauze!« Paddy hieb mit den Fäusten gegen die Autotür. »Bekommen Sie mal die Indios auf die Felder ohne Wasser!«

»Dann geben Sie ihnen doch Wasser.«

Paddy starrte Haverston an, als habe der ihm einen unsittlichen Antrag gemacht. »Rick, dann kriegen wir den Doktor und den Pfaffen nie los!«

»*Sie* nicht. Deshalb bin ich ja hier.«

»Mit der ersten Lieferung würden auch Berichte nach Chihuahua hinausgeschmuggelt werden!«

»Bei Ihnen – nicht bei uns!«

»Was soll das heißen?«, fragte Paddy. Es war eine dumme Frage. Er verstand Rick genau, aber er wehrte sich gegen diese ungeheuerliche Wahrheit.

»Die Organisation wird Ihren Betrieb umorganisieren. Das Management klappt nicht so richtig. Wir haben da bestimmte Vorstellungen, wie es besser geht.«

»Ihr ... ihr wollt mich kaltstellen?«, sagte Paddy gepresst. »Ihr wollt mir den Betrieb wegnehmen? Ihr wollt meine Farm kassieren?«

Haverston schwieg. Was sollte man darauf antworten? Auch für diesen »zweiten Schritt« hatte er genaue Anweisungen; Paddy jetzt damit vertraut zu machen wurde alles nur noch mehr komplizieren. Heute brauchte man Paddy noch; er war die Brücke zu den Indios. Bis man eine neue Brücke gebaut hatte ... Es ist das Schicksal alter Brücken, eines Tages abgerissen zu werden.

Paddy dachte an Pierre Porelles Worte. »Liefern Sie, liefern Sie sofort, da drüben sitzen Männer, die an nichts anderem Interesse haben als an Dollars. Sie haben ihre Freunde im Kongress, sie finanzieren die Wahlkämpfe der Senatoren, sie duzen die Polizeipräsidenten und gehen mit den Richtern fischen. Jack Paddy, was sind Sie für diese Männer? Ein kleiner Haciendero in einem Drecknest in den Bergen. Ihre Millionen, Paddy, sind für diese Herren eine magere Wocheneinnahme. Mein Gott, Paddy, liefern Sie! Nur ein sattes Raubtier schläft!«

»Ich fange mit dem Krankenhaus an«, sagte Haverston plötzlich. »Ich hab's mir überlegt. Drei Gewehrgranaten ins Hospital, das hat eine überzeugende Wirkung. Und Sie, Jack, geben gleichzeitig schönes, reines, kaltes Wasser aus – so viel, wie die Indios haben wollen! Lassen Sie sie Ihr Schwimmbecken leer saufen, während ich das Krankenhaus beschieße. Ich glaube, Jack, das ist eine ganz vorzügliche Idee.«

Paddy schwieg. Er zog den dicken Kopf in die Schultern und starrte entsetzt auf die staubige Straße.

Einer der Meldereiter aus den Reihen der Capatazos brachte die Meldung sofort zu Dr. Högli: Der Patron und dieser Mörder aus den USA waren mit dem Geländewagen im Dorf gewesen, hatten sich umgesehen und waren dann wieder zur Hazienda zurückgefahren. Pater Felix empfahl vermehrte Aufmerksamkeit. Irgendetwas lag in der Luft. Rick Haverston hatte – nach Feldherrnsitte – seinen Gegner gemustert.

Aber das war nicht die entscheidende Meldung dieses Abends. Als die Feuer loderten und die Indio-Posten im weiten Umkreis das Krankenhaus abschirmten, erschien im Hospital Jorge Cuelva.

Bisher hatte man Cuelva immer als den Stellvertreter Antonio Tenabos angesehen. Er war überall dabei, wo Tenabo sein Unwesen getrieben hatte, er hatte jede Gemeinheit mitgemacht, und während Tenabo die Faust war, machte Cuelva das Geräusch: Er lachte immer und überall schallend, schrie »Wumm!«, wenn Tenabo zuschlug, oder »Hoppla!«, wenn jemand in den Staub rollte, und Tenabo war sehr zufrieden mit ihm, denn er war für ihn so etwas wie ein Claqueur.

Jetzt stand er in der Tür zu Dr. Höglis Arbeitszimmer, drehte den großen Sombrero in den Händen, wirkte sehr kleinlaut und hatte seine Waffen draußen bei der Indio-Wache abgegeben, was vor Kurzem noch undenkbar gewesen wäre.

»Doktor«, sagte Jorge Cuelva und hielt sich an seinem riesigen Hut fest. »Ich habe schon mit dem Padre darüber gesprochen. Was jetzt in Santa Magdalena geschieht, ist eine Katastrophe, für uns alle, Doktor ... Der Patron wird toben, aber er wird nie herausfinden, wie's gewesen ist. Wir sind uns nämlich alle einig, Doktor, alle.«

»Ich verstehe gar nichts«, sagte Dr. Högli. Er stand hinter seinem Schreibtisch. Evita hatte einen Berg gewaschener Mullbinden vor sich liegen und wickelte sie auf. Die Vorräte im Hospital gingen zur Neige; alles, was man noch weiterverwenden konnte, wurde jetzt aufgehoben und gereinigt. Vier Indiofrauen wuschen die Binden und Tücher aus; das bedeutete, dass es noch weniger Wasser zum Trinken gab. »Was wollt ihr?«, hatte Dr. Högli die Kranken gefragt. »Dursten und auf Regen warten – oder an Blutvergiftung sterben?« Und die Kranken hatten geantwortet: »Doktor, mach alles, wie du es willst.«

»Es stehen zwei Männer bereit, Doktor«, sagte Cuelva und drehte seinen Hut, »um Sie und die Señorita aus dem Tal fortzuschaffen.«

Dr. Högli stockte der Atem. Aus den Augenwinkeln sah er Evita an. Sie saß wie gelähmt.

Freiheit! Weiterleben dürfen! Wasser! Hinaus aus dieser Hölle von Tal! Weit, weit weg fahren und nie mehr den Namen Santa Magdalena hören! Wieder leben können in einer Welt von Schönheit und Glück. Das alles las er in ihren Augen, und er konnte sie verstehen.

»Und der Padre?« fragte Dr. Högli. Er gab sich keine Mühe, seiner Stimme noch einen festen Klang zu geben.

»Den Padre auch, Doktor …«

»Und was sagt Pater Felix?«

Jorge Cuelva drückte den riesigen Hut an seine Brust. »Er will in Santa Magdalena bleiben.«

Dr. Högli senkte den Kopf und wandte sich ab. Aber beim Umdrehen fing er Evitas Blick auf.

»Wir auch«, sagte er.

Eine ganze Zeit stand Dr. Högli schweigsam am Fenster und blickte hinaus auf den Vorplatz des Hospitals. Links und rechts des Weges, der zum Dorf führte, hatten die Indios aus großen Steinen runde Verteidigungsnester gebaut. Jeweils vier Männer hockten hier in der glühenden Sonne, nur geschützt durch ihre breitkrempigen Sombreros, und bewachten den Zugang zum Krankenhaus. Streifen umkreisten das gesamte Hospitalgebiet. Auf einigen nahen felsigen Erhebungen standen die Wachen und beobachteten jede Bewegung im Talkessel und im Dorf. Von hier aus konnte man auch auf der gegenüberliegenden Seite die Kirche, das Pfarrhaus und den weiten Dorfplatz übersehen. Näherte sich von der Hazienda irgendetwas Verdächtiges, würde man es sofort erkennen und hätte Zeit, sich darauf einzurichten.

Aber niemand glaubte daran, dass Rick Haverston am hellen Tag etwas gegen den Doktor und den Padre unternehmen würde. Die Weißen – das wusste man – bevorzugten die Nacht für ihre Gemeinheiten. Aus dem Dunkel töten und im Dunkel verschwinden, das war typisch für die Feigheit dieser Hellhäute. Man hatte seine Erfahrungen, auf die man sich verlassen konnte.

Vor dem Eingang zur Ambulanz standen wieder die Kranken, aber es waren weniger als zuvor. Nur einige Mütter mit Kindern, deren vertrocknete Körperchen wie große bräunliche Papierknäuel aussahen. Geduldig warteten sie auf die Ausgabe des halben Liters Wasser. Matri und die Hilfsschwester waren noch damit beschäftigt, das abgekochte Wasser durch einen Filter laufen zu lassen, um es dann in einem Kühlschrank wenigstens so weit abzukühlen, dass man es lauwarm trinken konnte.

Aber auch das würde bald nicht mehr möglich sein – weder der Betrieb eines Kühlschrankes noch das Auskochen der Instrumente, noch überhaupt irgendetwas, das mit Elektrizität zu tun hatte. Das Stromaggregat lief zwar noch, aber es wurde mit Benzin getrieben. Der Vorrat in den Fässern reichte noch bis zu zehn Tagen, das hatte Dr. Högli errechnet. Was dann geschah, war kaum ausdenkbar. Musste man sich umstellen auf das offene Feuer? Wie sollte man die Räume kühlen, wenn die Ventilatoren ausfielen? Kehrte man dann zurück zur Medizin der Urzeit?

Über Nacht hatte sich diese kritische Lage ergeben: Jack Paddy musste außerhalb des Tales von Santa Magdalena nun auch die Stromzufuhr unterbrochen haben. Kein Telefon, kein Strom, eine gesperrte Straße, und über allem ein fast weißlicher, glühender Himmel, eine gewölbte Scheibe aus glutendem Metall.

»Es war nicht der Patron, der die Leitungen hat durchschneiden lassen, sondern der Fremde«, meldete man am frühen Morgen aus der Hazienda. Aber was nutzte dieses Wissen? Pater Felix hatte seine Kerzen und konnte die Glocke auch mit der Hand an einem Seil läuten. Für Dr. Högli aber war der Ausfall von Elektrizität eine echte Katastrophe, zumal in zehn Tagen auch sein Benzinvorrat erschöpft sein würde und selbst die Notaggregate schweigen müssten.

An all das dachte er jetzt, als er am Fenster stand und in den heißen Tag blickte. Hinter ihm raschelte Jorge Cuelva mit dem breiten Hut. Dass Evita schwieg, war fast noch schlimmer, als wenn sie ihn angefleht hätte, das Angebot der Capatazos anzunehmen. Weg aus dieser Hölle, und von draußen versuchen, für diese Menschen Hilfe zu holen – war das nicht eine Illusion? Eine fade Beruhigung des Gewissens? Ein Betrug angesichts der Tatsache, dass die Behörden in Chihuahua zwar versprechen würden, sich um alles zu kümmern, in Wahrheit aber nur Jack Paddy in Santa Magdalena anrufen würden. Und von dem würden sie die Auskunft bekommen: »Alles in Ordnung, Señores. Sie kennen doch Dr. Högli! Ein lieber Mensch, aber voller Übertreibungen! Von so schweizerischer Gründlichkeit, dass eine defekte Glühbirne gleich eine Katastrophe ist!« Man würde laut lachen, nach vielen freundlichen Worten auflegen – und nichts tun. Und Mexico City war weit; was die Behörden in Chihuahua für eine interne Angelegenheit hielten, interessierte in der Hauptstadt keinen Menschen.

»Du willst also weg, Evita?«, fragte Dr. Högli, ohne sich umzuwenden. »Es ist wirklich das Beste. Jorge wird dich in der Nacht aus dem Tal bringen.«

»Nicht ohne dich, das weißt du, Riccardo«, sagte sie. Ihre Stimme klang zwar mutig, aber der Unterton verbarg kaum die nackte Angst. Högli zog wie frierend die Schultern hoch. Es hatte keinen Zweck mehr, irgendetwas zu verschweigen oder zu beschönigen, Hoffnungen zu nähren, von billigen Illusionen zu leben. Mit jeder Stunde, die jetzt verrann, konnte die Situation in Santa Magdalena nur noch aussichtsloser werden.

»Wie kann ich jetzt weggehen?« sagte Dr. Högli heiser.

»Deine Kranken, nicht wahr? Dein Hospital? Die Lebensaufgabe des Arztes, immer zu helfen! Gilt das auch dann noch, wenn das eigene Leben dabei vor die Hunde geht?«

Dr. Högli senkte den Kopf. Sie hat schon etwas gelernt in Santa Magdalena, dachte er voll bitterem Sarkasmus. Sie spricht schon wie das gemeine Volk, an dem sie früher vorbeigefahren ist, ohne ihm einen Blick zu gönnen.

»Auch dann«, sagte er.

»Das ist doch Wahnsinn, Riccardo! Frag mich nicht, ob ich Angst habe! Natürlich habe ich Angst! Und du hast Angst, es vergeht keine Nacht, in der du nicht im Traum hochzuckst und um dich schlägst. Manchmal muss ich dich festhalten, damit du nicht aus dem Bett springst. In uns allen ist diese wahnsinnige Angst, und sie wird nicht besser, wenn man sich einredet: Alles, was in den nächsten Stunden mit mir geschieht, ist nur Pflichterfüllung!«

»Ich kann nicht flüchten, Evita! Mein Gott, ja, sie würden es alle verstehen, aber ein Funken von Missachtung bliebe doch in ihnen zurück. Und dieser Funken würde zum Feuer, wenn ich eines Tages wiederkommen sollte. Seht, da kommt der Feigling von einem Doktor zurück ins Tal, würden sie alle denken. Als wir ihn brauchten, hat er sich in der Nacht heimlich mit seiner Geliebten weggeschlichen. Was hat er wohl draußen getan, na, Amigos? Sich gebadet, in Acapulco unter den Palmen gelegen, abends zum Tanzen gegangen und dann ins Bett mit seiner schönen Evita! Wir aber, die Kranken, wir sind verdurstet, wir haben uns die Cholera aus dem Leib geschissen, sind im Typhus verglüht, haben Sand statt Medikamenten fressen müssen. Und nun kommt er wieder, im weißen Kittel, als sei nichts gewesen. – Sie werden das nie zu mir sagen, sie brauchen mich nachher genauso wie jetzt – aber in ihren Augen werde ich es lesen. Ich werde nicht mehr ihr Freund sein, nicht mehr ihr Padre Riccardo, sondern nur ein Mann, der Pillen verteilt.«

»Ich bin nicht deine Geliebte, ich bin deine Frau!«, sagte Evita laut. Dr. Högli nickte. Sie hatte es in den letzten Tagen oft gesagt, und er hatte jedes Mal eine Art Glücksgefühl gespürt und dazwischen den Zweifel, ob nicht alles nur eine Laune sei. Eine Evita Lagarto als Frau eines Armenarztes, man sagt doch, es geschehen keine Märchen mehr in dieser nüchternen Welt. So wie sie es jetzt gesagt hatte, war es keine Liebeserklärung mehr, sondern eine Anklage. So wenigstens empfand er es.

»Ich kann nicht weg!«, wiederholte er gequält.

»Glaubst du, deine Kranken, für die du dich opfern willst, würden dir das jemals danken?«

Dr. Högli fuhr herum. Jorge Cuelva stand in der Tür und hatte den Hut so hoch an sein Gesicht gezogen, dass man glauben konnte, er kaue an der Krempe. Er schlug die schwarzen Augen nieder, als Dr. Högli ihn anblickte.

»Soll ich hierbleiben, Jorge?«, fragte er laut.

»Wir sind alle bereit, Sie in Sicherheit zu bringen«, antwortete Cuelva ausweichend.

»Ich will nicht wissen, wozu ihr bereit seid, ich will wissen, ob ihr mich braucht!«, schrie Dr. Högli.

Cuelva schluckte. An mir hängt es jetzt, dachte er verzweifelt. Mir werfen sie jetzt alles auf den Kopf. »Natürlich brauchen wir Sie, Doktor. Aber – man wird Sie töten, Doktor!«

»Habt ihr wirklich solche Angst? Da kommt ein gewisser Haverston ins Tal, und alles liegt auf der Erde! Ein einziger Mann, Jorge!«

»Wissen Sie, was er mit Polizeichef Femola gemacht hat, Doktor?« Cuelva drehte den Hut wieder in seinen Händen. »Und wie er Emanuel Lopez zugerichtet hat?«

»Ich habe es gehört. Und nicht nur das …« Und jetzt sagte Dr. Högli etwas, was er nie für möglich gehalten hätte: »Habt ihr keine Revolver?«

»Er ist schneller als wir. Und er ist vorsichtiger als ein Puma.«

»Habt ihr noch nie einen Puma gejagt?«

Cuelva wischte sich mit dem Unterarm über das schweißnasse Gesicht. Nach Femolas schrecklichem Tod hatte unter den Capatazos eine Versammlung stattgefunden. Sie waren im Esssaal ihres Hauses zusammengekommen und hatten darüber nachgedacht, wie man diesen Americano bestrafen könnte. Was man mit Pierre Porelle getan hatte, war hier unmöglich. Man kann eine Bestie nicht zu einem Spieltierchen machen, indem man ihr ein Glöckchen umhängt. Es gab nur eine Entscheidung, und das war die vollkommene Vernichtung. Bis man aber dazu Gelegenheit hatte, konnte Haverston bereits Pater Felix oder Dr. Högli umgebracht haben.

Überhaupt, wer konnte in Santa Magdalena noch zwischen Richtig und Falsch unterscheiden? Der Patron hatte den Padre und den Doktor auch töten wollen, aber er hatte es der Sonne oder den Indios und ihrem großen Durst überlassen. War das etwas anderes als das, was Haverston auf schnellere Art erreichen wollte? Man sperrte den Indios das Wasser, um sie zum Mord aufzuputschen, man schnitt die elektrischen Leitungen durch, blockierte die einzige Straße ins Tal – alles nur, um auf der einen Seite zu vernichten und auf der anderen Seite weiterhin ungestört die Peyotl-Felder zu bestellen und den Rauschhanf anzubauen. Welch ein Durcheinander! Man betete in der Kirche und beichtete bei Pater Felix – aber den gleichen Priester musste man vernichten, weil er Jack Paddy vernichten wollte und damit die Arbeit von ganz Santa Magdalena. Man stand Schlange vor dem Hospital, ließ sich operieren und alle nur erdenklichen Krankheiten ausheilen – aber der gleiche Arzt, der allen half und den jeder brauchte, musste getötet werden, weil auch er gegen den Peyotl war. Wer hatte nun recht in Santa Magdalena? Für wen sollte man sich entscheiden?

Es lief ein Riss durch alle diese Menschen hier, sie waren wie in zwei Teile gespalten, und jeder Teil dachte und fühlte anders. Wie kommt man aus diesem Teufelskreis heraus? Wozu man sich auch entscheidet, die Verlierer waren immer die Menschen von Santa Magdalena.

»Sie bleiben also?«, fragte Cuelva völlig hilflos.

»Ja!«

»Und Sie, Señorita?«

Evita zeigte auf Dr. Högli. »Er hat die Antwort bereits gegeben.«

»Es wäre die letzte Möglichkeit gewesen …«, sagte Cuelva vorsichtig.

»Geh hinaus und grüße Pater Felix von mir.« Dr. Högli knöpfte seinen weißen Arztkittel zu. Es war Zeit zur Visite. Nach der Visite kam die Wasserausgabe und dann die ambulante Behandlung. Der Operationsplan war leer. Auch die Krankheiten schienen auszutrocknen.

»Noch etwas, Jorge.« Evita stand auf. Sie nahm ihren weißen Kittel vom Haken und streifte ihn über. »Frage Pater Felix, ob er bereit ist, den Doktor und mich morgen zu trauen. Morgen ist Sonntag.«

»Ich frage ihn, Señorita.« Cuelva grinste dümmlich. Sein Blick schielte zu Dr. Högli. »Soll ich …?«

»Ja.« Dr. Högli wartete, bis Cuelva das Zimmer verlassen und hinter sich die Tür zugezogen hatte. »Du bist verdammt tapfer, Evita«, sagte er stockend.

»Nein. Ich liebe dich nur.« Sie band die Haare mit einem roten Band hoch und tat ein paar Tropfen Parfüm auf ihre Handflächen. Dr. Högli lächelte bitter. Kosmetik in der Hölle – während die Welt verdurstete und im heißen Staub unterging. Sie ist der Traum von einer Frau, dachte er. Wenn ich ihr woanders begegnet wäre, in Chihuahua, in El Paso, in Mexico City, an der Küste, an einem Pool, in einer Hotelhalle, einer Bar, ganz gleich wo, ich wäre ihr aus dem Weg gegangen aus dem einfachen Gefühl heraus, dass diese Frau nicht einen einzigen Blick an den langweiligen, ungelenken, zwar sportlich aussehenden, aber aus einer ganz anderen Welt kommenden Dr. Högli verschwenden würde. Eine Frau wie Evita Lagarto besaß ihre eigene Welt. Und nun stand sie hier, band den Gürtel des weißen Kittels zu einer Schleife, bereitete sich auf die Visite in einem Indiohospital vor und hatte gesagt: Ich liebe dich. Wir werden morgen heiraten!

»Wir sollten damit warten«, sagte er.

Sie blieb unter der Tür stehen, den Griff in der Hand. »Womit, Riccardo?«

»Mit dem Heiraten. Ich möchte, dass du dich in Sicherheit bringst! Nein! Sag nicht wieder: Ich liebe dich! Gerade das ist ein Grund, weshalb du aus dem Tal musst. Ich kann es nicht mehr verantworten, dass du bei mir bleibst, wenn du dich in Sicherheit bringen kannst. Verstehst du das nicht?«

»Nein.«

Ihre großen schwarzen Augen waren wieder klar. Die Angst war verschwunden.

»Ich kann doch nicht hilflos hier herumstehen und dich töten lassen!«, schrie er. »Was kann ich denn tun? Warten, nichts als warten! Aber jetzt, jetzt bietet man mir die letzte Chance, dich zu retten!«

»Du müsstest mich schon betäuben, um mich wegbringen zu lassen«, sagte sie ruhig.

»Vielleicht tue ich es.« Dr. Högli ging zur Tür. Dort standen sie sich ganz nahe gegenüber, er roch ihr süßliches, nach exotischen Blüten duftendes Parfüm, ihr Mund war ein wenig geöffnet, die schmalen Flügel ihrer geraden, schönen Nase blähten sich kaum merklich, aber das alles zusammen machte ihm deutlich, wie groß ihre innere Erregung und wie stark ihre Beherrschung war. »Evita«, sagte er heiser, »es hat doch keinen Sinn, dass du dich opferst. Für was denn? Das Leben ist doch so verdammt schön.«

»Wofür opferst du dich denn, Riccardo?«

Er umfasste ihren schmalen Kopf mit beiden Händen und zog ihn zu sich heran.

Als er sie küsste, blieben ihre Lippen geschlossen, sie waren eiskalt, wie er mit Schrecken feststellte.

»Fühlst du dich nicht wohl?«, fragte er. Untertemperatur … bei Cholerakranken fällt die Körpertemperatur oft in erstaunliche Tiefen. Neue Angst ergriff ihn. Er riss Evitas Arme hoch, fühlte den Puls, tastete mit der anderen Hand ihren Hals ab. Aber dort war die Temperatur normal, auch als er mit seinen Händen unter ihren Kittel glitt und über ihre Brüste tastete, spürte er die Wärme ihres Körpers. Nur die Lippen waren wie mit Eis überzogen, es war, als habe sich alle Angst in sie verkrochen.

Sie stand unbeweglich, während seine Finger über ihre Brüste glitten. Nur als er wieder sprechen wollte, legte sie ihm eine Hand über den Mund.

»Die Visite, Riccardo«, sagte sie. »Sie warten auf dich.«

»Du brichst heute Nacht mit Cuelva aus«, sagte er und schob ihre Hand von seinem Mund. »Ich flehe dich an, Evita!«

»Wir werden heute Nacht unsere Hochzeit vorbereiten.« Sie lachte, aber es klang wie ein erstickter Aufschrei. »Wie lange kennen wir uns, Riccardo?«

»Eine Ewigkeit. Drei Wochen.«

»Drei Wochen.« Sie drückte ihre Stirn gegen Höglis Stirn und schloss die Augen. »Was war vorher? Erzähl mir, was vorher war, Riccardo. Wo bin ich hergekommen? Wo wollte ich hin? Wer bin ich? Ich habe alles vergessen. Ich lebe nur noch in dir.«

»Bitte …«, sagte Högli. Er riss sie an sich und legte die Arme um sie. Es war das erste Mal, dass seine Stimme brach. »Bitte, verlass heute Nacht das Tal! Ich kann hier freier handeln, wenn du nicht mehr da bist.«

»Und einsamer sterben.«

»Nicht einsamer. Ruhiger!«

»Du schickst mich weg und weißt genau, dass es für immer ist!« Sie stieß sich von ihm ab und ordnete ihre heruntergefallenen Haare. Sie richtete das Band neu und knöpfte ihre Bluse unter dem Kittel zu. »Ich habe dir nicht erzählt, was die Lagartos sind.« Sie lächelte schwach. »Jetzt fällt es mir wieder ein. Ich bin eine Lagarto. Seit fünfhundert Jahren leben sie in Mexiko. Der erste Lagarto war einer der Eisenreiter, die unter dem Kommando von Cortez die Azteken besiegten und das Wunderland Mexiko für die spanische Majestät eroberten. Fünfhundert Jahre lang gab es keinen Lagarto, der Angst gehabt hätte. Welches Fieber dieses Land auch durchschüttelte, die Lagartos waren immer gesund! Sie überlebten jede Revolution, jeden Präsidentensturz, jeden Aufstand, jeden Staatsstreich. Sie gingen durch Blut und Tränen, und am Ende des Weges wuschen sie Blut und Tränen ab und lebten weiter, als sei nichts geschehen.«

»Hier gibt es kein Ende des Weges mehr, Evita! Ich, ich

bin das Ende!« Er riss sie an den Schultern herum, als sie die Tür öffnete und das Zimmer verlassen wollte. »Hier hören fünfhundert Jahre Lagarto auf! Und es hat noch nicht einmal einen Sinn!«

»Du meinst: Für mich?«

»Ja.«

»Irrtum.« Sie befreite sich aus seinen Händen. »Nichts in diesen fünfhundert Jahren hatte so viel Sinn und war so wichtig wie meine Liebe zu dir! – Kann die Visite anfangen, Doktor?«

Dr. Högli nickte stumm. Es hat keinen Zweck, dachte er. Ich muss darüber mit Pater Felix sprechen. Es muss irgendwie verhindert werden, dass sie mit uns zugrunde geht. Es ist doch sinnlos, völlig sinnlos, sich zu opfern, nur weil man liebt! Der Gedanke allein reicht aus, um verrückt zu werden.

Im großen Krankensaal schlug ihnen die Ausdünstung von dreißig Menschen entgegen. Juan-Christo und seine Verlobte Matri warteten geduldig in der Mitte des breiten Ganges an einem Tisch, auf dem die Verbände, Medikamente, Spritzen und Ampullen aufgebaut waren. Wie in einem europäischen Krankenhaus waren auch an diesem Vormittag bei allen Kranken Puls und Temperatur gemessen und auf den am Ende der Betten hängenden Tabellen eingetragen worden.

Pierre Porelle saß in seinem Bett, mit entblößtem, eingepudertem Oberkörper. Die Schwellungen gingen zurück, die Antibiotika halfen, nur das wahnsinnige Jucken in den Einstichstellen der Kakteendornen konnte mit den vorhandenen Mitteln kaum gelindert werden. Dazu kam der Durst, den Porelle doppelt so stark in dieser dicken heißen Zimmerluft empfand, die gesättigt war mit Schweißgeruch, Eitergestank und dem beißenden Geruch verdunstenden Urins.

»Holen Sie mich hier raus!«, rief er sofort, als Dr. Högli den Saal betrat. »Was Sie mit mir hier anstellen, ist langsamer Mord!«

»Ist er das?« Dr. Högli überblickte die Betten zu beiden

Seiten des breiten Mittelganges. »Amigos, werdet ihr von mir ermordet?«

»No, Doktor!«, riefen sie wie im Chor zurück. »Du bist unser Padre Riccardo!«

»Was wollen Sie, Monsieur Porelle?« Dr. Högli trat an das erste Bett. Dort lag die junge Indiofrau mit dem Kaiserschnitt. Ihr Mann saß neben ihrem Kopf auf den Dielen und hielt ihre herabhängende Hand. Das Kind war gesund, die Frau würde es auch werden. Mit unendlichem Vertrauen sah er zu Dr. Högli hinauf und grinste ihn verschämt an. »Sie sind ein Patient wie alle hier! Oder verlangen Sie eine Sonderstellung, weil Sie eine weiße Haut haben?«

Die Kranken in ihren frisch bezogenen Betten freuten sich. Porelle zog das Kinn an. Sein gepflegtes Gesicht mit dem Menjoubärtchen war aufgedunsen von den Kakteenstichen und der brütenden Hitze. Die beiden Ventilatoren quirlten den Mief nur durcheinander. Und auch sie würden bald stillstehen – in zehn Tagen, wenn das Benzin für das Stromaggregat verbraucht war.

Zehn Tage!

Gab es dann überhaupt noch das Hospital? Bestand dann Santa Magdalena noch?

»Bringen Sie mich zurück zu Paddy!«, schrie Porelle unbeherrscht.

Högli nickte. »Gern! Dort wartet Mister Haverston auf Sie.«

»Mit ihm kann ich verhandeln, mit Ihnen nicht!«

»Wie Sie wollen, Porelle.« Dr. Högli schob die Decke von der Frau mit dem Kaiserschnitt. Ihr Leib war nackt, die Wunde heilte gut, aber der Körper verfiel von Tag zu Tag. Was ist ein Körper ohne Flüssigkeit? »Ich lasse Sie heute Abend zurück zur Hazienda bringen.«

Die Visite begann, Bett nach Bett. Ein paar freundliche Worte, dort Tabletten, hier neue Verbände, eine Injektion für den Kreislauf, Kontrolle eines Streckverbandes, eine Blutentnahme zur Laboruntersuchung bei einem unklaren Befund … alles durcheinander, chirurgische Fälle, innere Krankheiten. Hier gab es keine Trennung; man war daran gewöhnt, gemeinsam zu leiden.

Nur einer lag allein und abgesondert in einem Einzelzimmer: Antonio Tenabo. Er war noch sehr schwach, als Dr. Högli hereinkam, aber doch schon wieder so weit bei Verstand, dass er sprechen konnte und den Kopf hob.

»Na, wie geht es uns heute, du gemeiner Hund?«, sagte Dr. Högli und setzte sich zu Tenabo ans Bett. »Will Häuser niederwalzen, und dann scheißt er uns doch nur die Kirche voll.«

Tenabo grinste schwach. Er ließ den Kopf zurückfallen und atmete schwer. »Ist das wahr, dass Sie mir das Leben gerettet haben?«, fragte er.

»Man kann's so nennen. Aber dazu bin ich ja hier.« Högli las die Tabelle und warf sie Tenabo auf die breite Brust. Juan-Christo zog eine Injektion mit Terramycin auf.

»Ich habe mir versprochen, Ihnen das einmal zu danken, Doktor«, sagte Tenabo brav.

»Vergiss es nicht, Antonio.«

»Was ist draußen los? Dieser Kretin …«, er nickte zu Juan-Christo hinüber, »verrät kein Wort. Warum kommt der Patron nicht zu Besuch?«

»Er beschäftigt sich mit einem berufsmäßigen Mörder.« Dr. Högli gab die Injektion und klopfte Tenabo auf die dicke Hinterbacke. »Du bist zwar ein hirnloser Bulle, Antonio, aber gegen Haverston hast du das Gemüt eines Schoßhündchens. Wie viel hat dir Paddy geboten, wenn du Pater Felix und mich umbringst?«

»Zuletzt fünftausend Dollar, Doktor.«

»So viel wirst du in deinem Leben nie mehr verdienen, Antonio.«

»Das ist es ja, Doktor. Was soll ich machen?« Tenabo blickte Dr. Högli treuherzig an. »Können Sie mir die fünftausend Dollar geben?«

»Nein. Wovon? Ich bin ein ärmerer Mann als du!«

»Ich gebe sie dir –«, sagte Evita von der Tür her. »Fünftausend Dollar, wenn der Doktor überlebt.«

Dr. Högli fuhr herum. »Nicht einen Dollar, Evita! Ich bezahle mein Leben nicht.«

»Aber ich! Antonio ... Zehntausend Dollar!« Evitas Stimme war schneidend geworden. Sie hatte sich von einer Sekunde zur anderen verändert, ihre schwarzen Augen blitzten. Sie trat an das Bett, umfasste mit beiden Händen die eisernen Stangen des Fußteiles und rüttelte daran. »Hörst du, Antonio? Zehntausend Dollar für Dr. Högli und – noch einmal zehntausend Dollar für den Tod von Jack Paddy!«

»Evita!« Dr. Högli sprang auf. »Du kaufst einen Mörder! Antonio! Ich lasse dich in diesem Bett verrecken, wenn du das Angebot annimmst!«

»Hör nicht auf ihn, Antonio!«, schrie Evita zurück. »Er wird dich nie verrecken lassen! Er ist Arzt! Er wird dir immer helfen! Immer! Aber du kannst zwanzigtausend Dollar verdienen ...«

Tenabo starrte Dr. Högli und Evita Lagarto an, als seien es Geister, die ihn umtanzten. Sein breiter Mund klappte auf, es sah grässlich aus, aber anders war es ihm nicht möglich, seine Ratlosigkeit zu zeigen. Dann schloss er den Mund wieder und trommelte mit den dicken Fingern auf die Bettdecke.

»Was soll ich tun«, stotterte er. »Madre de Dios, was soll ich tun? Zwanzigtausend Dollar, Doktor! Ich brauche mein ganzes Leben lang nicht mehr zu arbeiten!«

»Für einen Mord!«, brüllte Dr. Högli.

»Und für eine gute Tat, Doktor. Sie werden weiterleben dürfen.«

»Es hat keinen Zweck, Antonio mit deinen Ehrbegriffen zu bombardieren«, sagte Evita ganz ruhig. »Er wird sich die zwanzigtausend Dollar verdienen. Es ist mein Geld. Ich habe ein großes Bankkonto, über das ich frei verfugen kann. Du wirst es nicht verhindern können, Riccardo ...«

»Ich kann es!« Er packte Evita an der Hand, riss sie vom Bett und stieß sie aus dem Zimmer. Mit einem Fußtritt schloss er die Tür und presste Evita gegen die Wand des Korridors. Sie wehrte sich nicht.

»Jetzt will ich dir etwas sagen«, keuchte er und hielt sie fest. »Ich wollte die schönste Frau, die ich je gesehen habe, heiraten – aber keine Mörderin. Mit deinen verdammten zwanzigtausend Dollar wirst du zur Mörderin! Ob du selbst tötest oder dir dafür ein Werkzeug kaufst … es bleibt das Gleiche! Ist das die Art der Lagartos, fünfhundert Jahre zu überleben?« Er ließ sie los, ihre Arme fielen schwer an den Körper zurück, ihre schwarzen Augen waren halb geschlossen. »Wie kann eine Frau nur so etwas tun!«, sagte er.

»Ich liebe dich, Riccardo«, sagte sie leise. »Ich würde eine Million zahlen, um jeden zu vernichten, der dich angreift! Immer würde ich das tun! Immer! Bedenkenlos! Mein ganzes Geld, alles, was ich habe. Es gibt nur dich auf der Welt.«

Er starrte sie an und wusste nicht, was er ihr da noch entgegnen sollte. Er wusste nur eines: dass es das größte Abenteuer dieser Welt war, diese Frau zu lieben. Aber es war ein Abenteuer, das der Eroberung des Himmels gleichkam.

Gegen Mittag kam Pater Felix herüber, alarmiert von Jorge Cuelva. Er benutzte seinen klapprigen Jeep, fuhr sehr langsam, denn neben ihm, rechts und links, liefen je zehn Indios mit und deckten ihn mit ihren Körpern gegen den vielleicht auf der Lauer liegenden Haverston ab.

»Was höre ich?«, rief Felix, als er Högli und Evita bei der Wasserausgabe sah. »Hier soll geheiratet werden? Meine Messdiener putzen schon die Kerzenleuchter!«

»Ihr Gemüt möchte ich haben!«, sagte Dr. Högli. Er saß auf einem alten Benzinfass, stemmte die Beine fest auf die Erde.

Evita – er hatte mit ihr kein Wort mehr gesprochen – stand bei Juan-Christo und der Hilfsschwester und schöpfte mit einem Messbecher – ein halber Liter – das abgekochte Wasser in die hingehaltenen Tongefäße. »Was wollen Sie hier? Wir hatten besprochen, uns nicht unnötig in Gefahr zu begeben.«

»Wer begibt sich denn hier in Gefahr?« Pater Felix klopfte fröhlich den Staub von seiner Soutane. Außer dem umgeschnallten Revolver trug er jetzt auch eine Maschinenpistole. Sein gelb lackiertes Haar begann langsam auszuwachsen, die dunklen Locken schoben sich überall wieder aus der Kopfhaut. Das sah noch grotesker aus, aber niemand lachte darüber. Im Gegenteil, wer ihn ansah, wusste immer wieder, dass es Erbarmen nur noch in den Predigten gab, nicht mehr im täglichen Leben. »Wer will hier heiraten?«

»Lustig, was?«

»Da hat alles andere zurückzustehen. Riccardo, ich bin gekommen, Ihnen den nötigen Brautunterricht zu geben.« Pater Felix winkte zu Evita hinüber. »Sieht ausgesprochen glücklich aus, die Braut.«

»Felix, ich habe eine Frage. Wenn eine Frau bereit ist, aus Liebe zu morden, was ist –«

»Stopp!« Pater Felix hob beide Hände. »Wir müssen unterscheiden zwischen Mord und Selbstverteidigung. Was wir hier eines Tages tun müssen, ist schon keine Notwehr mehr, sondern entspringt nur noch dem nackten Lebenswillen. Dann schließe ich alle Bibelsprüche in die dunkelste Ecke meines Kopfes ein.«

»Evita hat dem, der Paddy umbringt, zehntausend Dollar geboten.«

»Das ist nicht wahr! Paddy? Ich denke, Haverston!«

»Felix, redet so ein Priester?«

»Ich habe in den vergangenen einsamen Stunden Zeit genug gehabt, mein Gewissen zu durchforschen. Und ich bin da auf Neuland gestoßen: Ich bin ein Mensch wie jeder andere. Denken Sie bloß, Doktor: Ich entdecke, dass hinter dem Priester nicht wieder nur ein Priester steht und dann Gottes Güte, sondern ein ganz gemeiner, normaler, stinkerbärmlicher Mensch! Und dieser Mensch sagt zu mir: Felix, du

Rindvieh, zieh die Soutane aus, nimm die MPi, sammle die Indios um dich und mach endlich Schluss mit dem Spuk! Stürm die Hazienda, hol dir das Wasser, und wenn deine Indios sich vollgesoffen haben, wenn sie vor Freude ihre großen Feuer entfachen und herumtanzen, wenn sie wieder singen können und das Lachen wieder üben, dann zieh deine Soutane wieder an, tritt unter sie, tanz mit ihnen, iss mit ihnen, trink mit ihnen das eroberte Wasser, segne die Verwundeten, begrabe die Toten, tröste die Hinterbliebenen, und frage Gott nicht, ob alles richtig war. Für *dich* war es richtig, denn du lebst, und deine Indios leben.« Pater Felix legte die Maschinenpistole Dr. Högli über die Knie. Der zuckte bei der Berührung zusammen, als sei ein Schuss losgegangen. »Hat man Ihnen gesagt, dass gestern neun Indios – vier Frauen, zwei Greise und drei Kinder – gestorben sind? Verdurstet!«

»Nein.« Dr. Högli senkte den Kopf. Pater Felix beugte sich vor.

»Noch eine Frage, Riccardo? Wegen der Eheschließung?«

»Keine Frage, Felix«, sagte Högli gepresst. »Können wir morgen heiraten?«

»Es wird ein Fest werden.« Pater Felix faltete die Hände über dem breiten Patronengurt. »Eine Doppelhochzeit. Juan-Christo und Matri haben sich entschlossen, es ihrem Doktor gleichzutun.«

»Um Gottes willen!« Dr. Högli fuhr hoch, im letzten Moment konnte er noch die MPi festhalten. »Wenn das Paddy erfährt!«

»Lassen Sie Gott in Frieden, Riccardo! Und Paddy? Den habe ich zur Hochzeit eingeladen.«

Dr. Högli atmete tief auf, dann warf er Felix die Maschinenpistole zu. »Wer Sie zum Priester geweiht hat«, sagte er, »muss blind, stumm und taub gewesen sein!«

Jack Paddy lief in seinem großen Haus herum mit jener merkwürdigen, motorischen Unruhe, die in einem Menschen erwacht, wenn er spürt, dass sich etwas Bedrohliches nähert. Paddy konnte sich diesen Zustand genau erklären und ihn doch nicht überwinden. Eiskalt bereitete Rick Haverston die Liquidierung von Pater Felix und Dr. Högli vor. Er erklärte Paddy den Aufsatz für die Gewehrgranaten, erläuterte die neuen Modelle, deren Explosionskraft und Splitterwirkung dreimal so stark sei wie die der alten aus dem letzten Krieg, und im Park, an einer Blütenhecke, demonstrierte er, wie er sich die Beschießung des Hospitals dachte.

»Stellen wir uns vor, dort der Busch sei das Hospital«, sagte Haverston mit seiner widerlich leiernden Stimme. »Es wird von den Indios bewacht. Sollen wir Steine hinlegen, für jeden Indio einen, um die Situation noch anschaulicher zu machen?«

Es zeigte sich immer wieder, dass Mörder sehr unterschiedliche Naturen sein können, auch wenn ihr Ziel das gleiche ist. Was Paddy an Haverston so missfiel, ja, was ihm geradezu körperlichen Schmerz verursachte, war das Routinierte seines Mordens. Hinzu kam, dass Rick keine Veranlassung sah, Paddy selbst zu schonen. Er ließ ganz klar erkennen, dass er von der ›Organisation‹ gemietet worden war mit dem Auftrag, so lange in Santa Magdalena zu bleiben, bis alle überzeugt waren, dass Meskalin eine Art Gemeinbesitz war und Jack Paddy lediglich der Verantwortliche für den Anbau. Mit anderen Worten: Auch Paddy lebte nur in einer Gnadenfrist. Wie lang sie war, bestimmte die ›Organisation‹. Der freie Patron Paddy war längst tot.

So war er nur erleichtert, als plötzlich das Telefon klingelte. Haverston blickte hoch. Er saß auf der mit Holzsäulen verzierten Veranda und beobachtete einige Indios, die ständig draußen vor dem Palisadenzaun herumlungerten und die Hazienda nicht aus den Augen ließen. Sie hatten auch eine Art Meldedienst eingerichtet: Auf klapprigen, struppigen Maultieren, denen das Gerippe durchs Fell stach, ritten sie hinunter zum Dorf und brachten die Ablösung mit. Seit Stunden überlegte Haverston angestrengt, wie man diese Wache umgehen konnte. Die Angst, die er mit Mendoza Femolas Tod hatte erzeugen wollen, war kaum mehr wirksam. Diese verdurstenden Menschen, die ihre Qual mit Mescal buttons betäubten und dann mit starren, glänzenden Augen, am Rande einer halluzinierten Welt in der prallen Sonne hockten, hatten nichts mehr zu verlieren. Sie mit Waffen zu erschrecken war vergeudete Munition.

Paddy blickte auf das rappelnde Telefon und zögerte. Haverston schlug die Beine übereinander und wedelte mit seiner schlanken Hand. »Nun gehen Sie doch endlich ran, Jack!«

»Und wenn es Nonoava ist? Das Polizeirevier?«

»Haben Sie plötzlich das Lügen verlernt?«

Paddy hob ab. Es war Nonoava. Ein Sergeant Herrero meldete sich; im Hintergrund hörte Paddy die keifende Stimme der Señora Femola, die Herrero anscheinend vorsagte, was er fragen sollte.

»Ich möchte den Chef sprechen!«, sagte der Sergeant. »Dringend, Señor Paddy.«

»Señor Femola bei mir? Sie müssen sich irren, Sergeant.« Niemand hätte an Paddys Worten zweifeln können. Haverston nickte beifällig. »Ich warte auf ihn seit Stunden! Seit gestern Abend! Zum Teufel, ich brauche die bestellten Medikamente!«

In Nonoava war einen Augenblick völlige Stille.

Herrero schien sich nicht nur zu wundern, er schien völlig außer Fassung zu sein. Jetzt hielt er die Muschel zu, Paddy hörte aber doch deutlich, wie er seine Antwort an Señora Femola weitergab.

»Der Chef ist gestern Abend zusammen mit Sergeant Lopez zu Ihnen geflogen, Señor Paddy«, sagte er endlich. »Mit unserem Hubschrauber.«

»Vielleicht wollte er das! Angekommen ist er nicht!«, bellte Paddy zurück. »Fragen Sie mal im Wüstenpuff El Angel nach!«

Herrero hütete sich, diesen Rat an Señora Femola weiterzugeben. »Die Sache ist uns unverständlich«, sagte er nur.

»Lopez stand bis zuletzt mit uns in Funkkontakt. Er meldete gestern abends: Ich lande jetzt gleich vor der Kirche von Santa Magdalena! Also muss Lopez doch bei Ihnen sein.«

»Kommen Sie her, und überzeugen Sie sich!«, schrie Paddy. »Hier ist kein Femola! Was Lopez gemeldet hat, ist mir unbekannt. Ich sitze hier, mein Vormann stirbt an der Cholera, wir brauchen dringend Medikamente, um eine Seuche abzuwenden – und ihr Hurenböcke fliegt kreuzfidel ins Puff! Eine Sauerei!«

Paddy warf den Hörer auf die Gabel. Dann sah er Haverston an, der sich stumm an die Stirn tippte.

»Machen Sie's besser, Sie Klugscheißer!«, brüllte Paddy. »Herummeckern kann jeder.«

»Wie können Sie sagen: Kommen Sie her!«

»Weil sie es so oder so tun! Lopez hat bis zuletzt gefunkt und die Landung vor der Kirche gemeldet. Es ist einfacher, in Chicago hundert Menschen verschwinden zu lassen, als in dieser Wüste, wo jeder Mensch, jeder Gegenstand bekannt ist, auch nur eine Hose zu verstecken! Ich habe Ihnen gleich gesagt: Ihre Schießerei bringt uns in eine verteufelte Lage. Aber das haben nicht wir, sondern Sie allein zu verantworten. Erklären Sie das mal Ihrer ›Organisation‹! Sergeant Herrero wird mit einigen Polizisten einen Suchtrupp bilden, um seinen Chef aufzuspüren. Und was findet er hier? Den Hubschrauber. Hinter meinem Haus! Und in meinem Haus den Sergeanten Lopez mit zwei durchschossenen Arschbacken! Wie wollen Sie das erklären?«

»Gar nicht.« Haverston goss sich einen Schluck Whisky ins Glas und füllte es mit eiskaltem Sodawasser auf. »Es gibt keinen Lopez und keinen Hubschrauber. Einfacher geht es doch nicht.«

»Und Sie glauben, meine Capatazos werden schweigen? Rick, Sie haben alles falsch gemacht, was man nur falsch machen konnte. Ihr Auftrag lautete: Liquidierung von Pater Felix und Dr. Högli.«

»Und Evita Lagarto, Juan-Christo Ximbarro und Matri Habete. Ich habe ein gutes Namensgedächtnis.«

»Matri – das sage ich Ihnen noch einmal – streichen Sie von Ihrer Liste. Ich betrachte sie als meine Pflegetochter.«

»Wo ist sie denn, Ihr Töchterchen? Bei ihrem treusorgenden Vater? Jack, reden Sie keinen Blödsinn!«

»Ich warne Sie, Rick.« Paddy drückte das Kinn an. Sein Stiernacken wurde rot. Solange Matri um ihn gewesen war, still, immer fröhlich, sich vom schmächtigen Kind zu einer jungen Schönheit entwickelnd, ihn bedienend, immer unter seinen Augen, als ein Teil seines Alltags, hatte er sich nie einsam gefühlt. Jetzt, ohne Matri, war das Haus leer geworden. Er hatte nur noch seine Capatazos um sich, und bis vor Kurzem noch den hirnlosen Riesen Antonio Tenabo, der immer ›Ja Patron! So machen wir es, Patron! Ich drehe ihm den Hals rum, Patron!‹ sagte und zu allem nur dümmlich grinste. Schwitzende, nach Tabak und Schnaps stinkende Männer, die ihm nur deshalb treu waren, weil er sie gut bezahlte für die leichte Arbeit, die Indios anzutreiben und sich vor ihnen als die kleinen Herren aufzuspielen. Matri aber … Das war greifbare Sanftheit gewesen, menschliche Schönheit, ehrliche Dankbarkeit, kindliche Treue, und ab und zu hatte es sogar ein vernünftiges Gespräch gegeben, bis dieser Juan-Christo auftauchte und sie sich heimlich in den Felsen trafen, um bald wie Kater und Katze aneinanderzuhängen. Da wurde alles anders, da veränderte sich Matri von Tag zu Tag – aber er hatte es viel zu spät gemerkt.

»Sie warnen mich?«, sagte Haverston sanft. »Paddy! Sie erheitern mich.« Er legte eine Pistole mit rundem Schalldämpfer auf den Tisch neben das Whiskyglas und lächelte sein abscheuliches Lächeln, das das schwindsüchtige Gesicht zur Fratze verzerrte.

»Haben Sie eigentlich keine Angst, irgendwann einmal in eine Falle zu laufen?«

»Nein. Ich höre eine Wanze, wenn sie unter der losen Tapete kriecht.« Haverston schüttelte den Kopf.

»Jack, versuchen Sie nie, mich zu überraschen. Ich habe Nerven, die wie Radar reagieren.«

Sie zuckten beide zusammen, als das Telefon wieder schrillte, und unterbrachen ihre unergiebige Auseinandersetzung. Paddy steckte die Hände tief in die Taschen seiner Reithosen.

»Jetzt gehen Sie dran, Rick!«, sagte er. »Nonoava kann es nicht mehr sein, einen anderen Anruf erwarte ich nicht. Ich habe überall die Nachricht verbreiten lassen, dass ich für einen Monat in Europa bin! Geschäftlich ist es also nicht. Es wird Ihr Boss sein. Beichten Sie ihm, Haverston. Es wird mir ein Genuss sein, Ihnen zuzuhören.«

Haverston hob den Hörer ab. »Ja? Mr. Paddy? Einen Augenblick.« Er hielt den Hörer weg. »Doch für Sie! Haben Sie einen vergessen?«

Paddy knurrte und drückte den Hörer ans Ohr. »Hier Paddy.« Dann schob er die dicke Unterlippe vor und setzte sich in den nächsten Sessel. »Ich begrüße Sie, Mr. Lagarto«, sagte er genussvoll. Haverston machte ihm ein schnelles Handzeichen, aber Paddy beachtete es nicht und blickte provozierend an die Decke.

»Ich möchte meine Tochter sprechen«, sagte Miguel Lagarto.

Er saß in seinem palastähnlichen Haus in El Paso in einem vollklimatisierten, riesigen Bibliothekszimmer mit Blick auf den blühenden Park und einen riesenhaften Swimmingpool aus rosa Marmor. Er hatte die Form eines großen Herzens – eine Liebeserklärung an seine einzige Tochter.

»Ihre Tochter? Wieso?«, fragte Paddy zurück.

»Ich höre weder von Ihnen noch von Evita etwas! Was ist mit meinem Brief, Mr. Paddy?« Lagartos Stimme klang gepflegt. Er sprach reines Oxford-Englisch mit der Grazie des stolzen Spaniers. »Ich muss disponieren können.«

»Ich habe keinen Brief von Ihnen, Sir«, antwortete Paddy

ehrlich. Einmal die Wahrheit sagen zu können tat ihm ausgesprochen gut. »Was für einen Brief?«

»Meine Tochter war unterwegs, Ihnen einen Brief und einen Scheck zu bringen.«

»Ihre Tochter hat mir keines von beiden übergeben. Ich bin erstaunt, Sir.«

»Das ist vollkommen unmöglich!« Lagartos Stimme wurde unsicher. »Seit drei Wochen ist Evita unterwegs. Von Santa Magdalena aus wollte sie weiter nach Acapulco.«

»Da wird sie auch sein«, lachte Paddy fröhlich.

»Da ist sie nicht. Evita ist nie in Acapulco eingetroffen! Mr. Paddy, ich mache mir große Sorgen. Ich kenne meine Tochter, wie kaum ein Vater seine Tochter kennt. Sie ist gründlich, ehrlich und zuverlässig.«

Das stimmt, dachte Paddy und lehnte sich weit zurück. Sie hat diese Eigenschaften bis zur Selbstvernichtung demonstriert. Mein lieber Lagarto, Ihr Vaterherz wird ab jetzt mit einem unlösbaren Rätsel belastet sein. Eine schöne, tapfere Tochter fährt von El Paso weg nach Mexiko und kommt nirgendwo an. Das ist die eine Version. Die andere wäre riskanter, aber das ganze Leben in Santa Magdalena ist ja ein Risiko.

»Ich kann nur wiederholen, Mr. Lagarto«, sagte Paddy eindringlich »dass mir kein Brief übergeben wurde.«

»Und meine Tochter ist nicht bei Ihnen?«

»Nein – bei *mir* ist sie nicht.«

Miguel Lagarto schwieg. Die merkwürdige Betonung dieses letzten Satzes war ihm aufgefallen, und das sollte sie auch.

Haverston war aufgestanden, stand am Geländer der Veranda und starrte auf das offene Eingangstor der Hazienda. Dort hatten sich jetzt eine Menge Indios versammelt. In ihrer Mitte schwankte ein Eselkarren, mit Planen zugedeckt. Die Capatazos, die am Tor Wache hielten, brüllten ihnen zu, aber die Indios, als seien sie taubstumm, kümmerten sich nicht um die Rufe, sondern bildeten unmittelbar am Eingang einen Kreis um den Planwagen.

»Mr. Paddy«, sagte Lagarto betont langsam. »Ist Evita bei Ihnen in Santa Magdalena angekommen?«

»Bei *mir* nicht. Mehr kann ich Ihnen nicht sagen. Ich kann Ihnen also Ihre schöne Tochter nicht an den Apparat rufen. Mr. Lagarto, es soll Töchter geben, die trotz bester Erziehung und großer Vaterliebe vom geraden Weg hüpfen, wenn hormonale Ausschüttungen zu Fehlleistungen anregen. Es tut mir leid …«

»Ich danke Ihnen, Mr. Paddy«, sagte Miguel Lagarto steif. »Was in dem nicht überreichten Brief stand, werde ich zur gegebenen Zeit wiederholen.«

»Das hoffe ich. So long, Mr. Lagarto.«

Paddy legte auf Der Schuss saß. Er schielte zu Haverston, aber der beobachtete aufmerksam, was draußen vor dem Tor stattfand.

»Haben Sie das gehört, Rick?«, sagte Paddy. »Lagarto vermisst seine Tochter. Sie kommen in einen Handlungszwang, wenn Sie das alles auf Ihre Art in Ordnung bringen wollen.«

Haverston winkte ab. »Kommen Sie mal her«, sagte er. »Ihre Indios spielen verrückt. Sie bauen einen Wagen vor dem Tor auf! Haben Sie eine Erklärung dafür?«

Paddy trat auf die Terrasse. Die Indios hatten den Karren bis vor das Tor geschoben. Jetzt rissen sie die Plane weg, und die Capatazos, die bisher gebrüllt hatten, wurden plötzlich still. Auf den roh gehobelten Brettern des Karrenbodens lagen, übereinandergeschichtet, einige Leichen. Schweigend hoben die Indios sie herunter und legten sie in einem Halbkreis vor den Eingang, vier Frauen, zwei alte Männer, drei kleine Kinder … Die Füße zur Hazienda, die Köpfe nach Santa Magdalena.

Die Toten waren nackt, ihre ausgedörrten, wie mit Leder überzogenen Körper waren gelbgrau wie der Staub, in den sie abgelegt wurden.

»Die Tore zu!«, brüllte Paddy über den Platz. »Jagt sie davon! Nehmt die Peitschen! Weg mit den Toten!«

Die Capatazos schlossen zwar sofort das große Holztor, aber keiner stürmte hinaus, hieb in die um die Leichen stehenden Indios oder trug die vertrockneten Körper weg. Paddy wischte sich den blanken Schweiß vom Gesicht und lehnte sich an eine der Säulen, die das Vordach der Terrasse trugen.

»Die ersten Verdursteten. Täglich werden es mehr werden. Mein Plan war richtig!«, sagte er schwer atmend. »Noch vier, fünf Tage, und ich erreiche mit meinem Wasser mehr als Sie mit zehn Kanonen!«

Später standen sie auf einem der kleinen Wachttürme und blickten über die Palisade. Haverston hatte sein Präzisionsgewehr mitgenommen – im Gegensatz zu Paddy kümmerte er sich mehr um die Lebenden als um die Toten. Ein Toter war für ihn nicht mehr interessant.

Die Indios hatten sich hinter ihren Toten aufgestellt. Mann neben Mann, eine Mauer stummer Anklage. Aus dem Tal klapperte ein uralter Jeep, eine dichte Staubwolke flatterte immer näher.

»Das ist doch nicht möglich!«, sagte Paddy und hieb mit der Faust auf die Brüstung. »Der Kerl muss total wahnsinnig sein!«

»Wer?«, fragte Haverston.

»Das sehen Sie gleich.«

Der Jeep hielt. Aus der Staubwolke tauchte eine lange, dürre Gestalt auf, in einer weißen Soutane, über die ein breiter Patronengurt geschnallt war. Das Haupt war unbedeckt, grell reflektierte die Sonne in den gelb lackierten Haaren.

»Das darf doch nicht wahr sein!«, sagte nun auch Haverston. Er legte den Sicherungsflügel des Gewehres herum und hob es halbhoch vor die Brust.

»Der Heilige von Santa Magdalena!« Paddy schielte zu Haverston. »Nicht alle scheißen sich in die Hosen, wenn von Ihnen die Rede ist, Rick!«

Pater Felix folgten zwei Messdiener, kleine Indiojungen, die den Weihwassersprenger und den Weihrauchkessel trugen.

Ein dritter Indio trug das schmale, lange Totenkreuz vor sich her. Die silberne Christusfigur blitzte in der Sonne.

»Er begräbt sie vor meiner Haustür!«, schrie Paddy auf. »Sehen Sie sich das an!«

Pater Felix machte es kurz. Er sprach ein Gebet, segnete die verdorrten Toten und griff dann nach dem Weihwassersprenger. In diesem Augenblick riss Haverston das Gewehr hoch, zielte und drückte ab. Aber auch einem Spezialisten wie ihm konnte ein Fehler unterlaufen. Er hatte richtig gezielt, genau auf den gelb lackierten Kopf, aber in dem Bruchteil einer Sekünde, in dem er abdrückte, drehte sich Pater Felix zur Seite und hob die Hand. Der Schuss zerschmetterte den blitzenden Weihwassersprenger, Felix' Arm wurde nach hinten gerissen, er drehte sich um sich selbst wie ein Kreisel, aber dann stand er wieder und streckte die Hand aus nach dem Kreuz.

Haverston kam zu keinem zweiten Schuss. Sofort hatte sich eine lebende Mauer vor Pater Felix gebildet, er sah nur Indios, Ponchos, breite Hüte, und davor die sechs Toten, der Sonne, die sie getötet hatte, nun auch zum Begräbnis übergeben.

»Nun zeigen Sie mal, was Sie können, Sie Schwätzer!«, sagte Paddy heiser. »Wollen Sie vielleicht alle Indios wegradieren?«

Aus der Masse löste sich ein Mann, trat an das Tor und legte dort einen Brief nieder. Einer der Capatazos, die hinter den Palisaden durch eine Art Schießschlitz das Schauspiel beobachteten, schlüpfte heraus, nahm den Brief und brachte ihn zu Paddy in den Wachtturm.

Es waren nur ein paar Zeilen, aber sie genügten, um Paddy völlig aus der Fassung zu bringen.

»Nein!« schrie er. »Nein! Sie verdammter Pfaffe! Sie Teufel von einem Pfaffen! Nein!« Er beugte sich über die Brüstung des Holzturmes und legte die Hände trichterförmig vor den Mund. »Sie Saukerl von einem Pfaffen! Jetzt gibt es kein Pardon mehr!« Er wollte Haverston das Gewehr aus der Hand reißen, aber Rick wehrte sich und trat Paddy gegen das Schienbein. Stöhnend warf sich Paddy zurück an die Wand.

»Sind Sie übergeschnappt?«, sagte Haverston, nun auch erregt. »Was soll das?«

»Lesen Sie!« Paddy warf Haverston den Brief zu. »Morgen heiraten sie! Högli und Evita – das ist mir wurscht! Aber er traut auch Juan-Christo und meine Matri! Und er lädt mich zur Hochzeit ein! Dieser Hund! Dieser gemeine Hund! Rick, ich küsse Ihre Hand, wenn Sie diesen Höllenpfaffen umlegen!«

»Disponieren wir um«, sagte Haverston ruhig. Er zerriss den Brief und ließ die Schnipsel vom heißen Wind wegtreiben. »Morgen, Sonntag, um zehn Uhr vormittags ist die schöne Feier. Rufen Sie Ihre Leute zusammen. Keine Hochzeit ohne Feuerwerk. Sie sollen es haben! Ich habe noch nicht erlebt, dass man eine Gewehrgranate aus ihrer Richtung predigen kann.«

Er klemmte sein Gewehr unter die Achsel und kletterte vom Turm hinunter. Paddy blieb oben stehen. Er hielt aus, bis Pater Felix mit seinem Jeep und den Ministranten wieder in einer Staubwolke verschwunden war, bis sich auch die Indios mit dem Eselskarren auf den Weg nach Santa Magdalena machten.

Zurück blieben nur die sechs Leichen, dieser schreckliche Halbkreis vor dem Eingang und zwei alte Indios, die sich an die Palisade hockten und ihre stumme Totenwache hielten.

Matri, dachte Paddy und erstickte fast an seiner Qual. Haverston wird auch Matri rücksichtslos töten. Man muss das verhindern. Aber kann man das? Wenn er morgen mit seinen verdammten Gewehrgranaten schießt, hat keiner eine Chance mehr. Warum ist man bloß so feig und ängstlich? Ist ein Haverston unverwundbar? Seine Panzerweste – kann er sie über den Kopf ziehen?

Morgen früh um zehn Uhr. Ein Sonntag. Eine Doppelhochzeit in Blut.

Paddy wischte sich über das heiße Gesicht, und erst jetzt merkte er, wie stark seine Hände zitterten.

Am Abend, bei einem jener unbeschreiblichen Sonnenuntergänge, die das Drecknest Santa Magdalena mit seinen kahlen, sonnenverbrannten Felsen in eine farbentrunkene Zauberlandschaft verwandelten, als wolle der Himmel mit einer halben Stunde ergreifender Schönheit sich fur den glutheißen, staubigen Tag entschuldigen, erschien wieder Jorge Cuelva bei Dr. Högli.

Er brachte vier kräftige, gut genährte und voll getränkte Pferde mit, band sie draußen an einem verdorrten Baum fest und schob den breiten Sombrero in den Nacken. Dann zögerte er, steckte sich eine Zigarette an und blickte etwas hilflos zu dem flachen, lang gestreckten Krankenhausgebäude hinüber.

Im Hospital waren die Hochzeitsvorbereitungen in vollem Gange. Es war ein neues Rätsel, woher die armen, vom Durst schon apathisch gewordenen Indios, selbst fast schon verhungert, das Essbare heranschleppten, das sieben Frauen in der Krankenhausküche zu kochen und zu braten begannen. Dabei sangen sie, lachten und waren so fröhlich, als gäbe es keine Dürre und keine Toten, keine Hoffnungslosigkeit und kein Grauen vor den kommenden Tagen. Da wurden Tortillas gebacken und Hühner geschlachtet, ein kleines, aufgebrochenes Schwein hing an einem Haken im Schatten, und immer neue Indios kamen aus dem Dorf und brachten in Flechtkörben oder in zusammengeknoteten Tüchern weitere Lebensmittel.

»Es wird ein großes Fest werden, Doktor«, sagte Juan-Christo, als Dr. Högli sprachlos den Aufmarsch seiner Indios verfolgte. »Sie werden Mancha Manteles machen und Costillas de Puerco en Adobado, und zum Nachtisch gibt es einen großen Pudding, den Budín de Pan y Naranja. Und vorher, Padre, eine Sopa de Calabacitas! Welch ein Fest!«

In der Kirche – das hatte Högli erfahren – probte seit zwei Stunden der Kirchenchor. Sogar einen Sologesang sollte es geben. Der Capatazo Miguel Sanzos, mit einem schönen Tenor begabt, stand im Pfarrhaus und übte eine Arie ein. Pater Felix begleitete ihn auf einer Gitarre und ließ nicht locker, bis jeder falsche Ton aus dem Gesang heraus war. »Man soll sich nie freiwillig melden«, sagte nach zwei Stunden der schwitzende Sanzos erschöpft. Zur Belohnung erhielt er einen Becher Wasser, angesäuert mit ein paar Tropfen Wein.

»Dann noch einmal, Miguel!«, lachte Pater Felix und griff zur Gitarre. »Bei ›Des Himmels ewige Macht‹ fällt dir immer noch die Stimme weg!«

»Ist das ein Wunder, Padre?« Sanzos holte tief Luft. »Der Himmel vernichtet uns.«

»Du singst nicht für den Himmel, du singst für den Doktor!«, sagte Felix und schlug die ersten Takte an. »Los, noch einmal! Wenn es morgen früh nicht klappt, trete ich dich vor dem Altar in den Hintern! Also – Des Himmels ewige Macht …«

Vier Indiofrauen kümmerten sich um Evita Lagarto. Sie hatten Dr. Högli von ihr getrennt und ihm verboten, in ihr Zimmer zu kommen. Ein stämmiger Indio hielt vor der Tür Wache.

Es war ihr Fest, das vielleicht letzte Glück von Santa Magdalena, und so sollte es ablaufen nach altem indianischem Brauch, feierlich und mit dem ganzen Zeremoniell einer längst schon versunkenen Zeit. Dazu gehörte, dass der Bräutigam seine Braut erst in der Stunde ihrer Hochzeit wiedersieht, eingekleidet und geschmückt mit dem Kostbarsten, was man Zusammentragen konnte.

In Santa Magdalena hieß das: Aus einer Gardine von Dr. Höglis Schlafzimmer nähten die Indiofrauen einen Schleier. Aus einem handgewebten, buntgestreiften, groben Stoff fertigten sie das Hochzeitskleid an. Ein Capatazo aus Tenabos Mannschaft brachte einen riesigen geschnitzten Holzkamm, mit Perlmutt und Goldplättchen beklebt, den sich Evita in das hochfrisierte Haar stecken sollte und über den dann der Schleier gelegt wurde.

In der Hospitalküche dirigierte der indianische Koch die Frauen, zerlegte das geschlachtete Schwein und betätigte sich als Vorsänger bei dem unentwegten rhythmischen Singen. Unberührt von diesem Trubel im Haus, standen die im weiten Kreis verteilten Posten und bewachten das Hospital.

Ein paar Mal hatte Dr. Högli versucht, zu Evita zu gelangen, aber spätestens an der Tür zu ihrem Zimmer scheiterten seine Bemühungen. So saß er in seinem Arbeitszimmer herum, neue Kranke meldeten sich merkwürdigerweise nicht, die Stationären lachten ihn an, manche nur mühsam, aber sie lachten und beteuerten, ihnen gehe es heute ausgezeichnet.

Sogar Pierre Porelle verzichtete auf seine Proteste und sagte nur:

»Doktor, Sie haben Mut! Jetzt zu heiraten! Wo alles zum Teufel geht.«

»Sie sagen es, Porelle.« Dr. Högli hob die Schulter. »Es ist nicht meine Idee. Aber ich habe Evita nicht überreden können, Santa Magdalena zu verlassen. Sie will mit mir als meine Frau sterben.«

»Eine einmalige, unwahrscheinliche Frau, Doktor!«

»Ein Wahnsinn ist das, Porelle! Warum soll sie sterben, wenn sie weiterleben kann? Hier wird Liebe absurd! Ein paar Tage Glück – und dann das fürchterliche Ende! Es ist unbegreiflich! Und ich zerfleische mich innerlich dabei. Ich fühle mich verantwortlich für diesen Irrsinn!«

»Sie mögen ein guter Arzt sein, Dr. Högli«, sagte Porelle und rutschte etwas höher im Bett. Er lehnte sich an die Rückwand und nippte an dem Becher mit Wasser. Anders als die Indios, die ihr Quantum auf einmal tranken, verteilte er seinen halben Liter über mehrere Stunden. »Aber von Frauen verstehen Sie nichts, was?«

»Natürlich kenne ich Frauen.«

»Medizinisch gesehen, das glaube ich Ihnen. Frauen haben einen zarteren Skelettbau, dafür größere Fettpolster, sie sind …«

»Reden Sie keinen Blödsinn, Porelle!«, sagte Dr. Högli ungehalten. »Ich weiß, was Sie mir vorhalten wollen. Die große liebende Seele einer Frau. Aber hier wird das alles zu einem Verbrechen! Zu einer Paralysierung der Vernunft!«

»Vernunft! Das ist es! Wie können Sie eine Frau verstehen, wenn Sie an ihre Liebe mit der Logik herangehen? Evita – ich bewundere sie. Als Franzose könnte ich vor ihr hinknien. Sie lebt nur noch für Sie! Leben Sie nicht mehr, ist auch ihr Leben vorbei. Das ist die Logik einer Liebe, die Sie anscheinend nie begreifen werden.«

»Ich wehre mich dagegen, Porelle. Wenn das alles einen Sinn hätte …«

»Es muss ja wohl einen Sinn haben, sonst wären Sie ja selbst nicht so wild darauf, von Haverston umgelegt zu werden. Sie könnten in Sicherheit sein, *mit* Evita – und bleiben trotzdem in Santa Magdalena! Aus Sturheit? Nein! Sie haben das geradezu dämliche Ziel, Jack Paddy zur Aufgabe seiner Peyotl-Pflanzung zu zwingen. Das ist an sich schon ein idiotisches Vorhaben, denn Paddy kann schon lange nicht mehr frei über sich verfügen. Man hat ihn in dem Glauben gelassen, er sei der große, unabhängige Haciendero, der heimlich Meskalin anbaut und ebenso heimlich über die Grenze nach den Staaten schmuggelt. Irrtum, Doktor! Paddy ist schon lange mit Haut und Haaren nur ein Zulieferer der ›Organisation‹. Solange alles reibungslos klappte, ließ man ihm den Wahn der Freiheit. In dem Augenblick aber, wo alles stockte – und durch Sie und Pater Felix kam Sand ins Getriebe! –, griff der wirkliche Boss ein. Jetzt weiß Paddy, was er ist! Und Sie sollten endlich auch begreifen, dass das, was Sie hier vorführen, das billige Theater eines völlig sinnlosen Selbstmordes ist. Doktor, Sie erreichen doch gar nichts! Die Farm wird weiterlaufen. Leidtragende sind die Indios, die verhungern und verdursten. Ihr schönes Hospital geht vor die Hunde, aus der Kirche wird man einen Speicher machen, ein Lagerhaus, was weiß ich … Und Ihr heroischer Tod wird so unbeachtet bleiben wie der Tod des Schweines, das man vorhin draußen vor dem Fenster abgestochen hat.«

»Und weil es so ist, betrachte ich es als Wahnsinn, dass Evita hierbleibt!«

»Sagen Sie es ihr!« Porelle schüttelte den Kopf. »Der Verrückte sind Sie, Doktor! Heldentum für eine Illusion! Nehmen wir an, es wäre Ihnen wirklich gelungen, Paddys Peyotl-Farm kleinzukriegen. Wovon sollen dann die Indios leben? Sollen sie Sand fressen und Steine auskochen? Brot aus Staub backen? Ihre Pesos wachsen auf den Kakteenfeldern. Dass sie jetzt mit Ihnen leiden und verdursten, ist eine andere Art von Wahnsinn: die heilige Treue zu Gott und Medizin. Noch ist das stärker als der Durst. *Noch!«* Porelle beugte sich etwas vor. Sein nackter Oberkörper mit den Kakteenstichen, deren Entzündungen abzuklingen begannen, sah noch immer aus, als habe man ihn von einem Nadelbrett genommen. »Wir schweifen ab, Doktor. Ihnen ist es also – theoretisch – gelungen, Paddy zur Aufgabe zu zwingen. Ein großer Sieg! Gloria hurra! Die Glocken läuten, Girlanden schaukeln im Wind, Santa Magdalena hat seine Helden. Glauben Sie, dadurch würden die USA um einen einzigen Rauschgiftsüchtigen ärmer? Es gibt eine Masse unbekannter Paddys, die für Nachschub sorgen. Sie haben also nur *eine* Fliege gefangen – an die Wolke der anderen kommen Sie nicht heran. Zum Teufel, Doktor! Lohnt sich das?«

»Ja!«

Porelle rutschte wieder in die Kissen zurück und verzog sein Gesicht. »Dann habe ich nichts mehr zu sagen. Es ist leichter, gegen den Wind zu pinkeln, als Ihnen ein unlösbares Problem auszureden. Doktor, Sie sind doch nur ein ganz kleiner, erbärmlicher Wicht. Ihnen steht die ›Organisation‹ gegenüber, ein Milliarden-Konzern! Männer, die Politiker,

Senatoren, Minister machen, die den Sozialstandard der USA mitbestimmen und die Börse manipulieren können! Doktor! Männer mit weißen Kragen, die eine Weltwährung durcheinanderbringen können! Wissen Sie, was Sie für die Gentlemen sind? Eine Maus! Alles, was Sie gegen Paddy tun, ist völlig sinnlos! Ebenso gut könnten Sie den Wind impfen.«

Porelles Worte lagen Doktor Högli schwer auf dem Herzen. Er wehrte sich dagegen, ihm recht zu geben, aber es blieb ihm nichts anderes übrig, als Porelle widerwillig zuzustimmen. Der Kampf gegen Paddy war aussichtslos, der Vergleich mit der Fliege war zutreffend. Dr. Högli ging ins Nebenzimmer und blieb am Fußende von Antonio Tenabos Bett stehen. Er sah den dümmlich grinsenden Riesen eine Weile stumm an.

Die Cholera hatte man besiegt, Tenabo würde weiterleben. Aber es konnte noch Wochen dauern, bis sein geschwächter Körper sich erholt hatte. »Ich gratuliere, Doktor«, sagte Tenabo, dem das stumme Anstarren unheimlich wurde. »Was kann ich Ihnen zur Hochzeit schenken?«

»Dass Sie Señorita Lagartos Angebot nicht annehmen, für zehntausend Dollar Paddy umzubringen.«

»Bieten Sie mir mehr, Doktor, wenn ich es nicht tue?«

»Keinen Cent, Antonio! Mein Gott, ist bei euch der Mensch denn gar nichts mehr wert?«

»Ein Mensch?« Tenabo lächelte breit, sein großflächiges Gesicht schien zu zerfließen. »Es gibt doch genug davon, Doktor. Und immer werden neue geboren. Kommt es da auf einen an? Zehntausend Dollar für einen Menschen – das kann man doch nicht liegen lassen, Doktor.«

»Und du hast keine Hemmungen, zu töten? Kein Gewissen? Du empfindest nichts dabei?«

»Nein.«

Dr. Högli drehte sich schroff um und verließ das Zimmer. Vor der Tür blieb er stehen und lehnte sich müde gegen die gekalkte Wand. Von der Hospitalküche wehte der Geruch von gebratenem Fleisch herüber, vermischt mit dem herrlichen Backduft von Tortillas.

Man könnte an diesem Leben irre werden, dachte er und suchte mit bebenden Fingern in seinen Taschen nach einer Zigarette. Am Leben und an meinem Beruf. Da rettet man einen Menschen vom Tode, man pflegt ihn, päppelt ihn hoch, verwendet alle Sorgfalt auf ihn, beobachtet jeden Schnaufer, jeden Herzschlag, jede Pulsveränderung, kämpft bis zur Erschöpfung um dieses Leben … Und was rettet man? Einen Mörder! Man weiß es, er sagt es einem ins Gesicht, mit einem kindlichen Lächeln, sichtbar zufrieden, darüber sprechen zu können … Liegt da und sagt: »Ich empfinde nichts, wenn ich einen Menschen umbringe. Gar nichts. Es gibt ja genug davon!« …

Und man bemüht sich weiter um dieses Ungeheuer, pumpt ihn voll Medikamente, wacht an seinem Bett, macht ihn wieder groß und stark mit allen Künsten der Medizin – damit er morden kann! Was soll man da seinem eigenen Gewissen sagen?

Aus der Küche tönte der Gesang der Frauen, vor dem Hospital hatten einige Indios mit dem Aufbau eines Festwagens begonnen. Ihr Hämmern und Sägen und ihre laute Geschwätzigkeit prallten, wie zum Orkan verstärkt, gegen seine überreizten Nerven.

Es war für Jorge Cuelva der ungünstigste Augenblick, gerade jetzt ins Haus zu kommen. Er traf Dr. Högli auf dem Flur vor einem Krankenzimmer.

»Cuelva –«, sagte Högli unsicher. »Was wollen Sie wieder hier?«

»Draußen stehen die Pferde, Doktor …«

»Sie wissen doch …«

»Der Padre hat es angeordnet.«

»Der Pater? Was will er eigentlich? Will er uns trauen – oder aus dem Dorf expedieren?«

»Noch ist beides möglich, Doktor.« Cuelva drehte den

Hut vor der Brust. »Der Padre ist bereit, Sie und die Señorita sofort zu trauen. Und wenn es dunkel genug ist, könnten wir …«

»Und Pater Felix bleibt hier? Keinen Meter geht er weg!«

»Nein, keinen Meter.«

»Raus!« Dr. Högli zeigte auf die offen stehende Tür. »Cuelva, machen Sie, dass Sie rauskommen! Das Einzige, was ich von Ihnen annehme, sind Ihre Pferde. Um sie zu schlachten und das Blut zu verteilen. Flüssigkeit, Jorge Cuelva! Wie viel Pferde sind es? Lassen Sie sehen …«

Cuelvas Augen weiteten sich. Die Pferde abstechen? Seine schönen, dick gesoffenen, kräftigen Pferde. Der Doktor bekam das fertig, und wenn er ihn daran hindern würde, schlugen ihn die Indios tot.

Er warf sich herum, schleuderte den Sombrero auf seinen Kopf, rannte aus dem Hospital, jagte zu seinen Pferden, band sie los, sprang in den Sattel und galoppierte in einer großen Staubwolke davon. Es war ein schönes Bild. Vier Pferde rasten hinein in das Goldrot der untergehenden Sonne.

Langsam ging Dr. Högli zurück, durch den langen Gang, an dem der Krankensaal, der OP, das Labor, die Apotheke, das Schwesternzimmer und die Wäscherei lagen, hinüber zu seinem Wohntrakt. Dort grinste ihn vor Evitas Tür der stämmige Indio an, der den Zugang zu der Braut verwehrte.

»Lass mich rein, du Affe!«, sagte Dr. Högli grob.

»Erst morgen nach der Kirche, Doktor«, antwortete der Indio höflich.

»Vielleicht gibt es keine Kirche. Ich muss etwas besprechen.«

»Die Weiber würden mir die Haare ausreißen, wenn ich Sie durchließe, Doktor.«

»Aber ich muss sie sprechen!«

»Das ist nicht verboten.« Der Indio zeigte auf die dünne Holztür. »Sie dürfen sie nur nicht sehen, Doktor.«

Dr. Högli trat an die Tür. Er klopfte, legte das Ohr gegen

das Holz und atmete tief auf, als er Evitas Stimme so nah hörte, als spreche sie ihm leise ins Ohr.

»Du bist ein ungeduldiger Mensch, Riccardo«, sagte sie und lachte. »Man hört dich schon von Weitem brüllen. Was willst du denn?«

»Cuelva war gerade wieder da. Mit vier Pferden! Die letzte Möglichkeit, Evita.« Er presste die Stirn gegen die Tür. Eine plötzliche Schwäche überkam ihn, Porelles Wahrheiten dröhnten in ihm wider. Er klammerte sich an dem Türstock fest, es war ihm gleichgültig, dass ihn der Indio erstaunt anstarrte und nicht wusste, ob er ihn stützen sollte. »Hörst du, Evita … die letzte Möglichkeit.«

»Schade, dass du nicht hereinkommen kannst«, antwortete sie. Ihre Stimme klang so normal wie immer – ganz gewiss nicht wie die eines Menschen, der sein Todesurteil bestätigt. »Wenn du den Schleier sehen könntest, Riccardo, du würdest …«

»Evita!«, schrie er und hieb mit beiden Fäusten gegen die Tür. Alle aufgestaute Qual, alle Liebe, alle Selbstvorwürfe lagen in diesem Aufschrei und in dem Hämmern seiner Fäuste. »Du darfst nicht hierbleiben!«

»Und so ein Kleid habe ich noch nie getragen, Riccardo! Nein, ich verrate nichts. Lass dich morgen früh überraschen! Du glaubst gar nicht, was man aus Gardinen, Watte, Verbandsmull, alten Fetzen und Stoffabfällen alles machen kann. Dior und Saint-Laurent würden erblassen, wenn sie das sähen!«

»In zwei Tagen werden zwölf Frauen und Kinder verdursten. In vier Tagen werden es neunundzwanzig sein! Wir sind jetzt so weit, das Sterben genau vorausberechnen zu können. Evita, ich flehe dich an …«

»Sie haben mir Schuhe geflochten, Riccardo. Schuhe aus bunten Lederstreifen und Bast. Man schwebt in ihnen!«

Dr. Högli schloss die Augen. Übelkeit überflutete ihn. Das ist Angst, dachte er. Das ist ganz gemeine Angst. Ich habe das nie gekannt, ich habe mir das nie vorstellen können … Aber jetzt weiß ich, wie einem Hund zumute sein muss, wenn er wehrlos im Dreck liegt und totgeschlagen wird. Er warf sich herum und prallte gegen den großen Indio, der dicht hinter ihm stand, um ihn aufzufangen, falls er umsinken sollte.

»Schlag die Tür ein!«, sagte er rau. »Warum hilfst du mir nicht? Ich habe euch über ein Jahr geholfen, immer war ich für euch da, Tag und Nacht. Ich habe euch operiert, die Kinder geholt, Seuchen verhindert, die Schwindsucht aus euch hinausgetrieben, eure Schmerzen gelindert, mit den Sterbenden gesprochen. Ich habe alles für euch getan! Nun tut einmal, einmal nur, etwas für mich! Schlag die Tür ein, und hilf mir, Evita aus dem Tal zu bringen!«

Sie sahen sich starr an, der Doktor und der Indio, der »Herr über den Schmerz«, wie sie ihn nannten, und der hungernde, in der monatelangen Sonnenglut langsam verdorrende und doch an das Wunder von morgen glaubende Bauer von Santa Magdalena.

Und sie begriffen, jeder auf seine Art, die Ausweglosigkeit dieser Stunde.

»Es hat keinen Zweck, Doktor«, sagte der Indio ruhig. »Wir freuen uns alle auf dieses Fest.«

»Und übermorgen tauscht ihr uns gegen Wasser ein. *Müsst* uns eintauschen, wenn ihr nicht alle verrecken wollt! Lasst doch Evita leben! Lasst wenigstens sie leben!«

»Sie will bei dir bleiben, Doktor.« Der Indio fasste Dr. Högli unter die Achseln und trug ihn fast von der Tür weg. »Eine gute Frau bleibt bei ihrem Mann. Sie ist die beste Frau, Doktor …«

Dr. Högli saß vor seinem Hospital und starrte in die Nacht. Die großen Feuer loderten rund um das Krankenhaus, die Wachtrupps hockten um die Flammen, einige waren unterwegs auf Streife. Falls Rick Haverston vorhatte, die Hochzeit auf seine Weise zu verhindern, sollte ihm das unmöglich gemacht werden. An Dr. Högli kam er nicht näher als auf zweihundert Meter heran.

Hinter sich, aus einem angelehnten Fenster, hörte er Stimmen. Er achtete erst nicht darauf, aber dann unterschied er eine männliche und eine weibliche Stimme, die zärtlich miteinander sprachen. Nach einer Weile ging das Gemurmel in Seufzen und Gestammel über, in spitze, unterdrückte Aufschreie und hastiges Keuchen.

Dr. Högli erhob sich abrupt und ging vom Fenster weg. Er wanderte in der Nähe des Brunnens unruhig durch die Nacht, von den Indios, die Santa Magdalenas einzige Wasserstelle bewachten, schweigend beobachtet.

Nach einer Stunde kam Juan-Christo aus dem Haus, um sich in der kühlen Nachtluft zu erfrischen. Er stutzte, als er seinen »Chef« sah, und kämmte sich schnell mit gespreizten Fingern die schweißnassen, durchwühlten Haare.

»Mach nächstens das Fenster zu, oder stopf Matri etwas in den Mund!«, knurrte ihn Dr. Högli an. »Oder legt euch gleich vors Haus und macht es allen vor!« Er vergrub die Hände in die Hosentaschen und blickte hinüber zu Evitas Fenster. Dort war noch schwaches Licht. Sie brannte eine Kerze, um Strom zu sparen. Das Aggregat wurde in der Nacht ausgeschaltet, so gewann man vielleicht noch einmal drei Tage.

Drei Tage mehr … Das hieß also: noch zwölf Tage.

Wie anders würde Santa Magdalena in zwölf Tagen aussehen.

»Für dich gilt der Brauch wohl nicht, dass man seine Braut vor der Hochzeit nicht mehr sehen darf?«, fragte Dr. Högli giftig. »Wieso kannst du in Matris Zimmer?«

»Ich liebe sie über alles, Chef.«

»Red keinen Blödsinn, Juan-Christo. Hat Matri keine Wache?«

»Das schon.« Der Krankenpfleger grinste verlegen. »Aber José ist mein Freund, Doktor.«

»Und der Kerl, der vor der Tür der Señorita steht? Ist das auch dein Freund?«

»Alle sind meine Freunde. Wenn ich nicht ihr Freund bin, und sie müssen mal eine Injektion bekommen …«

»Ich verstehe.« Dr. Högli blickte wieder auf den schwachen Lichtschein hinter Evitas Fenster. »Kann man dem Kerl vor meiner Tür nicht sagen, dass er in Kürze vielleicht eine Spritze bekomme könnte?«

»Man kann es versuchen, Chef.« Juan-Christo lächelte breit. »Soll ich?«

»Nur als Test, Juan, du Saukerl!«

»Selbstverständlich nur als Test, Doktor.« Juan-Christo drehte sich herum und lief ins Hospital zurück. Kurz darauf winkte er aus einem dunklen Fenster zu Dr. Högli hinüber. Der zögerte, aber dann zog er den Kopf zwischen die Schultern und ging mit schnellen Schritten durch den Eingang der Ambulanz ins Haus.

Ein paar Minuten später erlosch der milde Kerzenschein in Evitas Zimmer.

Auch Profis wie Rick Haverston können sich irren.

Für ihn, den eiskalten Liquidator, der einen Menschen nur danach abschätzte, auf welche Art er am rationellsten zu töten war, hatte sich Jack Paddy als ein harmloser, dicker, ewig polternder, großmäuliger, aber im Grunde feiger Bursche klassifiziert. Für die ›Organisation‹ war er völlig uninteressant geworden. Wichtig allein waren seine Peyotl-Kulturen und die Hanffelder. Haverston hatte sie, gut geschützt in dem schweren Geländewagen und angetan mit seiner Panzerweste, besichtigt. Mit ihm ritten zehn Capatazos, zwar unlustig und Rick gegenüber mit deutlicher Feindseligkeit, aber es blieb ihnen nichts anderes übrig, denn der Patron hatte es befohlen.

Ein kleines Problem stellte dabei die Ausfahrt aus der Hazienda dar. Die toten Indios lagen noch immer vor dem Tor in einem Halbkreis, die Sonne trocknete sie völlig aus, wie an Land gespülte Quallen, sie mumifizierten, mit Staub eingepudert, trotzdem wehte der süßliche Leichengeruch widerlich über die Palisaden. Ein paar Mal hatte Paddy getobt und seine Capatazos angebrüllt, hatte ihnen gedroht oder auch Geld geboten – sie waren bisher zu allem bereit gewesen, aber die Toten wegzutragen, das konnte ihnen der Patron nicht befehlen. Hinzu kam, dass immer ein paar Indios um die Toten herumlungerten. An der Mauer saßen sie, die Ponchos über sich gezogen, unbeweglich, stundenlang, wie große bunte Kakteen, aber die schwarzen Augen beobachteten alles, was in der Hazienda geschah.

Paddy ließ wieder seine Springbrunnen rauschen, badete laut prustend im Pool, bot jetzt zwei Kannen Wasser für das hübscheste Mädchen von Santa Magdalena … Die Indios nahmen es wortlos hin und hockten wie versteinert bei ihren Toten.

Rick Haverston blickte gleichgültig auf die Straße, als sich die Flügel des großen Tores öffneten. Der Fahrer, ein Mexikaner, ließ den Geländewagen bis fast zum Ausgang rollen, dann bremste er. Vor ihnen lagen die Leichen.

»Was ist denn?«, fragte Haverston. »Stottert der Motor? Ich höre nichts.«

»Die Toten, Señor …«, stammelte der Capatazo. »Wir kommen nicht raus.«

»Wieso denn nicht?« Haverston beugte sich vor zur Frontscheibe. Die herumhockenden Indios hatten ein wenig die Köpfe gehoben. »Vor uns liegt die Straße. Los!«

»Ich kann doch nicht …« Der Mexikaner lehnte sich zurück. »Señor, es ist mir unmöglich …«

»Rutschen Sie zur Seite, Sie Idiot!« sagte Haverston grob. Er wechselte mit dem Mexikaner den Platz und setzte sich hinter das Steuer. Dann legte er seine automatische Pistole neben sich und kurbelte das Seitenfenster herunter.

»Wenn ich etwas erklären dürfte, Señor …«, sagte der Mexikaner mit plötzlich heiserer Stimme.

»Nein!« Haverston löste die Handbremse. »In diesem Land wird viel zu viel erklärt, gesprochen und gedacht! Sie fahren doch auch über Steine, die im Weg liegen!«

»Aber das sind keine Steine, Señor. Das sind …« Der Mexikaner schluckte.

»Es sind Kuhfladen, Junge!« Haverston ließ den Motor aufheulen. Die Köpfe der Indios zuckten hoch, als bräche neben ihnen die Erde auf. Rick packte den Capatazo am Nacken und drückte den Kopf nach vorn. Sein Griff war so eisern, dass sich der Mexikaner krümmte und das Gesicht schmerzhaft verzog. »Sieh sie dir an! Sehen sie aus wie Kuhfladen oder nicht?«

Der Capatazo rollte mit den Augen. Vor ihm lagen die verstaubten, ausgetrockneten Toten. Vier Frauen, zwei Greise und drei kleine Kinder. Nackt, mit Leder überzogene Gerippe, besetzt mit dicken Haufen summender schwarzer, fetter Fliegen, deren Flügel in der Sonne grünlich schimmerten.

»Na?«, sagte Haverston kalt und drückte den Kopf weiter nach vorn.

»Sie sehen so aus …«, stotterte der Capatazo. »Wirklich, Señor, sie sehen so aus.«

»Lässt man sich von Kuhfladen hindern, du Schwachkopf?«, sagte Haverston und ließ los. Er gab Gas, der schwere Wagen rollte an und fuhr langsam aus dem Tor. Und langsam über die Toten …

Dann waren sie durch, und Haverston gab Gas. »Na also«, sagte er zufrieden. »War das so schwer? So ein Wagen ist geländegängig.«

Der Mexikaner hatte die Hände vor den Mund geschlagen. Er erbrach sich in seine Handflächen, beugte sich aus dem Fenster …

Hinter ihnen sammelten die Indios stumm die Überreste ihrer Toten auf, legten sie wieder in einen Halbkreis vor das Tor. Die Capatazos schlossen schnell den Eingang, aber bevor sie die schweren Eisenriegel vorschoben, steckte einer von ihnen noch den Kopf durch eine Spalte.

»Es war der Americano«, sagte er rau. »Ihr habt es ja gesehen. Nie hätte einer von uns das getan. Glaubt es uns!«

Die Indios nickten schweigend und hockten sich wieder an die Palisadenwand.

Jorge Cuelva, der nach Tenabos Choleraanfall die Leitung der Capatazos übernommen hatte, meldete sich bei Jack Paddy. Paddy saß in seinem Arbeitszimmer, stierte gegen die Wand, rauchte und soff unverdünnten Whisky. Wenn man das bei 43 Grad im Schatten tut, muss man schon eine Bärennatur haben, um nicht umzufallen. Paddy fiel nicht um. Er schwemmte damit nur seine untergründige Wut auf.

»Patron, ich muss mit Ihnen reden, im Namen aller Capatazos«, sagte Cuelva ziemlich selbstbewusst. Vor ein paar Wochen hätte noch niemand gewagt, so mit Paddy zu reden. In diesem Monat hatte sich in Santa Magdalena die Welt verändert, nicht nur durch den Großen Durst.

Paddy nickte mehrmals. »Ich bin ganz eurer Meinung, Jorge. Dieser Haverston ist ein Satan!«, sagte er mit schwerer Zunge. »Ihr braucht mir das nicht erst zu erklären.«

»Er hat die Toten in die Erde gewalzt, Patron.«

»Habt ihr etwas anderes erwartet?«

»Die Indios werden das nicht einfach hinnehmen.« Cuelva blickte auf Paddys dicken Kopf. Er ist ein alter Mann, dachte er plötzlich. Es ist uns noch nie bewusst geworden, aber jetzt wird es deutlich. Er kann brüllen wie ein Stier, aber er ist ein Stier ohne Hörner. Auch ihn hat die Sonne zerbrochen, trotz seines Überflusses an Wasser. Wir sollten jetzt alle hinter ihm stehen. Die Gefahr kommt nicht mehr von Pater Felix und Dr. Högli, sie rollt im Geländewagen zu den Peyotlfeldern! Trotz aller Gegensätze war Santa Magdalena bisher ein friedliches Tal gewesen. Gewiss, man hat die Indios nie mit Handschuhen angefasst, man hat sie schuften lassen bis zum Umfallen, hat sie ab und zu mit ein paar Peitschenschlägen ermuntert, aber wenn sie dann ihren Lohn erhielten, diese paar Pesos, und vielleicht noch eine Prämie, wenn sie wöchentlich ihre Mescal buttons zugeteilt bekamen und dann von Samstag bis Montagmorgen in der lichten, phantastischen Welt ihres Rausches lebten und kindlich glücklich waren, dann war die Welt auch hier in diesem heißen, abgeschnittenen Tal in Ordnung, dann hörte man die Indios im Dorf singen, dann tanzten sie ihre uralten Ritentänze, lagen bei ihren Frauen und machten neue Kinder. Was wollte man mehr vom Leben? Was außerhalb von Santa Magdalena geschah – wen kümmerte es?

Aber jetzt war alles anders geworden. Der Americano war gekommen und hatte sich gleich mit dem Mord an Polizeichef Femola eingeführt. Die kleine, arme Welt von Santa Magdalena war durcheinandergeraten.

»Wir haben überlegt, Patron«, sagte Cuelva, »ob wir nicht – ohne Ihr Wissen natürlich! – diesen Americano übernehmen sollen. Er ist allein, wir sind vierundzwanzig!«

»Und er wird zwanzig von euch erschießen, ehe ihr ihn überwältigen könnt. Er trägt eine Panzerweste, hat die besten Waffen, kann anscheinend auch nach hinten sehen, riecht die Gefahr meilenweit im Voraus, hat ein Gehör wie ein Luchs. Jorge, überlegt es euch! Mindestens die Hälfte von euch geht dabei drauf.«

»Wir werden ihn überlisten, Patron.«

»Rick Haverston? Nie!« Paddy lachte. Der Whisky in seinem Hirn schlug in der Hitze Blasen. Er streckte die Beine von sich und empfand eine ohnmächtige Wut. Seit Haverstons Eröffnung, dass die »Organisation« ihn zum Zulieferer degradiert hatte und mit der Selbstverständlichkeit der Mächtigen einen Besitzanspruch geltend machte, war er fast geneigt, sich mit Dr. Högli und Pater Felix zu arrangieren. Die Aufgabe des Peyotl- und Hanfanbaues würde eine völlige Umstellung der Farm bedeuten und riesige Verluste verursachen. Bis auf den Feldern andere Produkte herangezogen werden konnten, würden die Indios noch mehr verarmen –

und vor allem: die »Organisation« würde diesen Ausfall nicht gleichgültig hinnehmen.

Gewiss gab es genug schöne Stellen auf dieser Welt, wo Paddy sein Dollarvermögen in aller Ruhe verleben konnte. In der Südsee, an der französischen Riviera, am Strand von Copacabana oder ganz in der Nähe, in Acapulco … Mit seinen 51 Jahren wäre er ein reicher Rentner.

Das war es, was Paddy am meisten störte: In einem Alter, in dem andere noch Konzerne zusammenkaufen, sich vom täglichen Leben zurückzuziehen, das war wider seine Natur. Aber was sollte man tun? Das Leben in Santa Magdalena begann, ihn zu zerbrechen. Plötzlich hatte er eine wilde Wut auf alles. Auf Dr. Högli, Pater Felix, Haverston, die Capatazos, die Indios, Himmel und Erde, Tag und Nacht.

»Mir wird etwas einfallen!«, sagte er zu Cuelva, der mit den Stiefeln über den schönen Kachelboden scharrte. »Oder soll das eine Revolution meiner Leute sein, wie?«

Cuelva schüttelte den Kopf. »Patron, die Lage ist ernst«, sagte er vorsichtig.

»Das weiß ich selbst!«, schrie Paddy. »Fang mir bloß nicht noch an zu denken! Raus! Es wird sich vieles ändern!« Aber als Cuelva schon fast aus dem Zimmer war, rief er ihn wieder zurück. »Morgen, die dämliche Hochzeit, Jorge! Sag den Jungs, sie sollen sich bereithalten!«

»Sie putzen schon die Pferde, das Zaumzeug und ihre Sonntagskleider.«

Paddy starrte Cuelva an, als habe dieser ihn angespuckt. »*Was* tun sie?«, fragte er langsam. Sein dicker Kopf pendelte, die Augen glotzten verständnislos.

»Es ist doch eine große Feier, Patron.«

»Aber nicht für euch!«, brüllte Paddy wutentbrannt. »Ihr habt Dienst!«

»Es ist Sonntag, Patron.«

»Haverston will die Kirche mit Gewehrgranaten beschießen! Kennst du Gewehrgranaten?«

»Nein, Patron.«

»Ihr habt die Aufgabe, Matri aus der Kirche zu holen, bevor der Mist beginnt. Ihr stürmt das Pfaffenhaus und holt sie heraus!«

»Das wird unmöglich sein, Patron«, sagte Cuelva mutig. Paddy stand schwankend vor seinem Sessel und stützte sich auf die hohe Lehne.

»In Santa Magdalena ist nichts unmöglich! Ihr holt sie raus!« Sein trunkener Starrsinn war schon mitleiderregend.

»Es gibt keinen bei uns, der die Kirche stürmt, Patron.« Cuelva ging rückwärts zur Tür. »Es ist einfacher, den Americano zu überwältigen.«

»Vollidiot! Raus!« Paddy sank in den Sessel zurück. »Ihr wisst ja alle nicht, wie sich eure Welt verändert hat!«

An diesem Abend geschah es, dass Haverston einen Fehler machte. Er kam von den Peyotlfeldern zurück. Paddy hing in seinem Sessel, die fast leere Whiskyflasche vor sich, und stierte Haverston wie verblödet an. Rick war bester Laune und winkte Paddy fröhlich zu, während er sich an der Bar bediente, aus dem Kühlfach Ginger Ale nahm, die Flasche entkorkte und an die staubigen Lippen setzte.

»Ihre Felder sind Klasse!«, sagte Haverston und kam näher, die Flasche in der rechten Hand. Die automatische Pistole klemmte in seinem Hosenbund. Paddy streifte sie mit einem Blick. Die rechte Hand ist besetzt, dachte er. Er müsste erst die Flasche fallen lassen. Aber ein Kerl wie Haverston, ein Berufskiller, kann mit der linken Hand genauso gut schießen. Überhaupt, was denke ich da? Du bist besoffen, Jack. Du hast dir einen angesoffen wie selten in deinen fünfzig Jahren. Werde jetzt bloß nicht mutig. Denk an die Riviera, an Acapulco, an die Südsee, an die vielen Weiber, die du noch vernaschen willst. Denk an deine Dollars …

»Ich bin tief gerührt, dass meine Felder Ihnen gefallen, Rick!«, antwortete er giftig.

»Sie haben ja schön einen sitzen.« Haverston klopfte Paddy

auf den Rücken. »Ich habe mich entschlossen, wenn wir die fröhliche Hochzeit hinter uns haben, am Montag mit dem Abernten der Peyotls zu beginnen.«

»Das freut mich aber.« Paddy schielte wieder auf die Pistole im Hosenbund von Haverston. »Haben Sie schon mit den Indios gesprochen? Das müssen die nämlich machen.«

»Sie werden morgen nach dem Kirchgang eine klare Meinung von mir haben!«

»Das glaube ich Ihnen, Rick! Ich wünsche Ihnen viel Glück.«

»Ihre Leute sind unterrichtet?«

»Aber ja.« Paddy blickte zu Haverston hoch. Ein widerliches Gesicht, dachte er. Bleich wie immer. Er wird nicht mal braun. »Sie schmücken sich schon.«

»Was tun sie?«

»Sehen Sie, das habe ich vorhin Cuelva auch gefragt. Sie schmücken sich, Rick. Sie werden ihre Pferde striegeln, bis sie glänzen wie mit Speck eingerieben. Sie werden die silberbeschlagenen Trensen und Sättel auflegen, ihre schönsten Kleider anziehen, silberne Sporen an den blanken Stiefeln tragen, ihre schwarzen Festtagshüte aufsetzen, ihre Frauen werden die Spitzenmantillas tragen und die buntesten Kleider …«

»Sind Sie verrückt, Jack?«

»Drei Mann werden die Kirchenfahnen tragen. Zwölf singen im Kirchenchor mit. Außerdem gibt es in Santa Magdalena genau zweiundzwanzig Kommunionkinder, die in weißen Spitzenkleidchen als Engelchen den Brautpaaren vorausgehen. Und das werden Sie mit Gewehrgranaten alles zusammenschießen, was?«

»So viel Idiotie kann man nicht hinnehmen.« Haverston nahm einen Schluck Ginger Ale. »Warum verhindern Sie diesen Blödsinn nicht?«

»Versuchen Sie es doch, Großmaul!« Paddy hob die Hand. »Haverston, ich will Ihnen einmal etwas ins Ohr flüstern. Kommen Sie mit Ihrer Rübe mal runter …«

Haverston lachte laut. Man soll lieb zu Betrunkenen sein, dachte er. Morgen wird Paddy mir nichts mehr ins Öhrchen zu flüstern haben. Morgen beginnt für Santa Magdalena ein neuer Abschnitt seiner Geschichte.

Er beugte sich, noch immer auf der Sessellehne sitzend, zu Paddy hinunter und hielt ihm das linke Ohr hin.

Das war der große Fehler, der einem Profi wie Haverston nicht hätte unterlaufen dürfen. Blitzschnell schossen Paddys Hände vor und legten sich wie Eisenklammern um Haverstons Hals. Die Ginger-Flasche polterte auf die Bodenkacheln und zerplatzte, mit einem wilden Ruck versuchte Haverston, sich zu befreien, seine Hand schnellte zum Gürtel ... aber wer Paddys unheimliche Kräfte kannte, wusste, dass Haverston keine Chance hatte. Ein einziger kräftiger Druck der dicken Finger, die Luft blieb wie abgeschaltet weg, das Hirn bekam keinen Sauerstoff ... Dann wurde Ricks Körper schlaff, lag über Paddys Knien und streckte sich.

»Das wär's, mein Junge!«, sagte Paddy rau – gar nicht mehr betrunken oder verblödet. Zur Sicherheit schlug er ihm noch die Faust gegen die Schläfe, warf sich den Besinnungslosen über die Schulter und trug ihn in die Bibliothek. Dort band er ihm mit Leukoplaststreifen aus der Hausapotheke Hände und Füße zusammen, verklebte auch den Mund und setzte den schlaffen Körper in den ledernen Sessel neben die Kaminattrappe.

Haverston war ein zäher Hund. Er wachte schneller auf, als Paddy erwartet hatte. Er bäumte sich hoch und stieß durch den verklebten Mund undeutliche Laute aus. Paddy setzte sich Haverston gegenüber und klopfte ihm fast freundschaftlich auf die auf- und abschnellenden Knie.

»Intelligenz ist gut, Rick«, sagte er. »Aber ab und zu haben auch andere Menschen einen lichten Moment. Ich weiß, was Sie sagen wollen: ›Nach mir kommen andere. Die Organisation hat mehr Typen wie mich!‹ Aber gehen wir jetzt von einer Tatsache aus: Noch einmal lasse ich mich nicht überrumpeln. Hinter mir steht eine kleine Privatarmee, Rick, die euch schwer zu schaffen machen wird. Meine Indios – sie hassen und sie lieben mich, so paradox das ist. Ich gebe ihnen Arbeit und Pesos, Land und Wohnung, auch wenn sie dafür schuften müssen. Aber sie leben besser als Tausende ihrer Brüder in diesem Land. Das wissen sie. Meine Capatazos – das sind stolze Kerle, Mexikaner, viele sind spanischer Abstammung, haben das Blut der Konquistadoren in ihren Adern. Sie sind hart und brutal, aber sie können auch weich wie Quark werden, wenn man sie dort trifft, wo ihre sentimentale Romantik schlummert. Und die ist morgen hellwach, Rick! Diese Hochzeit ist ein Höhepunkt in ihrem Leben! Und das alles wollten Sie mit Ihren Gewehrgranaten zusammenschießen! Ich bin ein Saukerl, Haverston, zugegeben, aber das mache ich nicht mit! Ich bin kein Mörder! Sie mögen jetzt unter Ihrem Pflaster grinsen …, nein, mit den eigenen Händen morde ich nicht! Ich kann mich nicht einmal – trotz einer Flasche Whisky – entschließen, Sie eigenhändig umzubringen, mag es auch ein noch so großer Genuss sein! Ich kann es einfach nicht. Was Sie allein tun, dazu brauche ich Hilfstruppen. Rick …« Paddy beugte sich vor. Haverston starrte ihn voll Hass an. »Ich werde Sie gleich ins Zimmer von Emanuel Lopez tragen. Er hat sich von Ihren Arschbackenschüssen erstaunlich gut erholt. Er muss freilich noch auf dem Bauch liegen und bedauert, dass er nur eine Matratze und kein Weib unter sich hat. Aber ich glaube, Lopez wird sehr munter werden, wenn ich Sie zu ihm ins Zimmer schiebe …«

Es half nichts, dass sich Haverston im Sessel hochschnellte, die Beine anzog und von sich wegtrat, dass er hinter seinen Klebestreifen laut stöhnte und mit den zusammengeklebten Händen um sich stieß. Paddy gab ihm eine schallende Ohrfeige, die Haverston auf den Boden warf, dann packte er ihn an den Füßen und schleifte ihn quer durchs Haus bis zum Gästetrakt.

Emanuel Lopez, der mit verbundenem Hintern auf einer Art Diwan lag und eine alte Zeitung las, zuckte hoch, als Paddy ins Zimmer polterte. Dann erkannte er in dem Gegenstand, den Paddy hinter sich herschleppte, Rick Haverston und erhob sich vorsichtig. Noch schmerzte jede Bewegung. Man hatte Dr. Högli nicht geholt, sondern ein notdürftig in Erster Hilfe ausgebildeter Capatazo hatte die beiden Projektile mit Messer und Pinzette aus den Hinterbacken herausgeholt, hatte Lopez eine Tetanusspritze verpasst und Penicillintabletten gegeben. So etwas machte man hier unter sich ab. Den Doktor holte man nur bei kritischen Sachen. Einen Schuss in den Hintern rechnete man nicht dazu. So war Lopez fieberfrei, hatte einige Schmerzen, die aber erträglich waren, und wartete auf seine Rache. Wenn er an Haverston dachte, knirschte er mit den Zähnen.

»Besuch!«, sagte Paddy.

»Wie angenehm, Sir«, antwortete Lopez höflich und verbeugte sich sogar. »Ich habe ihm auch noch Grüße von Polizeichef Mendoza Femola auszurichten.«

Haverston bäumte sich auf dem Boden auf und schnellte wie ein Fisch auf dem Trockenen durch die Luft. Paddy drehte sich um und verließ schnell das Zimmer. Schon beim Zuziehen der Tür hörte er ein klatschendes Geräusch und lautes Aufstöhnen.

Bei Einbruch der Dunkelheit hing Rick Haverston außerhalb der Hazienda, in einem stillen felsigen Seitental, an einem verkrüppelten Baum. Eine Gruppe Indios saß um ihn herum. Die Angehörigen der Toten, die er mit seinen Autorädern zermalmt hatte, beschäftigten sich schweigend mit ihm. Sie hatten ihn ausgezogen und schnitten mit scharfen Messern kleine Risse in seinen Körper – von der Stirn bis zu den Zehen. Er blutete kaum. Doch während die einen die Schnitte ausführten, rieben die anderen staubfein gemahlenen Pfeffer in die Wunden.

Wer kann das aushalten? Rick Haverston brüllte und

brüllte, es war nichts Menschliches mehr in dieser Stimme. Beim Morgengrauen erst wurde er still. Sein Herz versagte einfach.

Jack Paddy stand hinter dem großen Panoramafenster, als seine Capatazos auf glänzenden Pferden und im Schmuck ihrer silberbeschlagenen Festuniformen zur Kirche ritten. Die Frauen in ihren langen bunten Gewändern und den Spitzenmantillas über den hohen Haarkämmen waren schon mit zwei blumengeschmückten Wagen vorausgefahren. Vom Tal her klang der scheppernde Ton der Glocke. Es war ein heißer Tag, wie alle Tage, in den vergangenen Monaten, und doch kam es Paddy jetzt vor, als stehe er allein zwischen kalten Wänden.

Sie heiratet! Matri heiratet. Wer hindert mich jetzt, in den Jeep zu springen und nach Santa Magdalena zu fahren? Die Kirche ist für jeden da, und ich möchte sehen, ob Pater Felix den Mut hat, mich aus dem Haus Gottes hinauswerfen zu lassen. Schließlich bin ich Matris Ziehvater, sie war ein Findelkind, man hat sie mir einfach vor die Tür gelegt, ich habe sie großgezogen wie meine eigene Tochter. Habe ich da nicht auch Rechte?

Er blickte seinen Capatazos nach, wie sie stolz auf ihren schönen Pferden aus dem Tor ritten. An diesem Sonntagmorgen waren sie alle Freunde. Am Montag würden wieder Tote vor der Tür liegen. Cuelva hatte berichtet, dass sieben Indios im Sterben lagen, darunter vier Kinder.

Es ist eine Kraftprobe, dachte Paddy verbissen. Die Sonne, ich oder Högli und Pater Felix … wer ist stärker? Das Kapitel Rick Haverston ist abgeschlossen, aber das Drama um Santa Magdalena geht weiter.

Vor der breiten Treppe zur Veranda hielt Jorge Cuelva. Er war der letzte Reiter, die anderen Capatazos zogen, stolz in ihrer Pracht, im Schritt ins Tal hinab. Cuelva legte grüßend die Hand an den schwarzen spanischen Hut.

»Hau ab!« schrie Paddy aus dem Fenster. »Du sollst an der Hostie ersticken!«

»Ich habe den Auftrag, Patron, Ihnen den Dank Ihrer Leute auszusprechen.« Cuelva ließ sein herrliches Pferd tänzeln, das Fell glänzte in der Sonne wie Seide.

Paddy wusste, wofür sie ihm dankten. Er knallte das Fenster zu, warf sich in den Sessel und hieb mit den Fäusten auf den Tisch, als sei er eine Kesselpauke.

Dann war es still auf der Hazienda. Nur noch zwei Dienstmädchen waren im Haus – sonst war Paddy allein, sogar Emanuel Lopez war mitgefahren. Sie hatten ihm einen Sonntagsanzug geliehen und ihn bäuchlings auf einen Wagen gelegt. Vom Tal klang immer noch die Glocke herauf und plötzlich ein lautes Geknatter. Die Mexikaner schossen in die Luft. Salut für die Bräute!

Amigos, auch wenn uns die Zunge dick im Mund liegt und der Durst uns umbringt – das Leben ist schön! Heute ist es schön!

Über die Straße vom Hospital zur Kirche bewegte sich der feierliche Hochzeitszug. Vorweg zu Pferde, in mexikanischer Tracht, Dr. Högli, umgeben von zehn Capatazos. Dahinter, auf einem mit gestohlenen Blumen aus Paddys Park geschmückten Wagen Evita Lagarto. Der Schleier, aus Höglis Arbeitszimmer-Gardine, verhüllte sie völlig.

Es war genau neun Uhr und zwanzig Minuten. In El Paso startete das Privatflugzeug Miguel Lagartos nach Santa Magdalena. Es hatte soeben die Erlaubnis zum Überfliegen der mexikanischen Grenze erhalten.

Pater Felix empfing den Brautzug draußen vor der Kirche. Er sah völlig verändert, ja fremd aus: Nicht nur seine gelb lackierten, sondern auch die nachgewachsenen schwarzen Haare hatte er sich, da sie noch nicht lang genug waren, abrasiert. So stand er kahlköpfig vor der Kirchentür, das Gesicht wieder von einem Bart umrahmt, im Festornat mit goldbesticktem Schultertuch. Aber auf den breiten Patronengurt hatte er auch diesmal nicht verzichtet, und unter der Stola sah man den Griff des Revolvers. Ein Anblick, an den man sich erst gewöhnen musste. Man hatte sich damit abgefunden, dass der Padre gelbe Haare hatte. Nun war er glatzköpfig, fast ein anderer Mensch. Nur wenn er den Mund aufmachte und die Capatazos Hurenböcke nannte, flog ein Lächeln über die Gesichter der Indios: Der alte Padre lebte noch!

Dr. Högli war froh, als er vor der Kirche von seinem Pferd steigen durfte, so brav es auch dahergetrottet war. Cuelva, der für die Ausschmückung zuständig war, hatte ihm das lammfrommste Pferd aus Paddys Stall gegeben, einen Gaul, der mit halbgeschlossenen Augen vorwärtsstolperte und es als Beleidigung ansah, mit dem schweren Silberzaumzeug behängt worden zu sein. Zur doppelten Sicherheit ritten links und rechts von Dr. Högli die besten Reiter, um gleich zugreifen zu können, wenn das schläfrige Pferd vielleicht doch einem Anflug von Temperament nachgehen sollte. Das war nicht auszuschließen, als kurz vor der Kirche eine Gruppe Mexikaner mit Gitarren und Mandolinen das Brautpaar empfing und dann klimpernd und singend vor ihm herzog. Da spitzte der Gaul die Ohren, hob den Kopf, blähte die Nüstern und stakste mit dem ganzen Stolz, den er noch besaß, über den Dorfplatz.

Dr. Högli war nie ein guter Reiter gewesen. Er hatte das Reiten zwar gelernt, weil es zur Ausbildung eines Arztes in Entwicklungsgebieten gehörte, und seine Argumentation, dass er nach Santa Magdalena gehe, um Kranke zu heilen, und nicht, um Reiterspiele mitzumachen, wurde mit dem Hinweis widerlegt, dass er in Gebiete kommen werde, wo kein Jeep mehr fahren kann und man sich mit Pferden und Mauleseln behelfen muss. Trotzdem hatte er seit jener Reitausbildung nur selten im Sattel gesessen. Dafür konnte er Ski laufen wie ein Olympionike, einen Bob in Rekordzeit über die Bahn jagen, und im Dreitausend-Meter-Schwimmen hatte er sogar einen Preis gewonnen. Schnee und Wasser … das waren phantastische Träume in Santa Magdalena.

Langsam kam Pater Felix ihnen entgegen. Ein Kreis schwer bewaffneter Capatazos umgab ihn wie einen Wall. Auch wenn Haverston tot war, man wusste nie, was in der Zwischenzeit auf der Hazienda geschehen war. Wie schnell der Tod per Hubschrauber ins Tal kommen konnte, hatte man jetzt gesehen.

Högli rutschte aus dem Sattel und wartete, bis der geschmückte Wagen vor der Kirche hielt. Dann reichte er Evita die Hand und half ihr aus dem blumenbestickten Sitz. Sie sprang auf die Erde, aber als er sie loslassen wollte, um den Arm anzuwinkeln, damit sie sich unterhake, umklammerte sie seine Hand. Ihre Finger waren eiskalt, er spürte das Zittern, das durch ihren ganzen Körper flog. »Der Herr segne und beschütze euch«, hörte er Pater Felix' Stimme; die Glocke läutete, das Mandolinenorchester jubilierte eine mexikanischer Weise, in der Kirche begann das Harmonium zu dröhnen, der Kirchenchor setzte mit einem feierlichen Lied ein … unbeschreiblicher Lärm, ein rauschendes Gewirr von Tönen brach über sie herein. Was Pater Felix zu ihnen sagte, wurde von der Musik erdrückt. Vier Indiomädchen stellten sich vor ihnen auf, kleine, erbärmliche, vom Durst zerstörte, früh vergreiste Gestalten; sie begannen, aus geflochtenen Strohkörben Blütenblätter auf den Weg zur Kirchentür zu streuen. Auch diese Blüten waren aus Paddys Park gestohlen; es waren viel mehr gewesen, eine große Wanne voll, aber die Hälfte hatten die Kinder aufgegessen. Feuchtigkeit! Madonna, verzeihe uns … aber die Blüten sind vollgesogen von Wasser, täglich mit Rasensprengern berieselte, köstliche fette Blüten, die auf der Zunge zerplatzen und einen duftenden Saft über die ledernen Gaumen träufeln. So etwas soll man in den Staub streuen, sollen die Füße zertreten? Madonna, sind vier Körbchen nicht genug für dieses Fest?

In der Tür stand Jorge Cuelva in seiner prächtigen Uniform. Neben ihm, gehalten von zwei Capatazos, wartete Emanuel Lopez. Da er seinen durchschossenen Hintern nicht mit einer engen Hose bekleiden konnte, hatte er sich einen weiten, bunten Weiberrock angezogen. Niemand lachte darüber. Wenn man ihn ansah, dachte man nur an den armen Mendoza Femola und unterdrückte einen Anflug von Reue über Rick Haverstons grausame Behandlung. Selbst Pater Felix war in Konflikt gekommen, als zehn Indios am frühen Morgen bei ihm im Pfarrhaus erschienen waren und ihm gebeichtet hatten, Haverston auf gute alte indianische Art beseitigt zu haben. »Ihr Mörder!«, hatte er gebrüllt. »Der Himmel wird sich euch verschließen! Für so etwas gibt es keine Absolution! Nur Gott selbst kann euch jetzt noch lossprechen!« Aber hinterher, nach einigen Gebeten, hatte er seine Soutane ausgezogen, sich in Shorts und einem offenen, schmutzigen Hemd unter die Indios gesetzt, hatte seine Haare abrasieren lassen und mit ihnen eine Sonderration Wasser getrunken. Ein Liter für elf Menschen … Es blieb für jeden ein kräftiger Schluck.

Vor der Kirchentür blieb Dr. Högli stehen. Pater Felix zog vor ihnen her den Mittelgang hinunter zum Altar, gefolgt von den Messdienern, denen das Gewand um die dürren Körper schlotterten. Ihnen hinterher trippelten die Indiomädchen mit den jetzt leeren Blumenkörbchen. In den Bänken stauten sich Indios und Capatazos, das Harmonium dröhnte, der Kirchenchor holte Atem und setzte zu einem neuen Lied an.

»Ich bin glücklich«, sagte Evita leise. Sie schlug den Gardinenschleier zurück und hakte sich bei Dr. Högli ein. Ihr schmales Gesicht war von einer porzellanhaften Schönheit, die Högli den Atem verschlug. Sie lächelte ihn an, ihre großen schwarzen Augen streichelten ihn. »Was auch kommt, Riccardo – ich werde immer glücklich sein, solange es dich gibt.«

Er nickte. Seine Kehle war wie zugeschnürt. Was auch kommt … Wir alle wissen, was da auf uns zukommt. Übermorgen vielleicht schon, oder in drei Tagen, spätestens in fünf Tagen. Diesen Durst kann keiner mehr aushalten! Der große Sieger wird Jack Paddy heißen, und der Himmel hilft ihm dabei! Es wird immer schwerer, an Gott zu glauben.

Pater Felix hatte den Altar erreicht und drehte sich um. Zwischen ihm und Dr. Högli lag die Länge des Kirchenschiffes. Die Messdiener standen zu seinen Seiten, die kleinen Blumenmädchen drängten sich in die vordere Bank. Der kahle, leere Gang war plötzlich bedrückend und feindlich.

Pater Felix hob die rechte Hand und winkte. »Kommt näher!«

»Wir müssen gehen, Riccardo«, flüsterte Evita. Ihr Arm presste sich an seine Seite. »Bist du nicht glücklich?«

»Ich liebe dich«, sagte er mit rauer Stimme. »Es ist eine Liebe, für die es keine Worte gibt. Aber wenn ich an morgen denke … Evita, es ist wie der Gottesdienst vor einer Hinrichtung. Siehst du die Menschen in den Bänken? Sie knien und haben die Hände gefaltet. Mit diesen Händen werden sie uns in einigen Tagen töten!«

»Ich weiß es, Riccardo. Warum reden wir immer darüber?«

Am Altar winkte Pater Felix noch einmal.

»Ich habe dich in dieses schreckliche Ende hineingezogen!«

»Das ist nicht wahr.« Sie warf den Kopf in den Nacken. Der Schleier, um den großen geschnitzten Kamm gelegt, wehte um ihre Schultern und traf sein Gesicht wie ein Backenstreich. Hinter sich hörte er stoßweises Atmen. Dort standen Matri und Juan-Christo und wagten nicht zu flüstern, vor Freude und Ergriffenheit.

»Du hast alles getan, um mich wegzuschicken, und ich bin trotzdem geblieben«, sagte Evita. »Ich werde immer bei dir sein – und wenn ›immer‹ nur noch ›bis morgen‹ heißt …«

»Aber das ist doch Wahnsinn!«, sagte er tonlos. »Absoluter Wahnsinn!«

»Was ist nicht Wahnsinn auf dieser Welt, wenn man alles logisch betrachtet, Riccardo.« Sie nickte Pater Felix zu, der jetzt mit beiden Händen winkte. Hinter ihnen räusperte sich Juan-Christo laut und fordernd. »Und hat Liebe etwas mit Logik zu tun?«

Der Kirchenchor begann erneut. Die Stimmen hämmerten auf Dr. Högli nieder. Das Mandolinenorchester, noch draußen in der glühenden Sonne, wollte auch in die Kirche und drängte nach vorn. Que se lo lleve el demonio! Warum geht's da vorn nicht weiter?

»Tretet vor den Herrn!« brüllte Pater Felix vom Altar her. Auf seinem glatt rasierten Kopf lag das Licht der Sonne, die durch die beiden Seitenfenster flutete. Auch er ein zum Tode Verurteilter, dachte Dr. Högli. Schon kahl geschoren, wie sich's gehört!

Er nickte, drückte den Arm, in den sich Evita eingehakt hatte, an sich und ging weiter. Die Indios erhoben sich von den Bänken.

Sie heiratet den Tod, dachte Dr. Högli und starrte auf das mit jedem Schritt näher kommende Kruzifix. Mein Gott, sie heiratet den Tod und ist glücklich dabei. Wer wird eine Frau jemals ganz begreifen?

Miguel Lagarto landete mit seinem kleinen Cessna-Flugzeug auf dem staubigen, aus glatt gewalzter Erde bestehenden Polizeiflugplatz von Nonoava. In einem Jeep, der von dem aufwirbelnden Sand eingehüllt wurde, wartete der völlig verstörte Stellvertreter des verschwundenen Polizeichefs Mendoza Femola.

Miguel Lagarto stieg aus dem Flugzeug, gleich nachdem es ausgerollt war, und sprang auf die pulverartig lockere Erde. Er war, für sein Alter, ein immer noch schöner Mann; groß, hager, mit graumelierten Locken und einem dieser typischen Adlergesichter altspanischer Granden. Ohne sich um den Piloten und seinen Sekretär, der ihm nachrannte, zu kümmern, lief er auf den Polizeijeep zu und rief schon von Weitem: »Ich hatte einen Wagen bestellt! Wo ist der Wagen?«

»Señor Lagarto!« Der durch die Ereignisse der letzten Tage reichlich überforderte Sergeant legte grüßend die Hand an die Mütze. Die Vorgesetzte Behörde hatte sich wenig um das Verschwinden Femolas gekümmert und auf die erste Meldung nur geantwortet: »Abwarten. Hat er wieder Krach mit seinem Weib gehabt? Er wird sich bei Blondie Mary erholen!« Aber eine Nachfrage im Wüstenbordell ergab, dass Femola dort nicht aufgetaucht war. Weit heftiger als die Behörden reagierte Mendozas Frau; sie schrie im Polizeihauptquartier von Nonoava herum, bezichtigte jeden der Lüge, verdächtige den armen, längst verblichenen Femola des Ehebruchs mit einer unbekannten Schönen und drohte, sich umzubringen, öffentlich, auf dem Marktplatz, zur Abschreckung für alle. Femolas Verschwinden wurde fast ein Volksfest, man schloss Wetten, wann und wo und wie er wiederauftauchte, ob er von seiner Frau Prügel bekäme oder ob sie wirklich auf dem Marktplatz ... Ganz Nonoava erwachte aus der heißen Trägheit und nahm Anteil an Señora Femolas Klage- und Racheliedern.

»Man hat Ihr Kommen angezeigt«, sagte der Sergeant stockend. Er suchte nach den richtigen Worten. »Aber die Leute in Chihuahua waren so eilig am Telefon, dass man ihnen nichts mehr erklären konnte. Wir können Sie von Nonoava nicht weiterleiten, Señor.«

»Und warum nicht? Ich möchte Mr. Jack Paddy besuchen. Ist das verboten?« Miguel Lagarto winkte energisch ab, als sein Sekretär dazwischenreden wollte. Der Pilot hatte kurz vor der Landung einen Funkspruch erhalten, der Lagartos Frage beantwortete.

»Das Gebiet von Santa Magdalena ist gesperrt, Señor.« Der Polizeisergeant hob bedauernd die Hände. »Seuchengebiet ... Außerdem stimmt da etwas nicht.«

»Wieso?«

»Unser Polizeichef Mendoza Femola ist mit einem Hubschrauber zu Mr. Paddy geflogen – und nie angekommen.«

»Wie meine Tochter!« Lagarto wischte sich mit einem großen Taschentuch Schweiß und Staub aus dem Gesicht. »Und warum tut man nichts? Man muss doch einen Hubschrauber finden! Und einen weißen amerikanischen Wagen! Meine Tochter fuhr einen weißen Wagen. Ich habe die Karten studiert – es gibt nur eine Straße nach Santa Magdalena.«

»Das stimmt, Señor.«

»Man kann nur über diese Straße in das Tal! Es ist doch völlig unmöglich, dass auf dieser Straße ein großer weißer Wagen einfach verschwindet …«

»Es ist möglich, Señor.« Der Polizeisergeant lehnte sich an den dreckigen Jeep. Jetzt geht es hier genauso los wie im Amt mit Mendozas Weib, dachte er. Geschimpfe, Vorwürfe, gute Ratschläge, die unausführbar sind. Drohungen, Beleidigungen der Beamten, und das muss man alles ertragen für die lumpigen Pesos Monatslohn, die man als Polizist erhält. »Wir suchen den Hubschrauber, wo man nur Hubschrauber suchen kann! Es gibt kaum noch einen Winkel rund um Santa Magdalena, der nicht durchforscht worden ist. Nichts! Absolut nichts! Kein Hubschrauber, kein weißes amerikanisches Auto. Mr. Paddy ist ebenso verzweifelt wie wir. Er braucht dringend Medikamente.«

»Es gäbe eine sehr ausgefallene Möglichkeit«, sagte Lagarto mit geradezu beleidigendem Spott. »Man nimmt ein Auto und fährt über die Straße nach Santa Magdalena. Zugegeben, das ist sehr abenteuerlich …«

»Das ist es, Señor«, sagte der Sergeant mit unbewegtem Gesicht. »Keiner meiner Leute ist bereit, in das Seuchengebiet zu fahren. In ganz Nonoava werden Sie keinen Freiwilligen finden, der das tut.«

»Und das nennt sich Polizei!«, rief Lagarto. »Wozu sind Sie denn da? Um den Einbahnverkehr auf Eselspfaden zu regeln?«

»Wir sind nicht dazu da, Señor, uns mit Cholera infizieren zu lassen!«, sagte der Sergeant steif. »Das kann uns keiner befehlen. Ich habe in Chihuahua angefragt. Dort haben sie sogar das Telefon desinfiziert, nachdem sie mit mir gesprochen haben.«

»Ist denn so viel Blödheit noch erlaubt?« Lagarto schlug mit der flachen Hand gegen seine Stirn. »Und Mr. Paddy macht das mit?«

»Er wird sich auch nicht aus dem Haus trauen, Señor. Haben Sie eine Ahnung, was es bedeutet, wenn die Cholera aus dem Tal zu uns nach Nonoava kommt und sich über das Land verbreitet? So bleibt sie im Kessel – eine bessere Isolation gibt es nicht. Das meint auch die Behörde in Chihuahua.«

»So! Meint sie das? Die wackere Behörde! Und lässt in Santa Magdalena alles verrecken?«

»Sie haben dort einen guten Arzt, Señor. Den besten Arzt zwischen beiden Küsten.«

»In diesem gottverdammten Tal?«

»Ja, einen Schweizer. Dr. Högli. Sie haben sogar ein Hospital dort.«

»Es wird immer verwirrender.« Lagartos schmaler Adlerkopf zuckte zur Seite. »Was wollen Sie eigentlich von mir?«, bellte er seinen Sekretär an. »Warum versuchen Sie dauernd, mich zu unterbrechen?«

»Ich habe die Funkmeldung schon seit einer halben Stunde, Mr. Lagarto.« Der Sekretär, ein kleiner dicklicher Mensch mit einem Schweinsgesicht, schwenkte einen Papierfetzen. »Aber Sie lassen mich ja nicht reden. Santa Magdalena ist total abgeriegelt. Wir können mit Mr. Paddy nur über das Telefon …«

»Ich werde Ihnen zeigen, was ich kann, Sergeant!« Lagarto wandte sich dem Polizisten zu. »Meinen Sekretär übergebe ich Ihrer Obhut. Er macht sich in die Hose bei dem Wort Cholera und passt gut zu Ihnen. Mein Pilot muss sich ohnehin um das Flugzeug kümmern. Ich fahre allein nach Santa Magdalena. Ich brauche einen Wagen.«

»Verboten, Señor!«, sagte der Sergeant steif. »Auch die

mexikanische Polizei pflegt behördliche Anordnungen zu befolgen.«

»Tausend Pesos für einen Jeep, Sergeant!«

»Die mexikanische Polizei ist nicht käuflich, Señor.«

»Zweitausend Pesos! Für nichts anderes, als dass Sie nichts sehen! Während ich Ihren Jeep stehle, stehen Sie gerade am anderen Ende der Stadt.«

»Mr. Lagarto!«, rief der Sekretär warnend. »Das können Sie nicht machen! Stehlen!«

»Pflegen Sie Ihre Bazillenangst, aber verschonen Sie mich mit moralischen Bedenken, Miller!«, sagte Lagarto hart. Miller hob resignierend die Schulter. Wenn Lagarto »Miller« sagte, waren alle Argumente nur Zeitverschwendung. »Ich stehle bloß einen Jeep, und das mit Vorankündigung. Andere stehlen Millionen und sind Minister! Also, Sergeant: zweitausend Pesos und nichts sehen …«

»Señor, ich habe auch nichts gehört!« Der Sergeant drehte sich beleidigt weg. »Ich bin ein korrekter Beamter.«

»Mein Sekretär wird Ihnen die zweitausend Pesos sofort auszahlen!« Lagarto lächelte mokant. Er stieg in den Jeep, der Zündschlüssel steckte im Schloss, eine Drehung, der Motor sprang sofort an. Der Sergeant, der nur drei Schritte daneben stand und Lagarto den Rücken zudrehte, schien wirklich taub geworden zu sein. Er rührte sich auch nicht, als Lagarto Gas gab und über den Flugplatz davonbrauste. Erst als das Motorengeräusch in einer großen Staubfahne unterging, drehte er sich wieder um. Miller hielt ihm die zweitausend Pesos vor die Nase.

»Hinein kommt er jetzt«, sagte der Sergeant und steckte das Geld schnell weg. »Aber heraus wird er nicht kommen, ehe der Seuchenalarm abgeblasen ist.«

Miller erbleichte. Sein Schweinchengesicht zuckte. »Das – das können Sie nicht machen!«, stotterte er. »Mr. Lagarto ist ein weltbekannter Geschäftsmann!«

»Auch weltbekannte Geschäftsmänner unterliegen der

Cholera-Quarantäne! Die Präfektur in Chihuahua wird es Ihnen bestätigen.«

»Wir werden die amerikanische Botschaft einschalten!«. protestierte Miller.

»Bitte! Wenn Ihre Botschaft die Cholera wegblasen kann!«

»Das ist absurd! Wer bestimmt überhaupt, wann die Quarantäne aufgehoben wird? Wenn keiner wagt, ins Tal zu fahren – wer stellt dann fest, ob alles in Ordnung ist?«

»Dr. Högli.« Der Sergeant grinste. »Wenn er sagt: Alles okay, machen wir die Straße wieder auf. Eher nicht! Señor Miller, Sie werden viel Langeweile haben. Ich empfehle Ihnen El Angel.«

»Was ist El Angel?«. fragte Miller unschuldig.

»Ein Puff in der Wüste.« Der Sergeant grinste und schnippte mit den Fingern. »Aber tolle Mädchen, Señor! Sie sollten sich das nicht entgehen lassen …«

Miguel Lagarto fuhr bis zur Poststation von Nonoava und ließ sich dort von einer Telefonzelle aus mit Paddy verbinden. Es dauerte lange, bis er an den Apparat kam; er hatte draußen unter der Markise gesessen und wütend auf den Gesang gelauscht, der aus der Ferne vom Dorf heraufhallte. Das Felsental mit den kahlen Steinwänden wirkte wie ein riesiger Trichter; alle Laute wurden weitergetragen und zerflatterten dann in der Ebene von Paddys blühender Hazienda.

»Ich bin hier in Nonoava, Mr. Paddy«, sagte Lagarto.

»Dann bleiben Sie auch da!«, knurrte Paddy zurück. »Ich kann Sie hier nicht gebrauchen.«

»Irrtum! Ich habe einen Jeep der Polizei entwendet und bin schon auf dem Weg zu Ihnen.«

»Lassen Sie das bleiben, Mr. Lagarto!« Paddys Stimme wurde heftig. »Sie kommen hier in eine Hölle!«

»Damit wollen Sie mich abschrecken, Paddy? Sie und ich – wir beide haben uns die Hölle längst in mühevoller Arbeit verdient.«

»Reden Sie kein Blech, Lagarto! Hier ist man in den letzten Tagen sehr allergisch gegen Fremde aus den USA geworden. Es kann sein, dass Sie Santa Magdalena gar nicht zu sehen bekommen, sondern den nächsten Baum – aus einer sehr krummen Perspektive! Vor allem heute … Mr. Lagarto, bleiben Sie in Nonoava!«

»Das geht nicht. Ich habe den Jeep gestohlen und muss weg! Bis nachher, Paddy! Wie lange fährt man bis zu Ihnen?«

»Sie Narr!«, brüllte Paddy. »Rechnen Sie sich aus, wie lang der Weg in die Ewigkeit ist!«

»Danke. Das schaffe ich spielend bis Sonnenuntergang.«

»Hol Sie der Teufel!«

Paddy legte auf. Lagarto sah sinnend den Hörer an, ehe er ihn auf die Gabel warf Was war mit Paddy los? Was hieß: Man ist hier allergisch gegen Fremde aus den USA? Hatte das etwas mit Evita zu tun? Kein Wort von Cholera, nur das dumme, theatralische »Sie kommen in eine Hölle«. Was war mit Evita in diesem Tal geschehen?

In seiner Brust saß ein heißer Schmerz, der sich langsam über den ganzen Körper ausbreitete.

Evita! Was verschwieg Paddy? Gab es am Ende gar keine Cholera in Santa Magdalena? Hatte man die Felsenstraße gesperrt, weil sich dort ein blutiges Drama abgespielt hatte, das alle, die davon wussten, mit Schweigen zudecken und unter Lügen begraben wollten? Riegelte man alles ab, um die Öffentlichkeit nicht zu entsetzen? War Polizeichef Femola gar nicht verschwunden? Hielt er etwa heimlich in Santa Magdalena ein Strafgericht auf altmexikanische Art: Blut kann nur abgewaschen werden mit Blut …!

Evita! Mein Engel! Was haben sie mit dir gemacht …

Miguel Lagarto vergaß, dass er über sechzig Jahre alt war. Wie ein langmähniger Halbwüchsiger raste er über die Straße nach Santa Magdalena, überholte Eselstreiber, scheuchte sie, immerfort hupend, zur Seite, drückte einen uralten klapprigen Ford fast in den Graben – es war Dr. Juan Pomfoz, der

Arzt von Nonoava, der von einer Entbindung kam – und erreichte die Einfahrt in die kahlen, leergebrannten Felsen, vor der das erste Warnschild stand: Für alle gesperrt! Achtung! Lebensgefahr! Seuchengebiet!

Von da ab war Lagarto allein. Kein Esel, kein Wagen, kein Lebewesen mehr. Er fuhr in ein totes Land. Und je weiter er raste, über das Steuer gebeugt, mit vom Staub geröteten, tränenden Augen, umso mehr wuchs in ihm die wie ein Feuer lodernde Angst, dass Evita in dieses Tal gekommen und auf noch unbekannte Art vernichtet worden war.

Und Paddy wusste davon! Paddy mit seinem verdammten Meskalin, an dem auch der ehrenwerte spanische Grande Miguel Lagarto Millionen Dollar verdient hatte – derselbe, der seine ahnungslose Tochter mit einer neuen Bestellung und einem Scheck in diese Hölle geschickt hatte.

Über Lagartos Gesicht rannen Tränen – es war nicht nur der Fahrtwind und der beizende Sand, die in seinen Augen fraßen. Doch Tränen sind billig, und Lagarto empfand auf dieser fürchterlichen Straße einen winzigen Teil des Schmerzes, den Tausende erlitten, Tag für Tag, denen das Meskalin, diese Zauberdroge des Teufels, das Leben zerstörte.

Hinter dem dritten Warnschild wurde Lagarto gestoppt.

Drei Mexikaner hielten ihn auf, mit einem dünnen Baumstamm, den sie quer über die Straße gelegt hatten. Kein sonderlich beeindruckendes Hindernis, aber doch so beschaffen, dass man nicht darüberhüpfen konnte.

»Wohin, Señor?«, fragte einer der düster dreinblickenden Männer, kurz angebunden, und doch höflich.

»Zu Mr. Jack Paddy«, antwortete Lagarto. Seine geröteten Augen starrten die Männer an. Sind es die? Haben die meine Evita umgebracht? Sehen sie wie Mörder aus?

»Sind Sie angemeldet?«

Lagarto zuckte zusammen. »Ja. Mr. Paddy weiß Bescheid.«

»Sie kommen aus den USA?«

»Ja, aus El Paso.«

Die drei Mexikaner sahen sich an. Ihre braunen Gesichter versteinerten. »Passieren!« sagte einer von ihnen. »An der Kreuzung geht es links zur Hazienda, verstanden?«

Lagarto nickte. »Ja! Ja!« Er gab Gas und raste weiter. Der Schmerz um Evita pulsierte bei jedem Herzschlag wie ein Feuerstrom durch seinen Körper und blockierte sein Gehirn. Ich werde wahnsinnig, dachte er und weinte wieder. Es gibt keinen zweiten Vater, der seine Tochter so liebt wie ich. Dieses herrliche Kind! Dieses schönste aller Kinder! Was haben sie mit ihr gemacht …

Neben dem Baumstamm hockten wieder die Mexikaner unter einem Schutzdach aus ausgespannten Decken. Einer hatte ein Sprechfunkgerät vor dem Mund und gab die Meldung durch:

»Achtung! Achtung! An alle! Ein neuer Americano kommt nach Santa Magdalena! An alle! Achtung! Ablösung für Rick Haverston! Schützt den Doktor und die Doktora! Alarm für alle! Wenn er im Dorf erscheint, soll sofort geschossen werden.«

Es war wirklich nur ein Zufall, dass Lagarto nach links abbog und nicht geradeaus weiterfuhr. Er sah kaum noch etwas; Sand und Tränen hatten über seinen Augen eine Kruste gebildet. Aber er erkannte in dem blutigen Sonnenuntergang die lodernden Feuer auf dem Dorfplatz, einen Kirchturm und eine Ansammlung vieler Menschen. Er hörte Musik und Gesang und meinte, viele Gestalten zwischen den Feuern tanzen zu sehen. Dann war das alles verschwunden, er sah wieder nur kahle Felsen und das Band der gewalzten Straße unter sich, die zu Jack Paddy führte. Er war links abgebogen, ohne es zu merken.

Als ihm das klar wurde, bremste er und wandte den Blick zurück.

Was kann mir Paddy schon sagen, durchfuhr es ihn. Dort unten, im Dorf, liegt das Geheimnis von Evita. Dort gibt es sowohl eine Kirche, als auch einen Pfarrer. Und dort soll ein

Dr. Högli leben, ein Schweizer Arzt mit einem eigenen Hospital. Sieht so die Hölle aus? Wenn jemand über Evita etwas berichten kann, dann nur der Pfarrer und der Arzt.

Doch bevor er umdrehen konnte, hallte ein Schuss aus der beginnenden Dunkelheit und traf knapp vor dem Kühler des Jeeps die Straße. Der Schütze musste irgendwo in den zerklüfteten Felsen sitzen und jede Bewegung genau beobachten.

Miguel Lagarto fuhr weiter, Richtung Hazienda. Niemand hinderte ihn mehr.

Also doch das Dorf, dachte er grimmig. Also doch!

Von diesem Augenblick an war er überzeugt, dass Evita nach Santa Magdalena gekommen war – und dass Paddy ihn schamlos – oder aus Angst – belog.

Die Hazienda schien verlassen, das Tor stand weit offen, kein Mensch zeigte sich, als Miguel Lagarto heranbrauste und vor dem lang gestreckten weißen Herrenhaus bremste. Das Schweigen, noch verstärkt durch die dumpfe Dämmerung, die dem flammenden Sonnenuntergang gefolgt war, war bedrückend. Es war jener farblose Übergang zur Nacht, der die Welt fahl und verfallen macht und jede Form verändert.

Lagarto sprang aus dem Jeep und sah sich um. Sieht aus, als seien sie alle geflohen, dachte er. Offene Türen im Mannschaftshaus, die Ställe leer, die Schuppentore geöffnet und überall Schweigen. Er fuhr herum, als ihn Paddys Stimme wie ein Stoß in den Rücken traf. »Da sind Sie in eine schöne Scheiße hineingefahren, Lagarto!«

Paddy stand auf der Veranda zwischen zwei Säulen, mit offenem Hemd, zerzausten Haaren und rotem Gesicht. Seine massige Gestalt wirkte wie ein Felsklotz, den man auf die Veranda gewälzt hatte. Lagarto riss vom Nebensitz einen Koffer und ging langsam auf die breite Treppe zu.

»Was wird hier gespielt, Paddy?« fragte er, als er auf der ersten Stufe stand. »Das mit der Cholera ist doch Quatsch!«

»Nicht ganz. Mein Vormann Tenabo liegt im Hospital und ist dem Tod gerade von der Schippe gesprungen.«

»Es gibt also wirklich ein Hospital in dieser gottverlassenen Gegend?«

»Hier gibt es alles, was verrückt ist!« Paddy begrüßte Lagarto, indem er mit dem Zeigefinger an die Stirn tippte. Das sah nicht sehr freundlich aus.

»Und einen Dr. Högli?«

»Ach! Den kennen Sie auch schon? Und wie es den gibt!« Paddy grinste anzüglich. »An dem werden speziell Sie Ihre Freude haben! Lassen Sie sich überraschen.«

»Wo ist Evita?«, fragte Lagarto. Er sah Paddy forschend an, aber der zeigte keinerlei Betroffenheit oder Unsicherheit.

»Bei mir nicht«, antwortete er bloß.

»Das sehe ich! Aber ist sie in Santa Magdalena?«

»Kommen Sie rein, Lagarto, und erfrischen Sie sich erst mal. Sie sehen aus wie ein Müller, der durch seine Mehlsäcke gekrochen ist.«

Lagarto blieb stehen. »Was ist hier los? Warum sind Sie allein, Paddy? Wo sind Ihre Leute? Alle Türen offen … Was ist hier geschehen?«

»Nichts!« Paddy lachte rau. »Im Dorf ist Hochzeit. Juchhu! Man feiert seit dem frühen Morgen, und das geht die Nacht hindurch.«

»Trotz Cholera?«

»Bis jetzt ist es nur *ein* Fall, und den hat Högli unter Kontrolle.«

»Ohne Medikamente?«

»Wir haben Medikamente.«

Paddy ging ins Haus. Lagarto musste ihm folgen, obgleich er bereit war, sofort wieder in den Jeep zu springen und hinunter ins Dorf zu fahren.

»Der Polizeisergeant in Nonoava sagte mir, der Hubschrauber mit den Medikamenten und dem Polizeichef sei nie angekommen.«

Paddy trat an ein Seitenfenster und winkte Lagarto zu sich. Sie blickten in den Park mit den Springbrunnen und den üppigen Pflanzen.

»Sehen Sie dort hinten die Steinmauer?«, fragte Paddy. »Dort liegen drei Hunde von mir begraben. Ich liebe Hunde. Und neben den Hunden haben wir Mendoza Femola verscharrt.«

»Paddy!«, sagte Lagarto entsetzt.

»Nein! Nicht ich!« Er winkte ab und trat ins Zimmer zurück. Mit der Nacht kam etwas Kühlung. Paddy knipste alle Lichter an. Er wollte Helligkeit um sich haben. Zu der Stille auch noch Dunkelheit – das wäre unerträglich. »Aus El Paso kam ein Rick Haverston zu uns. Haben Sie schon mal von ihm gehört? Nicht? Natürlich – Sie arbeiten ›konzernlos‹. Aber was die ›Organisation‹ ist, das wissen Sie, nicht wahr?«

»Sagen Sie bloß, sie hat hier auch ihre Hand im Spiel.«

»Sie ist dabei, allein das Spiel zu mischen. Auch Sie werden das bald erfahren. Also: Haverston landete mit dem Hubschrauber, gab seine Visitenkarte ab, indem er Femola tötete und dem Piloten zwei Schüsse in den Arsch verpasste. Als Folge einer von den Indios gegründeten Selbsthilfe-Aktion hing Haverston heute Morgen an einem Baum. Fragen Sie mich nicht, wie er aussah! Und wo man ihn begraben hat, weiß ich auch nicht.«

»Aber Sie wissen, wo Evita ist, Paddy!« Lagarto atmete heftig. »Was hat Evita mit all diesen Scheußlichkeiten zu tun?«

»Nichts! Oder alles – wie Sie wollen!« Paddy warf sich in einen seiner breiten Sessel und streckte die Beine aus. Dabei zeigte er auf die Hausbar mit dem großen Kühlfach. »Bedienen Sie sich, Lagarto. Fruchtsäfte, Eis, Alkohol, was Sie wünschen. Ich weiß, ich bin heute ein miserabler Gastgeber – aber was würden Sie tun, wenn Ihre Tochter ohne Ihren Willen heiratet?« Er schielte zu Lagarto hinauf.

»Sie haben eine Tochter?«, fragte dieser verblüfft. »Seit wann denn das?«

»Seit neun Jahren.«

»Und die lassen Sie in diesem Kindesalter heiraten?«

»Blödsinn! Sie war elf, als ich sie bekam. Ein Findelkind, das ich großgezogen habe. Und heute hat sie geheiratet. Einen Mestizen. Den Krankenpfleger von Dr. Högli. Juan-Christo Ximbarro. Irgendwie hat mich das innerlich erledigt, Lagarto, können Sie das verstehen?«

»Und wie ich das verstehen kann. Ich bin fast verrückt, weil ich nichts von Evita erfahre! Paddy! Sie wissen mehr! Heraus mit der Sprache! Wo ist Evita?«

»In Santa Magdalena. Halt! Bleiben Sie stehen!« Paddy sprang aus dem Sessel. »Wenn Sie jetzt da unten erscheinen, zerreißt man Sie zu Gulasch! Sie sollten mir lieber die Hand geben, Lagarto. Wir sind beide tochtergeschädigt.« Er lachte schallend, aber mit einem schreckenerregenden Unterton. »Ist das ein Fest: zwei Schwiegerväter unter sich!«

»Schwiegerväter?« Lagarto starrte Paddy an, als habe er es mit einem Irren zu tun.

»Ihre schöne Evita ist seit heute Morgen zehn Uhr Mrs. Högli. Die Freudenfeuer im Tal gelten ihr und Ihrem Schwiegersohn, dem fast schon heiligen Doktor.«

Lagarto setzte sich langsam in einen der Sessel, lehnte sich langsam zurück. Paddy verstand ihn. Was ihn zur Weißglut brachte, lähmte Lagarto. Jeder nach seinem Temperament.

»Das haben Sie alles mit angesehen, ohne mich zu benachrichtigen?«, sagte Lagarto endlich. »Wäre ich ein Mann Ihres Schlages, Paddy, gäbe es darauf nur eine Reaktion …«

»Genauso habe ich auch reagiert. Aber fangen Sie mal einen Wind, und wecken Sie ihn ein! Sie wissen noch lange nicht alles. Ihr Schwiegersohn Dr. Högli und der Pfaffe Felix Moscia führen einen heiligen Krieg gegen mich und meine Peyotl- und Hanffelder. Sie zwicken also auch Ihnen am Lebensnerv, Lagarto. Und jetzt kommt die Ironie des Schicksals: Ihre schöne Evita erscheint im Tal, um mir Ihren Brief zu überbringen, ein ahnungsloser Engel. Aber das

Benzin geht ihr aus. Dr. Högli klaubt sie von der Straße auf und nimmt sie zunächst mit in sein Hospital. Und dort geschieht nun das, was auch Sie mitten ins Herz treffen dürfte: Evita erfährt von Högli, wen sie im Auftrag ihres Vaters besuchen soll. Sie öffnet Ihren Brief, und – bums! – die Tragödie ist da! Das Töchterlein erkennt, womit ihr angebeteter Vater seine Millionen verdient. Der Lack blättert ab … Miguel Lagarto ist ein Ungeheuer, das seinen weißen Palast in El Paso und seine Bankkonten aus den Rauschträumen der Süchtigen erbaut. Reaktion der Tochter: Sie bleibt bei ihrem Geliebten. Meine Reaktion: Ich muss sie einbeziehen in meinen Abwehrkampf. Reaktion der ›Organisation‹: Sie kommt auf die Liquidierungsliste. Nur hat es Haversson nicht geschafft. Aber es werden andere kommen.« Paddy beugte sich vor. Lagarto saß mit geschlossenen Augen im Sessel. Sein Adlergesicht war erstarrt. »Verstehen Sie nun, warum ich Ihnen am Telefon nichts sagen konnte? Ich muss hier erst Ordnung schaffen. Und ich schaffe sie, Lagarto. Die Sonne hilft mir dabei. In spätestens zehn Tagen hat der Große Durst sie alle paralysiert. Dann legen mir die Indios meine Gegner vors Tor, und ich öffne alle Wasserhähne für sie. Das habe ich versprochen.«

»Und meine Tochter wird bei den Opfern sein …«, sagte Lagarto kaum hörbar.

»Durch diese idiotische Heirat!« Paddy holte tief und schnaufend Luft. Er dachte an Matri, und das erzeugte wieder diesen schmerzhaften Druck, der ihm das Atmen schwer machte. »Sagen Sie bloß, Sie wüssten einen Ausweg!«

»Warum hat mich Evita nicht angerufen?«, fragte Lagarto.

»Ich habe die Telefonleitungen unterbrochen. Ich habe die Straße gesperrt! Ich habe Santa Magdalena abgekapselt, bis die Sonne ihr Werk vollendet haben wird. In Chihuahua habe ich eine gewisse Taubheit gekauft – aber wenn man dauernd mit Anklagen berieselt wird, wird auch der Taube hellhörig. Das musste unterbunden werden – auch in Ihrem Interesse,

Lagarto! Sie hängen bis zu den Nasenlöchern mit in dieser Scheiße drin!«

»Ich möchte meine Tochter sprechen.« Lagarto hob den Kopf. »Ich muss ihr manches erklären, Paddy.«

»Sie wird es nicht begreifen. Als Frau Högli schon gar nicht. Sie handeln mit Rauschmitteln. – Aus!«

»Aber ich bin ihr Vater!«, schrie Lagarto. Er sprang plötzlich auf und warf die Arme in die Luft. »Ich weiß, wie Evita an mir hängt. Mutterliebe hat sie nie gekannt – meine Frau starb früh –, und großgezogen wurde Evita von Kindermädchen und Gouvernanten. Die ganze Liebe dieser Tochter fiel auf mich, und ich war stolz und glücklich. Ich habe alles für sie getan. Sie ist aufgewachsen wie eine Prinzessin.«

»Mit Geld aus Meskalinverkäufen.«

»Nicht ausschließlich!«

»Jonglieren wir doch nicht mit Worten, Lagarto. Fünfzig Prozent Ihres Vermögens verdanken Sie den Rauschgiftsüchtigen. Das erklären Sie mal Ihrer Tochter!«

»Das will ich! Ich fahre sofort ins Dorf.«

»Sie kämen nie an, Lagarto. Die Indios sperren alles ab. Man betrachtet Sie als Nachfolger von Haverston.«

»Das ist doch absurd!«

Lagarto rannte durch das Zimmer zur Verandatür. Paddy blieb sitzen und schlug die Beine übereinander. Worte, dachte er. Er glaubt noch, dieses Chaos mit Worten zu entwirren! Es gibt nur eine Alternative: entweder Högli und Pater Felix – oder wir.

Hier geht es um Vernichtung, nicht um Verniedlichung. Meskalin ist eine Tatsache, man kann sie nicht zerreden.

»Seien Sie kein Narr, Lagarto!«, rief Paddy, als Lagarto die Verandatür erreicht hatte. »Sie können den Indios nicht klarmachen, dass Sie nicht Haverstons Nachfolger sind. Sie kämen zu gar keiner Erklärung. Aber wenn Sie Ihre Tochter sprechen wollen – ich stelle die Verbindung zum Tal wieder her.«

Lagarto kam zurück. Seine hohe, hagere Gestalt war jetzt etwas verkrümmt, nach vorn gezogen, wie mit einer Zentnerlast beladen. »Tun Sie das, Paddy –«, sagte er leise. »Ich werde meiner Tochter versprechen, den Handel mit Ihnen aufzugeben.«

»Sie kapitulieren?«, schrie Paddy.

»Ich will meine Tochter wiederhaben!«, brüllte Lagarto zurück.

»Eine Mrs. Högli!«

»Das ist nur ein Name!«

»Sie Spinner! Das ist eine Weltanschauung! Wo leben Sie eigentlich? Sie residieren in Ihrem weißen Schloss in El Paso, verhökern Rauschgift per Telefon, als seien es Orangenkisten, kassieren Unmengen von Dollars und verschwenden nicht einen Gedanken daran, dass das ein dreckiges Geschäft ist. Im Gegenteil: Sie bleiben der große Gentleman, unberührt in seinen Marmormauern von allem, was draußen passiert. Und wenn es plötzlich kracht, gucken Sie in die Gegend wie ein unschuldiges Kind, das eine Ohrfeige eingefangen hat und nicht weiß, wofür. Lagarto – Sie sind ein so großer Schuft wie ich! Damit müssen wir leben!«

»Wann kann ich Evita sprechen?«, fragte Lagarto steif. Sein aristokratisches Gesicht, eine männliche Version von Evitas berückender Schönheit, war bleich, als würde es nicht mehr durchblutet.

»In einer halben Stunde. Ich gebe den Auftrag, die Leitung zum Dorf wieder anzuklemmen.« Paddy stand auf und ging zu einem Kurzwellensender, der ihn mit den verschiedenen Wachen an der Straße verband. Er nahm das Mikrofon, drückte Tasten und pustete in die Membrane. Irgendwo in den Bergen leuchtete jetzt an einem Gegengerät ein rotes Lämpchen auf, ertönte ein leiser Summerton. »Ich rate Ihnen: Trinken Sie vorher ein paar Kognaks. Lagarto, Töchter können ihre Väter gründlich zerstören … Ich spüre es am eigenen Leib, und dabei ist es nur eine Pflegetochter.«

Es dauerte eine halbe Stunde, wie vorausgesagt, bis die Verbindung mit Santa Magdalena zustande kam. Paddy hatte sich bei den Wachen erkundigt: Die Hochzeitsfeier dauerte an. Man briet zwei Hammel am Spieß, tanzte um die Feuer und trank eine Mischung aus Wasser, Kakteenschnaps und Hammelblut. Für jeden einen Becher voll, zu mehr reichte es nicht. Aber selbst das war für Paddy ein Rätsel. Wo kam das Wasser her? Jeder einen Becher – das waren knapp gerechnet zweihundert Liter. So viel gab der Hospitalbrunnen nicht mehr her.

Sie haben immer wieder neue Tricks, dachte er. Nur meine Capatazos können das Wasser mitgeschleppt haben. In Lederbeuteln. Ich habe nicht daran gedacht, ihre Sättel zu kontrollieren, als sie abritten. Und die Weiber können unter ihren langen, weiten Röcken eine Menge Flaschen verstecken.

Am Telefon war ein Messdiener, den Paddy anraunzte. Dann meldete sich Pater Felix und fragte: »Warum sind Sie nicht gekommen, Paddy? Es ist ein schönes Fest. Lauter glückliche Menschen. Wenn Sie jetzt noch kämen mit ein paar Fässern Wasser … die Indios würden Ihnen die Stiefel küssen.«

»Holen Sie Miss Lagarto ans Telefon, Pfaffe!«, knurrte er und knirschte mit den Zähnen.

»Sie meinen Mrs. Högli?«

»Diese Heirat ist ein Witz! Überall auf der Welt gilt nur standesamtliche Trauung. Aber Ihr Priester traut ja auch Regenwürmer, wenn sie sich nur taufen lassen!«

Paddy tat es gut, so zu reden. Aber Pater Felix aus der Ruhe zu bringen, dazu gehörte mehr. Er lachte nur.

»Wollen Sie Mrs. Högli gratulieren, Paddy?«, fragte er.

»Ja, das auch. Ich habe sogar ein Hochzeitsgeschenk für sie.«

»Der neue Henker, der bei Ihnen eingetroffen ist?«

»Henker ist gut.« Paddys Stimme gluckste. »Das wissen Sie also schon?«

»Eher als Sie. Also keine Neuigkeit für Mrs. Högli, Paddy.«

»Trotzdem. Holen Sie die Dame ans Telefon!«

Es dauerte wieder ein paar Minuten, bis eine andere Stimme sich meldete. Englisch mit Schweizer Zungenschlag. Lagarto trank seinen dritten Kognak; seine Hände zitterten, als er das bauchige Glas zum Mund hob.

»Evita ist heute sehr fröhlich«, sagte Dr. Högli so deutlich, als stände er neben Paddy. »Lassen Sie ihr diese Freude. Morgen können Sie Ihre Gemeinheiten wieder anbringen.«

»Es ist keine Gemeinheit, Doktor.« Paddy winkte Lagarto mit dem Kopf von der Bar weg. Dabei hielt er die Sprechmuschel zu. »Ihr Schwiegersohn, Lagarto. Wollen Sie ihn hören?«

»Nein!«, sagte Lagarto. »Vielleicht nach Evita … vielleicht …«

»Ich habe eine echte Überraschung, Doktor«, sprach Paddy weiter. »Ihre Frau würde es Ihnen bestimmt übelnehmen, wenn Sie sie ihr vorenthielten.«

Wieder eine Minute Warten, dann erklang endlich Evitas Stimme. Lagarto zuckte heftig zusammen, als er sie aus dem Telefon hörte. »Hier bin ich, Mr. Paddy.«

Paddy gab wortlos den Hörer an Lagarto weiter. Der holte tief Atem und hielt das Telefon mit beiden Händen umklammert. »Evita«, sagte er heiser vor Erregung. »Evita –«

»Vater!« Ein Wort, ganz nüchtern ausgesprochen, nicht erstaunt, kein erlösender Aufschrei, nichts von der töchterlichen Liebe, die ihn so stolz gemacht hatte. Ein Wort wie jedes andere: Vater.

Dann war Schweigen. Lagartos Atem ging mühsam. Evita musste es hören, aber sie reagierte nicht. Was Lagarto nicht sehen konnte: Sie lehnte sich an Dr. Högli, hatte die Stirn gegen seine Brust gedrückt und biss sich auf die Lippen, um nicht laut zu weinen.

»Bist du noch da, Evita?«, fragte Lagarto, als die Qual dieses Wartens unerträglich wurde.

»Ja.«

»Ich bin hier bei Mr. Paddy.«

»Du bist also der neue Fremde?«

»Ja.«

»Was willst du hier? Hast du Paddy nun selbst den Scheck gebracht für das Meskalin?«

»Evita!« Lagarto musste sich gegen die Wand lehnen, seine Knie gaben nach. »So darfst du nicht fragen. Ich will dir alles erklären …«

»Handelst du mit Meskalin, oder nicht?« Lagarto zuckte zusammen. Evitas Stimme überschlug sich. Sie schrie ins Telefon, und plötzlich traf ihn die ganze Qual der Erkenntnis, dass er keine Tochter mehr hatte.

»Ja oder nein?«, schrie ihn Evita an. »Hast du meine Erziehung mit Meskalin bezahlt? Meine Kleider, meinen Schmuck, meine Autos, meine Reisen, alle meine Wünsche? Heiße ich in Wirklichkeit Evita Lagarto de Meskalin? Ja oder nein, Vater?«

»Evita!«, stöhnte Lagarto. »Das Leben ist nicht so einfach. Hör mich an. Lass uns zusammenkommen. Ja oder nein … so arm ist das Leben nicht.«

»Es *ist* so arm. Ich habe es kennengelernt. Und ich lebe in dieser Armut und bin glücklich wie nie in meinem Leben! Fahr zurück nach El Paso, Vater … Fahr zurück – und leb wohl …«

Es knackte in der Leitung. Lagarto schüttelte den Hörer und verlor den letzten Rest seiner Beherrschung. »Evita!«, brüllte er heiser. »Hör mich doch an! Evita! Das kannst du nicht machen! Ich bin doch dein Vater! Du kannst doch nicht einfach sagen: Ich habe keinen Vater mehr! Evita!«

Paddy entwand ihm mit Gewalt das Telefon und stellte es weg. Dann stieß er Lagarto in einen Sessel und drückte ihn an den Schultern hinunter, als er wieder aufspringen wollte.

»Benehmen Sie sich wie ein Mann!«, schrie er. »Glauben Sie, ich bin ein Stein, wenn ich an Matri denke? Haben Sie eine andere Reaktion erwartet? Ich habe Ihnen doch gesagt: Mit Dr. Högli verheiratet zu sein ist keine Bettgeschichte, sondern eine Weltanschauung! *Dagegen* müssen wir etwas tun!«

»Ich kann doch meine Tochter nicht vernichten, Paddy«, stammelte Lagarto. Er war völlig gebrochen.

»Dann vernichtet sie uns! Was wollen Sie?«

»Ich habe genug Geld, Sie haben genug … warum dieser Kampf?«

»Um Ihre von Höglis Idealen verdorbene Tochter zurückzuholen, müssten Sie alles, was Sie durch Meskalin erworben haben, verschenken. Am besten einer Stiftung zur Rettung Süchtiger.«

»Und wenn ich das tue?«, sagte Lagarto.

»Der Geruch bleibt haften, Lagarto. Wir müssen uns – so schwer es ist – daran gewöhnen, ohne unsere Töchter zu leben.«

»Nie, Paddy, nie!« Lagarto griff nach dem Kognakglas. »Ich stelle mein ganzes Leben um. Ich kann ohne Evita nicht weiterleben. Ich habe doch nur für sie gearbeitet.«

»Die übliche Rede aller Väter. Randvoll mit Heuchelei. Seien Sie doch ehrlich: Sie haben sich am Geld und an der Macht berauscht! Und Ihre Tochter war das Aushängeschild. Sie war Ihre Krone, die Sie täglich polierten. Verdammt, man kann auch weiterleben ohne diese Schau!«

»Ich nicht, Paddy, ich nicht! Ich gebe alles auf, wenn ich Evita dadurch überzeugen kann. Schon morgen fange ich damit an!«

»Da bin ich gespannt.« Paddy trat an das große Fenster. Draußen war schwarze Nacht. Aus dem Felsentrichter tönte leise der Gesang der Indios von Santa Magdalena. Im Tal musste das dröhnen. Ein ganzes Dorf war im Taumel und berauschte sich an der letzten Freude, bis mit dem Morgen wieder das langsame Sterben begann. Der große, alles vernichtende Durst.

In dieser Nacht schlief Paddy kaum. Auch Lagarto saß

aufrecht im Bett und starrte in die Dunkelheit. Sie hörten die Capatazos zurückkommen, die Frauen, die geschmückten Wagen. Singend zogen sie in die Hazienda. Ihr Lachen füllte die Nacht, bohrte Löcher in die Gehirne von Paddy und Lagarto.

Dann sahen sie den Morgen dämmern, den Sonnenaufgang, den Beginn neuer Glut, das Erwachen des strahlenden Todes.

Vor dem wieder geschlossenen Palisadentor lagen neue Leichen, als Paddy und Lagarto zum Frühstück auf der Terrasse erschienen. Nur drei Körper, aber sie sahen anders aus als die Verdursteten. Auch die Indios fehlten, die sonst als Totenwache am Zaun hockten. Dafür waren die Geier da und kreisten über den Leichen. Am Tor standen zwei Capatazos. Sie hatten sich nasse Tücher vor den Mund gebunden.

Ein neuer Tod nahm von Santa Magdalena Besitz.

Die Cholera.

Im Hospital, in Dr. Höglis Arbeitszimmer, fand an diesem Morgen eine Besprechung statt. Pater Felix war gekommen, und zum ersten Mal hatte ihn sein galliger Humor verlassen. Wie kritisch die Situation war, ging schon daraus hervor, dass man sogar Pierre Porelle aus dem Bett geholt hatte. Unter lautem Protest hatte man ihn weggetragen, zwei kräftige Pfleger nahmen ihn einfach unter den Achseln hoch. Er schrie, die Augen weit geöffnet vor Entsetzen: »Mörder! Gemeine, feige Mörder! Einen Wehrlosen töten! Hilfe! Hilfe!« Erst als er sah, dass man ihn zu Dr. Högli trug, wurde er still. Jetzt hockte er auf einer Stuhlkante, auf dem kleinen Fleck seines Hinterns, der von den Kakteenstacheln verschont geblieben war. Evita servierte Getränke: für jeden zwei Schlucke schales, abgekochtes Wasser. Eine Köstlichkeit! Etwas abseits standen Juan-Christo und Matri, Hand in Hand.

»Ich habe Sie kommen lassen, Porelle«, sagte Högli, und seine Stimme war ungewöhnlich hart, »um Ihnen die Wahrheit zu sagen, die wir hier alle kennen. Die Lage ist verzweifelt. Wenn wir nicht verdursten oder in den nächsten Tagen von den Indios erschlagen werden, weil Paddys Wasser ihnen dann wichtiger sein wird als die Medizin und der liebe Gott, werden wir an der Cholera krepieren!«

»Cholera?« Porelles Gesicht drückte maßloses Entsetzen aus. »Wieso Cholera?«

»Antonio Tenabo hat es zuerst erwischt. Jetzt haben wir im Dorf schon vierzehn Fälle! Drei Tote liegen vor Paddys Burg, die anderen werden folgen.«

»Warum tun Sie nichts?«, rief Porelle. »Wozu haben Sie hier ein Hospital?«

»Ich habe keine Medikamente, Porelle! In neun Tagen fällt auch der Strom aus. Dann ist das Benzin zu Ende für die Generatoren. Paddy hat den Strom abgestellt, hat das Telefon und die Straße gesperrt. Aber das wissen Sie ja alles!«

»Und was kann *ich* dafür?«, schrie Porelle.

»Sie sind ein Vertreter jener Macht, die dafür verantwortlich ist.« Pater Felix nippte an seinem Glas. Einen Schluck Wasser, im Gaumen rollen lassen ... die ausgetrocknete Gaumenhaut saugte es auf wie ein Schwamm. »Zuerst war es Paddy, aber jetzt ist auch er nur eine Marionette! Was mit Rick Haverston passiert ist, wissen Sie – aber Sie leben! Sie sind ein Teil dieser ›Organisation‹, und wenn Sie jetzt nicht eine Verbindung nach draußen herstellen, verrecken Sie elend wie die Indios! Das garantieren wir Ihnen!«

»Sie verrecken auch, Pater!« sagte Porelle heiser.

»Ich habe mein Leben bereits in Gottes Hand gegeben.«

»Blödsinn! Auch Sie haben Angst vor dem Sterben wie wir alle! Sie sind kein Übermensch!« Er sah die anderen an, seine Augenlider flatterten. »Was wollen Sie von mir? Ich kann doch auch nichts tun.«

»Sie könnten aus dem Tal hinaus und in Nonoava oder Chihuahua eine Hilfsaktion in Bewegung bringen«, sagte Dr. Högli. »Sie wird Paddy hinauslassen.«

»Natürlich!« Porelle lachte gequält. »Aber was ist draußen? Freiheit? In welcher Welt lebt ihr denn? Ich habe versagt, Messieurs … Ich bin hierhergeschickt worden, um einen verrückten Priester und einen in Idealen schwimmenden Arzt nach ›Art des Hauses‹ zu überzeugen, dass sie falsch liegen. Was das heißt, brauche ich nicht zu erklären.« Porelle schwitzte, trotz der surrenden Ventilatoren. »Ich bin in eine ganz dämliche Falle getappt. Dann erschien Haverston – ein Beweis, dass man in der Organisation ungeduldig wurde. Auch Rick ist erledigt. Was – frage ich Sie – geschieht wohl, wenn ich jetzt draußen auftauche? Und wenn ich dann auch noch so wahnsinnig bin, Santa Magdalena und Sie retten zu wollen? Selbst wenn Sie mich auf den Mond schießen, bin ich nicht mehr sicher!« Porelle trank sein Wasserkontingent mit einem Schluck aus. »Ich werde sowieso nach Frankreich auswandern.«

»Nie«, sagte Pater Felix grob. »Sie krepieren an der Cholera.«

»Dieser Polizeichef Femola hat doch mit seinem Hubschrauber Medikamente eingeflogen!« rief Porelle. Die Angst erwürgte ihn fast. Cholera, dachte er. Das ist ein fürchterliches Sterben.

Wenn man die Wahl hat zwischen einem Schuss und der Cholera – man soll den Schuss wählen. Und für ihn gab es nur diese Wahl.

»Wir haben sie verbraucht, um Tenabo zu retten. Er hat die Krise überstanden.«

»Die wertvollen Medikamente für einen Lumpen wie Antonio!«, rief Porelle.

»Sind Sie mehr?«, fragte Pater Felix ruhig.

»Und wie … wie soll es jetzt weitergehen?« Porelle sah hinüber zu Evita. Ihre Schönheit war ergreifend. Als Franzose verstand er, dass man eine solche Frau anbeten könnte, aber er begriff nicht, wie sie einen Dr. Högli heiraten konnte, und dass sie in diesem Drecknest blieb und ganz ruhig, als sei es das Selbstverständlichste von der Welt, ihrem nahen Tod entgegenlebte. »Gut. Ich gehe zu Paddy! Angenommen, er lässt mich raus! Wie kann ich in diesem Zustand einen Wagen lenken? Der Hubschrauber fällt ja aus … Sergeant Lopez wird in vierzehn Tagen noch nicht wieder sitzen können!«

»Überzeugen Sie Paddy, dass Evita mit Ihnen fahren muss«, sagte Pater Felix.

»Ich bleibe bei Riccardo«, sagte Evita sofort. »Fahren Sie, Pater.«

»Vielleicht lost man es mit Münzen aus oder zieht Hölzchen?«, schrie Porelle hysterisch. »Bevor ich in Chihuahua die Behörden in Schwung bringe, habe ich eine Kugel in der Stirn!«

»Da hat er recht.« Pater Felix nickte. »Wir müssen Paddy dazu bringen, mit seinem intakten Telefon Alarm zu schlagen!«

»Dass ihr Priester nie aufhört, an Wunder zu glauben!«, sagte Porelle bitter.

»Dann bleibt uns nur noch eins.« Pater Felix faltete die Hände, als bete er. »Der Kampf! Der Kampf um das nackte Überleben! Der Sturm auf Paddys Wasser!« Er blickte erst Dr. Högli an, dann Evita. Högli hatte den Kopf gesenkt; sein Protest gegen Gewalt hatte keine Grundlage mehr, wenn die ganze Welt nur noch aus Vernichtung bestand. »Riccardo …«, sagte Felix sanft. »Spielt es jetzt noch eine Rolle, ob wir am Durst, an der Cholera oder unter Paddys Gewehren sterben?«

»Nein«, antwortete Högli.

»Wo ist die größere Chance? Können wir die Sonne wegschieben? Nein! Können wir die Cholera mit deinen Mitteln aufhalten? Nein! Können wir an das Wasser heran?«

»Ja!«, schrie Porelle wie ein Irrer. »Ja! Ja! Ja!«

»Und mein Vater?« Evita saß neben Högli und hatte den Arm um seine Schulter gelegt. Sie sah müde aus. Aber es waren nicht die Schatten der Hochzeitsnacht, die um ihre Augen lagen. Sie hatten nach der Feier und dem Ablegen der Festgewänder allein und im Dunkeln hier im Zimmer gesessen und davon gesprochen, wie schön ihre Liebe, ihr Leben, ihre Zukunft hätten sein können.

Später hatten sie nebeneinander gelegen, zum ersten Mal als Mann und Frau, aber sie hatten sich nicht geliebt, obwohl sie voller Sehnsucht waren – es ging einfach nicht. So voll ihre Herzen von Liebe waren, so leer waren ihre Körper. Sie kamen sich ausgedörrt vor wie das braune, verbrannte Gras vor dem Haus.

»Ihr Vater ist ein besonderes Kapitel!«, sagte Porelle gehässig.

»Ich weiß es.«

»Er ist hier, also wird er hier auch mitmischen. Wie, das wird sich zeigen!«

»Mein Vater wird niemals auf Menschen schießen. Niemals!«

»Er wird dazu gezwungen werden, schöne Mrs. Högli.« Porelle stand auf, mit beiden Händen stützte er sich an der Wand ab. Das Sitzen auf dem kleinen Fleck seines Hinterns war ungeheuer anstrengend. Im Bett war das anders, da hatte er eine halbwegs weiche Unterlage. »Wenn die Indios losstürmen … glauben Sie, die machen um Ihren Vater einen Bogen, ziehen den Hut und sagen: ›Bitte, treten Sie zur Seite, Caballero, Sie stehen in unserer Feuerlinie!‹ Wenn Pater Felix' Sturm losbricht, wird alles weggeblasen, auch Ihr Vater!«

»Ist das wahr, Pater?«, fragte Evita leise.

Felix Moscia nickte. »Ja«, sagte er. »Wenn sich Paddy und seine Capatazos wehren, wird es fürchterlich werden. Sie oder wir … Das alte Gesetz!«

»Ich möchte noch einmal mit meinem Vater sprechen.« Evita erhob sich und trat an das Fenster. Vor dem Hospital hatten die ersten Maßnahmen gegen die Cholera begonnen, das Einzige, was man tun konnte, ein Rückfall in das Mittelalter: Die noch kräftigeren Indios sperrten das Krankenhaus ab und jagten alles weg, was von Santa Magdalena zu Dr. Högli pilgerte: alle Kranken, Männer, Frauen, Kinder, Greise.

Im Dorf war eine Panik ausgebrochen, scharenweise rückten die verängstigen Indios heran, getrieben von dem verzweifelten Glauben, im Hospital sei Sicherheit. Unser Doktor, unser Padre, er hatte immer geholfen, er war immer da für uns, er wusste immer einen Rat – warum jetzt nicht auch? Die ewige Sonne, der aushöhlende Durst, und nun auch noch die Cholera … Doktor, hilf uns! Zwei Himmel auf Erden gab es in diesem höllischen Tal: die Kirche und das Krankenhaus! Lass uns zu dir, Doktor!

Sie kamen nicht mehr heran. Auch wenn sie flehten, nach Dr. Högli schrien, die Kinder hochhielten – die Indios jagten sie weg, und als sie wie ein Block herankamen, um die Sperre aufzubrechen, schlugen die Männer mit langen Lederpeitschen auf sie ein.

Evita wandte sich ab und bedeckte das Gesicht mit beiden Händen. Sie hörten das Lärmen hier im Zimmer, das Schreien und Kreischen der Frauen, das Klatschen der Peitschenschläge.

»Es muss etwas geschehen!«, sagte Pater Felix laut. »Die Welt von Santa Magdalena geht zugrunde. Evita, sprechen Sie mit Ihrem Vater!«

»Was nun?«, fragte auch Miguel Lagarto.

Sie hatten das Frühstück nicht angerührt; der so reich gedeckte Tisch mit Brot, Butter, Konfitüren, Wurst, Fruchtsäften, Eiern, frischen Früchten und verschiedenen Käsesorten war wie ein Hohn. Das Wasser des großen Swimmingpools glitzerte blau in der gnadenlosen Sonne, im Park drehten sich wieder die Sprenger – köstliches, lebenserhaltendes Wasser, weggeschleudert für Blumen und Rasen, während jenseits der Mauer die Menschen verdorrten. Lagarto stand mit Jack Paddy auf der Terrasse und blickte hinüber zu den drei Leichen vor dem Tor.

»Wollen Sie immer noch nicht kapitulieren, Sie Rindvieh? Glauben Sie, die Cholera macht vor Ihrem Tor halt? Sie war ja schon bei Ihnen mit Antonio Tenabo. Verdammt, Jack, lassen Sie mich zu meinem Wagen. Ich fahre nach Nonoava!«

»Dazu müssten Sie am Dorf vorbei, Mr. Lagarto, und an der Kreuzung geht's nicht mehr weiter!« Paddy ging zurück in sein Haus. Lagarto folgte ihm und riss ihn plötzlich an der Schulter herum. Es war erstaunlich, wie viel Kraft dieser hagere Mensch hatte – er schaffte es, dass der Bulle Paddy stolperte und nach Halt suchte.

»Meine Tochter ist da unten!«, schrie Lagarto. »Mein einziges Kind! Mitten unter den Cholerakranken!«

»Dafür hat sie ja auch diesen völlig idiotischen Arzt geheiratet!«, schrie Paddy zurück. »Miguel, warten Sie noch drei Tage ab! Dann läuft hier alles anders!«

»Mein Gott, haben Sie denn statt eines Herzens eine Peyotlkaktee in der Brust!« Lagarto ließ sich in einen Sessel fallen. »Auch Ihre Matri wird sterben!«

Jack Paddy senkte den dicken Kopf. Matri, dachte er. Frau Ximbarro heißt sie jetzt. Ximbarro, welch ein Name! Läuft davon und heiratet. Läuft mir davon – und ich habe sie aufgezogen wie eine Prinzessin, wie mein Kind, die ganze Welt könnte ihr zu Füßen liegen. Aber sie heiratet einen Mestizen! Gibt es noch einen Grund, sich um Matri zu kümmern? In seiner gekränkten Eitelkeit redete Paddy sich ein, dass er wirklich beabsichtigt habe, aus Matri, dem Findelkind und Hausmädchen, nicht etwa seine Geliebte, sondern eine in Ehren gehaltene Pflegetochter zu machen.

»Wir sind in den Arsch getretene Väter, Lagarto«, sagte er. »Wir ziehen Töchter auf wie Orchideen, und dann kommt ein Landstreicher und pflückt sie einfach ab. Vergessen wir sie!«

»Ich werde es nie können, Jack. Nie! Ich muss Evita aus Santa Magdalena herausholen!« Lagarto zeigte zum Fenster hinaus. »Was nützt Ihnen Ihr Sieg, wenn Sie auf einem Haufen von Choleratoten sitzen?«

Paddy schwieg. Er ging zum Fenster. Seine Capatazos blieben in ihren Häusern, bis auf die eingeteilten Wächter. Auch die Frauen seiner Vorarbeiter ließen sich nicht sehen, die Kinder spielten nicht mehr in den kleinen Gärten, die hinter den flachen Bauten lagen. Die Angst lähmte sie alle, sie verkrochen sich, als könne man sich vor der Cholera verstecken.

Die Leichen vor dem Tor quollen auf. Paddy spürte Übelkeit. »Gut!«, sagte er heiser. »Ich rufe die Polizeistation in Nonoava an.« Er ging zum Telefon und legte die Hand auf den Hörer. Aber er hob nicht ab.

»Warum zögern Sie?«, rief Lagarto. Er zitterte vor Erregung.

»Mir fällt gerade etwas ein, Lagarto. Ich habe gesagt, der Hubschrauber mit Mendoza Femola sei hier nie angekommen. Erscheint jetzt die Polizei bei mir, findet sie logischerweise auch den Hubschrauber. Und Emanuel Lopez ist auch da!«

»Haben Sie Femola erschossen?«

»Reden Sie keinen Quatsch! Aber ich habe Rick Haverston geschützt, für ihn gelogen, alles geduldet!«

»Unter Zwang.«

»Das weisen Sie erst einmal nach! Wenn Lopez aussagt … Lagarto, waren Sie schon mal in mexikanischen Gefängnissen? Femola hat mich einmal herumgeführt. Eine Ratte bewohnt einen Palast dagegen! Und ich habe die berechtigte Aussicht, aus einem solchen Loch nie mehr herauszukommen.« Paddy nahm die Hand vom Telefon. »Die Sache ist total verfahren.«

»Rufen Sie an!«, schrie Lagarto. Er sprang plötzlich auf, riss einen schweren, bronzenen Leuchter vom Tisch. Er war zum Äußersten entschlossen. Paddy hob die Schultern. Er hatte keine Waffe bei sich. Seit Haverstons Tod schien ihm das unnötig.

»Sie werden mir sympathisch, Miguel«, sagte er sarkastisch. »Ihre vornehme, polierte Art war mir immer zuwider. Sie sind ein Lump wie ich, reich geworden durch verkaufte bittersüße Träume, die den Menschen zum geistigen Krüppel machen. Und es macht nicht den geringsten Unterschied, dass Sie ein geehrter Mann sind. Freund von Senatoren, Mäzen, Wohltäter … Sie sind und bleiben ein Lump! So – und jetzt telefoniere ich!«

In Nonoava meldete sich sofort der arme Sergeant, der seit dem Verschwinden seines Chefs Femola die Polizei leitete. Aus Chihuahua hatte man zwar einen Ersatz versprochen, einen Leutnant, und er hatte sich auch schon am Telefon gemeldet, sehr forsch und mutig, hatte alle Nonoaver Polizisten ungeputzte Ärsche genannt und versprochen, für Ordnung zu sorgen … aber geschehen war noch nichts. Selbst eine Kommission, die Femolas Verschwinden untersuchen sollte, war bisher nur angekündigt worden. Erschienen war lediglich ein Beauftragter der ein bisschen herumfragte, Femolas dicke Frau betrachtete, sich ihre Stimme anhörte und dann im vertrauten Kreis erklärte: »Ich wäre auch verschwunden, Amigos!« Damit schien die ganz rätselhafte Angelegenheit erledigt zu sein.

»Ist Mendoza endlich gelandet?«, rief der Sergeant, als er Paddys Stimme erkannte. »Wo war er? Hatten sie Maschinenschaden? Warum ist der Funk ausgefallen? Geben Sie mir den Chef – seine Frau macht ganz Nonoava verrückt!«

Paddy seufzte und blickte an die Decke, wo die großen Ventilatorflügel kreisten.

»Zieh die Bremse, Junge!«, sagte er laut, als der Sergeant endlich Luft holen musste. Was soll ich jetzt sagen, dachte Paddy. Die Wahrheit? Emanuel Lopez lebt – es könnte sich also nur um ein Hinausschieben der Wahrheit handeln – falls Lopez weiterleben wird. Das ist auch so eine Frage, die nur der Teufel beantworten kann: Soll man Lopez weiterleben lassen?

Er entschloss sich, zunächst auszuweichen und von der Cholera zu reden. Das lag näher, als sich mit dem im Garten verscharrten Mendoza Femola zu befassen.

»Wir haben hier andere Sorgen, Sergeant!«, rief Paddy und gab seiner Stimme einen dröhnenden Klang. »Bei uns herrscht die Cholera! Mensch, fallen Sie nicht gleich vom Stuhl! Bisher sind es drei Tote! Aber bevor sich die Seuche ausbreitet …«

»Ich werde sofort alles veranlassen!«, schrie der kleine Sergeant in Nonoava. »Keiner kommt raus und keiner kommt rein!«

»Idiot!«, brüllte Paddy. »Sie sollen die Gesundheitsbehörde in Chihuahua alarmieren! Wir brauchen Hilfe! Medikamente, Ärzte, Seuchenbekämpfung, was weiß ich, was da getan werden muss! Wir verrecken hier alle!«

»Zunächst wird alles hermetisch abgesperrt!«, sagte der Sergeant. Er war stolz, dass er hermetisch sagen konnte, er hatte es von seinem Vorgesetzten Mendoza Femola gelernt, der ein äußerst kluger Mensch gewesen war. »Ganz hermetisch!«

»Leck mich am Arsch mit deinem hermetisch!«, tobte Paddy. »Ich schicke Señor Lagarto wieder aus dem Tal. Er wird mit dir über alles reden!«

Der Sergeant in Nonoava wuchs über sich selbst hinaus: Er wurde amtlich, sogar gegenüber dem großen Señor Paddy.

»Er bleibt, wo er ist«, sagte er.

»Bist du verrückt?«, schrie Paddy.

»Laut Seuchengesetz darf keiner aus einem verseuchten Gebiet hinaus. Strenge Quarantäne!« Wieder ein schönes Wort, fehlerfrei ausgesprochen! Vielleicht wurde man Mendozas Nachfolger – die Fähigkeit dazu bewies man jetzt! »Alles bleibt in Santa Magdalena, auch dieser Señor Lagarto.«

»Weißt du Affe überhaupt, wer das ist? Ein amerikanischer Staatsbürger! Ein einflussreicher Mann! Wenn der hustet, stirbst du an Lungenentzündung! Ich schicke ihn gleich los!«

»Er bleibt! Wer das Tal verlässt, wird ohne Warnung erschossen! Das ist ein Befehl, Señor Paddy!« Der Sergeant straffte sich und trommelte mit der freien Hand auf den Tisch. So weit kommt es noch, dachte er, dass ein Americano der mexikanischen Polizei sagt, was sie zu tun hat! »Und wenn dieser Lagarto der Präsident der USA wäre ... Quarantäne ist Quarantäne!«

Ohne Paddys weiteres Gebrüll abzuwarten, legte der Sergeant auf. Paddy schüttelte den Hörer. »Den Kerl kastriere ich!«, sagte er heiser. »Er riegelt uns endgültig ab. Das ist seine Hilfe.«

»Man hatte die Straße ja schon gesperrt, als ich ankam. Auch wegen Cholera.« Lagarto erhob sich aus dem Sessel. »Was wird hier gespielt, Paddy?«

»Der erste Alarm war zwischen Femola und mir ausgemacht, damit Högli und Pater Felix keine Hilfe von außen bekommen. Der zweite Alarm wurde durch die Krankheit Tenabos ausgelöst – da sperrte nicht nur ich ab und setzte neue Warnschilder wegen der Seuche, sondern auch die Polizei stellte Wachen auf. Da hinein gerieten Sie. Aber ernst hat das noch keiner genommen. Erst jetzt dämmert es denen da draußen, dass hier doch die Hölle los ist! So ist die Wahrheit.«

»Und keine Polizei, keine Behörde, niemand kümmerte sich bisher darum – auch nicht beim ersten Alarm, selbst wenn er falsch war! Spätestens beim zweiten, wo wirklich ein Cholerafall vorlag, hätte man doch ...«

Paddy grinste. »Lernen Sie diese Leute kennen, Miguel! Was man nicht weiß, braucht man nicht im Hirn mitzuschleppen, denken sie. Und: Vorsicht ist besser als der schönste Grabstein! Man soll alles und gar nichts glauben. Dann lebt sich's bequem.«

»Verdammt! Rufen Sie doch in Chihuahua selbst an!«, sagte Lagarto. »Die Gesundheitsbehörde ...«

»Ist Santa Magdalena etwa Los Angeles oder San Francisco, he?« Paddy lachte rau. »Unser Telefon geht vom Tal bis zur Post von Nonoava. Dort wird dann weitervermittelt und in unsere Leitung eingeschaltet.« Er zeigte auf das Telefon. »Versuchen Sie's! Ich wette mit Ihnen um jeden Betrag: Das

Erste, was der Idiot von Sergeant getan hat, ist ein Befehl an den Posthalter, keine Nachrichten aus Santa Magdalena mehr herauszulassen. Damit es im Land keine Panik gibt …«

»Das wäre ein Verbrechen!«, stammelte Lagarto. Er riss den Hörer wieder hoch. »Das wäre gleichzusetzen mit Massenmord!«

»Bitte!« Paddy winkte. »Drehen Sie die Nümmerchen! Poststation Nummer 04. Streng hierarchisch: Nummer 01 – der Bürgermeister, Nummer 02 – die Polizei, Nummer 03 – die Filiale der Bank von Mexiko, Nummer 04 …«

Lagarto hatte gewählt. Eine Frauenstimme meldete sich. »Hier ist Santa Magdalena –«, sagte Lagarto. Es machte klick im Apparat. Die Verbindung war tot. Paddy grinste breit.

»Was sage ich! Die Jalousien sind runter. Wir können jetzt in aller Gemütlichkeit verrecken!«

»Das sagen Sie so ruhig?«, schrie Lagarto.

Paddy zeigte nach draußen. »Ich warte nur auf eine Vollzugsmeldung. Ich habe im Dorf sagen lassen, dass es Wasser genug gibt und dass die Cholera aufhört, sobald man mir da draußen vors Tor Dr. Högli und Pater Felix hinlegt …«

»Und meine Tochter!«, stöhnte Lagarto mit weiten Augen.

»Das ist nicht nötig.«

»Ich kenne meine Tochter! Sie wird Ihre Mörder nur über sich an ihren Mann heranlassen! Sie ist eine Lagarto!«

»Wenn das ein Begriff für Blödheit ist – ich kann's nicht ändern!«

Miguel Lagarto warf sich herum. Er rannte aus dem Haus, stürzte die Treppe der Terrasse hinunter, stolperte, rollte durch den aufstaubenden Sand, erhob sich und brüllte: »Den Wagen! Bringt mir den starken Wagen von Mr. Paddy! Zehntausend Dollar für einen Wagen!« Den gestohlenen Polizeiwagen hielt er jetzt für viel zu schwach.

»Er muss Shakespeare gelesen haben«, sagte Paddy vor sich hin. »Da gibt es doch diesen König, der bietet sein Königreich für ein Pferd.«

Er trat an das große Panoramafenster, winkte den zu ihm hinaufglotzenden Capatazos und nickte.

Gebt ihm nur meinen Landrover, dachte er. Hier kommt keiner mehr heraus! Ich habe mich selbst aufgehängt!

Ein paar Minuten später verließ Miguel Lagarto mit dem Landrover die Hazienda. Er umfuhr die nackten Choleratoten vor dem Tor und brauste in einer Staubwolke davon.

Zwei Stunden lang versuchte Paddy dann, erneut mit Nonoava ins Gespräch zu kommen. Die Post trennte ihn immer wieder, sobald er sich meldete. Nur wenn er die Polizei verlangte, stellte sie durch. Der Sergeant war sehr wortkarg geworden.

»Wollt ihr uns alle verrecken lassen?«, fuhr Paddy ihn an. »Die Situation ist so, dass sofort Alarm gegeben werden muss!«

»Es ist bereits alles Nötige getan«, antwortete der Sergeant knapp.

»Und was ist getan?«

»Die Abriegelung ist vollkommen.«

Der Sergeant legte auf.

So ging es hin und her, zwei Stunden lang, und Paddy fürchtete sich nun wirklich davor, zusammen mit dem Dorf Santa Magdalena, mit allen Indios, Capatazos, Frauen und Kindern, zum Tode verurteilt zu werden.

Was tat Chihuahua? Schickte man vom Gesundheitsamt die Seuchentrupps? Flog man Medikamente und Ärzte in den einsamen Kessel ein? Oder lief das alles, wie üblich, langsam und träge an, eine Behördenmaschine, die erst entrostet werden musste? Kam alles zu spät?

Paddy verzichtete auf weitere Telefonate und ging hinüber zum Gästehaus. Dort lag Emanuel Lopez auf dem Bauch, den Hintern dick verbunden, und zuckte erschrocken zusammen, als die Tür klappte. Das indianische Hausmädchen, das nackt neben ihm lag, quietschte auf und flüchtete in eine Zimmerecke.

»Raus, Conchita!«, sagte Paddy grob. Und während das Mädchen seine Kleider von der Stuhllehne raffte und aus dem Zimmer lief, herrschte er Lopez an: »Ist der Hubschrauber in Ordnung?«

»Was heißt das?«

»Ob er flugfertig ist, du Rind!«

»Wenn niemand dran gedreht hat – jederzeit. Ich habe ihn immer gut gewartet. Warum?«

»Wir müssen hier raus, Lopez. Sofort! Wir – wir müssen der Kriminalpolizei in Chihuahua von Mendozas Tod berichten.«

»Ich denke, das haben Sie schon telefonisch getan, Mr. Paddy?«

»Telefonisch! Natürlich! Aber es muss ein Protokoll gemacht werden! Und die Hintermänner müssen aufgedeckt werden! Rick Haverston war nur der kleine Finger einer großen Organisation! Das muss alles gesagt werden.«

»In einer Woche werde ich so weit sein, um fliegen zu können, Mr. Paddy«, sagte Lopez.

»In einer Woche? Sofort!«

»Unmöglich!« Lopez hob erstaunt den Kopf. »Überhaupt – warum kommt niemand? Warum schicken sie keinen hierher? Wo bleibt Silvo? Warum lassen sie mich hier liegen?«

»Weil sie uns abgesperrt haben!«, schrie Paddy. »Abgedreht wie einen Wasserhahn!«

»Aber das wollten Sie doch so, Mr. Paddy!«

Lopez wälzte sich etwas auf die Seite und verzog sein Gesicht. Die Schmerzen hörten nicht auf; Haverston musste irgendeinen Nerv getroffen haben.

»Sie könnten mich wenigstens abholen und dann weitermachen …«

»Wir haben die Cholera hier«, sagte Paddy ganz langsam und ohne zu brüllen. »Die Cholera, Lopez.«

»Ich weiß, darauf hatten wir uns ja geeinigt.«

»Sie ist wirklich hier! Wirklich! Nicht nur Tenabo hat sie –

viele hat sie erwischt! Begreifst du jetzt, Junge? Dein Hubschrauber ist unsere einzige Rettung! Du *musst* fliegen!«

»Ich kann nicht.« Lopez wollte sich erheben, aber er sackte stöhnend wieder zusammen. »Haben Sie Alarm gegeben? Hat Silvo Chihuahua unterrichtet?«

»Wenn Silvo euer zweiter Sergeant in Nonoava ist, dann sind wir schon tot, Lopez! Einen größeren Idioten gibt es nicht. Er tut nichts!«

»Ich versuche es, Mr. Paddy.«

»Wir tragen dich zum Hubschrauber, legen dir Daunenkissen unter den Arsch. Nur fliegen musst du! Und wenn du brüllst vor Schmerzen … wir müssen hier raus! Die Schmerzen gehen vorbei – aber die Cholera bleibt hier kleben! Junge, versuch es!« Paddy zog Lopez vom Bett. Der klapperte mit den Zähnen, knickte in den Knien ein. Er hatte zu viel Blut verloren, es hatte sich noch nicht regeneriert! Dazu die schöne Conchita … Lopez hing in Paddys Armen und schüttelte den Kopf.

»Unmöglich! Es dreht sich alles! Gestern, bei der Hochzeit … ich hab' nur noch explodierende Sterne gesehen.«

»Es muss gehen, Lopez!« Paddy schleifte den Piloten aus dem Zimmer. Lopez keuchte, biss die Zähne aufeinander und gab es auf, seine Beine zu bewegen. »Reiß dich zusammen!«, schrie Paddy ihm ins Ohr. »Denk an die Cholera!«

Es hatte wirklich keinen Sinn. Auch Paddy hatte das eingesehen, als er Lopez wieder zurück ins Zimmer schleifte und auf das Bett legte.

Die letzte Hoffnung zerrann. Jetzt blieb nur noch Miguel Lagarto. War es ihm gelungen, Nonoava zu erreichen und den Sergeanten Silvo mit dem Kopf gegen die Wand zu werfen – nur dann war noch auf ein Überleben zu hoffen.

Lagarto raste die Straße entlang, fuhr in die Berge hinein, und keiner hielt ihn auf. Paddys Wachen waren längst auf eigene Faust in die Hazienda zurückgekehrt, pfiffen auf alle Befehle und verkrochen sich zu ihren Familien in die flachen Häuser. Wusste man denn, wie sich die Cholera verbreitet? Vielleicht bringt der Wind sie mit? Oder der Staub trägt sie weiter? Oder sie tanzt durch die Sonnenstrahlen, unsichtbar, geruchlos … Weiß man es?

Den Doktor konnte man nicht mehr fragen, der saß mit leeren Händen inmitten von Toten. Und der Pater konnte auch nur beten. Hat man mit Beten schon jemals die Cholera aufgehalten?

Lagarto passierte Paddys Warnschilder – Lügen, die jetzt grauenhafte Wahrheit geworden waren. Die Straße wurde breiter, besser, hatte eine feste Decke. Man konnte Gas geben, ohne befürchten zu müssen, dass die Achsen durch die Luft flögen.

Und da geschah es. Ohne Warnung, irgendwoher aus den Felsen, prasselten Schüsse auf Lagarto.

Maschinenpistolen, dachte er. Nein, das sind Maschinengewehre. Das ist Polizei oder sogar Militär. Sie beschießen mich, die Idioten! Sie wollen mich zurücktreiben, und ich will doch nur Hilfe holen.

Er bremste, sprang aus dem Wagen und hob die Arme hoch.

»Ich will Hilfe holen!«, schrie er in die felsige, hitzeflimmernde Einsamkeit hinein. »Hilfe! Ich bin Miguel Lagarto aus El Paso! Amerikaner! Ich bin gesund! Wir brauchen Hilfe! Hilfe! Lassen Sie mich durch!«

Ein Feuerstoß, genau einen Meter vor ihm in die Erde, antwortete ihm. Er machte einen Satz zurück, heulte vor Wut und ballte die Fäuste. Staub hatte seinen eleganten Anzug überpudert, sein schmales aristokratisches Gesicht war dreckig, vom Schweiß aufgeweicht.

»Wir brauchen Medikamente!«, brüllte er. »Lasst mich durch! Da hinten im Tal geschieht ein entsetzliches Verbrechen! Lasst mich durch!«

Der zweite Feuerstoß aus dem MG lag schon näher. Die

Erde spritzte vor seinen Zehen auf. Querschläger heulten um ihn herum. Lagarto warf sich wieder in den Wagen und duckte sich hinter das Armaturenbrett. Er weinte und brüllte in einem, umklammerte das Lenkrad und schlug mit der Stirn gegen die Instrumente.

»Evita!«, schrie er. »Evita … Evita … Mein Gott, mein Gott, nimm mir alles, nur lass sie leben!«

Noch einmal ratterte das Maschinengewehr, diesmal dicht über das Autodach hinweg. Da wendete Lagarto, nachdem er sich ein wenig beruhigt hatte, und fuhr zurück ins Tal, nach Santa Magdalena, um mit seiner Tochter Evita zu sterben.

Um die Mittagszeit erschienen wieder die kleinen, von Eseln gezogenen Wagen der Indios vor dem Tor der Hazienda.

Ohne eine Gemütsbewegung, so, als lüden sie Holz oder Steine ab, trugen sie acht Tote aus den Wagen, legten sie vor den Eingang, das Gesicht zum Dorf, hockten sich dann in den Staub wie dunkle Riesenvögel und murmelten ihre alten indianischen Gebete. Den christlichen Segen hatten die Toten schon bekommen; Pater Felix hatte sie vor der Kirche auf den Karren in Gottes Hände gelegt. Jetzt sprach man mit den alten Göttern. Die Zeiten verschmolzen, die Götter vermischten sich … Die Sonne, der Durst und die Cholera kannten keine Unterschiede mehr.

Paddy hing in seinem breiten Korbsessel auf der Veranda und starrte auf die Leichen. Zwei Frauen, zwei Kinder, vier Greise. Ein Pulk Geier kreiste über ihnen. Wenn die Indios wieder abgefahren waren, würde er befehlen, die ekelhaften Aasvögel abzuschießen.

Ich gebe ihnen Wasser, dachte Paddy. Morgen oder übermorgen gebe ich ihnen Wasser. Das ganze Dorf bekommt Wasser! Ich bin am Ende! Aber bis übermorgen warte ich noch! Vielleicht ist es Lagarto doch gelungen, durchzukommen. Er *muss* durchgekommen sein, sonst wäre er längst wieder zurück. Nur noch zwei Tage warten … es könnten ja auch die zwei Tage sein, die Högli und Pater Felix zum Verhängnis werden.

Er winkte der Wache; einer der Mexikaner kam an die Treppe, vor dem Mund ein nasses Tuch. Seine Augen waren stumpf vor Grauen.

»Gib ihnen Wasser, soviel sie wollen«, sagte Paddy. »Diesen da draußen. Bring ihnen zehn Eimer hinaus! Sag ihnen, sie können noch mehr haben!«

Er wartete darauf, was sie tun würden, beugte sich über das Geländer und starrte auf die hockenden Indios in ihren weiten Ponchos. Zwei Capatazos kamen mit den Eimern und stellten sie vor das Tor; sie mussten fünfmal laufen, es war eine wirkliche Qual – als sie vom letzten Gang zurückkamen ins Innere der Hazienda, lehnte sich einer von ihnen an die Mauer und erbrach sich.

Paddy wartete. Was taten die Indios? Zehn Eimer mit kaltem, klarem Wasser. Zehnmal zehn Liter – dafür könnte man seine Mutter ermorden …

Die Indios erhoben sich wie auf ein Kommando. Sie traten an die Eimer, hoben sie vom Boden und schütteten das wertvolle Wasser, schütteten das kalte, herrliche Leben über ihre Toten. Dann warfen sie die Eimer weg, schlugen auf die Esel ein und trotteten mit ihren Karren zurück ins Tal.

»Das Tor zu!«, schrie Paddy außer sich. »Schießt die Geier ab! Schießt!«

Lagarto muss durchgekommen sein, dachte er und klammerte sich daran wie an ein Gnadengesuch. Er ist nicht zurückgekehrt, er hat's geschafft. Übermorgen sieht die Welt wieder anders aus …

Er ging ins Haus, stellte sich an seine gläserne Bar und begann zu saufen. Etwas wie Fröhlichkeit kam in ihm auf, eine Hochstimmung, die an Wahnsinn grenzte.

Miguel Lagarto bog an der Straßengabelung nach rechts ab. Er sah das Dorf vor sich liegen, die Kirche mit dem schmalen Turm, den weiten Platz davor, leer und wie gefegt. Kein Mensch – nur ein paar struppige, knochige Hunde waren zu sehen, Skelette mit Fellen überzogen. Sie kläfften ihn mit bleckenden Zähnen an, als er die ersten Häuser erreicht hatte, und rannten neben dem Landrover her. Ihr Gebell lockte noch andere Hund an, von überall kamen sie her, aus dem Schatten der Häuser, aus den heißen Gassen, ein Heer von Hunden, das den Wagen begleitete, aufgerissene Schnauzen mit spitzen Zahnreihen, wie tollwütig vor Hunger und Durst.

Lagarto bremste vor der Kirche. Er fuhr so nahe wie möglich an die Tür heran, aber dann wagte er doch nicht auszusteigen. Zwei Schritte durch diese wilde Hundemeute – es schien ihm unmöglich, das zu überleben. Die Tiere sprangen an der Wagenwand empor, fletschten die Zähne, stießen mit den Köpfen gegen das Blech und starrten Lagarto aus geröteten Augen an.

Mein Gott, dachte er, leben hier noch Menschen, oder ist das ein Dorf der Hunde geworden? Haben sie alle Bewohner zerrissen? Evita, o mein Gott, was ist mit Evita geschehen? Nirgendwo ein Mensch, nur Hunde … Hunde …

Er zuckte heftig zusammen, als er plötzlich durch das Gekläff den Klang eines Harmoniums hörte. Also doch noch ein Mensch, durchfuhr es ihn. Da ist jemand und spielt friedlich Harmonium, während Santa Magdalena stirbt!

Er drückte auf die Hupe und ließ die Hand auf dem Knopf. Der schrille Ton überdeckte alles, und merkwürdigerweise schien er die Hunde zu beruhigen. Sie verloren ihre Wildheit, standen um den Wagen herum und benahmen sich nicht mehr wie Bestien. Ich bin in ein Land der Wahnsinnigen geraten, dachte Lagarto. Ob dieser Boden, auf dem das Meskalin wächst, Menschen und Tiere so bedrohlich verändert?

Er beugte sich aus dem Fenster, seine Hupe gellte noch immer und beruhigte sogar ihn und seine vibrierenden Nerven. Plötzlich sprang die Tür der Kirche auf, und ein hagerer Mann in einer weißen Soutane kam heraus. Über dem

Priesterrock trug er, nach Mexikanerart, einen breiten Patronengürtel, und in den Händen hielt er schussbereit eine Maschinenpistole.

Lagarto nahm die Hand von der Hupe. »Pater Felix«, sagte er laut. Die Hunde saßen um den Wagen, ihre Zungen, blau und geschwollen, hingen aus den Schnauzen, sie hechelten so stark, dass ihre knochigen Körper durcheinandergeschüttelt wurden. »So sieht Pater Felix aus …«

»Und so der reiche Miguel Lagarto! Steigen Sie aus, Señor.«

»Die Hunde, Pater …«

»Die Hunde sind zu schwach zum Fressen. Sie bellen nur. Wie die Menschen hier.«

»Wo ist Evita?«

»Bei ihrem Mann, wo sie hingehört.«

»Sie haben mich gleich erkannt, Pater?« – »Ihre Tochter ist das durch Schönheit verklärte Abbild von Ihnen. Sonst hat sie mit Ihnen nichts gemeinsam.«

»Können wir darüber sprechen, Pater?« Lagarto wischte sich über das staubige Gesicht. »Oder soll ich sagen: Kann ich bei Ihnen beichten?«

»Nicht aus dem Fenster eines Landrovers. So am Ende sind Sie noch nicht.«

Lagarto stieg aus, die Hunde machten ihm Platz, und er ging schnell in die Kirche. Die plötzliche Konfrontation mit dem Altar und dem gekreuzigten Christus überwältigte ihn. Er seufzte laut und beugte das Knie.

»Das ist das erste Mal seit Evitas Kommunion«, sagte er leise.

»Gott ist auch mit dem kleinen Finger zufrieden«, antwortete Pater Felix. »Kommen Sie mit in die Sakristei.«

Lagarto schüttelte den Kopf. »Wenn ich hier sprechen darf … vor dem Altar?«

»Selbstverständlich.« Pater Felix zeigte auf die vordere Bank. »Gott hat sich in Santa Magdalena an vieles gewöhnen müssen, auch an einen Pfarrer mit Maschinenpistole.«

Eine Stunde später hielten Pater Felix' klappernder, knatternder Jeep und Paddys Landrover mit Lagarto vor dem Hospital.

Der weite Platz, auf dem sonst die Kranken hockten und warteten, bis sie in die Ambulanz gerufen wurden, war leer. Ein paar Wächter standen herum, im erbärmlichen Schatten einiger vertrockneter Bäume, und blickten teilnahmslos auf das Auto. Die Stille war gespenstisch. Die große Tür zur Ambulanz, die immer offengestanden hatte, weil Dr. Högli sagte: »Ich bin fur jeden zu jeder Zeit erreichbar!«, war geschlossen. Nur am Brunnen standen zwei Männer und holten die sandige Brühe in einem Zugeimer hinauf. In vierundzwanzig Stunden sickerte gerade so viel aus dem Boden, dass nach dem Abkochen und zweimaligen Durchfiltern für jeden Kranken ein halbes Glas übrig blieb.

Die Fahne mit dem Roten Kreuz hing schlaff an dem ehemals weiß lackierten Mast. Aus dem kleinen Maschinenhaus hämmerte und brummte der Benzingenerator für den elektrischen Strom. Die Sonne glühte erbarmungslos vom weißblauen Himmel – und der war wie ein Gewölbe aus geschmolzenem Metall, das seine Glut auf die Erde warf.

Lagarto dachte an seine riesige weiße Villa in El Paso, an die blühenden, saftigen Gärten, die Pools, den privaten Golfplatz, glatt und makellos wie ein grüner Teppich, das Gartenhaus im mexikanischen Stil, die große Grillhalle, den Tennisplatz und die Gewächshäuser, in deren feuchtheißer, von Klimaanlagen geregelter Luft die seltensten und schönsten Orchideen blühten. Da war Evita aufgewachsen, gleichsam in Gold verpackt, abgeschirmt von allem, was nach Armut roch – und hier war sie gelandet: auf einem Abfallplatz der Menschheit! Und sie war glücklich, wie Pater Felix behauptet hatte. Mit ihren gepflegten, zarten, manikürten Händen wusch sie eiternde Wunden aus und stützte die Köpfe der Kranken, um ihnen das Trinken zu erleichtern …

Lagarto schämte sich. Er stieg aus und wartete, bis Pater Felix ihn ansprach.

»Möchten Sie allein reingehen?«, fragte er.

Lagarto zuckte zusammen. »Warum?«

»Mir haben Sie jetzt alles gesagt, und ich habe Sie angehört. Bei Ihrer Tochter wird es schwieriger sein. Sie hat nicht die Geduld eines Priesters und ist nicht zum Verzeihen verpflichtet.«

»Wenn Sie, Pater Felix ...« Lagarto schluckte. »Wenn Sie mir helfen ...«

»Nein! Mit Gott sind Sie jetzt im Reinen, soweit das überhaupt möglich ist. Ihre Tochter müssen Sie sich selbst zurückerobern. Haben Sie keine Angst, Señor!«

»Ich habe Angst.« Lagarto verrieb verzweifelt den Brei aus Staub und Schweiß auf seinem Gesicht. Nichts war mehr übrig geblieben von seiner Eleganz, er war so dreckig wie jeder Indio, nur dass sein Anzug mit Seide durchwebt war. »Wenn sie mich stehen lässt, wenn sie zu mir sagt: ›Du bist nicht mehr mein Vater!‹ – Pater, ich überlebe das nicht!«

»Ein Mensch kann mehr ertragen, als er sich selbst zutraut.« Pater Felix machte eine ausladende Handbewegung über das Dorf und das Tal. »Wir haben es bewiesen. Gehen Sie hinein, Señor Lagarto.«

Mit gesenktem Kopf machte Lagarto die paar Schritte zur Haupttür und drückte die Klinke. Im Vorraum starrte ihn müde die indianische Schwester an; sie saß, als herrsche hier noch der normale Dienstbetrieb, in einer Art Empfangsloge und machte Eintragungen auf einigen Fieberkurven. Hinter einer doppelten Glastür sah Lagarto den langen Gang des Bettentraktes. Die Türen der Zimmer waren offen, ein paar Kranke, knöcherne Elendsgestalten, schlurften herum, ein Krankenpfleger schob einen kleinen Verbandswagen vor sich her und verschwand in einem Zimmer. Die Sauberkeit wirkte wie ein kühler Hauch gegen die schmutzige Hitze draußen, und trotzdem meinte man nicht mehr, sich in einem Krankenhaus zu befinden – eher in einer weiß gestrichenen, ausgefegten Gruft, in der Gerippe herumwandelten.

»Zu Dr. Högli!«, sagte Lagarto. Sein Hals krampfte sich zusammen.

»Den Gang entlang, letztes Zimmer links«, sagte die kleine braunhäutige Schwester.

»Und … und Señora Högli …?« Er sagte es zum ersten Mal – mühsam. Meine Evita – Señora Högli!

»Die Señora ist beim Chef.«

»Danke.«

Lagarto drückte die gläserne Schwingtür auf und ging den Gang entlang. Links und rechts Zimmer: vier Betten, zwei Betten, der lang gestreckte Krankensaal, zwei Einzelzimmer, eine geschlossene Tür mit einem Schild und toter, warnender Schrift: Infektion! Dahinter liegt Tenabo, dachte Lagarto. Dann wieder offene Türen: das Labor, der winzige Röntgenraum, der Operationssaal, ein Verbandszimmer, ein Quergang im rechten Winkel zur Ambulanz, dem großen Zimmer mit den vier Tischen und den Flechthockern an den Wänden. Das Zimmer, in dem vor den Augen der Indios die kleinen Wunder der Heilung möglich gemacht wurden.

Privat.

Ein kleines Schild. Weiß mit schwarzer Schrift. Aus Europa mitgebracht und an die Tür geklebt.

Lagarto hob die Hand und klopfte dann zaghaft. Durch die dünne Tür hörte er, wie ein Stuhl gerückt wurde.

»Adelante!«

Evitas schöne, warme Stimme. Lagarto begann zu zittern. Er öffnete die Tür.

Dann standen sie sich gegenüber, wortlos, vom Augenblick überwältigt. Evita war allein. Dr. Högli verband in einem der Zimmer einen Patienten; Lagarto hatte ihn beim schnellen Vorbeigehen nicht bemerkt.

»Mein Kind«, sagte Lagarto leise. »Mein schönes Kind …«

Dann war es mit seiner Kraft vorbei. Er begann zu weinen und senkte den Kopf.

»Papá!«

Es war ein Aufschrei. Sie flog auf ihn zu, warf sich gegen ihn, umklammerte ihn und drückte ihr Gesicht an seine Brust.

»Papá …«

So traf Högli sie an. Sie standen noch immer, hielten sich umarmt und waren stumm vor Glück.

Im Flur unterhielt sich Pater Felix mit einigen Kranken; er hatte Högli nichts von dem Besuch gesagt.

»Das ist er«, sagte Evita und löste sich von ihrem Vater. »Das ist Riccardo.«

Die Männer musterten sich. Es war ein stummes, aber bis zur Grenze des Erträglichen gespanntes Abtasten.

Das also ist Miguel Lagarto, dachte Dr. Högli. Evitas Vater – und auch der Mann, der seine Millionen mit Meskalin verdient, mit einem Rauschgift, dessen süßen Halluzinationen der bittere, schreckliche Zusammenbruch folgt. Wie viel geistig zerstörte Menschen säumen seinen Weg? Wie viel Elend hat ihn zum reichsten Mann von El Paso gemacht? Evitas Vater … Soll ich ihm die Hand geben – oder soll ich ihn vielleicht von Juan-Christo aus dem Haus prügeln lassen?

Das ist Dr. Högli, dachte Lagarto. Evitas Mann. Mein Schwiegersohn, der mich vernichtet hat. Er hat mir meine einzige Tochter weggenommen. Ich habe Geld genug, ich brauche dieses Meskalin nicht mehr, bis an das Ende meiner Tage kann ich in der Sonne sitzen. Aber er hat mir Evita weggenommen, meine schöne, herrliche Evita. Muss ich ihn umarmen oder erwürgen?

»Gott sagt, Verstehen und Verzeihen ist zweierlei.« Pater Felix trat ein. »Wir machen den Menschen nicht besser, indem wir ihn erschlagen.«

Lagarto atmete tief auf. »Hat er immer solche Sprüche zur Hand?«, fragte er heiser.

»Das ist seine Spezialität.« Dr. Högli hob die Schultern. »Und man muss sich daran gewöhnen, dass er recht hat.«

Sie zögerten beide. Dann gingen sie gleichzeitig aufeinander zu und gaben sich die Hand.

Am Abend wurde Juan-Christo heimlich aus dem Hospital geholt. Der Alcalde des Dorfes ließ ihn dringend rufen. Er wartete im Haus des Indios Pedro Chiraxetl und war sehr nervös.

»Er will wieder ein Mädchen«, sagte er und knirschte mit den Zähnen. »Er schickt zwei Männer und lässt sagen: Heute ein besonders schönes Mädchen gegen ein ganzes Fass voll Wasser! Aber sie muss vorher untersucht werden.« Der Alcalde hob die Arme. »Was soll ich tun, Juan? Wir haben beraten. Die Schönste, die ein Fass voll Wasser wert ist, ist Rosalie.«

Juan-Christo blickte sich um. In dem dumpfen, heißen Raum saßen die Chiraxetls an den Wänden: Vater, Mutter, drei Kinder, die Großeltern, ein uraltes Weib, verschrumpelt, ein Bündel Falten nur noch. Die Urmutter. Mitten unter ihnen Rosalie, fünfzehn Jahre alt, mit großen, schwarzen Augen und Haaren bis zu den Hüften. Sie trug ein geblümtes Baumwollkleid, aber auch unter dem sackähnlichen Gewand verriet sich ihr ausgereifter Körper. Sie war wirklich eine der Schönsten von Santa Magdalena. Mehr wert als ein Fass voll Wasser.

Juan-Christo krampfte sich das Herz zusammen, als er an Jack Paddys bulligen Körper und die bevorstehende Nacht dachte. Er zeigte auf Pedro Chiraxelt. »Will er?«

Pedro nickte stumm. Auch die anderen Familienmitglieder nickten. Nur die Urmutter sagte mit einer hellen Stimme: »Ein ganzes Fass voll Wasser! Ein Fass voll! Ein Fass voll!«

»Untersuche sie, Juan!« Der Alcalde winkte. Rosalie zog das Kleid über ihren Kopf. Ihr nackter, brauner Körper glänzte, das Feuer vom gemauerten Herd zuckte über ihre steilen Brüste. Sie ließ die Arme sinken und lächelte verschämt.

»Eine Schande!«, sagte Juan-Christo.

»Ein ganzes Fass Wasser!« rief die Urmutter schrill. »Ich verdurste! Soll ich verdursten?«

»Leg dich hin!« Juan-Christo begann mit der Untersuchung. Er war kein Arzt, aber er hatte bei Dr. Högli genug gelernt, um zu sehen und zu ertasten, wo ein Körper krank war. Er drückte auf den Magen und den Bauch, leuchtete Rosalie mit einer Taschenlampe in die Augen und fühlte ihren Puls. Dann stand er wortlos auf und starrte den Alcalden an. Die Familie Chiraxetl rührte sich nicht; sie hockte an der Wand wie eine Ansammlung Fledermäuse.

»Kann sie gehen!«, fragte der Alcalde. »Ist sie gut genug für den Señor Paddy?«

»Sie ist genau richtig!« Juan-Christos Stimme schwankte. Rosalie zog das Kleid wieder an und kämmte ihr Haar. Ihre Arme zitterten. »Sie – sie muss sich beeilen ...«, sagte er heiser.

»Sie geht sofort mit!« Der Alcalde winkte.

Ein wenig schwankend verließ Rosalie das Haus. Draußen heulte ein Motor auf.

Eine halbe Stunde später kniete Juan-Christo in der Ambulanz von Pater Felix. Er hatte die Hände gefaltet und den Kopf tief gesenkt. »Was hast du noch zu sagen, Juan?«, fragte Felix.

»Segnen Sie mich, Pater.« Juan-Christo hob den Kopf. Sein Gesicht war nicht voll gläubiger Scheu, es glänzte in einer fast wahnsinnigen Freude. »Ich habe den Tod zu Señor Paddy geschickt. Rosalie hat die Cholera.«

Sie hatten sich wenig zu sagen, Dr. Högli und Miguel Lagarto. Nach der tränenreichen Begrüßung zwischen Vater und Tochter – Högli verstand, dass Evita trotz aller Enttäuschungen, trotz ihrer Loslösung aus der schillernden Scheinwelt ihres Vaters, für einen Augenblick nichts weiter war als ein glückliches Kind – saßen sie sich gegenüber, tranken Tee, mit etwas Maisschnaps gemischt, und redeten aneinander vorbei. Als Pater Felix wieder abgefahren war, wurde die Unterhaltung einsilbig und frostig; auch Evita konnte mit krampfhafter Fröhlichkeit die Atmosphäre nicht verbessern.

»Wie soll es weitergehen?«, fragte Lagarto, als jede gemeinsame Minute zur Qual wurde. »Ich habe versucht, aus dem Tal zu kommen – es ist unmöglich! Polizei und Militär beschießen jeden, der sich blicken lässt.«

»Wir müssen auf ein Wunder hoffen«, sagte Dr. Högli gleichgültig.

»Es gibt keine Wunder!«

»Dann finden wir uns damit ab, dass wir hier verrecken.«

Lagarto verkrampfte die Finger ineinander. »Das sagen Sie so einfach dahin … verrecken! Wer hat denn diese Lage in Santa Magdalena geschaffen? Warum verdursten hier die Menschen, warum breitet sich die Cholera aus? Es ist Wasser genug da. Paddy braucht nur die Leitungen aufzudrehen.«

»Dann fragen Sie Paddy und den Himmel, Mr. Lagarto. Für die Sonne bin ich nicht verantwortlich …«

»Aber für Paddys Haltung!«, rief Lagarto.

Dr. Högli nickte. »Ja!«

»Und das sagen Sie so ruhig? Haben Sie denn überhaupt kein Verantwortungsbewusstsein?«

»Vater!«, rief Evita warnend. Sie tastete nach Höglis Hand und hielt sie fest. Ihre Finger waren kalt, wie gefroren. Sie lächelte ihn an, scheinbar eine glückliche junge Frau – aber sie erstarrte fast vor Angst.

»Es geht um das Meskalin und das Haschisch. Als ich das »Hospital Henri Dunant« übernahm, fand ich von meinem Vorgänger nur einen Brief vor. Er selber war abgereist, fast fluchtartig, wie mir Juan-Christo nachher sagte. Alle Ärzte vor mir haben Santa Magdalena bei der ersten sich bietenden Gelegenheit verlassen, als würden sie von Gespenstern weggejagt. Ich habe sie, ohne Kenntnis der Sachlage, Feiglinge genannt. Ich habe geglaubt, sie hätten kapituliert vor der

Hitze, der Einsamkeit, dem Dreck und Staub, den Indios, der unmenschlichen Mühe, die es kostet, hier ein funktionierendes Hospital zu unterhalten. Ich wusste nichts von Jack Paddy und seinen Peyotl-Feldern. Aber schon am ersten Tag wurde ich gezwungen, den Kampf aufzunehmen: Zuerst erschien Pater Felix, der mir alles erzählte, dann fuhr ich zu den Feldern und wurde prompt aus dem Hinterhalt beschossen. Am nächsten Tag kam Antonio Tenabo zu Besuch, trat meine Patienten in den Hintern, grinste mich dreist an, spuckte mir auf den OP-Tisch und sagte: ›Nun komm doch, Doktor, hol dir deine Tracht Prügel!‹ Wieder einen Tag später erschien Paddy selbst, musterte mich und stellte fest: ›Wir werden miteinander Ärger haben!‹ – Und den hatten wir, bis heute!«

»Sehen Sie denn nicht, dass Sie der Verlierer sind?«, schrie Lagarto und sprang auf. »Paddy hat die Macht! Er hat das Wasser! Und er hat alle maßgebenden Leute gekauft. Bis nach Chihuahua reichen seine Verbindungen. Sie klopfen an Gummiwände, Dr. Högli! Alle hier verdienen an den Peyotl-Kakteen!«

»Am meisten Sie!«

»Das werde ich nie verstehen, Vater«, sagte Evita leise.

Lagarto zuckte zusammen, als sei jedes Wort ein Schlag gewesen. »Ich werde mich aus allen Geschäften zurückziehen! Das ist ein Versprechen, Dr. Högli.«

»Zu spät.«

»Es ist nie zu spät im Leben!«

»In Santa Magdalena gelten andere Maßstäbe. Hier leben wir nicht mehr, wir sind bereits in einem Stadium zwischen Leben und Tod … und bereits mehr auf der Seite des Todes. Hier ist jetzt alles zu spät.«

»Ich soll hier herumsitzen und ruhig mit ansehen, wie meine einzige Tochter zugrunde geht?« Lagarto rannte in dem kleinen Zimmer hin und her, trat ans Fenster, blickte hinaus in die Nacht. Die Feuer der Wachen loderten in einem weiten Kreis um das Hospital, die Indios hockten wie große Totenvögel herum, in ihre Ponchos gehüllt, ganz ihrem Schicksal ergeben. »Was haben Sie aus Evita gemacht?«

»Eine glückliche Frau, Vater«, warf sie sofort ein. »Reden wir nicht mehr davon. Es bleibt uns nur noch wenig Zeit, mit allem ins Klare zu kommen.«

Lagarto holte tief Atem. »Womit ins klare?«

»Mit uns, Vater.« Sie lehnte sich zurück. Högli spürte das Zittern in ihren Händen. »Ich wollte dich nie mehr sehen! Ich gehöre nicht mehr in die Welt, aus der ich zufällig in dieses Tal gekommen bin! Wann war das? Vor ein paar Wochen, vor Jahren, vor Ewigkeiten? Ich weiß es nicht mehr. Ich weiß nur, dass ich Riccardo liebe, dass ich einmal – vor langen Jahren – einen Vater hatte.«

»Evita!«, rief Lagarto entsetzt.

»… und dass ich gelebt habe in der Ahnungslosigkeit einer mit Gold behangenen Puppe, ein nutzloses Leben zwischen schimmernden Glaswänden, die keinen Blick nach draußen ließen. Was kannte ich von den Menschen? Die leeren, hohlen Köpfe an den Pools von Las Vegas und Acapulco, Copacabana und Florida! Einstudierte Komplimente, die nicht mir, sondern dem Dollarberg meines Vaters galten! Dummes Gewäsch über Gold und Yachtausflüge in die Karibik, klebrige Details aus dem Liebesleben der Partyfreunde, Potenzprobleme einer verhurten Gesellschaft, Freundinnen, die nur mit dem Unterleib denken … Aber hinter diesen undurchsichtigen gläsernen Wänden lebt die wirkliche Welt. Da leben die Millionen, die hungern, die rechtlos sind und ausgebeutet werden, die betrogen und belogen werden, die mit krummen Rücken ihr Geld verdienen, das wir – die Reichen – ihnen wieder abschwatzen, um noch reicher zu werden! Und mittendrin stehst du, der Gefährlichste, der Gemeinste, der Rücksichtsloseste von allen: Miguel Lagarto, der bittersüße Träume verkauft, an denen die Menschen elend zugrunde gehen, geistig und physisch zerbrechen, um als Wrack zu verenden, schrecklicher als ein ausgesetztes, räudiges Tier. Und ich habe von diesen Millionen gelebt … jedes Kleid, jedes Paar Schuhe, jedes Schmuckstück, jede Reise, jedes Auto, jeder Tag, jeder Atemzug ist bezahlt worden von den Süchtigen, in die du das Gift hineingepumpt hast, die Preise diktierend, das sauer verdiente Geld der anderen einschaufelnd – und es hat dich nicht gekümmert, was aus ihnen geworden ist, welche Qualen sie erlitten, wie abhängig sie von dir wurden! Dich hat kein Elend gerührt, und während in Indien oder Äthiopien Millionen verhungerten, hast du Partys gegeben mit einem fünfzig Meter langen kalten Buffet und einem Springbrunnen, der Rotwein sprudelte. Du hast deinen Hunden Steaks braten lassen … und neben dir, ein paar Meter weiter, haben die Armen eine Handvoll getrockneter Bohnen aufgeweicht und gegessen!«

»Das alles haben Sie ihr beigebracht?«, sagte Lagarto heiser und starrte Dr. Högli an.

Es gab keine Brücke zwischen ihnen.

»Ich hatte nicht nötig, zu belehren. In Santa Magdalena hat Evita von selbst sehen gelernt. Was noch fehlte, das hat ihr Pater Felix gesagt.«

»Ein Kommunist als Priester!« Lagarto hieb mit der Faust gegen die Wand. »Ich weiß! Man kennt diese neue Form der Kirche! Sozialkampf von der Kanzel herunter! Und Sie, als Arzt, machen da mit!«

»Er macht nicht mit – er tut nur seine Pflicht!«, schrie Evita ihren Vater an. Sie war aufgesprungen und stand vor ihm, wie er sie noch nie gesehen hatte: geduckt, sprungbereit wie eine Katze, mit sprühenden Augen, das schöne, ebenmäßige Gesicht blass und in der Leidenschaft verzerrt. »Er hilft! Mehr tut er nicht! Er ist ein Mensch! Und was bist du? Eine Geldmaschine! Das Zucken deines kleinen Fingers muss schon bezahlt werden! O Vater, in Santa Magdalena habe ich gelernt, mich vor euch zu ekeln!«

Sie wandte sich ab, drehte Lagarto den Rücken zu und schlug die Hände vor ihr Gesicht. Die Stille, die plötzlich zwischen ihnen war, lähmte. Die heiße Luft wurde zu einer Last, die körperlich wehtat.

»Wollen Sie noch mehr hören?«, fragte Dr. Högli nach einer langen Zeit des Schweigens.

»Ja«, sagte Lagarto tonlos.

»Was?«

»Ob das unser Ende sein soll …«

»Es scheint so. Unsere einzige Chance ist die Hilfe von außen. Sie wird ausbleiben! Es bleiben dann noch zwei Möglichkeiten: das Verdursten oder der Tod durch die verzweifelten Indios, die unsere Köpfe gegen Wasser eintauschen können. Das Angebot liegt vor.«

»Paddy hat Wasser!«, schrie Lagarto. »Er schwelgt in Wasser.«

»Dann fahren Sie zurück! Niemand hält Sie davon ab, zu überleben.«

»Ihr Wahnsinnigen!« Lagarto rannte wieder hin und her. »Was nützt euer Tod? Was erreicht ihr damit? Moderne Märtyrer sind Idioten!«

»Wir haben unser Gewissen nicht verraten, das ist es, Lagarto. Aber das werden Sie nie verstehen.« Dr. Högli ging hinüber zu Evita und legte den Arm um ihre zuckende Schulter. »Wenn Ihre Vaterliebe so groß ist, wie Sie vorgeben, dann lassen Sie Evita und mich jetzt allein!«

»Ich soll mein Kind verlassen? Bei Ihnen zurücklassen? Bei einem verbohrten Idealisten! Ich – ich –« Lagarto rang nach Atem. »Ich stifte eine Million Dollar für Ihr Hospital!«

»Meskalin-Dollar«, sagte Evita mit erschreckend klarer Stimme. »Ersticke daran, Vater.«

Von da ab hatten sie sich nichts mehr zu sagen. Lagarto ging ein paar Mal vor das Haus und lief wie ein gefangenes Tier herum. Dann stand er ratlos vor dem Landrover. Noch einmal versuchen, durchzubrechen? Es war sinnlos. Mit Paddy sprechen? Er allein hatte die Möglichkeit, mit seinem Telefon die Verbindung zur Außenwelt wiederherzustellen. Er allein konnte Santa Magdalena, die Indios, das Hospital und damit auch Evita retten.

Ein paar Griffe nur, das Aufdrehen der Sprühleitungen, das Öffnen des Tores, die Freigabe des Wassers – und schon würde die kleine erbärmliche Welt von Santa Magdalena wieder in Ordnung sein.

Jack Paddy … Aber der war ebenso wahnsinnig wie dieser Arzt und dieser Priester!

In dieser langen Nacht beschloss Miguel Lagarto, Paddy zu töten. Er hatte noch nie einen Menschen mit eigener Hand umgebracht, noch nie ein Tier. Er jagte nicht, er fischte nicht. Er war Mitglied der Liga für Menschenrechte und im Vorstand des Nationalen Tierschutzverbandes. Es kostete jährlich eine Menge Dollars, aber man konnte sich vorn und hinten mit einem Schild behängen: Seht, welch ein edler Mensch!

Doch jetzt war es nötig zu töten. Ein Mensch wie Paddy hatte kein Recht mehr zu leben. Es war Notwehr, nackter Kampf ums Überleben. Und es war die Pflicht eines Vaters, seine Tochter zu retten.

Lagarto kehrte ins Haus zurück. Dr. Högli und Evita saßen auf dem alten Sofa und hörten aus dem Transistorradio Opernmusik. Sie hatten sich zurückgelehnt, Evitas Kopf lag an Höglis Schulter gelehnt, und sie genossen die Musik mit einer wahren Inbrunst. Ein gespenstisches Bild.

Lagarto blieb auf der Schwelle stehen.

»Ich werde zu Paddy zurückfahren«, sagte er. »Ich werde ihn töten! Dann habt ihr alle Wasser genug.«

»Das müssen Sie verantworten, Lagarto.« Dr. Högli winkte ab. »Stören Sie unsere Oper nicht.«

»Schicken Sie Ihre Indios ins Dorf, und lassen Sie ausrufen: In einer Stunde gibt es für alle Wasser genug!« Er streckte die rechte Hand aus. »Doktor, leihen Sie mir Ihre Pistole. Und zeigen Sie mir, wie man damit umgeht. Ich habe keine Ahnung.«

»Ich helfe bei keinem Mord.«

Lagarto starrte seine Tochter und Dr. Högli an, wartete noch eine Minute, zuckte dann mit den Schultern und verließ das Zimmer. Später sahen die Indios, die das Hospital bewachten, wie er aus dem Geräteschuppen kam, eine Axt in der Hand und in der ausgebeulten Jackentasche einen langstieligen Hammer. Ihre schwarzen Augen folgten ihm gleichgültig, wie er zum Wagen zurückging, sich an den Kühler lehnte, die Axt auf den Sitz warf und dann wie gebannt zu den Bergen blickte, die als zerklüftete schwarze Wände in den fahlen Nachthimmel ragten – eine unüberwindliche Mauer, ein mit Felsen gepolstertes, riesiges Grab.

Als Lagarto sich endlich entschlossen hatte, auf die brutalste Art, nämlich mit einer Axt oder einem Hammer, Jack Paddy zu erschlagen, klapperte durch die Dunkelheit das Vehikel von Pater Felix heran. Da man es schon von Weitem hörte, wurden die still hockenden Indios lebendig, sie liefen zusammen und erwarteten ihren Padre offensichtlich mit so viel Glauben und Hoffnung, dass Lagarto plötzlich verstand, warum diese armen Menschen bis zu einer gewissen Grenze fähig waren, sich ihre Menschlichkeit zu erhalten, zu hungern, zu dursten und sogar zu sterben, ohne dass der nackte Selbsterhaltungstrieb sie überwältigt hatte.

Pater Felix hielt mit kreischenden Bremsen vor dem Hospital und sprang aus dem Jeep. Juan-Christo folgte ihm, weniger forsch, eher zögernd. Die Tür wurde aufgerissen; im Lichtschein, der nach draußen flutete, standen Dr. Högli und Evita. Lagarto riss den Hammer aus der Jackentasche, warf ihn neben die Axt in den Wagen und rannte Pater Felix nach.

»Es muss etwas geschehen!«, rief Felix schon auf halbem Weg. »Riccardo, ich weiß mir keinen Rat mehr! Zum ersten Mal …« Er blickte sich um, sah Lagarto heranhetzen und zeigte mit ausgestrecktem Arm auf ihn. »Vielleicht kann er helfen! Señor Meskalin, Sie können ein Prozent von Ihrer Schuld abtragen!«

Lagarto senkte den Kopf. Señor Meskalin … Vor wenigen

Stunden hatte er vor dem Altar neben Pater Felix gesessen und versucht, so etwas wie eine Beichte über seine Lippen zu bekommen. Er hatte um eine Rechtfertigung gerungen, und sie war kläglich misslungen. Was gab es auch an Entschuldigungen, wenn man mit Rauschgift Millionen verdient und den Menschen abwechselnd Himmel und Hölle verkauft?

Pater Felix hatte den Verzweifelten nicht unterbrochen, er hatte ihn aussprechen lassen, aber gerade weil er nichts sagte, war es umso fürchterlicher, von selbst zu der Einsicht zu kommen, dass man ein Lump war und nur Gott allein – wenn man an Gott glaubte – verzeihen konnte. Er hatte sich in den letzten dreißig Jahren nie um Gott gekümmert, und nach einer Stunde qualvollen Sprechens war er ausgeleert und hatte zu Pater Felix gesagt: »Ich danke Ihnen, dass Sie mich nicht unterbrochen haben, Pater. Es gibt für mich keine Rechtfertigung mehr! Nur eins müssen Sie mir zugestehen: Auch ich empfinde Liebe. Ich habe eine Tochter, an ihr hängt mein ganzes Herz. Ich bin bereit, alles aufzugeben, nur meine Tochter nicht. Helfen Sie mir, dass Evita mich nicht mehr hasst. Bitte, Pater!«

Aber auf dieser Erde gab es für ihn kein Verzeihen mehr. Das bedeutete dieses »Señor Meskalin«.

»Was ist passiert, Felix?«, rief Dr. Högli. »Eine neue Gemeinheit von Paddy?«

»Er wird zu keiner neuen Gemeinheit mehr fähig sein. Ich komme gerade von ihm. Er lässt nicht mit sich sprechen.« Pater Felix setzte sich draußen vor die Hauswand auf eine der Wartebänke und zeigte auf Juan-Christo, der langsam näher kam. »Lasst euch von ihm berichten, was sie sich im Dorf ausgedacht haben! Es ist ungeheuerlich! Wir werden gleich zur Kirche zurückkehren, und ich werde die Glocke läuten! Zum Sturm auf die Hazienda!« Pater Felix schlug die Hände über dem Kopf zusammen. »Mein Gott, es bleibt keine andere Wahl!«

»Was ist los, Juan?« Dr. Högli blickte Juan-Christo fordernd an. Aus dem Hospital stürzte Matri, stieß einen spitzen Schrei aus und warf sich in die ausgebreiteten Arme ihres Mannes. Ximbarro senkte den Kopf. »Was ist los?«, brüllte Dr. Högli.

»Wir haben Rosalie Chiraxetl zu Paddy ins Bett geschickt«, sagte Juan-Christo zögernd. »Für ein ganzes Fass voll Wasser …«

Dr. Högli wandte sich zu Pater Felix um. »Das lässt dich aus den Pantoffeln kippen? Ist Rosalie ein besonders gläubiges Mädchen?«

»Weiter, Juan!«, drängte der Pater.

»Es war ein Plan des Alcalden, Doktor. Und damit es ein sicherer Plan ist, haben sie mich gerufen, und ich habe Rosalie untersucht. Ein ganz gesundes Mädchen wollte Mr. Paddy haben. Ich habe es bestätigt.«

»Weiter!«, schrie Pater Felix.

»Ja, weiter …« Juan nickte mehrmals. »Rosalie wird nur noch bis morgen leben. Sie hat die Cholera.«

Dr. Högli atmete tief durch. Er wandte sich ab und steckte die Hände in die Hosentaschen. Pater Felix beugte sich vor.

»Das ist deine Antwort?«, fragte er laut.

»Ja. Kann man eine andere geben?«

»Sie muss raus aus Paddys Bett!«

»Das hast du versucht?«

»Ja. Ich habe Juan zwei Ohrfeigen gegeben und bin sofort mit ihm zu Paddy gefahren!« Pater Felix zeigte auf Ximbarro. »Er heißt nur noch Juan, ist das klar? Das Wort Christo in seinem Namen streiche ich! Wie kann ein Mensch Christo heißen, wenn er so hinterlistig handelt?« Er sprang von der Bank auf und fächelte sich mit seinem Hut Luft ins Gesicht. »Sie haben das Tor nicht geöffnet. Die Capatazos, die ich zu ihm schickte, wurden niedergebrüllt. Und dann das Schrecklichste: Als ich ihnen die Wahrheit sagte, rührte sich keiner mehr vom Fleck. Sie standen wie angewurzelt. Ich habe ihnen mit Verweigerung der Beichte gedroht – was ich gar nicht darf! –, sie rührten sich nicht! Ich habe gebettelt, hab' sie beschimpft, ihnen die Kirche verboten, sie alle Mörder genannt … sie blieben stehen! Da habe ich geschossen … Zwei Magazine meiner Maschinenpistole habe ich in die Palisaden gefeuert … sie rührten sich nicht! Und Paddy selbst erschien einmal auf der Terrasse, bot tausend Dollar für den, der mich umlegte, und verschwand wieder, ohne mich anzuhören.« Pater Felix schleuderte seinen Hut auf die Erde. »Wie lange dauert die Inkubationszeit?«

»Das ist verschieden. Ein Tag, zwei Tage, aber auch bis zu vier Stunden hat man festgestellt.« Dr. Högli blickte auf seine Armbanduhr. »Paddy dürfte sich jedenfalls längst infiziert haben.«

»Dann müssen wir sofort handeln!« Pater Felix hob seinen staubigen Hut von der Erde und stülpte ihn über den Kopf. »Es gibt keinen anderen Weg mehr, Riccardo. Wir müssen das Haus stürmen! Alles, was noch kriechen kann, muss zur Hazienda kommen! Ich werde die Glocke läuten …«

Dr. Högli nickte. Pater Felix warf sich herum, rannte zu seinem Jeep zurück, sprang mit der Behändigkeit eines Artisten hinein und startete sofort. Der alte Wagen kreischte auf und schoss in die Dunkelheit hinein. Miguel Lagarto vertrat Dr. Högli den Weg.

»Sie machen den Blödsinn wirklich mit?«, rief er. »Sie unterstützen ihn sogar?«

»Welchen Blödsinn?«

»Paddy bekommt die Cholera! Was wollen Sie denn noch mehr? Wenn morgen die Sonne aufgeht, sind alle Probleme gelöst! Santa Magdalena hat Wasser! Sie werden weiterleben, Dr. Högli. Meine Tochter wird weiterleben! Auf ganz natürliche Art wird es keinen Jack Paddy mehr geben!«

»Das nennen Sie natürlich? Das ist die hinterhältigste Art zu morden!«

»Und was wollen Sie dagegen tun?« Lagarto hielt Dr. Högli an den Rockaufschlägen fest. »Es ist passiert! Er hat bereits die Cholera! Er umarmt sie im Augenblick! Er küsst sie ab! Was wollen Sie da noch?«

»Ich will Paddy retten. Weiter nichts!«

»Sie Narr! Sie idiotischer Heiliger! Denken Sie doch an Ihre Frau! Denken Sie an meine Tochter! Meine Tochter! Meine Tochter!« Er schüttelte Dr. Högli. »Sie lieben ja meine Tochter gar nicht!«, brüllte Lagarto. »Sie lieben nur eins: Ihr verbohrtes ärztliches Ethos! Wenn Sie Evita wirklich so sehr liebten, dann ließen Sie Paddy jetzt krepieren!«

Mit einem Ruck befreite sich Dr. Högli aus Lagartos Händen und rannte ins Hospital zurück. Dort hatte Juan-Christo bereits alle Gehfähigen alarmiert. Aus den Zimmern schwankten die ausgemergelten Kranken und drängten zum Ausgang. Auch Pierre Porelle erschien, mit Heilsalbe eingeschmiert, und aus seinem Einzelzimmer hörte man Tenabos laute Stimme brüllen: »Was ist los? Holt mich hier raus! Wer hat den Doktor erschlagen? Ihr Dreckskerle! Warum habt ihr den Doktor umgebracht?«

Er wollte aus dem Bett, aber seine dicken Beine trugen ihn noch nicht, die Schwäche in seinem massigen Körper war noch zu groß. Er knickte ein, fiel auf den Boden, rollte hilflos auf den Rücken, aber dann wälzte er sich mit lautem Keuchen herum und kroch wie ein Wurm weiter zur Tür.

»Wer hat ihn umgebracht!«, brüllte er gegen den Boden. »Wer? Helft mir doch! Helft mir!«

Lagarto wollte Dr. Högli nachlaufen, aber plötzlich stand Evita vor ihm, er prallte gegen sie, sie schwankten beide und hielten sich gegenseitig fest.

»Lass ihn in Ruhe!«, sagte sie kalt und schüttelte seine Hände ab. »Vater, lass Riccardo in Ruhe! Du wirst ihn nie verstehen!«

»Aber du verstehst ihn, was?«, schrie Lagarto.

»Nein, ich verstehe ihn jetzt auch nicht.« Sie schüttelte den Kopf. Ihre Mundwinkel zuckten heftig. »Aber ich liebe ihn … Das ist die Hauptsache, Vater …«

Vom Hospital machten sich die ersten Indiogruppen zur Kirche auf. Die Wachen waren eingezogen, die Feuer rund um das Hospital loderten einsam, es gab nichts mehr zu schützen, es gab keine Ordnung mehr. In dieser Nacht verdurstete auch der Glaube an das Wunder. Die Glocke der Kirche würde gleich zum Sturm läuten – nicht mehr zum Gebet.

Dr. Högli rannte zu seinem Krankenhaus-Jeep. Pierre Porelle, nackt bis auf eine Badehose, mit gelblicher Salbe bedeckt wie ein Clown, humpelte auf Lagarto zu.

»Stimmt es, dass Paddy tot ist?«, rief er.

»Noch nicht! Dieser wahnsinnige Arzt wird ihn retten!«

»Sie haben Paddy angeschossen?«

»Ich? Nein! Ich war zu feige dazu!« Lagartos aristokratisches Gesicht schien zu zerfallen. »Jetzt wollen sie das Haus stürmen, um Paddy zu retten! Ist so viel Irrsinn möglich?«

»Und Sie stehen herum und klagen den Mord an? Wo ist Ihr Wagen? Der da? Los, steigen Sie ein, Lagarto! Nehmen Sie mich mit! Wir werden schneller sein als alle anderen!« Porelle stieß Lagarto die Faust gegen die Brust. »Ich hatte Zeit genug, über alles nachzudenken! Das hier ist die Hölle, geleitet von einem Engel! Man muss das nur begreifen! Wir müssen vor den Indios bei Paddy sein!«

»Und dann?«, fragte Lagarto. Er war wie gelähmt.

»Wir werden ins Haus hineinkommen, das schwöre ich Ihnen! Ich werde Paddy aus dem Bett holen!«

»Sie? In Ihrem Zustand?« Lagarto stieß die Wagentür auf. Porelle stieg ein. Im gleichen Augenblick gab er Lagarto einen Stoß mit dem Fuß, rutschte hinter das Steuer und drehte den Zündschlüssel herum. Der Motor heulte auf, der Wagen machte einen Satz, Lagarto sprang zur Seite, und mit offener Tür raste Poreile davon.

Lagarto war allein. Im Hospital lagen stumm die nicht gehfähigen Kranken, die verlassenen Feuer flackerten und knisterten, die Stille der Nacht war auf einmal erdrückend, und die Verlassenheit war so groß, dass Lagarto laut zu sprechen begann, um sich an seiner eigenen Stimme aufzurichten.

»Evita!«, rief er in die Dunkelheit hinein. »Evita! Evita!«

Fern, jenseits des Dorfes, begann die Glocke zu läuten. Erbärmlicher Klang – erbärmlich wie alles hier. Eher eine Totenglocke als ein Aufruf, das Leben zu erstürmen.

Lagarto warf noch einen Blick auf das »Hospital Henri Dunant«. Offene Türen, offene Fenster, dahinter das schwache Schimmern der Notbeleuchtung. Die Feuer brannten schnell nieder, das Holz war so trocken, dass es zu Staub zerfiel, kaum dass es mit den Flammen in Berührung kam.

Er wandte sich ab, dann erstarrte er, sein Kopf flog in den Nacken. Im Norden, über der gezackten Felswand, hob sich im nächtlichen Himmel ein noch dunklerer, schmaler, lang gezogener Streifen ab. Träge floss er in die Dunkelheit dahin, getrieben von einem kaum spürbaren Wind.

Eine Wolke!

Gott im Himmel – ist das eine Wolke?

Eine Wolke nach acht Monaten Sonne und Glut und einem unendlichen, weißblauen Himmel?

Lagarto begann zu rennen. Er rannte den Spuren im Staub nach, den Abdrücken der vielen Indiosohlen, den Reifenspuren der Jeeps. Er rannte dem Klang der Glocke entgegen, die zum verzweifelten Sturm rief und Santa Magdalena um die Kirche versammelte.

Alles, was gehen kann. Auch die Cholerakranken, die noch nicht wussten, dass sie die Cholera hatten! Holt euch das Wasser! Brecht euch den Weg frei zum Leben! Und wenn die Capatazos schießen, dann klettert über die Leichen eurer Brüder und Schwestern und weiter! Weiter. Es gibt keine unüberwindlichen Mauern, es gibt keine unbesiegbaren Gewehre! Nur ein einziges Tor trennt euch vom Wasser! Nur eine Bretterwand! Ist es jetzt nicht gleichgültig, wie man stirbt, ob am Großen Durst oder durch eine Kugel oder mit der Cholera im Bauch?

Lagarto rannte wie ein Besessener. Er warf die Beine nach vorn, hatte den Mund weit aufgerissen, sein Atem röchelte, und als er die ersten Hütten des Dorfes erreichte, meinte er, seine Brust müsse zerplatzen. Aber er lief weiter, vorbei an den verlassenen Häusern aus Felssteinen und Lehm, die Glocke läutete noch immer, er sah vor sich Menschen zur Kirche laufen, Fackeln in den Händen, Frauen in ihren langen Röcken, ihre Kinder an den Händen oder in einem Tragesack auf den Rücken geschnallt, und Männer, die Eisenstangen und Beile trugen, dicke Knüppel oder auch nur Säcke, mit Steinen gefüllt.

Eine Wolke! Eine Wolke ist am Himmel! Hebt doch den Kopf, blickt doch einmal in den Himmel, der euch vernichtet hat! Nur ein einziger Blick!

Eine Wolke! Die erste Wolke seit acht Monaten …

Aber niemand blickte mehr in den Himmel. Sie hassten den Himmel. Sie dachten nur noch an das Wasser, das sie sich jetzt holen durften.

Die Glocke rief sie dazu auf. Der Padre. Gott!

Alles, was jetzt geschah, war Gottes Befehl und Gottes Wille.

Wasser!

Lagarto stolperte und fiel hin. Er schlug sich die Knie auf, zerschabte sein Gesicht auf dem rauen Boden und blieb erschöpft, ausgepumpt, nach Luft ringend, liegen.

Jack Paddy lag auf seinem Bett, die nackte Rosalie neben sich, und war zufrieden. Er trank einen großen Whisky, rauchte einen Zigarillo und kratzte sich die behaarte Brust. Sie ist ein Fass Wasser wert, dachte er. Wer hat gewusst, dass es in diesem dreckigen Santa Magdalena so ein hübsches junges Mädchen gibt? Es ist wie bei den Bazillen: Schmutz ist der beste Nährboden!

Er drehte sich auf die Seite und musterte Rosalies Körper. Er war von Schweiß überglänzt, ein Zucken überlief ihn.

»Ich schenke dir zwei Fässer voll!«, sagte Paddy, trank sein Glas aus, zerdrückte den Zigarillo neben sich in einem tönernen Aschenbecher und wälzte sich wieder über Rosalie. Das Indiomädchen schwieg, es öffnete nicht die Augen, es biss die Zähne zusammen und ertrug die schwere Last des keuchenden Mannes. In ihrem Leib spürte sie nichts als das Bohren und Reißen der tödlichen Krankheit. Sie dachte an ihren Vater, die Mutter, die Geschwister und die Urmutter, die sie gesegnet hatten, und sie dachte an das Dorf Santa Magdalena, das sie jetzt durch ihren Leib von diesem Teufel von Mann befreien würde.

Da schlang sie mit letzter Kraft die Arme um Paddys Nacken und zog ihn noch enger auf sich.

Tod, dachte sie dabei. Ich bin der Tod, Señor Paddy. Du liebst deinen Tod.

»Mein wilder Panther«, keuchte Paddy. »Du bleibst bei mir! Du bleibst immer bei mir! Das verspreche ich dir! Du verdammtes, kleines, braunes Aas ...«

Und Rosalie nickte, biss und kratzte und verseuchte ihn mit jedem Atemzug.

Auf dem Platz vor der Kirche wogten die Fackeln.

Man schleppte Kannen und Krüge heran, ausgehöhlte Flaschenmelonen und kleine Fässer. Ein paar noch kräftige Indios lagen wie Ochsen im Geschirr und zerrten auf drei Wagen die großen Langfässer heran, mit denen man früher die eigenen kargen Felder bewässerte und düngte. Die meisten Ochsen waren längst geschlachtet und verzehrt; die noch lebten, lagen als mit Fell bezogene Gerippe in den Ställen und warteten auf den Tod, bereits zu schwach, ihre Angst und ihre Qual hinauszubrüllen. Der Mensch war noch am kräftigsten, nicht weil er mehr trinken konnte als das Tier, sondern weil er einen Geist hatte, der ihm befahl: Du musst leben! Du muss diese Sonne überstehen! Du darfst dich nicht vom Großen Durst unterkriegen lassen! Einmal wird es wieder regnen. Gott wird nicht zulassen, dass die ganze Welt verbrennt!

»Die Kraft der Intelligenz!«, hatte Pater Felix einmal zu Dr. Högli beim Anblick der gebeugten Häupter der Gläubigen gesagt. »Ich gestehe es: Ich habe früher darüber gelächelt. Ja, blicken Sie mich nur nachdenklich an, ich war ein sehr aufsässiger Priester! Und ich bin es noch heute! Aber Santa Magdalena hat mich verwandelt – es wurde mein irdisches Fegefeuer! Ich habe eine ungeheure Hochachtung vor der verborgenen Stärke des Menschen bekommen, vor der Kraft, zu leiden und Leid zu überstehen.«

Die Glocke läutete nicht mehr. Pater Felix kam aus der Kirche, hinter ihm sechs Messdiener in Chorhemden und zwei Indios, die größten und stärksten des Dorfes. Sie trugen das große, hölzerne Kruzifix. Zwei andere Indios stützten es mit langen Stangen von hinten ab, damit der bunt bemalte Christus hoch aufgerichtet stand und alle überblicken konnte.

Die Fackeln schwankten und senkten sich. Alle knieten nieder und bekreuzigten sich. Sogar Dr. Högli, der neben der Kirchentür stand und wahrhaftig nicht viel vom »christlichen Theater« – wie er es nannte – hielt, neigte den Kopf. Neben ihm sank Evita in den Staub des Platzes und faltete die Hände. Das erschütterte ihn so maßlos, dass er seine Hand auf ihren gesenkten Kopf legte und nur mit Mühe dem Drang widerstand, an ihrer Seite ebenfalls niederzuknien.

»Wir sind bereit, Padre«, sagte die laute, dunkle Stimme des Alcalden von Santa Magdalena. »Alle, die gehen können, sind gekommen. Befiehl, Padre!«

Pater Felix überblickte stumm die knienden Menschen. Er trug wieder seine weiße Soutane mit dem breiten Patronengurt darüber. Die Maschinenpistole hing über seinem Rücken, auf den Kopf hatte er das Birett gesetzt. Der Schein der vielen Fackeln umloderte ihn – es war, als brenne die Erde vor ihm, als lösten sich alle die knienden Menschen in Feuer auf. Die letzten Indios humpelten aus dem Dorf heran, meist Greise und alte Frauen. Sie schleppten auf ihren Schultern tönerne Krüge; sie waren für ihren ausgedörrten Körper so schwer wie Felsblöcke.

»Lasset uns beten!«, sagte Pater Felix mit bebender Stimme. Er blickte zu dem bemalten Christus hinauf, der heute zum ersten Mal seinen Platz hinter dem Altar verlassen hatte und vielleicht ebenso wenig wiederkehren würde wie viele der im Staub hockenden Menschen.

»Herr im Himmel, sieh auf uns nieder. Du hast uns die Sonne geschickt, die Trockenheit, den Durst, die Cholera, den Tod. Du hast uns acht Monate lang geprüft, ob wir an Dich glauben, und wir haben gebetet, Dein Lob gesungen und auf Deine Wunder gehofft. Wir haben Dich angefleht, wir haben gelitten mit Deinem Wort im Herzen: Wen der Herr liebt, den prüft er hart! Wir haben gelitten wie Dein Sohn, weil auch wir Deine Kinder sind, und wir haben gespürt, wie stark Du uns gemacht hast. Jetzt aber, Herr im Himmel, muss ein Ende sein! Wie Dein Sohn am Kreuz rufen auch wir Dir zu: In Deine Hände befehlen wir unseren Geist. Sei mit uns in dieser Stunde, in der uns ein anderer Befehl im Ohr klingt: Hilf dir selbst, dann hilft dir Gott!« Pater Felix öffnete die Hände und breitete die Arme weit aus. »Vorwärts, Leute! Zur Hazienda!«

Die Indios erhoben sich, die Fackeln stießen hoch in die Dunkelheit. »Zur Hazienda!«, brüllten die Menschen. »Zur Hazienda! Wasser! Wasser!«

Die Kreuzträger setzten sich in Bewegung, schritten langsam durch die Gasse, die sich nun bildete, und stellten sich an die Spitze. Pater Felix wandte sich zu Dr. Högli um. Er hatte den Arm um Evitas Schulter gelegt und wartete.

»Sie fahren hinterher, Doktor«, sagte Felix förmlich. »Haben Sie alles mitgenommen, um die Verwundeten zu versorgen?«

»Das hast du dir so gedacht!« Dr. Högli nahm dem vor ihm

wartenden Indio die Fackel aus der Hand und gab sie an Evita weiter. »Wir gehen mit an der Spitze!«

»Du hast immer gesagt, dass du die Gewalt hasst! Bleib zurück, Riccardo, und sammle die Verletzten auf. Bleib das, was du bist: der Samariter.«

»Und du? Ein Priester als Rammbock? Erzähl mir nicht, dass deine mit dem lieben Gott verzierten Sprüche dein Gewissen wirklich beruhigen können!«

»Mein Gewissen? Ist das jetzt noch wichtig?« Pater Felix blickte über die wartenden Indios mit ihren Fackeln, mit den Fässern und Kannen, Krügen und Töpfen. Sogar die kleinen Kinder trugen Gefäße aus Ton oder zusammengenähte Ziegenfelle.

Wasser! Wasser! Wasser!

»Diese Menschen glauben, dass wir mit Gott gehen!«, sagte er rau. »Das allein ist wichtig! Der Sturm auf Paddys Burg ist die einzige Möglichkeit, jetzt noch das Dorf und Paddy selbst zu retten. Das kann mein Gewissen ertragen!«

Er stockte. Evita hatte plötzlich die Fackel über ihren Kopf geschwungen und lief nun mit langen Schritten durch die Gasse dem Kreuz nach. Ein paar Frauen folgten ihr, dann die Männer. Die Gasse schloss sich, die geballte Masse Mensch und Feuer setzte sich langsam in Bewegung und zog von der Kirche weg. Irgendjemand stimmte ein Lied an, ein altes indianisches Lied, mit dem man früher die Toten begraben hatte. Es pflanzte sich fort von Mund zu Mund, und dann sangen sie es alle, hielten die Fackeln hoch und folgten dem hohen Kreuz nach, das ihnen vorausschwankte.

»Wir diskutieren, und deine Frau führt sie an!«, sagte Pater Felix. Seine Stimme war rau vor Erregung. »Dass ich euch getraut habe, war vielleicht meine beste Tat.«

Er zog die Maschinenpistole nach vorn über seine Brust, winkte den hinter ihm wartenden Messdienern zu und lief dem Gewimmel der Fackeln nach.

Dr. Högli zögerte nicht mehr. Er rannte noch einmal zu

seinem Jeep, riss die immer bereitliegende Arzttasche an sich und folgte Pater Felix. Er erreichte ihn noch, bevor er wieder das Kreuz vor sich hatte. Die Indios, die es mit den langen Stangen aufrecht hielten, gingen weit nach vorn gebeugt. Es war ein schweres, massives Kreuz, sie brauchten ihre ganze Kraft. An der Spitze, allein, die Fackel von sich weghaltend, ging Evita.

»Halt Evita zurück!«, keuchte Högli neben Pater Felix. »Nur du allein kannst es! Wenn Paddys Leute wirklich schießen, wird man sie zuerst treffen!«

»*Uns* wird man treffen, Riccardo. Dich, Evita, meine Messdiener, mich! Und Christus wird man treffen. Er wird die Spitze übernehmen!« Er drängte sich an den Indios vorbei und klopfte den schwitzenden Trägern auf die Schultern. »Ich will sehen, ob sie auf das Kreuz schießen! Tun sie es, dann habe ich in Santa Magdalena umsonst gelebt. Dann hat auf jeden Fall das Sterben einen Sinn!«

An der Weggabelung hatte sich der Haufen endlich so formiert, wie es Pater Felix wollte. Voran er selbst, neben sich zur Linken Evita, zur Rechten Dr. Högli, dahinter das Kruzifix, umrahmt von den sechs Messdienern in ihren Chorröcken. Dann die eng marschierenden Indios mit ihren Fackeln und Krügen und Töpfen, Frauen, Männer und Kinder durcheinander. Und sie sangen wieder, und es war wirklich wie ein Wunder, dass aus diesen ledernen, vertrockneten Kehlen noch Töne kommen konnten, schöne, klingende Töne sogar, die die fahle Nacht ausfüllten und von den Bergwänden zurückschallten.

Allein im Dorf, beschnuppert von skelettartigen, knurrenden Hunden, blieb nur Miguel Lagarto. Er lag auf dem Rücken, Arme und Beine von sich gestreckt, wie auf den harten Boden gekreuzigt, nicht mehr fähig, sich zu bewegen. Sein Herz hämmerte das Blut durch seinen Körper und ließ ihn glühen, und wenn er versuchte, sich zu bewegen, war es, als schlügen Flammen aus seinen Gelenken.

Es war, als erlebe er seine Verbrennung, und Lagarto begriff, dass etwas Unbekanntes in seinem Körper zerstört war und ihn jetzt auflöste.

So blieb er liegen und rührte sich nicht, um das schreckliche Brennen in seinem Inneren nicht unnötig zu schüren, aber seine Stimme war noch da, er konnte brüllen, er hörte sich schreien, aber niemand achtete darauf.

Das kleine Heer der Fackeln zog nur ein paar Meter von ihm vorbei … er sah Evita an die Spitze springen, sah Pater Felix, Dr. Högli und die kleinen Messdiener, wie sie hinterherrannten, und er brüllte aus Leibeskräften genau in dem Augenblick, als über vierhundert Kehlen mit dem Gesang begannen.

»Eine Wolke! Im Norden ist eine Wolke! Wartet bis morgen! Wartet doch …«

Dann waren nur noch die Hunde um ihn, stießen mit den rauen, rissigen Nasen an ihn, leckten über sein zuckendes Gesicht, rochen das Blut in seinen Schürfwunden und balgten sich um ihn.

Als der erste Hund zubiss, in seinen aufgeschürften linken Oberschenkel, schrie er gellend auf, warf sich trotz seines brennenden Körpers herum und kroch auf allen vieren zu der nächsten Hütte. Die Hunde folgten ihm, hackten nach ihm mit ihren spitzen Reißzähnen, er trat und schlug um sich, wälzte sich Meter um Meter weiter und erreichte endlich die offene Tür eines steinernen Hauses. Mit letzter Kraft warf er sich in den dunklen Raum und stieß die Tür zu. Er fiel auf eine Flechtmatte, streckte sich aus und spürte, wie aus vielen Stellen seines Körpers das Blut floss. Aber das Brennen ließ nach, als habe das Blut Luft gebraucht, um nicht mehr zu kochen.

Draußen tobten die Hunde, heulten und bellten und warfen sich gegen die Tür.

»Lass sie herein«, sagte eine matte Stimme aus der Finsternis. »Sie sind gnädiger als die Krankheit. Lass sie herein, Hombre …«

Lagarto zog die Beine an. Und jetzt erst roch er den fauligen Kot, in den sich der Mensch dort hinten im Dunkel des Hauses auflöste.

Pierre Porelle hatte das Dorf in der anderen Richtung umfahren und erreichte das Tor von Paddys Hazienda, als sich unten in Santa Magdalena noch die Indios vor der Kirche versammelten. Er hupte schon, als er noch weit entfernt war, ein Scheinwerfer vom Wachtturm neben dem Tor erfasste ihn und blendete ihn. Er bremste scharf und hielt den Unterarm vor die Augen.

»Aufmachen, ihr Idioten!«, schrie er. »Das Tor auf! Sie marschieren heran! Lasst mich rein, ihr Rindviecher!«

Er stieg aus dem Wagen und prallte entsetzt zurück. Vor ihm lagen, von dem Scheinwerfer voll erfasst, die Choleratoten. Die Geier hatten sie bereits zerfetzt … Mit einem Satz sprang Porelle zurück in den Wagen und schlug die Tür zu. Dann hupte er wieder und ließ den Finger auf dem Hupenknopf liegen.

Das wird Paddy zur Raserei bringen, dachte er zufrieden. Das hält er nicht aus, und wenn er das schönste Mädchen der Welt beschläft.

Porelle lehnte sich zurück und hupte weiter. Der Scheinwerfer vom Wachtturm tastete die Straße ab, kehrte zurück und erfasste wieder voll den Wagen. Dann erlosch er, so plötzlich, dass Porelle zusammenfuhr und sich hinter das Steuerrad duckte. Das Tor schwang auf, der weite Platz mit den üppigen Blumenrabatten, den Palmen und dem Springbrunnen lag vor ihm. Porelle nahm den Finger von der Hupe, gab Gas und raste vor das weiße Herrenhaus.

Zwei finster blickende Capatazos standen bereits neben dem Wagen, als er die Tür aufstieß und ausstieg. Sie grinsten breit und ließen die Hände von den Revolvern. Ein nackter, salbenbeschmierter Mann ist keine Gefahr.

»Aha! Sie sind es!«, brüllte Paddy. Er stand oben am Geländer der Veranda, wie Porelle nackt bis auf eine knappe Badehose, in der rechten Hand eine schwere Pistole. »Wieso sind Sie überhaupt aus dem Krankenhaus raus? Porelle, haben Sie Lagarto auf dem Gewissen? Bleiben Sie stehen, wo Sie sind. Ich habe mit Rick Haverston genug zu knacken gehabt … Bei Ihnen weiß man nie, wo Ihr verdammter Charme aufhört und wo der Killer der ›Organisation‹ anfängt.«

»Ich bin ohne Waffen! Das sehen Sie doch, Paddy!« Porelle hob beide Arme. »Ich muss mit Ihnen reden! Sofort! In Santa Magdalena ist der Teufel los!«

»Wo ist Lagarto?«

»Im Hospital. Bei seiner Tochter.«

»Dieser Idiot!«

»Er ist nicht durchgekommen! Militär und Polizei haben ihn beschossen und zur Umkehr gezwungen. Da hat er die Kurve zu seiner Tochter gekriegt.«

»Und ich warte und warte hier! In Nonoava nimmt keiner mehr den Hörer ab, wenn ich anrufe! Verdammt! Bleiben Sie stehen, Pierre!«

Porelle hatte einen Schritt zur Treppe gemacht. Paddy hob die Pistole.

»Haben Sie Angst vor mir, Jack? Vor mir? Ich bin jetzt der erbärmlichste Mensch im Tal. Außer Ihnen.«

»Reden Sie keinen Quatsch, Porelle! Wieso außer mir?«

»Das will ich Ihnen erklären. Aber nicht hier auf dem Platz.«

»Auch wenn Sie wie ein Clown aussehen – ich traue Ihnen nicht, Pierre!« Paddy zielte auf Porelle. »Haverston hatte so viele Tricks, dass er selbst nackt noch gefährlich war. Los, Pierre, wenn Sie etwas von mir wollen: Die Hose runter!«

»Jack!«

»Schämen Sie sich?« Paddy lachte grölend. »Keine Angst, Pierre – es ist kein Weib hier, nur die in meinem Bett, und die schläft satt wie eine Katze neben dem Milchtopf! Die

Hose runter! Und dann können Sie raufkommen!« Er schlug mit der linken Faust auf das Geländer und amüsierte sich köstlich.

Porelle streifte die Badehose ab. Nackt stand er vor der Treppe und starrte zu Paddy hinauf. Es war gut, dass die Nacht dunkel genug war, um seinen Blick voller Hass zu verbergen. »Sind Sie nun zufrieden?«, fragte er.

»Aber ja!« Paddy zeigte fröhlich mit der Pistole auf Porelles Unterleib. »Sie haben doch keinen Grund, sich zu schämen!«

Hinter Porelle brüllten die Capatazos los und bogen sich vor Lachen. Ich bringe ihn um, dachte Porelle. Langsam ging er die fünf Stufen der Treppe hinauf. Aber wie bringe ich ihn um? Mit meinen Händen? Das ist unmöglich. Man kann keinen Bullen mit einer Stecknadel töten. Es wird schwer sein, etwas Richtiges zu finden, aber es wird gelingen. Es *muss* gelingen.

Paddy erwartete ihn auf der Veranda. »Bleiben Sie stehen, Pierre«, sagte er etwas leiser. »Wieso ist es Ihnen gelungen, unbemerkt das Hospital zu verlassen? Hier stimmt doch etwas nicht! Porelle, versuchen Sie keine Lügen und Tricks! Rick Haverston war ein eiskalter Killer. Sie sind noch gefährlicher. Sie machen es mit Höflichkeit, mit Charme, mit Eleganz. Ich traue Ihnen nicht! Was ist los in Santa Magdalena?«

»Pater Felix bläst zum Sturm.«

»Auf mein Wasser?«

»Ja!«

»Unmöglich! So verrückt kann nicht mal ein Priester sein! Und Dr. Högli macht mit?«

»Alle machen mit. Das ganze Dorf. Auch Evita Lagarto und Matri.«

»Und der alte Lagarto sitzt in der Ecke und weint sich die Augen aus, was? Porelle, halten Sie mich für so schwachsinnig, Ihnen das zu glauben? Högli lässt Sie ungehindert abfahren?«

Vom Tal wehte ein blecherner Ton herauf. Dünn, kläglich, aber Paddy nur zu gut bekannt. Die Glocke von Santa Magdalena.

Porelle nickte. »Pater Felix läutet zum Sturm! In einer halben Stunde sind sie hier! Ihre Rechnung geht nicht auf, Paddy! Die Indios bringen nicht den Priester und den Arzt um, um an das Wasser zu kommen, sondern sie hacken Sie in kleine Teile!«

»Sie werden nicht bis auf fünf Meter an die Mauer kommen!«, sagte Paddy hart. »Porelle, das wissen Sie doch! Sie haben die Maschinengewehre gesehen, die beiden Granatwerfer. Ich habe sie ihnen gezeigt. Sie haben nicht mal die Chance eines Maulwurfes, der sich unter die Palisaden wühlt! Sie haben gar nichts!«

»Sie haben Pater Felix und Dr. Högli! Die werden an der Spitze marschieren! Ob Ihre Capatazos dann noch schießen?«

»Das werde ich Ihnen beweisen, Porelle.« Paddy beugte sich über das Geländer. Die beiden Mexikaner unten an der Treppe stierten zu ihm hinauf. »Alarm!«, brüllte Paddy. »Alarm für alle!« Er trat zurück und nickte Porelle grimmig zu. »Jetzt sollen Sie sehen, was Organisation ist!«

Am Wohnblock der Capatazos heulte eine Sirene auf. Der auf- und abschwellende Ton zerriss die stille Nacht und den Zauber des blühenden Parks. Überall gingen jetzt die Lichter an, ein paar verschlafene Gestalten taumelten aus den Türen. Eine zweite Sirene, weiter hinten im Garten, setzte ein und alarmierte die anderen Wohnblocks. Auf den Wachttürmen flammten die Scheinwerfer auf und beleuchteten taghell die gesamte Umgebung. Ein Strahlenbündel konzentrierte sich auf die Straße. Man hätte einen Wurm gesehen, wenn er durch den Staub gekrochen wäre.

»Es gab eine Stadt Jericho«, sagte Porelle langsam, »deren unbezwingbare Mauern wurden von Posaunen umgeblasen …«

»Porelle! Kommen Sie mir nicht mit diesen Märchen! In Santa Magdalena gibt's keine göttlichen Posaunen ...«

»Aber sie haben da unten Pater Felix und Dr. Högli. Das sind tausend Posaunen, Jack! Ich habe Zeit genug gehabt, die beiden zu beobachten. Ich kenne sie jetzt genau.«

»Jeder von ihnen ist so viel wert wie eine gut gezielte Kugel, mehr nicht! Sie sollen kommen! Mit Glockengeläut und Halleluja! Ich bin bereit!«

Er lehnte sich gegen das Geländer und lauschte. Die Sirenen waren verstummt, das Trappeln vieler Stiefel und die Anweisungen der Vorarbeiter lösten das Heulen ab. Aber ein neuer Ton war da und mischte sich dazwischen – ein anschwellender Ton aus dem Tal. Eine Wolke aus menschlichen Stimmen.

»Sie singen –«, sagte Porelle leise.

»Sie kommen singend heran?« Paddy starrte auf seine Mexikaner. Sie hatten alle Plätze besetzt, wie man es so oft geübt hatte. Sie warteten hinter ihren Waffen und stierten auf die Straße, die im Lichtbündel der Scheinwerfer lag. »Tatsächlich, sie singen!«

»Kann ich eine Hose haben, Jack?«, fragte Porelle.

»Natürlich! Kommen Sie herein! Ich muss mich auch anziehen! Sie singen! Dieser verdammte Pfaffe hat sie wirklich alle zu Idioten gemacht!«

Er ging voraus. Porelle folgte ihm.

Wie kann man hier töten, dachte er und betrachtete Paddys massigen Körper, seine gewaltigen Muskeln, den Stiernacken, die Säulenbeine. Wie kann man diesen Klotz besiegen? Lagartos Axt?

Wenn der erste Hieb nicht sitzt, ist alles verloren. Außerdem liegt die Axt im Wagen.

Er tappte, nackt und geradezu klein gegen Paddy, durch die riesige Wohnhalle bis zu den Schlafräumen. Ein merkwürdiger Geruch kam ihm entgegen, Paddy roch es noch nicht, aber Porelles feine Nase, geschult in französischen Weinen und delikaten Parfüms, bemerkte ihn sofort. Ein widerlicher Geruch nach gegorener Kloake, ein Geruch, den er schon einmal eingeatmet hatte, als man Antonio Tenabo ins Hospital brachte. Die ätzende Süße der Verwesung …

Mit einem Ruck blieb Porelle stehen. Paddy fuhr herum. Seine Pistole zeigte auf Porelles Unterleib.

»Keine Tricks, Pierre!«, knurrte er. »Los, gehen Sie voraus!«

»Nicht einen Schritt, Jack!«, sagte Porelle heiser. Er wich zurück an die Wand. »Mein Gott, Jack, merken Sie es denn nicht? Sie sind ja schon tot! Paddy! Sie sind tot … tot … tot …«

Porelle warf sich herum und rannte zurück auf die Veranda.

Einen Augenblick war Paddy so verwirrt, dass er nicht wusste, wie er sich verhalten sollte. Er hätte Porelle jetzt in den Rücken schießen können, und auch dieses Problem wäre gelöst gewesen. Aber wer schießt schon auf einen nackten, flüchtenden Mann, der anscheinend den Verstand verloren hat? PP rannte wie ein Gehetzter durch das Haus, blieb in der Tür zur großen Wohnhalle stehen und blickte ängstlich noch einmal zu Paddy zurück. Der stand mit hängenden Armen, geradezu lächerlich in seiner bulligen Nacktheit, im Flur und tippte sich an die breite Stirn. Von draußen kam das Singen näher, ein uralter getragener Indianergesang, mit dem man einst die Toten begraben hatte. Die Scheinwerferkegel suchten noch immer die Straße nach Santa Magdalena ab, ihr gleißendes Licht ließ die kahlen Felsen wie Silber leuchten – aber bis auf einen einsamen Indio, der anscheinend als Späher vorausgelaufen war und nun, geblendet von dem Licht, die Hände vor den Augen, mitten auf der Straße stehen blieb, war noch nichts zu sehen.

»Haben Sie einen Wurm im Hirn?«, brüllte Paddy zu Porelle hinüber. »Was faseln Sie da? Ich bin tot! Ich lebe wie nie zuvor! Ein Stier ist ein Kümmerling gegen mich! Hören Sie diesen Gesang? Das ist ein Lebenselixier für mich!«

»Wen haben Sie im Bett, Jack?«, rief Porelle. Er hob beide Hände und kreischte fast auf, als Paddy zwei Schritte auf ihn zuging. »Bleiben Sie stehen! Wer liegt in Ihrem Bett?«

»Die schönste Indiohure! In Wasser umgerechnet, ist sie mein ganzes Schwimmbad wert!«

»Paddy!«, schrie Porelle mit sich überschlagender Stimme. »Gehen Sie in Ihr Schlafzimmer, und kommen Sie nie mehr raus! Ich garantiere Ihnen: Wenn Sie sich draußen blicken lassen, erschlägt man Sie!«

»Sie wollen meine Leute gegen mich aufhetzen? Womit denn, wenn ich fragen darf?« Paddy hob lachend die Pistole.

»Mit der Cholera, Jack!« Porelle wich zurück – er hatte die Weite der Halle in seinem Rücken, die breiten Türen, die Veranda, die Treppe zum Vorplatz, das freie Land. »Sie haben die Cholera!«

Paddy war in seinem Leben nur selten sprachlos gewesen. Er hatte es sich nie leisten können, seine Überlegenheit zu verlieren. Aber jetzt kam es ihm vor, als habe ihn Porelle auf rätselhafte Weise gelähmt. Nicht einmal lachen oder fluchen konnte er. Er stand nur da, glotzte den kleinen, nackten, salbenbeschmierten Mann an und spürte, wie es kalt in ihm hochkroch. Er ist nicht verrückt … Er hat nicht den Verstand verloren, seit die Indios ihn in die Kakteen gepresst haben … Irgendetwas in seiner Stimme verrät mir, dass er die Wahrheit sagt. Die Cholera? Ich? Ein toter Mann? Und dabei platze ich vor Gesundheit. Die kleine Wildkatze kann's bestätigen …

Die Cholera?

Er blickte an sich hinunter, wollte sich wieder zu Porelle wenden, aber der Franzose rannte weiter und hatte schon die Tür zur Terrasse erreicht.

»Bleiben Sie stehen, Porelle!« Er hob die Pistole und schoss. Aber er traf nur eine Vase. Ein Porzellansplitter drang Porelle in den Rücken, er schrie hell auf, krümmte sich und rannte weiter. Paddy schoss noch einmal, aber da war Porelle schon aus dem Haus und sprang über die Terrasse.

Die Hazienda glich jetzt einer belagerten Burg. Auf den Wachttürmen standen die Capatazos hinter den Maschinengewehren, das große schwere Bohlentor war geschlossen und durch Querbalken gegen einen Rammstoß gesichert, an den Schießscharten der Palisade warteten als Scharfschützen ausgebildete Mexikaner, aus den Magazinen rollten zwei Granatwerfer heran und wurden in Stellung gefahren. Ihre kurzen dicken Rohre zeigten in den Nachthimmel. Es kam nicht darauf an, zu zielen – wenn die Granaten über die Mauer orgelten und irgendwo auf oder neben der Straße explodierten, musste es unter den ahnungslosen Indios eine Panik geben. Mit den armseligen Möglichkeiten der Leute von Santa Magdalena ließ sich Paddys Festung nicht einnehmen.

»Das Tor auf!«, brüllte Porelle auf der Terrasse. Zitternd lehnte er sich an das schöne Holzgitter und wischte sich den Schweiß vom Gesicht. Die Mexikaner blickten ihn verwundert an. Der Gesang aus dem Tal war angeschwollen und kroch die Straße herauf. Vierhundert verzweifelte Kehlen – das gibt einen Ton, den man nie mehr vergisst.

»Was wollt ihr verteidigen?«, brüllte Porelle die mexikanischen Leibwächter an. Er sprang die Freitreppe hinab und fuchtelte mit den Armen. »Das Wasser? Die Hazienda? Das Meskalin? Paddys Reichtum? Ihr Idioten! Ihr Idioten! Keiner will euch an den Kragen – aber ihr lasst euch überrennen, nur weil ein Kerl wie Paddy es will! Ist euch euer Leben nicht mehr wert als diese lausigen Peseten? Für wen wollt ihr denn kämpfen? Geht doch ins Haus, seht ihn euch an! Bevor ihr ihn erkennt, riecht ihr ihn! Er hat die Cholera! Er hat die ganze Nacht mit der Cholera im Arm geschlafen! Ihr werdet alle verrecken! Alle! Ihr sturen Hunde – macht das Tor auf!«

Auf der Veranda erschien Paddy. Porelle duckte sich hinter einen Karren und warf sich platt auf die Erde. Die Capatazos starrten zu ihrem Patron hinauf. Paddys Gesicht sah fürchterlich aus, eine verzerrte Maske … das war nicht mehr Jack Paddy – das war nur noch ein Mann, der Angst hatte, Angst.

Er war, kaum dass Porelle aus dem Haus gestürzt war, zurück in sein Schlafzimmer gelaufen. Dort lag Rosalie, das schönste Indiomädchen von Santa Magdalena, in einer Lache aus Kot. Sie hatte die Besinnung bereits verloren, aber ihre Bauchdecke zuckte noch, und ihre braune, vor Stunden noch so glatte Haut war grau geworden, wie rissiges, ausgelaugtes Leder.

Mit einem Aufschrei warf Paddy sich herum und flüchtete in seine Wohnhalle. Dort hörte er gerade noch Porelles letzte Worte. Ihm wurde übel, er stützte sich auf seine gläserne Bar, die Angst zerbrach alle Kraft in diesem massigen Körper, und als er versuchte, weiterzugehen, begann er zu zittern, als läge er auf einem Eisblock.

Sie haben es erreicht, dachte er, seltsam klar in seiner Panik. Es war ein gemeiner Trick, mir Rosalie ins Bett zu legen! Sie haben es gewusst, sie haben sie zurechtgemacht, und sie hat durchgehalten mit der Zähigkeit des Hasses, mit diesem verseuchten Körper – und ich habe geglaubt, dass sie es nicht nur für ein Fass Wasser tut, sondern wirklich Spaß an der Sache findet …

Auf der Straße tauchte jetzt der Zug auf, die Finger der Scheinwerfer ergriffen ihn und tauchten ihn in blendende Helle: An der Spitze Dr. Högli, Evita, Juan-Christo und Matri. Dahinter Pater Felix, über Soutane und Maschinengewehr die goldbestickte Stola gelegt. Jetzt trug er das große Kreuz mit dem bunt bemalten Christus; in einem ledernen, um den Leib geschnallten Köcher stak der Längsbalken, von hinten mit Stangen abgestützt. Bei jedem Schritt schwankte das Kreuz, es verlangte enorme Kraft, es festzuhalten und dennoch weiterzugehen. Und dann folgten eng gedrängt die Leute von Santa Magdalena, mit Eimern und Töpfen, ausgehöhlten Kürbissen und tönernen Schüsseln. Männer, Frauen und Kinder, Greise und Krüppel, alles, was laufen konnte, zog die Straße hinauf und sang. Jetzt war es keine indianische Totenklage mehr, jetzt sangen sie die Lieder der christlichen Kirche: Lieder vom gnädigen Gott und der Liebe der Menschen zueinander, von Gnade und Erbarmen. Wasser … Wasser …

Dort ist das Wasser, Amigos! Ein riesiges Schwimmbecken voll! Und seht ihr den Wasserturm hinter Paddys Haus? Er ist gefüllt bis zum Rand! Und im Pumpenhaus gibt es einen Schalter, einen kleinen Schalter, den braucht man nur herumzudrehen. Wisst ihr, was dann passiert? Dann rasseln die Pumpen los, dann fließt Wasser durch die Leitungen, dann strömt das Leben aus der Tiefe der Erde. Kühles Leben! Nur eine Drehung an einem Schalter, Amigos! So wenig oder so viel ist unser Leben wert.

Erbarme Dich all unserer Not, beschütze uns mit Deiner Güte, Du bist der große, mächt'ge Gott, Du bist der Vater, bist die Liebe …

Wasser … Wasser …

Die Scheinwerfer hatten jetzt alle erfasst, auf den Wachttürmen knieten die Capatazos hinter den Maschinengewehren. Jetzt sah man auch die Wagen mit den Fässern. Die kräftigeren Männer hingen in den Seilen und Deichseln und zogen sie hinauf, in die Speichen der Räder griffen die Frauen.

Pater Felix, bei jedem Schritt fast erdrückt von der Last des Kreuzes, nickte hinüber zu dem geschlossenen Tor, als sich Dr. Högli umdrehte.

»Weiter!«, keuchte der Pater.

»Sie werden schießen, Felix.«

»Sie werden nie auf Christus schießen, Riccardo!«

»Jetzt begreife ich, was glauben heißt.« Dr. Högli fasste Evita um die Taille. So umschlungen gingen sie weiter, durch das blendende Scheinwerferlicht. Es war unmöglich, noch zu erkennen, was vor ihnen war, sie schritten in eine gleißende Wand hinein, hinter der – das ahnten sie – unzählige Gewehrläufe auf sie gerichtet waren. Und nun stimmten die Leute von Santa Magdalena ein neues Lied an:

Mit unsrer Kraft ist nichts getan, wenn Du, o Herr, nicht bei uns bist …

Das Tor! Dicke Balken, mit Eisen beschlagen. Davor die verstümmelten, von den Geiern zerrissenen Leichen. Aber jetzt war es nicht mehr der Gesang allein, der die Nacht beherrschte. Vierhundert Elendsgestalten begannen mit ihren Eimern und Schüsseln, Töpfen und Schalen zu klappern, schlugen sie aneinander, klopften den Takt.

Wasser … Wasser … Wasser …

Das sind unsere Waffen, Brüder hinter der Mauer! Eimer und Schüsseln! Damit stürmen wir eure Festung! Warum schießt ihr nicht? Wir sind wie ein Heer von Heuschrecken, wir haben nur unsere Beine und Hände und Mäuler. Schießt doch! Aus unseren Toten werden wir die Treppen bauen, um über eure Mauer zu kommen! Jetzt haltet ihr uns nicht mehr auf. Amigos, riecht ihr auch das Wasser? Ein paar Schritte nur noch, ein paar kleine Schritte …

»Das Tor auf!«, schrie Porelle. Er zeigte auf Paddy, der sich schwankend am Verandagitter festklammerte. »Seht euch den großen Boss an! Er kann kaum noch stehen!«

Paddy drückte die Stirn gegen eine der geschnitzten hölzernen Säulen, die das Vordach trugen. Was Angst war, wusste er jetzt.

Plötzlich riss er den Mund auf, beugte sich über das Gitter und brüllte so fürchterlich, dass Porelle sich hinter dem Handwagen noch tiefer duckte.

»Hilfe!«, brüllte Paddy. Der ganze Mensch war nur noch ein Schrei. »Hilfe! Dr. Högli! Hilfe! Retten Sie mich! Hilfe!«

Die Capatazos rannten zum Tor, schoben die Querbalken fort, rissen die Türflügel auf. Auf den Wachttürmen erloschen die Scheinwerfer. Die plötzliche Finsternis war erdrückend. Der Gesang der Indios zerbrach, nur das Klappern der Eimer war noch zu hören. Selbst Pater Felix blieb stehen, als sei die Finsternis eine Mauer, gegen die er geprallt war.

»Sie öffnen das Tor!«, rief Evita. Mit einen Ruck riss sie

sich von Dr. Högli los und rannte weiter. Juan-Christo folgte ihr, dann löste sich die Ordnung auf, die Indios stürmten mit Geheul vorwärts, überrannten ein paar Mexikaner, die noch im Weg standen, stampften über die auf der Straße liegenden verwesenden Toten, quollen durch den Eingang, schreiend und ihre Eimer schwingend, Frauen und Männer achteten nicht auf Gewehre oder Granatwerfer, nicht auf Hindernisse oder andere Menschen, sahen nur das randvolle Schwimmbecken und den Wasserturm, die an die Kräne geschraubten Schläuche, mit denen man die Blumen besprüht hatte, während die übrige Welt verdorrte, und walzten mit ihren Körpern alles nieder, was ihnen im Wege war. Sie zerstampften auch den kleinen Handwagen, unter den sich Porelle geflüchtet hatte, die Woge der Leiber ließ ihn zerbersten, Hunderte von Füßen trampelten den nackten kleinen Pierre Porelle in den Staub, hämmerten ihn in den Sand. Aber das spürte er schon nicht mehr …

Die Menschenlawine rollte weiter, erreichte das Schwimmbecken und stürzte sich schreiend und jubelnd in das köstliche Wasser. Übereinander, kreischend und vor Freude weinend, wälzten sie sich im Wasser, sie schwammen und soffen wie die Büffel, saugten sich voll, krochen aus dem Becken, wälzten sich auf den Steinplatten, krochen wieder zurück, tauchten die Köpfe ins Becken, soffen weiter. Die Rasensprenger drehten sich, die Menschen tanzten in den Strahlen, ließen sie in die weit aufgerissenen Münder sprudeln, knieten nieder, rissen die Schläuche von den Sprengern, stopften sich die Schläuche in den Mund, als wollten sie sich mit Wasser aufschwemmen, bis sie zerplatzten.

Leben! Leben! Leben!

Und nun ratterten die Pumpen los … Man hatte den Schalter gedreht, diesen kleinen, lächerlichen Schalter, der Santa Magdalena rettete. Das Wasser jagte wieder durch die Leitungen, unter der Dusche am Schwimmbecken hüpften drei Indiofrauen, hatten sich die Kleider vom Leib gerissen, das Wasser spritzte über ihre braunen Körper, und an dem kleinen Duschbecken lagen neun Männer und schlürften es auf wie flüssigen Honig.

An die Mauer gepresst, mit schreckensweiten Augen, beobachteten die Capatazos dieses Chaos des Glücks. Im Schwimmbecken balgten sich hundert Menschen, standen Leib an Leib im Wasser und tranken, und alle schrien sie, mit irre glänzenden Augen, und die Monate des großen Durstes ertranken in der Maßlosigkeit, mit der sie ihr Leben retteten.

Pater Felix stand noch im Tor, allein mit seinem schweren Kreuz. Um ihn kümmerte sich keiner mehr. Er keuchte unter der Last, stemmte sich gegen den Längsbalken und hielt seinen bemalten Christus hoch. »So sollte es nicht sein, Herr!«, sagte er heiser und blickte zum Kreuz empor. »Aber kann man sie nicht verstehen? Vom klaren Wasser werden sie betrunken! Und keinen Toten hat es gegeben – das macht mich glücklich.«

Man hatte den zerstampften Pierre Porelle noch nicht gefunden.

Pater Felix stemmte mit einer Kraft, von der er selbst nicht wusste, woher er sie nahm, das schwere Kreuz aus dem Köcher, um es abzustellen. Da waren plötzlich einige bis an die Zähne bewaffnete Mexikaner da, umringten ihn und bekreuzigten sich demütig.

»Das könnt ihr später!«, schimpfte Pater Felix. »Glotzt Christus nicht an, hilf mir, ihn auf den Boden zu stellen!«

Ein Gewimmel von Händen griff zu. Felix Moscia wurde von der jetzt wirklich nicht mehr zu haltenden Last befreit; zu vieren stemmten sie das Kreuz hoch und trugen es durch das Tor in das Innere der Hazienda. Er sah den bunten Jesus vor sich herschwanken, ein Scheinwerfer blendete wieder auf und erfasste das Kruzifix, und das grelle Licht machte es schwerelos, ließ die Figur des Gekreuzigten durch die Dunkelheit schweben, der einzige helle, leuchtende Fleck in der Finsternis der Nacht. Als fliege er mit seinen ausgebreiteten Armen daher, so erschien der geschnitzte Christus auf dem Platz der Hazienda, und alles Kitschige an dieser Figur, die bunten Farben, die überdeutlich gemachten Wunden, die breite Dornenkrone, der leidvoll verkrümmte Körper, alles, was Pater Felix einmal »die herrliche Scheußlichkeit, die wir brauchen, um hier am vergessensten Fleck der Welt den echten Glauben zu verbreiten« genannt hatte, war jetzt so überwältigend selbstverständlich, als könne sich Christus in diesem Land, bei diesen Menschen, in diesem Augenblick gar nicht anders offenbaren. Von allen Seiten liefen die Mexikaner heran, aus den Gesindehäusern rannten die Frauen mit ihren Kindern. Sie knieten nieder, als das große Kreuz an ihnen vorbeigetragen wurde, während um sie herum die Indios kreischten, sich im Wasser wälzten und die kleine Welt von Santa Magdalena unterzugehen schien im Gebrüll und in zuckenden Leibern.

Dr. Högli hatte, schon als er Evita auf den Platz nachstürmte, Jack Paddy auf der Veranda stehen sehen. Sie rannte auf ihn zu, er sah, wie Paddy den Mund aufriss, wie sein ganzes Gesicht nur ein Schreien war, unverständlich in diesem Höllenlärm.

Es war sinnlos, Evita etwas zuzurufen. Er sah, wie Juan-Christo und sie die Treppe hinaufstürmten, wie sie Paddy erreichten, wie Juan Evita zur Seite gegen die Hauswand schleuderte und dann mit einem gewaltigen Faustschlag Paddy zu Boden streckte.

Keuchend erreichte nun auch Dr. Högli die Treppe, und während sich die Menschenflut in das Schwimmbecken stürzte und die Orgie des Trinkens begann, schwankte er die Stufen hinauf und blickte Juan-Christo aus schweißüberströmten Augen an. Paddy lag ohnmächtig neben der Tür, nicht weit davon kauerte Evita an der Hauswand wie ein kleines Mädchen, das sich aus Angst in sich selbst verkriecht.

»Er hat es gerade begriffen«, sagte Juan-Christo schwer

atmend. »Ich habe es noch gehört. Er hat nach Ihnen gerufen, Chef!«

Dr. Högli beugte sich über Paddy und drückte dessen Leib. »Bleib da, Evita!«, rief er, als er bemerkte, dass sie aufstehen wollte.

»Hat Rosalie ihn angesteckt?«, fragte Juan-Christo ruhig. »Ist es ihr gelungen?«

»Es würde dich freuen, nicht wahr?« Dr. Högli blickte hoch. Im Widerschein des Scheinwerfers, der das Kreuz beleuchtete, war Juans Mestizengesicht wie eine der alten Masken aus der Aztekenzeit. »Bist du ein Krankenpfleger oder ein Mörder?«, schrie ihn Dr. Högli an. »Los! Tu deinen letzten Dienst! Einen Wagen fur Paddy! Und dann will ich dich nicht mehr sehen im Hospital!«

Er drehte sich um und blickte auf Paddys Landrover, mit dem Porelle gekommen war. Er lag umgestürzt auf der Seite, zerbeult, mit eingeschlagenen Fenstern.

Juan-Christo nickte stumm. Aber er lief nicht die Treppe hinunter, sondern ins Haus, kam nach wenigen Augenblicken zurück und blieb am Verandagitter stehen.

»Rosalie ist tot!«, sagte er ruhig. »Sie liegt in seinem Bett! Er wird sterben.«

»Vielleicht.« Dr. Högli richtete sich auf. Er sah, wie Pater Felix, von seinem Kreuz befreit, durch die knienden Reihen der Mexikaner ging, hinter dem Kruzifix her, das die vier Capatazos durch den Lichtkegel des Scheinwerfers schleppten. Er zeigte auf die tobenden Menschen im Schwimmbecken, streckte beide Hände aus, und irgendwoher, aus den knienden Mexikanern, tauchten plötzlich zwei kurzstielige Peitschen mit dicken, langen Lederschnüren auf, jene gefürchteten Peitschen, mit denen man einem Menschen das Fleisch von den Knochen schlagen kann. Er griff nach ihnen, schloss die Fäuste um die Stiele und ging, ohne seinen Schritt zu unterbrechen, weiter zu den kreischenden Indios.

»Vielleicht«, wiederholte Dr. Högli, »wird Paddy sterben.

Wünsch es dir nicht, Juan! Du hast ihm Rosalie ins Bett gelegt! Stirbt Paddy an der Cholera, übergebe ich dich der Polizei!«

»Er ist ein Mörder, Chef! Ein Mörder!«

»Bist du sein Richter? Sein Henker, im weißen Kittel mit dem Roten Kreuz auf der Brust? Zieh diesen Kittel nicht mehr an, sag ich dir!«

»Chef –«

»Einen Wagen!«, brüllte Dr. Högli.

Statt Juan-Christo rannte Evita davon, hinüber zu den Mexikanern, die sich langsam erhoben, nachdem Pater Felix an ihnen vorbeigegangen war. Högli sah, wie sie auf die Capatazos einsprach, wie drei, vier Mann wegliefen zu den Garagenschuppen, um Paddys starken Geländewagen zu holen.

Porelle, dachte Högli plötzlich. Wo ist Pierre Porelle geblieben? Der Landrover liegt da unten, also muss Porelle auf der Hazienda sein. Hat er sich versteckt? Oder hat es, bevor wir eintrafen, hier zwischen ihm und Paddy ein Drama gegeben?

»Such Porelle, Juan!«, fuhr Dr. Högli seinen Krankenpfleger an. »Er muss irgendwo im Haus sein.«

»Nein. Er liegt dort.« Juan-Christo zeigte mit ruhiger Hand auf den Platz. Unter dem umgestürzten, zerbrochenen Handkarren schimmerte es im Widerschein des Scheinwerferlichts weiß und rötlich. Zwei Mexikaner waren gerade dabei, die Trümmer wegzureißen und Porelles zertrampelten Körper freizulegen. »Er lag im Weg.« Juan-Christo hob die Schultern. »Er war hierhergekommen, um Sie zu töten, Chef.«

»Mach, dass du wegkommst!«, sagte Dr. Högli grob. »Weit weg! Ich will dich nicht mehr sehen!« Paddy bewegte sich. Sein Gesicht begann zu zucken, seine breite Brust sog röchelnd die Luft ein. Von den Garagen fuhr der Geländewagen heran. Einer der Vorarbeiter saß am Steuer, bremste vor der Treppe, sprang aus dem Auto, ließ den Motor laufen und rannte davon.

Die Cholera, dachte Dr. Högli. Natürlich haben sie alle

Angst. Niemand wird bereit sein, Paddy in den Wagen zu tragen. Sie würden ihn alle hier oben auf der Treppe verrecken lassen. Er beugte sich über Paddy und ohrfeigte ihn rechts und links so lange, bis er die Augen aufschlug.

»Bleiben Sie liegen«, sagte Dr. Högli. »Sie werden jeden Hauch von Kraft brauchen können. Wie fühlen Sie sich?«

»Dr. Högli ...« Paddy streckte sich. Auch in seinen Augen hatte sich die Angst eingenistet. »Helfen Sie mir!«

»Natürlich. Auch wenn Sie's nicht wert sind.«

»Man hat mir ein an der Cholera sterbendes Mädchen ins Bett gelegt.«

»Ich weiß. Rosalie ist tot.«

»Und nun ist es auch mit mir vorbei.« Paddy hob den Kopf, Dr. Högli drückte ihn mit der flachen Hand wieder hinunter. »Was soll der Lärm?«

»Ganz Santa Magdalena planscht in Ihrem Schwimmbecken und säuft sich die schönsten Magen- und Darmkrankheiten an. In drei Tagen werde ich die Kranken im Hospital stapeln können. Verdammt, liegen Sie ruhig, Paddy! Ich bringe Sie ins Hospital. Ich muss nur einige Männer finden, die Sie wegtragen.«

»Wozu? Ich kann gehen!« Paddy schob Höglis Hand von seiner Stirn und setzte sich. Erst jetzt überblickte er das ganze Chaos, die jubelnden, schreienden, sich im Wasser wälzenden Menschen, das hoch aufgerichtete Kreuz und Pater Felix mit den Peitschen, der das Schwimmbecken gleich erreicht hatte.

»Sie haben gewonnen, Doktor«, sagte Paddy, plötzlich unendlich müde. »Sie und der Pfaffe haben es geschafft! *Mich* geschafft! Aber so einfach ist das Ende nicht. Sie werden jetzt die ganze ›Organisation‹ auf den Hals bekommen. Wo ist dieser Porelle?«

»Tot! Zertrampelt!«

»Mein Gott!« Paddys Kopf sank auf die breite Brust. »Und gerade er wollte Ihnen das Tor aufmachen!« Er versuchte aufzustehen, zog sich am Gitter hoch und stand schwankend auf seinen säulenartigen Beinen. »Ich spüre noch nichts«, sagte er. »Aber die Angst, Doktor, die Angst! Habe ich die Cholera? Hat mich das kleine Indio-Aas angesteckt?«

»Keine Ahnung. Die Inkubationszeit ist noch zu kurz.«

Paddy wollte etwas sagen, aber plötzlich hob er den Kopf, warf ihn in den Nacken und starrte in den Nachthimmel. Dicke Wolken zogen träge über das Tal, ballten sich zwischen den Felsen, verklumpten den Himmel. Zitternd streckte er den Arm aus und drehte die Handfläche nach oben. Auch einige der Mexikaner hatten die Köpfe gehoben, sie schienen nicht zu glauben, was sie sahen.

Wolken? Nach acht Monaten Glut plötzlich Wolken? Acht Monate lang eine Sonne, die alles vom Himmel wegbrannte, und jetzt tatsächlich Wolken? Weiß einer noch, wie eine Wolke aussieht? Wer erinnert sich, dass der Himmel noch etwas anderes als eine glühende Scheibe sein kann? Madre de Dios, kommt ein Wunder über uns?

»Das ist nicht wahr!«, sagte Paddy und lehnte sich gegen das Gitter der Veranda. »Doktor, Sie Humanitäts-Rindvieh, strecken Sie mal die Hand aus! Los, tun Sie es! Was spüren Sie? Na? Jetzt glotzen Sie! Es regnet! *Jetzt,* in dieser Stunde regnet es! In dem Augenblick, in dem ihr mein Wasser erobert habt, lässt euer lieber Gott regnen! Welch ein Sadismus!«

Noch waren es vereinzelte Tropfen, noch merkten es nur wenige; für sie war das Wasser zu ihren Füßen und fiel nicht aus einem Himmel, der das Land, die Häuser und die Menschen zu Staub verbrannt hatte.

Auch Pater Felix spürte die dicken Tropfen noch nicht. Mit seinen Peitschen erreichte er das Schwimmbecken, das Kreuz stand jetzt wieder hinter ihm, von vier Männern gestützt, die Indios tobten im Wasser, tauchten und tranken, kreischten und schlugen sich, rissen sich die Kleider von den Leibern, umarmten sich und schwankten durch die dicken Strahlen des aufzischenden Springbrunnens und ließen Wasserkaskaden über ihre nackten Körper klatschen.

Wer spürt da ein paar Tropfen aus dem Himmel?

»Kommen Sie!«, sagte Dr. Högli und stieß Paddy in den Rücken. »Wenn Sie sich infiziert haben, ist jede Minute wichtig! Ich werde sofort einen Wagen nach Nonoava schicken und Infusionsflaschen holen lassen. Ich nehme an, dass Ihre Leute die Straße nicht mehr absperren.«

»Aber Polizei und Militär! Auf der anderen Seite!« Paddy lachte rau. »Sie haben selbst dafür gesorgt, dass Hysterie ausgebrochen ist. Der Ruf ›Die Cholera kommt!‹ ersetzt zehn Revolutionen! Santa Magdalena ist von der Außenwelt abgeschnitten worden!« Dr. Högli starrte Paddy entgeistert an. »Das wissen Sie und tun nichts dagegen? Sie lassen es zu, dass alle diese Menschen hier einfach geopfert werden? Noch sind die Cholerafälle Gott sei Dank vereinzelt, aber das weiß man ja draußen nicht. Warum schickt man keine Ärzte ins Tal, warum keine Medikamente, wenn man annimmt, hier sei eine Epidemie ausgebrochen? Man macht einfach den Laden dicht und lässt uns verrecken?«

»Stellen Sie diese Fragen den Gesundheitsbehörden in Chihuahua!« Paddy hob die Schultern. »Die machen es sich einfach: Lieber ein Dorf verschwinden lassen und später die Leichen und alles, was im Tal ist, verbrennen, als die Cholera ins freie Land zu tragen. Das ist Hygiene mit dem Holzhammer.«

»Nein! Ich frage *Sie,* Paddy!« Dr. Högli riss ihn mit einem harten Griff zu sich herum. »Sie allein tragen die volle Verantwortung! Sie haben das Wasser abgestellt, Sie haben die Straße gesperrt, Sie haben das Telefon unterbrochen, Sie haben dafür gesorgt, dass man Santa Magdalena von der Liste streicht. Sie wollten damit Pater Felix und mich treffen. Und was haben Sie erreicht? Sie werden genau wie die Indios krepieren!«

»Nein! Sie helfen mir, Doktor!«

»Einen Dreck tue ich!« Dr. Högli wandte sich ab. »Helfen Sie sich selbst! Versuchen Sie, aus dem Tal zu kommen, besorgen Sie sich selbst die Infusionen und Medikamente.«

Er ging die breite Treppe hinab und sah zu den Männern hinüber, die den toten Porelle wegtrugen. Vom Schwimmbecken lief Evita zum Haus zurück. »Sie sind wahnsinnig!«, schrie sie Dr. Högli zu. »Sie benehmen sich wie die wilden Tiere! Sie wollen die Hazienda verbrennen, schreien sie. Sie wollen alle Capatazos totschlagen, sobald sie sich vollgetrunken haben! Riccardo ...« Sie stürzte zu ihm, klammerte sich an ihm fest, ihr schmales, schönes Gesicht verschwand unter den nassen Haarsträhnen. »Wir müssen weg von hier, Riccardo! Wir müssen sofort weg! Sie schlagen alles zusammen!«

Über die Treppe schwankte Paddy. »Doktor!«, brüllte er. »Sie können mich nicht allein lassen! Sie sind doch Arzt! Sie können doch keinen Kranken im Stich lassen!«

»Sie sind nicht krank!« Dr. Högli schob Evita zur Seite.

»Ich habe die Cholera!«

»Ich sehe nichts! Kommen Sie wieder, wenn Sie Wasser scheißen!«

»Doktor!« Paddy lehnte sich an die Terrassenwand. Um ihn herum begannen die Indios die Hazienda zu zerschlagen. Sie kletterten aus dem Schwimmbad, liefen in ihrer triefenden Nässe zu den Schuppen, rissen alles, was man zum Zerstören brauchen konnte – Stangen, Hämmer, Zangen, Bohlen –, an sich und stürmten damit zunächst die Nebengebäude. In das Schreien und Kreischen mischte sich das Splittern von Holz, das Klirren der zerspringenden Fenster, das Krachen der zerberstenden Möbel, die man durch die Türen auf den Platz warf und dort mit Triumphgeheul zerhackte.

»Sie können mich jetzt nicht allein lassen!«, sagte Paddy bettelnd.

»Und wie ich das kann! Komm, Evita!« Dr. Högli legte den Arm um ihre Schulter und zog sie mit sich fort zu Paddys mit laufendem Motor wartendem Geländewagen. Paddy folgte ihnen wie ein riesiger Hund, drei Schritte hinter ihnen.

»Mein Bauch brennt!«, schrie er. »Meine Gedärme gehen

in Flammen auf! Ich habe die Cholera, Doktor! Sie müssen mich mitnehmen!«

Er überholte Dr. Högli und Evita mit einigen großen Sätzen und stellte sich vor den Wagen. »Wie Sie wollen! Dann fahre ich allein nach Nonoava! Ich komme durch, das garantiere ich Ihnen!«

»Sie schaffen es nie, Paddy! *Wenn* Sie sich infiziert haben, geht es Ihnen wie Ihrer Kreatur Tenabo. Sie kippen auf halber Strecke aus dem Auto und fließen aus! Sie erreichen Nonoava nie. Und – das wissen Sie so gut wie ich: wenn die Militärposten Sie in diesem Zustand erwischen, wird man Sie einfach abschießen. Da hilft Ihnen der Name Paddy nichts und nicht die Bestechungsgelder, die Sie gezahlt haben.«

Am Schwimmbecken brüllten die tobenden Menschen auf. Pater Felix hatte sie erreicht und hieb mit beiden Peitschen auf sie ein. Es war ihm gleichgültig, wohin er traf, er ließ die dicken Lederschnüre über Schultern und Köpfe klatschen, er peitschte mit aller Kraft gleichermaßen auf Männer und Frauen, und wen er traf, der duckte sich, schützte sich mit zusammengepressten Armen und flüchtete aus dem Schwimmbecken.

»Man wird ihn heiligsprechen!«, sagte Paddy dumpf. Er lehnte zitternd an der Tür des Wagens. »Wie Christus die Wechsler aus dem Tempel, so peitscht er seine verrückt gewordenen Indios aus meinem Schwimmbad! Jetzt werden sie ihn umbringen! Das vergessen sie ihm nie. Da schützt ihn auch sein Priesterrock nicht, und mit dem Kreuz werden sie das nächste Lagerfeuer anstecken!« Er blickte in den Himmel, die Tropfen wurden zahlreicher. Dicke Tropfen, die auf der Handfläche liegen blieben. »Es regnet. Es war alles umsonst, Doktor! Los, steigen Sie ein, fahren wir zu Ihrem Hospital. Wir haben noch eine Chance: Der Hubschrauber mit Emanuel Lopez! Der hat sich ja wieder in Ihre Obhut geflüchtet mit seinem zerschossenen Hintern. Und wenn ich ihn mit Gewalt in der Schwebe halten muss – er fliegt!«

»Den Hubschrauber gibt es noch?«, fragte Dr. Högli. »Mein Gott! Das ist wirklich die einzige Chance!«

»Natürlich gibt es ihn. Hinter dem Gästehaus steht er. Übrigens: Mit Mendoza Femolas Tod habe ich nichts zu tun! Das war allein Rick Haverston.«

»Ich weiß. Nur haben Sie überall herumtelefoniert, dass Femola nie bei Ihnen eingetroffen ist.«

»Notgedrungen. Haverston stand mit der Knarre hinter mir!«

»Seit einer Woche nicht mehr.«

Paddy riss die Wagentür auf. »Schnell! Holen wir Lopez …«

»Einverstanden. Aber ich fliege allein mit ihm nach Nonoava.«

»Verrückt! Ich fliege mit!«

»Nein! Sie bleiben in dem Chaos, das Sie angerichtet haben! Sie drücken sich nicht, Paddy!«

»Ich bin todkrank, Doktor! Sie haben selbst gesagt, in drei oder vier Stunden kann es schon zu spät sein! Bis Sie zurückkommen –«

Hinter dem Herrenhaus krachte plötzlich eine Explosion. Der Boden zitterte, eine grelle Stichflamme schoss in den Nachthimmel. Ihr folgte ein von Feuerlohe durchsetzter Rauchpilz. Kleine Explosionen knatterten dazwischen.

»Nicht mehr nötig, Paddy«, sagte Dr. Högli heiser. »Das war der Hubschrauber. Beten Sie! Das allein bleibt Ihnen noch übrig.«

Paddy starrte auf den feurigen Rauchpilz, stieß einen Schrei aus und rannte zurück ins Haus. Dr. Högli hob Evita in den Geländewagen. Sie wehrte sich, aber er griff so hart zu, dass sie das Gesicht verzog. »Jetzt telefoniert er nach Nonoava«, sagte er. »Aber ich glaube, sie haben auch die Leitung bereits zerstört. Wir müssen in der Hölle bleiben, bis sie sich ausgebrannt hat.«

Das Schwimmbecken leerte sich. Stumm, mit starren Augen, das riesige Kruzifix hinter sich, eingehüllt in das grelle Licht des Scheinwerfers, stand Pater Felix am Beckenrand und hieb auf die wenigen Indios ein, die noch immer im Wasser planschten, aus dem eine trübe, dreckige Brühe geworden war. Währenddessen wüteten die anderen in der Hazienda, zertrümmerten alles, was sie fanden, jagten die Frauen und Kinder der mexikanischen Vorarbeiter auf die Straße und steckten ihre Häuser in Brand. Was Pater Felix sie mühevoll gelehrt hatte – Menschenwürde, Liebe zum Nächsten, Vergebung des Bösen, das Gefühl der Brüderlichkeit –, alles zerstob in dem einzigen, übermächtigen Wunsch nach Rache. Rache für die Jahre der Knechtschaft, der Sklaverei, des Schuftens auf den glühenden Hanf- und Peyotl-Feldern, Rache für den Hungerlohn, für die hündische Kriecherei, die man von ihnen verlangt hatte, Rache für jeden Schlag, fur jeden Tritt, für jeden Fluch, für jeden Tropfen Schweiß. Rache für die Jahrhunderte, in denen der Indio zum Fußschemel des Weißen geworden war. Rache für alles! Man kann es nicht aufzählen – es gab zu viel zu rächen.

Vom Becken kam Pater Felix zurück. Er hatte die Peitschen weggeworfen, die Stola abgenommen und zusammengeknüllt hinter den Patronengurt gesteckt. Er sah schrecklich aus, um Jahre gealtert, knochiger als zuvor, als sei ihm das Fleisch vom Skelett gefallen. Mit einer müden Geste lehnte er sich neben Paddy an den Aufbau des Geländewagens.

»Ich kann sie nicht mehr halten«, sagte er. »Es sind nicht mehr meine Christen. Meine Hände sind leer, alles in mir ist leer. Ich habe versagt.«

»Das wundert Sie?«, höhnte Paddy. »Haben Sie etwa geglaubt, mit einem Gesangbuch ändern Sie die Gehirne?«

»Halten Sie endlich die Schnauze!«, schrie Dr. Högli. Ein maßloses Mitleid mit Pater Felix hatte ihn erfasst. Er legte den Arm um seine Schulter, und der Priester warf den Kopf zur Seite, drückte ihn an Höglis Brust und begann zu schluchzen.

Sein Zusammenbruch war vollkommen, so vollkommen, wie in diesen Stunden Santa Magdalena unterging.

Die Häuser der Capatazos standen in hellen Flammen, die Frauen rannten schreiend in den weiten Park, Gruppen johlender Indios, klatschnass, mit Eimern in den Händen, sich immer wieder mit Wasser übergießend, zogen zu den Materialschuppen, sprengten die Tore auf und zerschlugen die Maschinen.

Erst jetzt kam es Dr. Högli zu Bewusstsein, dass Paddy wieder bei ihnen war. »Ich denke, Sie sind im Haus?«, sagte er. »Ich habe Sie gar nicht zurückkommen sehen.«

»Ich wollte telefonieren. Aber die Leitung ist bereits tot. Doktor, wir sollten versuchen durchzubrechen! Wir *müssen* durch! Wir haben hier wirklich nichts mehr zu verlieren!«

»Das habe ich von Ihnen erwartet! Sehen Sie sich um: Man jagt Ihre Mexikaner wie die Hühner! Es sind *Ihre* Leute, Paddy! Sie haben für Sie gearbeitet, haben Ihre Befehle ausgeführt! Sollen sie jetzt für Ihre Gemeinheit büßen?«

»Was soll ich tun!«, rief Paddy. »Soll ich mich auf den Platz stellen und brüllen: ›Lasst sie in Ruhe! Zerhackt mich dafür!‹«

»Schön wär's.« Dr. Högli drückte den schluchzenden Pater Felix enger an sich. »Vielleicht bin ich ein Narr – aber ich flüchte nicht. *Jetzt* nicht! Ich bin vor Ihnen nicht ausgerissen, ich laufe auch nicht vor diesen entfesselten Indios davon! Wissen Sie, was morgen hier los ist? Da stehen sie wieder in langen Schlangen vor dem Hospital und warten auf ihren Doktor. Sie brauchen mich dann mehr denn je. Sie werden die Verwundeten und die Sterbenden bringen, die Ambulanz wird überfüllt sein mit Menschen, die sich in Magenkrämpfen krümmen. Ich werde überall sein müssen – im Hospital, im Dorf, hier bei Ihnen. Es ist keiner da, der ihnen helfen kann – nur ich! Und wenn sie hier alles vernichten und sich in ihrem Rausch gegenseitig die Schädel einschlagen – ihren Arzt werden sie nie anrühren! Erwarten Sie nicht von mir, dass ich mich davonschleiche!«

Er wollte noch etwas sagen, und auch Paddy hatte eine grobe Entgegnung auf den Lippen, als ein gewaltiges Krachen sie zusammenfahren ließ. Es war, als erbebten die Felsen, als habe der Himmel eine riesige Bombe in den Kessel geworfen und sprenge die Berge auseinander. Der donnernde Klang blieb über Santa Magdalena hängen und schallte als vielfältiges Echo knatternd zurück.

Mit diesem Donnerschlag aber zerplatzte auch der Rausch der Indios. Wie festgenagelt blieben sie stehen, starrten nach oben und rissen die Münder auf. Jegliche menschliche Stimme erstarb, nur das Prasseln der Feuer blieb, nachdem der Donner verebbt war. Gleichzeitig öffnete sich der Himmel. Und das war kein Regen mehr, der herunterrauschte, es war ein einziger massiver Wasserschwall, der auf die Menschen klatschte, ein Meer, das aus den Wolken fiel.

Pater Felix riss sich von Dr. Högli los. Er rannte in die Mitte des Platzes, legte den Kopf in den Nacken und breitete die Arme weit aus. So stand er im rauschenden Regen, wie ein paar Meter neben ihm der Gekreuzigte, und Hunderte von Augen starrten ihn an.

»Zu spät!«, brüllte Felix Moscia in den Himmel. Ein neuer Blitz und ein neuer Donner zerschnitten seine Stimme. »Zu spät, Gott! Zu spät! Was sollen wir jetzt anfangen mit Deiner Güte?«

Er machte ein paar unsichere Schritte, griff sich ans Herz und sank zu Boden. Dr. Högli und drei Mexikaner rannten zu ihm, hoben ihn auf und trugen ihn zu Paddys Geländewagen. Sie schoben ihn auf die Ladefläche und sprangen hinterher. Gleichzeitig legte Evita, die hinter dem Steuer saß, den Gang ein und gab Gas. Paddy sprang mit einem gewaltigen Satz aus dem Weg.

»Halt!«, brüllte er. »Evita! Halten Sie an! Nehmen Sie mich mit! Halt! Ich habe die Cholera! Ich habe die Cholera …«

Er rannte dem Wagen bis zum Tor nach, stolperte über die Trümmer des Karrens, unter dem man Pierre Porelle zertrampelt hatte, schlug hin, riss sich die Stirn auf und sprang wieder hoch. Zwei Capatazos, die ihn zurückhalten wollten, schleuderte er zur Seite, aber den davonrasenden Wagen erreichte er nicht mehr.

»Ich bin doch krank!«, stammelte er. »Doktor! Ich bin doch krank! Sie Saukerl von einem Arzt, Sie können mich doch nicht allein lassen!«

Hinter ihm drängten die Indios durch das Tor. Ruhig, wie durch den Donner und den Regen aus einem Trancezustand geweckt, gingen sie zurück nach Santa Magdalena. Die Männer hielten ihre Frauen an den Händen, die Mütter trugen ihre Kinder auf dem Arm. Sie nahmen ihre Eimer und Tonkrüge wieder mit. Sie waren leer. Man brauchte kein Wasser nach Hause zu schleppen; der Himmel übergoss sie, als sollten sieben Monate in einer Stunde nachgeholt werden.

Sie überholten Jack Paddy, aber niemand tat ihm etwas. Sie gingen an ihm vorbei, als hätten sie ihn gar nicht wahrgenommen.

Als Letztes verließ das Kruzifix die Hazienda. Die Capatazos hatten sich um den bemalten Christus geschart, auch sie mit ihren Frauen und Kindern, vier Mann trugen ihn, vier andere gingen daneben, um es zu übernehmen, wenn die Träger es nicht mehr halten konnten.

»Wir bringen es zur Kirche zurück!«, hatte der Vorarbeiter gesagt, der die Stelle von Antonio Tenabo eingenommen hatte. »Wir alle! Wir werden in der Kirche wohnen.«

Hinter ihnen zischten die Flammen ihrer Häuser im prasselnden Regen. Weißer Dampf stieg in die Nacht. Der Scheinwerfer, von seinem Betreuer verlassen, brannte noch immer auf dem zweiten Wachtturm. Er beleuchtete den leeren Platz vor dem Herrenhaus, die Trümmer der Karren und Wagen, die weggeworfenen und zerstörten Möbel, die kahlen Fensterhöhlen, den toten Pierre Porelle, den man an die Palisade getragen und dort vergessen hatte, und die beiden Peitschen, die neben zerfetzten Kleidern lagen.

Der Regen trommelte auf die Erde. Aus den Bergen kam ein dumpfes Grollen und Rauschen. Über die Felsenwände stürzten Wasserfälle … was gestern noch verdorrt war, schien sich aufzublähen, zu platzen, Wasser auszuspucken. Von allen Seiten floss es in das Tal, sandgelbe Fluten, Geröll und Erde mit sich reißend. Die Berge wurden zu Schwämmen, aus deren Poren das Wasser rauschte.

Evita schaffte es gerade noch, mit Paddys Geländewagen das Dorf zu durchqueren. Sie erreichte das Hospital, bevor aus den Felsenspalten die reißenden Fluten in den Kessel stürzten.

Im Hospital brannten alle Lichter. Auch hier hatte der Regen Jubel ausgelöst. Die drei Indioschwestern und der zurückgebliebene zweite Krankenpfleger hatten Bettlaken in den Regen gehalten und sie dann in den Krankenzimmern verteilt. Weinend vor Freude hatten sich die Kranken in die triefenden Tücher gerollt, hatten das Wasser aus dem Stoff gesaugt, und wer gehen konnte, nahm alle Kraft: zusammen und schwankte ins Freie.

Regen! Regen! Nach sieben Monaten Durst fällt uns das Wasser in den Mund.

Antonio Tenabo und Emanuel Lopez, der Pilot und Polizeisergeant, waren wie die anderen hinausgelaufen, hatten sich wie Kinder an den Händen gefasst und waren durch den Regen getanzt.

Jetzt saßen sie auf der Bank im Freien, ließen sich durchweichen und genossen es, durch und durch nass zu sein. Als sie die Lichter von Paddys Wagen in der Dunkelheit auftauchen sahen, tanzten sie wieder herum und schwenkten wie verrückt die Arme durch die Luft.

Der Wagen bremste mit wildem Quietschen. Dr. Högli und Evita sprangen heraus, vier andere Gestalten sprangen hinten vom Wagen und hoben Pater Felix heraus.

»Cardiazol!«, schrie Högli die Schwester an, die fassungslos den ohnmächtigen Pater anstarrte. »Seid ihr denn auch alle verrückt geworden?« Er rannte ins Haus, kurz vor der

Tür stieß er mit Tenabo und Lopez zusammen. »Ihr Hubschrauber ist explodiert«, sagte er zu dem Sergeanten. »Und Sie, Tenabo, können ein gutes Werk tun und zur Hazienda fahren. Holen Sie Mr. Paddy ab! Sie können den Wagen benutzen. Mit neunzigprozentiger Sicherheit hat Ihr Chef die Cholera! Los, glotzen Sie nicht! Holen Sie Paddy!«

Tenabo nickte. Aber er wandte sich nicht zu dem Wagen, sondern drehte sich um und ging zurück ins Hospital. Dr. Högli hielt ihn am Kragen des nassen Schlafanzuges fest. Tenabo wehrte sich nicht, er blieb nur stehen und zog den Kopf zwischen die Schultern.

»Scheißkerl!«, sagte Dr. Högli. »Vor einer Woche hast du ihn noch angebetet wie einen Gott!«

»Ich bin krank, Doktor.« Tenabo taumelte gegen die Wand, als Dr. Högli ihn von sich stieß. »Aber dann regnete es ... Wer kann da im Bett bleiben! Sie sind auf Händen und Knien in den Regen gekrochen. Wir haben die anderen hinausgetragen. Regen, Doktor! Regen! Jetzt muss ich wieder ins Bett.«

Dr. Högli rannte weiter. In der Ordination lag Pater Felix auf dem Tisch. Evita und die Schwester schlossen ein Sauerstoffgerät an. Juan-Christo gab die Cardiazol-Injektion. Dr. Högli blieb an der Tür stehen.

»Was machst du hier?«, sagte er hart. »Wie kommst du überhaupt her? Ich will dich nicht mehr sehen. Hinaus!«

»Doktor.« Juan-Christos gelbbraunes Mestizengesicht zuckte heftig. »Ich habe mich hinten an den Wagen gehängt. Sie brauchen mich doch, Doktor.«

»Ich brauche dich nie mehr! Wo hast du Matri gelassen?«

»Sie kommt mit den Leuten von Santa Magdalena nach.«

Evita drückte die Atemmaske über Felix' Mund und Nase. Die Indioschwester massierte die Brust des Paters. Aber es war, als arbeiteten sie an einem Stück Holz.

»Er will nicht mehr«, sagte Evita. Ihre Stimme zerfiel. Sie lehnte sich an die Tischkante, knickte in den Knien ein und setzte sich auf einen Hocker, der hinter ihr stand. Die totale Erschöpfung nahm von ihr Besitz.

»Was heißt das – er will nicht mehr?« Dr. Högli beugte sich über Pater Felix, schob die Atemmaske weg und schlug Juan-Christos Hand zur Seite, die ihm eine neue Spritze anreichte. »Nur weil sein Gott ihm in die Kniekehlen tritt, will er sich in den Sand bohren! Nicht bei mir, Felix Moscia!«

Er legte den Kopf des Paters gerade und gab ihm eine kräftige Ohrfeige. Siebenmal klatschte es gegen Pater Felix' Gesicht, dann öffnete er die Augen und sagte erstaunlich deutlich: »Hör auf, Riccardo!«

»Willst du weiterleben?«

»Gott hat mich lächerlich gemacht.«

»Vor Gott sind wir alle lächerlich.«

»Wechsle den Beruf! Werde Priester!«

Dr. Högli streckte die Hand zur Seite. Sofort lag eine neue Spritze auf seinen Fingern. Während er mit Felix sprach, injizierte er das Herzmittel in die linke Armvene. Eine braune Hand hielt das schmale Band, mit dem das Blut gestaut wurde. Juan-Christo.

Dr. Högli nickte. »Mir wird nichts anderes übrig bleiben«, sagte er. »Die Hazienda ist zerstört, die Leute von Santa Magdalena haben keine Arbeit mehr; wenn es jetzt so intensiv regnet, wie vorher die Sonne geschienen hat, werden die Felder zerstört sein, wird das ganze Dorf ersaufen, gibt es kein Santa Magdalena mehr, werden die Menschen in den Bergen hocken und können Steine und Erde fressen! Und dann verlässt sie auch noch ihr Priester! Hadert mit Gott wie Hiob!«

»O Jesus, er kennt sogar die Bibel!«

»Ich kenne noch mehr, Felix Moscia! Ich weiß genau, wie es in deinem Herzen und deinem Hirn aussieht! Es gibt eine tiefe Sehnsucht nach Erlösung, das streite ich nicht ab. Von mir aus: Auch das ist Liebe zu Gott! Aber den Menschen gegenüber ist es Verrat! Da wirft ein Priesterlein das Handtuch, nur weil es meint, sein Lebenswerk geht vor die Hunde!

Ahnst du überhaupt, was draußen los ist? Es regnet! Ja, es regnet! Aber das ist kein Regen mehr – so etwas von Wasser habe ich noch nie aus den Wolken fallen sehen! Hör dir das an!«

Pater Felix hob den Kopf. Vor dem Hospital klatschte es, als schlügen tausend Peitschen auf nackte Rücken. Juan-Christo reichte Dr. Högli die dritte Spritze. Seine Hand zitterte.

»Was ist das?«, fragte Högli.

»Konzentrierte Vitamine, Chef.«

»Habe ich die verlangt?«

»Noch nicht, Chef. Aber Sie hätten sie gleich verlangt. Ich kenne Sie doch so gut.«

»Und wenn du mein dritter Arm wärst, ich würde ihn mir abschneiden!« Högli nahm ihm die Spritze weg. »Mach, dass du rauskommst, Juan!«

Der Krankenpfleger nickte, zog seinen weißen Kittel aus, faltete ihn zusammen, legte ihn Evita auf den Schoß und verließ mit gesenktem Haupt das Zimmer. Pater Felix rutschte vom Tisch und taumelte zum Fenster. Er hielt sich am Fensterbrett fest und blickte hinaus.

Es gab keine Berge mehr, nur noch herunterstürzendes Wasser. Vor dem Hospital hatte sich ein See gebildet, der nach allen Seiten abfloss. Das Dorf lag tiefer, hier war man auf einem flachen Plateau, trotzdem konnte nicht so viel abfließen, wie aus dem Himmel fiel. Im Dorf musste es fürchterlich sein, der felsige Boden war wie eine Wanne, die unaufhaltsam vollief. Und von den Felshängen schossen die Wassermassen nach Santa Magdalena hinein – das einzige Becken, in dem sich die Flut sammeln konnte.

»Meine Kirche«, sagte Pater Felix dumpf. »Gott im Himmel, was wird aus meiner Kirche!«

»Jetzt ist er wieder da!« Dr. Högli trat hinter Pater Felix und stieß ihm die dritte Spritze im Stehen in den Oberschenkel.

»Sie Viehdoktor!«, sagte Pater Felix heiser. »Ich muss raus!«

»Verrückt! Wohin denn?«

»Zu meinen Indios! Wo sind meine Indios? Und mein Kreuz! Ich habe meinen Christus bei Paddy zurückgelassen! Riccardo, sein Wagen steht noch vor der Tür! Ich muss ins Dorf und zurück zur Hazienda!«

»Ich begleite dich«, sagte Evita plötzlich. Sie stand auf und legte Juans zusammengefalteten weißen Kittel auf den Tisch. »Sag nichts, Riccardo! Versuche nicht, mich zurückzuhalten! Ich bin bei dir geblieben und habe nichts gefragt und habe nur an dich gedacht. Aber jetzt muss ich noch einmal hinaus!«

»Das ist doch völlig unmöglich, Evita! Felix, auch du bleibst hier! Was soll dieser Wahnsinn! Wohin willst du denn?«

»Auch ich habe etwas vergessen«, sagte Evita. Ihre Stimme klang ruhig, mit einem Unterton, der keine Diskussion mehr zuließ. Und wenn ich mich auf sie stürze und sie zu Boden schlage, dachte Dr. Högli – sie bleibt hier. Später wird sie mir dafür dankbar sein. Was hat sie denn so Wichtiges vergessen, dass sie in diese ertrinkende Welt hinauslaufen will? So Wichtiges gibt es gar nicht.

»Der Pater hat sein Kreuz vergessen«, sagte Evita und ging zur Tür. Dr. Högli atmete schwer. Jetzt, dachte er. Jetzt gleich. Zu Boden schlagen – anders ist sie nicht aufzuhalten. »Ein Kreuz aus Holz mit einem geschnitzten Christus hat der Pater vergessen«, sagte Evita und blickte Dr. Högli starr an. »Bemalt mit bunten, kitschigen Farben … Aber ich habe meinen Vater vergessen! Keiner denkt an meinen Vater. Wo ist Miguel Lagarto? Was er auch getan hat – er ist mein Vater! Warum kümmert sich niemand um ihn?«

Sie riss die Tür auf und rannte davon.

»Hinterher!«, schrie Dr. Högli. »Felix, ihr nach! Evita! Bleib stehen!« Er stürzte durch den langen Gang, sah Evita durch die Ambulanz hetzen und wusste, dass dies der nächste Weg zu Paddys Wagen war. Neben ihm lief Pater Felix, er überholte Dr. Högli fast mühelos und rannte mit seinen nackten, nassen Füßen so schwerelos, als berühre er die Dielen gar nicht.

»Das macht Ihre Vitaminspritze!«, rief er, als er an Högli vorbeizog. »Ich empfehle sie Ihnen auch!«

Wir haben ihn wieder, den alten Pater Felix, dachte Högli. Manchmal möchte man ihm das Genick umdrehen!

Er erreichte den Ausgang der Ambulanz, als Evita gerade in den Wagen kletterte und Pater Felix sich geistesgegenwärtig in die Fahrtrichtung warf.

Aus dem Himmel und von den Bergen rauschte das Wasser. Santa Magdalena ertrank.

Nur zwei Sekunden zögerte Evita Lagarto, lange genug, um einen Blick auf Pater Felix zu werfen, der vor dem Wagen stand und die Arme weit ausbreitete. Der Regen klatschte auf ihn herab wie Peitschenschläge. Aus den Bergen quoll drohend und erschreckend anwachsend der grollende Ton sich bewegender Bergmassen. Es klang, als stürzten die Felsen ein, als werde eine neue Landschaft geschaffen, als verändere sich die Welt.

Evita drehte den Zündschlüssel, umklammerte das Lenkrad und ließ den Motor aufheulen: Aus dem Weg! Pater Felix, geh aus dem Weg!

Dr. Högli hatte den Wagen erreicht und enterte die Tür. Er riss sie auf, aber Evita stieß ihn wieder zurück. Er fiel in den zu Schlamm aufgeweichten Boden, rappelte sich sofort wieder auf und hängte sich an die noch offen stehende Tür.

»Evita!«, brüllte er. »Bist du verrückt? Du kommst nicht mehr bis ins Dorf Der Talkessel läuft voll! Von den Bergen kommen Geröll-Lawinen herunter!«

»Ihr habt meinen Vater vergessen!«, schrie sie zurück, schrill und misstönend. »Meinen Vater! Ja, er ist ein Schuft – aber er bleibt mein Vater! Riccardo, geh weg!«

Sie gab wieder Gas, und der Wagen schoss vorwärts, auf Pater Felix zu, der noch immer mit ausgebreiteten Armen im Weg stand. Högli hing an der Tür und wurde mitgeschleift.

Seine Beine schlugen in den schlammigen Boden, er versuchte mitzulaufen, sich am Türgriff hochzuziehen und in das Führerhaus zu stemmen. Nur nicht die Beine zerbrechen lassen, dachte er, seltsam klar. Noch ein paar Meter, und der mit Steinen durchsetzte Untergrund würde sie ihm kaputtschlagen wie eine Riesenraspel. Ich werde beide Beine verlieren … Evita! Evita …

Ob es doch Rücksicht auf Pater Felix war, der keinen Schritt zur Seite ging, als er den schweren Geländewagen heranbrausen sah, oder ob Evita begriff, in welcher Gefahr Högli schwebte – plötzlich nahm sie den Fuß vom Gas, drehte den Zündschlüssel herum und fiel weinend über das Lenkrad. Mit letzter Kraft zog sich Dr. Högli in den Wagen und sank neben Evita auf den Sitz. Ich blute – dachte er. Meine Beine sind ein einziger blutiger Klumpen.

Aus dem klatschenden Regen tauchte Pater Felix auf, von oben bis unten mit Dreck bespritzt. Ein paar Zentimeter vor ihm war der Wagen zum Halten gekommen, aber die Räder hatten ihn noch mit einer massiven Welle von Schlamm beworfen. Man erkannte ihn nur an seinem Kinnbart.

Vom Hospital rannten jetzt auch Juan-Christo und sogar der Bulle Antonio Tenabo herbei. Er hatte nur eine kurze Unterhose an und Stiefel an den nackten Beinen.

»Alles in Ordnung?«, fragte Felix atemlos. Er blieb an der Wagentür stehen. Der Regen, der kein Regen mehr war, trommelte den Schlamm von seinem schmächtigen Körper.

»Alles in Ordnung …« Dr. Högli legte den Arm um Evita und zog sie an sich. Sie hieb mit den Fäusten gegen das Lenkrad, heulte wie ein Wolf, aber dann drückte sie doch ihr Gesicht an die Brust ihres Mannes. »Und bei dir, Felix?«

»Auch!« Er wischte sich über das verschmierte Gesicht und zog den Dreck aus seinen Barthaaren. »Ich weiß jetzt endlich, was Todesangst ist …«

»Wenn das deine einzige Sorge ist!« Högli bewegte seine Beine. Sie gehorchten ihm noch, aber er wagte nicht, an sich herunterzusehen. Er hatte das Gefühl, zwei geplatzte Würste hingen an seinem Körper.

»Was ist?«, fragte Felix. »Steigen Sie nicht aus?«

»Ich überlege«, sagte Dr. Högli heiser, »ob wir wirklich nicht mehr ins Dorf kommen.«

»Ausgeschlossen! Hör dir das an! Die Berge fallen zusammen! Aus Paddys Richtung müssen sich ganze Ströme von Geröll ins Tal ergießen! Ein Vulkan aus Wasser, Erde und Felsen.« Er warf den Kopf in den Nacken und blickte in den donnernden Himmel.

»Gehen wir hinein!« Der Augenblick der Wahrheit war nicht mehr hinauszuschieben. Juan-Christo und Tenabo hatten den Wagen jetzt erreicht; sie standen neben dem Pater im Regen und starrten auf Högli und Evita. Der Doktor hielt sie noch immer an sich gepresst, ihr jämmerliches Schluchzen hörte nicht auf.

»Bringt sie vorsichtig weg!«, sagte Högli zu Juan-Christo und Tenabo. »Aber haltet sie gut fest; in dieser Stimmung kann es zu gefährlichen Reaktionen kommen.« Er blieb sitzen, zog Evita über seinen Schoß wie eine Tote, mit dem Kopf voraus, Juan-Christo und Tenabo packten zu und trugen Evita im Laufschritt zurück ins Hospital.

Pater Felix starrte Högli an. Er ahnte etwas. »Gefällt es dir so gut im Auto?«, fragte er.

»Ich habe mir immer gewünscht, einmal in einem solchen Geländewagen zu sitzen«, antwortete Högli mit Galgenhumor. »Geh ins Hospital und gib Evita geistlichen Beistand. Ich brauche keinen.«

»Wirklich nicht?« Pater Felix trat nahe an die offene Wagentür. »Du bist ein schlechter Lügner, das hat deine Frau schon begriffen, als sie dich gerade erst ein paar Stunden kannte. Los, komm herunter!«

»Mach, dass du wegkommst, Pfaffe!«, bellte Högli zurück.

Sie werden gefühllos, meine Beine, dachte er. Sie sind nicht mehr da ... sie haben sich vom Körper abgemeldet.

Keine Schmerzen, keine Reflexe, keine Muskelkontraktionen. Eigentlich ein schönes Gefühl, wenn man nicht fürchten müsste, dass man nur noch ein Rumpf ist.

»Wenn du nicht sofort aussteigst, hole ich dich!«, sagte Pater Felix. »Hoffe nicht darauf, dass du stärker bist und sportlich trainiert. Ich habe einen ganz gemeinen Handkantenschlag.«

»Ich weiß, mit welchen Tricks die Kirche arbeitet – aber der ist mir neu! Zum letzten Mal: Geh ins Hospital, und kümmere dich um Evita! Und denk an deinen bunten Christus! Der schwimmt jetzt im Dorf herum …«

»Dann segnet er die Toten! Er ist am rechten Ort!« Pater Felix setzte den Fuß auf die untere Stahlstufe des Einstiegs. »Riccardo – Ich habe gesehen, wie sie dich mitgeschleift hat, wie du mit den Beinen … Riccardo, du kannst nicht ewig im Wagen sitzen bleiben!«

»Lieber Gott, welche Rindviecher lässt du Priester werden!«, sagte Dr. Högli grob. »Begreifst du nicht, dass ich mich erst an diesen Zustand gewöhnen muss!«

»Ich helfe dir.« Pater Felix hielt beide Hände in den Wagen. »Fass zu, Riccardo! Versuch zu gehen!«

Högli bewegte die Beine. Und jetzt durchzuckte ihn endlich der Schmerz, und dieser Schmerz war so gewaltig, bohrte sich so tief in ihm ein, dass er vor Glück laut stöhnte. Die Nerven reagieren noch – die Muskeln sind da – es sind keine geplatzten Würste, die an meinem Rumpf hängen. Ich habe noch Beine! Scheiß drauf, wie sie aussehen! Ich habe meine Beine noch!

Er schob sie aus dem Wagen, Pater Felix griff zu und stützte ihn unter beiden Achseln. Vorsichtig ließ sich Högli auf den Boden gleiten. Der Regen hieb auf ihn ein.

»Da stehst du ja, du Affe!«, sagte Pater Felix. »Du merkst gar nicht, dass ich dich längst losgelassen habe!«

Högli ging – staksig zwar, unter Schmerzen, die bis unter seine Hirnschale klopften, mit knirschenden Zähnen und schwankend wie ein Betrunkener … aber er setzte Schritt nach Schritt, erreichte sein Hospital und stützte sich erst dort auf die Schulter von Antonio Tenabo, der ihm, unsicher, was er tun sollte, entgegensah. Aber dann griff er zu, legte den Arm um Höglis Hüfte und führte ihn bis zum OP.

»Das hättest du früher tun sollen, du Bulle!« sagte Högli. »Dastehen und glotzen kann jeder …«

»Ich wusste nicht, ob Sie das wollen. Ob ich überhaupt noch für Sie da bin, Doktor …«

»Bin ich dein Arzt oder nicht?«

»Aber ja, Doktor!«

»Dann halt die Schnauze, heb mich auf den OP-Tisch und ruf Juan-Christo!«

Der Muskelberg Tenabo hob seinen Doktor, als sei er ein kleines Kind, auf den Tisch und rannte hinaus, um Juan-Christo zu holen. Er hatte Evita ins Bett gelegt und ihr eine Beruhigungsinjektion gegeben. Pater Felix kam fast zur gleichen Zeit wie Tenabo ins Zimmer und setzte sich zu ihr.

»Was macht er?«, fragte sie kaum hörbar. Ihr schönes Gesicht war schmal geworden wie das einer Schwindsüchtigen. Sie kann sich verändern wie ein Chamäleon, dachte Pater Felix. Sie ist immer eine neue Frau.

»Riccardo? Gut geht's ihm! Er kümmert sich um die Leute, die vom Dorf noch heraufgekommen sind.«

»Dürfen Priester lügen?« Sie tastete nach seiner Hand. »Seine Beine, Pater! Was ist mit seinen Beinen? Ich habe ihn zum Krüppel geschleift … Belügen Sie mich nicht wieder! Ich sehe es vor mir: Er hing an der Tür, und seine Beine schlugen auf den Boden, immer und immer wieder …« Sie warf den Kopf zur Seite, drückte das Gesicht gegen die Wand und weinte.

Im OP hatte Juan-Christo seinem Chef die Hosenbeine abgeschnitten und wusch mit Hilfe einer Schwester den Dreck von den Beinen. Tenabo stand hinter Högli, um seinen Kopf herunterzudrücken, wenn er sich aufrichten sollte.

Von den Knöcheln bis zu den Knien waren beide Beine

aufgeschabt, in der linken Wade klaffte eine breite Fleischwunde, aber die Knochen waren nicht gebrochen.

»Was ist?« fragte Högli.

»Es sieht gut aus, Chef.« Juan-Christo begann, die Wunden mit einer Antibiotikalösung auszuwaschen. »Nichts gebrochen!«

»Das weiß ich selbst, hätte ich sonst gehen können?« Er wollte den Kopf heben, aber sofort griff Tenabo zu. Seine schaufelartigen Hände drückten ihn zurück. »Lass mich los, du Nilpferd!«, schimpfte Högli.

»Wie sagt unser Doktor immer: Schön ruhig liegen bleiben …« Tenabo grinste. Sein breites Gesicht, von der OP-Lampe bestrahlt, schwebte über Högli wie ein Mond. »Nun lieg schön still, Doktor …«

»Bei der nächsten Gelegenheit verpasse ich dir eine Spritze, dass du eine Woche lang Cha-Cha-Cha tanzt!«

»Es wird mir eine Ehre sein, Doktor!«, antwortete Tenabo und hielt Höglis Kopf liebevoll in seinen riesigen Händen.

»Die einzige Gefahr ist jetzt eine Wundinfektion, Chef«, sagte Juan-Christo. Er schmierte eine zähe, weiße Salbe über die Wunden, die desinfizierte und gleichzeitig die Granulation förderte. An einem Instrumententisch bereitete die Schwester alles für eine Naht vor. Die große Fleischwunde musste genäht werden. Högli sah nicht die Instrumente, aber überdeutlich hörte er das Klappern der Nadelhalter.

»Schaffst du das, Juan?«

»Ich habe lange genug zugeschaut, Chef.«

»Es ist deine erste Naht!«

»Sie wird besonders schön werden.« Die Schwester begann, das eingeschmierte Bein mit Binden zu umwickeln. »Dann gehe ich, Chef«, sagte Juan.

»Wohin?«

»Weg. Ich weiß noch nicht, wohin. Vielleicht nach Chihuahua. Wer von Ihnen kommt, kriegt in jedem Krankenhaus eine Stelle.«

»Jetzt, wo alles zusammenbricht, willst du gehen!« Dr. Högli lächelte, obgleich ihn der Schmerz durchzuckte. Juan-Christo nähte ohne Betäubung. Alles nach meinem Befehl, dachte Högli dabei. Nur im Notfall die Narkosemittel einsetzen, in ganz dringenden Fällen, wir haben nur noch ein paar Packungen. Ich bin kein dringender Fall. Und Juan-Christo geht, weil ich ihn rausgeschmissen habe. Meine Indios!

»Wenn der Regen vorbei ist, haben wir genug zu tun, Juan-Christo!« sagte Högli zwischen zusammengepressten Zähnen. So ist das, dachte er. Zu den Patienten sagen wir immer: »Es tut doch nicht weh! Reißen Sie sich zusammen!« Aber wenn wir selbst Schmerzen haben, könnten wir an die Decke gehen! »*Hier* muss aufgeräumt werden, Juan, nicht in Chihuahua!«

»Ich verstehe, Chef.«

Neun Stiche zählte Dr. Högli. Eine ganz schöne Wunde. Mein Gott, wie langsam der Kerl näht! Dagegen bin ich eine elektrische Nähmaschine. Aber es soll ja eine besonders schöne Naht werden …

»Wie geht es meiner Frau?«

»Sie ist ruhiger geworden, Chef. Der Pater ist bei der Señora …«

»Schreit sie noch?«

»Nein. Sie hat nur nach Ihnen gefragt …«

»Ich gehe gleich zu ihr.«

»Wir rollen Sie hinüber, Chef.«

»Ich gehe, habe ich gesagt!«, rief Högli. »Auf meinen Beinen gehe ich!«

»Schön ruhig, Doktor«, sagte Tenabo hinter ihm und bettete Höglis Kopf in seine Schaufelhände. »Brav ruhig liegen, Doktor.«

Nach einer halben Stunde war alles vorüber. Höglis Beine waren bis über beide Knie mit einem dicken Stützverband umwickelt. Die Salbe kühlte, es war angenehm, die

Schmerzen verteilten sich und wurden erträglicher. Dr. Högli schnippte mit den Fingern der rechten Hand.

»Tenabo, du Nashorn, lass mich los!«

»Darf ich, Juan?«, fragte der Fleischberg.

»Jetzt, ja.«

»Bitte, Doktor!«

Die Handklammer zog sich von Höglis Kopf zurück. Er setzte sich auf den Tisch und betrachtete seine umwickelten Beine.

»Das habt ihr schön gemacht!«, sagte er. »Jetzt muss ich gehen wie eine Marionette.«

»Es sind auch beide Knie aufgeschlagen, Chef«, sagte Juan-Christo. Sein dunkles Mestizengesicht glänzte vor Schweiß und Freude. Er durfte bleiben, sein Chef verzieh ihm. Der Regen wusch alles weg …

Die glühende Sonne, der große Durst hatte sie alle zusammengebacken. Jetzt kam das Wasser und wusch alle Ecken glatt.

Aus den Bergen donnerten die Erdlawinen ins Tal. Man hörte sie deutlich, der Boden zitterte bis zum Hospital hin. Ganze Bergwände stürzten unter dem Druck des Wassers zusammen, das in sie eindrang und sie von innen aufsprengte.

Dr. Högli schob sich vom Tisch, stützte sich auf Juan-Christo und stakste dann hinüber zu seiner Wohnung. Pater Felix saß an Evitas Bett und verzog das Gesicht, als er Högli sah. Unter den Fetzen der an den Oberschenkeln abgeschnittenen Hose begannen die weiß umwickelten Beine. Vom Gürtel an war Högli lehmiggelb, der Schlamm war getrocknet und klebte nun an ihm.

Evita warf sich auf die andere Seite. Sie starrte Högli an.

»Riccardo …«, stammelte sie. »O Gott … Riccardo …«

»Ich geh!« Högli machte ein paar lächerliche steife Schritte. »Mit meinen eigenen Beinen gehe ich! Es ist nichts, Evita, gar nichts! Sieh dir das an!«

»Wir sehen es.« Pater Felix grinste breit. »Riccardo, du gibst eine gute Clownnummer ab.«

Manche Worte können befreien, als zertrümmere man jahrelang getragene Ketten.

Das Kreuz mit dem bunt bemalten Christus erreichte tatsächlich noch die Kirche. Er schwamm nicht, wie Högli gesagt hatte, über dem ertrunkenen Dorf Santa Magadalena. Die acht Capatazos, die es von Paddys Hazienda wegschleppten, immer einander abwechselnd, vier trugen, vier gingen in Reserve, kämpften sich durch den Regen und stemmten sich gegen den Wind, der aus den Felsen herabfiel wie unsichtbare Fauststöße. Um das Kreuz, das aufrecht vor ihnen herschwankte, hatten sich die Einwohner von Santa Magdalena geschart, Frauen und Kinder, Männer und Greise. Wenn auch die Welt im Wasser ertrank, nachdem Gott sie erst ausgedörrt hatte – hinter dem Kreuz fühlten sie sich geborgen. Jetzt besaßen sie nichts mehr als ihren Glauben. Von den Bergen donnerten die Geröll-Lawinen, lief der Talkessel von Santa Magdalena voll aus unzähligen brüllenden Wasserfällen, die plötzlich aus allen Felsspalten schossen.

Schart euch um das Kreuz, Amigos! Ganz nahe heran! Blickt auf den Gekreuzigten! Er wird uns herausführen aus Not und Vernichtung!

So zogen sie über die Straße, eine um das Kreuz zusammengeballte, vom Regen betrommelte Masse Mensch, blickten nicht nach rechts, nicht nach links, wo die Berge aufbrachen, marschierten zurück und an ihrem Dorf vorbei, in dem das gurgelnde Wasser schon hüfthoch stand – gelbes Wasser mit Felsbrocken dazwischen, immer aufs Neue aufklatschend, wenn die Geröllflut sich in den Kessel warf – und sie dachten nur daran, dass dort unten in den vertrauten Steinhütten, in denen geboren, geliebt, gelebt und gestorben worden war, vierundzwanzig Alte und Cholerakranke ertranken. Gott nehme ihre Seelen gnädig auf.

Weiter, weiter, Amigos! Zur Kirche! Im Hause Gottes wird uns Gott nicht vernichten.

Gleich hinter dem Kreuz ging Matri. Sie trug den Säugling einer Frau, die schon wieder hochschwanger war und das Kind nicht mehr auf dem Rücken schleppen konnte. Auch Paddy hatte sie eingeholt. Schreiend war er den Indios nachgelaufen, das Wrack von einem Mann, der vor ein paar Stunden noch der große Herr gewesen war, der Gott, der Santa Magdalena dirigierte nach seinem Willen. Die Indios hatten ihn aufgenommen, ließen ihn bis zum Kreuz durch und schlossen ihn dann in ihre Mitte ein, als sei er einer der Ihren.

»Matri –«, stammelte Paddy. »Matri, mein Liebling!« Er schwankte neben ihr, stützte sich auf einen vor ihm gehenden Indio. »Du lebst! Du hast es geschafft. Matri!«

Dann tappte er weiter, arm wie alle, vernichtet wie sie alle, nur froh, dass er noch lebte, wie jeder in dieser Masse Mensch.

Die Träger wechselten. Tenabos Stellvertreter, der Vorarbeiter Jorge Cuelva, stieß Paddy an. Sein Gesicht war von Ruß verschmiert, er hatte noch versucht, den Brand seines Hauses zu verhindern, als die entfesselten Indios ihre Fackeln in die Capatazo-Häuser schleuderten. »Sie auch, Patron!«

»Ich kann nicht!« Paddy wankte. »Ich kann doch kein Kreuz tragen …«

»Dann bleiben Sie zurück, Patron!«, sagte Cuelva hart. »Gehen Sie allein! Wir sind Brüder und Schwestern. Aber Sie gehören nicht zu uns!«

Paddy nickte stumm. Er schob sich nach vorn, vier Mexikaner hielten das Kreuz fest, ein starker Indio schnallte den breiten Lederköcher ab und legte ihn Paddy um. Dann hoben sie das Kreuz hinein und stützten es ab. Die ganze Schwere traf Paddy allein. Einen Augenblick hatte er das Gefühl, sein Rückgrat zerbreche. Aber dann straffte er sich, schlug beide Hände um das Kreuz, und plötzlich erinnerte er sich an seine bullige Kraft, an alles das, was einmal einen Jack Paddy ausgemacht hatte.

»Vorwärts!«, brüllte er. »Das ist ein Wettlauf, Leute! Vorwärts!«

Über die Straße rauschten bereits Wasserfälle. Sie durchquerten sie, das Kreuz immer aufrecht haltend. An der Gabelung zum Dorf floss ein Strom aus gelbem Geröllwasser, sie durchwateten ihn – und der bunt bemalte Christus blieb oben.

Er blieb oben, bis sie die Kirche sahen. Hinter ihnen krachte und brach es. Die Straße, die sie eben verlassen hatten, wurde unter einem Bergrutsch begraben. Eine Welle von Steinen folgte ihnen, erreichte sie, traf die letzten Reihen, aber tötete sie nicht. Das Schreien der Verletzten übertönte Regen und Donnern, und unter diesem Schreien – das Kreuz senkrecht über ihren Köpfen – erreichten sie die Kirche. Dort nahm man Paddy endlich den Christus ab, stellte ihn auf den Boden und drehte ihn zu Santa Magdalena hin.

Herr, sieh, wie dieses Dorf ertrinkt! Herr, segne uns nach diesem Unglück! Herr, warum musste das sein?

Nach einer Stunde erreichte die Wasserflut auch die Kirche. Die Menschen in den Bänken beteten, das Wasser stieg, erreichte ihre Knie, ihre Schenkel.

Wohin noch fliehen? Es gab keinen Platz mehr auf dieser Welt für Santa Magdalena. Gott ertränkte sein eigenes Haus. Fasst euch an den Händen, Amigos, betet und singt und blickt auf Christus. In seine Hände legen wir unser Leben.

Als das Wasser ihnen bis zur Hüfte reichte, blieb es stehen. Langsam floss es wieder ab. Es musste irgendwo ein Loch gefunden haben, in das es hineinstürzte. Nach einer Stunde war die Kirche frei, und Jorge Cuelva, der vorn am Altar stand, sagte, als sei er Pater Felix: »Wir sind gerettet. Gott liebt uns.«

Und alle glaubten es.

Es regnete neunzehn Tage. Tag und Nacht. Ohne Unterbrechung.

Ein Meer fiel aus dem Himmel über dieses Stückchen Land, das man die Provinz Chihuahua nennt. Man erklärte es zum Notstandsgebiet, und meinte damit die Stadt, die kleinen Städte, die Dörfer. An Santa Magdalena dachte keiner. Über Santa Magdalena berichteten auch nicht Radio und Fernsehen, keine Reporter, die aus aller Welt nach Mexiko flogen, um zu sehen, wie fotogen eine moderne Sintflut sein kann. Wer kennt Santa Magdalena?

Als nach neunzehn Tagen der Regen aufhörte und wieder eine Sonne schien, warm und strahlend, an einem wolkenlosen, tiefblauen, unschuldigen Himmel, konnte Pater Felix in seine Kirche zurückkehren. Vor dem Altar lag aufgebahrt Miguel Lagarto. Man hatte ihn im Dorf unter einem zusammengebrochenen Haus gefunden, nicht weit von ihm lagen zwei Cholerakranke. Ins Hospital hatte man die von den Bergstürzen Verwundeten gebracht. Tenabo war von einem abenteuerlichen Erkundungsgang zurückgekehrt und hatte zu Paddy gesagt: »Patron! Wo die Hazienda war, liegt jetzt ein neuer Berg.«

»Wie soll das werden?«, fragte Högli. Er stand mit Pater Felix auf einem Plateau. Unter ihnen lag das zerstörte Dorf: ein Steinhaufen, Geröllberge, eine unbewohnbare Wüste. »Ziehen wir weg und suchen einen neuen Platz für Santa Magdalena?«

»Dein Hospital hast du gerettet.« Pater Felix faltete die Hände. Er trug eine zerrissene Soutane, das letzte von allen seinen Kleidungsstücken. »Gibst du es auf?«

»Nein. Ich kann es verlagern.«

»Und meine Kirche steht. Ich kann sie nicht verlagern!« Pater Felix machte eine weite Handbewegung, die das ganze Tal vor ihm umfasste. »Es steht geschrieben: Und die Erde war wüst und leer. Was hat der Mensch mit Gottes Hilfe aus ihr gemacht? Riccardo, ich bleibe hier! Ich baue auf!«

Hinter sich hörten sie einen schweren Atem. Paddy war gekommen und wischte sich den Schweiß von der Stirn. Es war wieder glühend heiß geworden.

»Und Sie, Paddy?«, fragte Högli. »Gehen Sie zurück in die Staaten?«

»Was soll ich da?« Paddy zeigte auf das zerstörte Land. »Das wühle ich wieder um, Doktor! Ich bin noch nicht zu alt! Sie bleiben doch auch?«

»Ja.«

»Und Sie, Pater?«

»Natürlich! Sie haben mir doch meinen Christus gerettet, Paddy.«

»Das wird mir ewig rätselhaft bleiben!« Paddy steckte die Hände in die Tasche. »Ihre Frau, Doktor, ist eine Wucht! Die Indios lassen sich schon jetzt für sie in Streifen schneiden. Verdammt, ich bleibe! Ich schiebe mit Bulldozern meine Felder wieder frei, und dann gehts los!«

»Bravo!« Högli klopfte Paddy auf die breite Schulter. Der verzog das Gesicht, als wolle er lächeln und weinen zugleich. »Wir werden zusammenarbeiten.«

»Das wäre ein Wunder, für das Sie heiliggesprochen würden!«, sagte Paddy sarkastisch. »Was meinen Sie, Pfaffe?«

»Nichts!« Pater Felix faltete die Hände vor der Brust. »Ich habe nur eine Frage: Was werden Sie anbauen, Paddy?«

»Kakteen!«, sagte Paddy mit einer Stimme wie eine Trompete. »Peyotl!«

Die Menschen ändern sich nie, nur der Himmel lässt regnen oder die Sonne scheinen, damit sie leben.

NACHWORT

Viele Leser wollten in ihren Briefen an meinen Vater wissen, ob er sich jemals entspannen würde – und falls ja, wie. Ich denke, wenn er nicht anstrengende und gefährliche Reisen für seine Recherchen unternehmen musste, dann betrachtete er die Recherchen bereits als Erholung. »Man kann in seinem Leben gar nicht genug lesen«, hat er immer gesagt und somit seine wenigen Abendstunden damit verbracht, sich Hintergrundwissen für sein nächstes Romanprojekt zu erarbeiten. Alltagsprobleme wurden eher während des Frühstücks beim Öffnen der Post besprochen und dann von meiner Mutter erledigt. Denn am Abend, wenn er sein Tagesschreibpensum erledigt hatte und sich mit einem Glas Wodka mit Orangensaft schweigend in die Sofaecke setzte, war er erst einmal nicht ansprechbar für uns. Er identifizierte sich so mit seinen Figuren, dass man ihn manchmal gar nicht wiedererkannte, als wäre eine gläserne Wand zwischen ihm und uns. Ehrlicherweise muss ich zugeben, dass wir nicht viel von unserem Vater hatten. Einmal haben wir gestreikt und uns geweigert, in unser Ferienhaus nach Locarno zu fahren, weil wir ja wussten, er schreibt immer nur, und wir haben auch im Urlaub wieder nichts von ihm. Da hat er tatsächlich uns zuliebe keine Schreibmaschine mitgenommen. Das ging zwei Wochen gut, dann saß er schlecht gelaunt, mit den Fingern trommelnd am Tisch, und unsere Mutter kaufte heimlich eine Schreibmaschine. Dann war die Welt für ihn wieder in Ordnung. Eine Ausnahme zu seinem täglichen Schreiben, neben den Recherchereisen und regelmäßigen Opernbesuchen, gab es allerdings für ihn: die Begegnung mit seinen Lesern. Diese Signiertourneen – zu seinem 60. Geburtstag besuchte er 46 Städte in Deutschland, Österreich und der Schweiz – betrachtete er nie als Qual. Die Signierstunden waren für ihn Entspannung und Freundschaftsdienst an seinen Lesern, die sonst keine Möglichkeit hatten, ihn persönlich kennenzulernen. Aber auch umgekehrt durfte er so erfahren, wer seine Leser eigentlich sind, welcher Altersgruppe sie angehören, welchen Berufen sie nachgehen und welche seiner Romane sie besonders gefesselt hatten. Für seine Leser war er genau der Autor, der er gern sein wollte: ein Schriftsteller für jedermann, nah am Publikum. Denn oft haben ihm die Gespräche mit seinen Lesern Anstöße für neue Themen gegeben oder ihn darin bestätigt, dass z. B. die Mischung aus Abenteuerroman, exotischer Kulisse, Liebesgeschichte und der jeweiligen Heldenfigur, oft genug ein Arzt, genau das ist, was sie an seinen Büchern lieben. Mit *Im Tal der bittersüßen Träume* hatte er wieder genau ins Schwarze getroffen. Ein streitbarer Priester und ein idealistischer Arzt versuchen, die Menschen in einem Dorf im glühend heißen Mexiko aus ihrem Elend zu retten. Ärzte, die ihren Beruf als Berufung sehen und in Krisengebiete fliegen, um zu helfen, wie für die Hilfsorganisation »Ärzte ohne Grenzen«, haben meinem Vater immer imponiert. Für sie hat er oft gespendet. Solchen Helden wollte er mit diesem Roman ein kleines Denkmal setzen.

Werkverzeichnis der im Heyne Verlag vorliegenden Titel von Heinz G. Konsalik

Besuchen Sie auch die Website: www.konsalik.de

Der Autor

Heinz G. Konsalik wurde 1921 in Köln geboren. In Köln und München studierte er Theater- und Zeitungswissenschaften sowie Literaturgeschichte mit dem Ziel, Dramaturg zu werden. Bei Ausbruch des Zweiten Weltkrieges wurde Konsalik eingezogen. Nach seiner Entlassung aus amerikanischer Gefangenschaft war er zunächst als Mitarbeiter im Feuilleton der Kölner Zeitung tätig. 1956 wurde Konsalik mit dem Roman *Der Arzt von Stalingrad*, der heute als einer der Klassiker der Literatur über den Zweiten Weltkrieg gilt, nahezu über Nacht berühmt. Seitdem schrieb er einen Bestseller nach dem anderen. 1999 erlag er in seinem Salzburger Domizil einem Schlaganfall.
Noch heute ist er unbestritten der national und international meistgelesene deutschsprachige Schriftsteller der Nachkriegszeit. Seine Werke erreichten bisher eine Gesamtauflage von rund 88 Millionen Exemplaren und wurden in 46 Sprachen übersetzt.

Die Herausgeberin

Dagmar Konsalik ist die jüngste Tochter von Heinz und Elsbeth Konsalik. Nach ihrem Abitur arbeitete sie zunächst als Verlagsassistentin, bis sie schließlich Verlegerin wurde – auch für die Bücher ihres Vaters. Seit Mitte der 90er Jahre ist sie als Producer und Produzentin von Fernsehfilmen erfolgreich tätig. Sie begleitete ihren Vater auf vielen Reisen weltweit. So konnte sie manchen Entstehungsprozess eines Konsalik-Romans hautnah miterleben.

»Deutschlands erfolgreichster Schriftsteller.« *Die Welt*
»So viele Bücher, so viele Geschichten.« *Die Woche*
»Ein Phänomen.« *Die Welt*

Printausgaben

Liebe ist stärker als der Tod

Die junge Eva ist von der Liebe tief enttäuscht und so verzweifelt, dass sie in ihrem Leben keinen Sinn mehr sieht. Von der Höhe des Arc de Triomphe will sie sich in die Tiefe stürzen, doch im letzten Augenblick rettet sie Pierre, der junge, idealistische Maler, dessen Herz so übervoll ist, wie seine Taschen leer sind. Mit Geduld und Wärme geben er und das quirlige Gemisch seiner Freunde Eva den Lebensmut und den Glauben an sich selbst zurück, und Stück für Stück lernt das Mädchen aus Deutschland, die Welt in neuen, leuchtenden Farben zu sehen.

(Dieser Roman ist auch als E-Book erhältlich.)

Im Tal der bittersüßen Träume

In Santa Magdalena, einem gottverlassenen Dorf im sengend heißen Süden Mexikos, beten die Menschen um nichts als Regen – Wasser erscheint hier kostbarer als Gold. Um ihre Familien vor dem Hungertod zu bewahren, sehen sich die Indios gezwungen, für Jack Paddy, den ausbeuterischen Herrn über ein Drogenimperium, zu arbeiten. Doch mit dem Schweizer Arzt Richard Högli und dem Priester Felix Moscia haben zwei Männer dem Elend und der Demütigung der Menschen den Kampf angesagt. Als sich die temperamentvolle Eva den beiden Männern anschließt, geraten die Dinge in Bewegung, denn Eva ist die Tochter eines der mächtigsten Drogenhändler der Gegend. Und sie ist so schön, dass Richard sie nicht vergessen kann.

(Dieser Roman ist auch als E-Book erhältlich.)

E-Books only

Der Hypnosearzt

Der hochbegabte Arzt Stefan Bergmann erzielt mit seiner Hypnosemethode sensationelle Erfolge. Tag und Nacht ist er für seine Patienten da – für seine Ehe mit Christa bleibt da wenig Zeit. Sein Leben ändert sich auf einen Schlag, als er dem bei einem Unfall verletzten Bankier Thomas Lindner das Leben rettet. Lindner ist das Gegenteil des idealistischen Arztes – skrupellos und nur auf Profit bedacht. Anfangs sind die beiden so unterschiedlichen Männer fasziniert voneinander, doch Stefan muss bald erkennen, dass Thomas ihn für seine schmutzigen Geschäfte benutzt. Die Spannung zwischen den beiden ungleichen Männern erreicht ihren dramatischen Höhepunkt, als Stefan merkt, dass er sich unsterblich in Thomas schöne Frau Maria verliebt hat.

Unternehmen Delphin

Der Meeresbiologe Steve Rawling ist zeitlebens fasziniert von den enormen Fähigkeiten der Delphine, die zu den intelligentesten Lebewesen unserer Erde gehören. Er ist überzeugt davon, dass die Tiere nach der entsprechenden Ausbildung der US Navy von unschätzbarem Nutzen sein können – als ein schwimmendes Frühwarnsystem gegen feindliche U-Boote und Tauchkommandos. Bei den verantwortlichen Offizieren stößt er mit seinen Ideen zunächst nur auf Hohn und Spott. Die schöne Helen unterstützt seinen Plan jedoch, und gemeinsam gelingt es ihnen, die Militärs zu überzeugen. Werden sie aber wirklich Recht behalten? Werden die klugen Tiere sich im Ernstfall bewähren?

Gold in den roten Bergen

In seiner Heimat Deutschland ist der Geologiestudent Wolf Herbarth gescheitert. Als Truckerfahrer in der endlosen Weite Australiens will er sich nun ein neues Leben aufbauen. Zusammen mit seinem Beifahrer Chick durchreist er das unermessliche, menschenfeindliche Land, bis die beiden eines Tages einen sterbenden Ureinwohner finden, der eine Skizze mit der verheißungsvollen Aufschrift »Gold« bei sich trägt. Chick und Wolf wittern die Chance ihres Lebens – zusammen mit Sally und Cher, den beiden mutigen Frauen, die sie lieben, machen sie sich auf, um das Gold der roten Berge für sich zu gewinnen. Vier Menschen im Kampf gegen die Gewalten der Natur – ein atemberaubendes Abenteuer vom Meister der spannenden Unterhaltung.

Der Leibarzt der Zarin

Sie sieht aus wie ein Engel. Doch auf den Gängen des Palastes raunt man sich zu, in der Engelsgestalt stecke ein Teufel, der ihren Mann an Grausamkeit übertrifft. Die Teufelin mit dem Engelsgesicht ist Marja, Zarin von Russland, Gemahlin Iwans des Schrecklichen. Erst als der deutsche Arzt Andreas von Trottau an den Hof kommt, entdeckt die mächtige Schöne ihre andere Seite, ihre Zärtlichkeit und ihre Fähigkeit zur Hingabe. Andreas aber liebt eine andere – das einfache Mädchen Xenia. Marja kann nicht fassen, dass der Mann, den sie liebt, sie zurückweist – und wer die Zarin kennt, der weiß, ihre Rache kennt kein Erbarmen.

Der schwarze Mandarin

Auf einer Forschungsreise durch das geheimnisvolle China verliebt sich der Ethnologe und Schriftsteller Hans unsterblich in die schöne Reiseleiterin Liyun. Ihre Liebe überwindet die Kluft zwischen ihren Kulturen, doch es gibt Mächte, die ihnen ihr Glück nicht gönnen: Die Triaden, eine chinesische Verbrecherorganisation, die die Mafia an Grausamkeit weit übertrifft, hat es auf Hans und Liyun abgesehen. Wird es den beiden gelingen, im Kampf gegen die dunkle Übermacht ihr Leben und ihre Liebe zu retten?

Mayday Mayday

Ein grausamer Streich des Schicksals raubt dem Piloten Paul Brückner den Menschen, den er am meisten liebt: Seine Lebensgefährtin Anja wird bei einer entsetzlichen Katastrophe, in die zwei Flugzeuge verwickelt sind, zusammen mit 260 weiteren Passagieren getötet. Als Mann der Luftfahrt kann sich Paul die Ursache des schrecklichen Unglücks nicht erklären, und um endlich Frieden zu finden, muss er Antworten auf seine Fragen haben. Paul will herausfinden, warum Anja sterben musste und beginnt auf eigene Faust, die Hintergründe des Zusammenpralls zu ermitteln.

Die Liebenden von Sotschi

Ein harmloser Urlaubsflirt – so fängt es an. Im paradiesischen Kurort Sotschi am Schwarzen Meer lernt die deutsche Ärztin Dr. Irene Walther einen russischen Ingenieur kennen. Als die Ferien zu Ende gehen, weiß Irene, dass sie Boris nie vergessen wird. Doch Hoffnung auf ein Wiedersehen gibt es nicht. Bis Boris seiner großen Liebe wegen alles hinter sich lässt: seinen Beruf, seine Karriere, sein Land. Wieder vereint geraten die beiden Liebenden in das gefährliche Spiel der Geheimdienste.
Eine herzergreifende Liebesgeschichte und ein nervenaufreibender Agententhriller in einem – eine unwiderstehliche Mischung vom Welterfolgs-Autor Heinz G. Konsalik.

Die Gutachterin

Nach einer halb verbüßten Jugendstrafe wird Ludwig Ladowsky wegen guter Führung auf freien Fuß gesetzt. Prompt begeht er dasselbe Verbrechen noch einmal: Er vergewaltigt und tötet ein junges Mädchen, die sechzehnjährige Evi Fellgrub. Die erfolgreiche junge Psychologin Isabella ist erschüttert: Gegen ihren eigenen Chef, der sie seitdem anfeindet, hatte sie sich dafür eingesetzt, dass Ladowsky therapiefähig sei. Die Zweifel an ihrem Urteil stellen ihr ganzes Leben auf den Kopf. Ihre Beziehung zu dem attraktiven Richard gerät in Gefahr, denn Isabella kommt von dem Mörder nicht los. Die

Beschäftigung mit ihm wird zum Zwang, und ihre eigenen Gefühle stellen sie vor die größte Herausforderung ihres Lebens.
Mit diesem packenden Roman beweist Erfolgsautor Heinz G. Konsalik einmal mehr, dass er vor brisanten Themen nicht zurückschreckt.

Der Herr der zerstörten Seelen

Für Dorothea Folkert wird der Alptraum jeder Mutter wahr: Ihre Tochter Kati ist spurlos verschwunden. In einem Abschiedsbrief sagt sie sich von ihrer Mutter los. Doch Dorothea kann ihr Kind nicht aufgeben: Voller Angst macht sie sich auf die Suche nach dem jungen Mädchen und muss entdecken, dass sie vom Leben ihrer Tochter viel weniger weiß, als sie geglaubt hat. Die Spur führt Dorothea in ein geheimnisvolles Schloss zu einer Sekte, die sich »Gottes Welt« nennt und die mit glühendem Fanatismus die Seelen ihrer Opfer zu beherrschen sucht.
Ein brisantes, hochaktuelles Thema, vom Meister spannender Unterhaltung atemberaubend erzählt.

Das gestohlene Glück

Carola scheint das Leben einer Märchenprinzessin zu führen: Als Frau des weltberühmten Dirigenten Bernd Donani lebt sie in einer schlossartigen Villa, hat zwei reizende Kinder und kann sich jeden Wunsch erfüllen. Wie es in ihrem Herzen aussieht, ahnt jedoch kein Mensch: Carola fühlt sich zutiefst einsam, denn ihr Mann kann an nichts anderes als an seine Musik denken. Neben ihm fühlt sie sich nicht länger als Frau – bis ihr der junge Geiger Jean begegnet, der ihre Welt auf den Kopf stellt. Zum ersten Mal fühlt Carola sich begehrt, geliebt und von Herzen glücklich – so sehr, dass sie darüber sogar das zu vergessen droht, was ihr bisher das Liebste und Wichtigste im Leben war: ihre Kinder.

Die Tochter des Teufels

Der Bauernsohn Rasputin hat großen Einfluss am Petersburger Hof, da er den Zarewitsch von einer unheimlichen Krankheit geheilt haben soll. Er setzt durch, dass Nadja, seine schöne uneheliche Tochter, zusammen mit den Töchtern des Zaren erzogen wird. Nadja gewöhnt sich schnell an das glanzvolle Leben am Hof und verliebt sich in den jungen Gardeoffizier Nikolai. Doch sowohl das Schicksal als auch die Geschichte meinen es nicht gut mit dem Liebespaar: Sie werden durch die Revolution getrennt.

Wie durch ein Wunder finden sie wieder zusammen und erreichen in Wladiwostok ein Schiff, das sie nach Amerika bringen soll. Doch dann schlägt das Schicksal gnadenlos zu.

Das goldene Meer

Auf seeuntüchtigen, verrotteten Dschunken verlassen Scharen verzweifelter Flüchtlinge die Küste von Vietnam. Doch um ihr ersehntes Ziel, die Freiheit, zu erreichen, müssen sie das Gelbe Meer durchqueren: Hier wimmelt es von Haien und die maroden Schiffe sind der Aufgabe nicht gewachsen. Die einzige Hoffnung der Flüchtlinge ruht auf den Rettungsschiffen, die aus Europa gesandt wurden, jedoch viel zu wenig Platz bieten. Auch die *Liberty of the Sea* aus Deutschland kann nur ein paar hundert Menschen aufnehmen. Und selbst an Bord dieses Schiffes sind sie noch nicht in Sicherheit, denn der berüchtigte Pirat Truc Kim Phong schreckt vor keinem Verbrechen zurück.

Airport-Klinik

Dr. Hansen ist Chefarzt der Airport-Klinik. Seine Patienten sehen eine Art Halbgott in ihm, und die Frauen himmeln den attraktiven Chirurgen scharenweise an. Sie alle aber wissen nichts von der ständigen Anspannung und der Einsamkeit, in der Hansen seiner schwierigen Aufgabe nachkommen muss, denn in der Airport-Klinik wird er jeden Tag aufs Neue mit dramatischen Ereignissen, menschlichen Abgründen und tragischen Schicksalen konfrontiert. Für ein Privatleben bleibt dabei kaum Zeit und die Gedanken an seine Patienten wird er auch nach Feierabend nicht los. Wird seine Beziehung zu der schönen Stewardess Evi dieser Belastung gewachsen sein?

Das Regenwald-Komplott

Der Regenwald stirbt. Getötet von skrupellosen Geschäftemachern, die sich weder um die bedrohliche Klimakatastrophe noch um die indianischen Ureinwohner scheren, die ihre Heimat verlieren. Die Welt scheint sich der Profitgier dieser Menschen zu beugen – doch es gibt ein paar mutige Männer, die den Kampf gegen die Übermacht aufnehmen: Der Arzt Thomas Binder und die beiden Patres Ernesto und Vincence sind nicht bereit, tatenlos zuzusehen, wie auch noch der letzte Baum abgeholzt wird. Thomas Binder kämpft für seine Überzeugung – und ahnt nicht, dass er bei diesem Kampf der Liebe seines Lebens und damit seinem Schicksal begegnet.

Der Fluch der grünen Steine

Der junge Arzt Peter Mohr führt ein Leben, um das ihn andere beneiden: In seinem Beruf hat er Erfolg und bei den Frauen leichtes Spiel. Eines Tages aber erhält er den Brief eines Studienfreundes aus Kolumbien, der ihm Abenteuer und einen Neuanfang verspricht. Peter gibt sein bisheriges Leben auf und geht in die Kordilleren, um als Urwaldarzt ein Krankenhaus für Smaragdschürfer zu leiten. Unter unmenschlichen Bedingungen begegnet Peter die Liebe seines Lebens: Margarita. Für sie nimmt er alle Strapazen auf sich und kämpft um ein Leben mit der Geliebten. Dann aber bricht eine Naturkatastrophe über das Land herein, die sein Glück jäh zu beenden droht.

Liebe lässt alle Blumen blühen

Die erfolgreiche Architektin Katinka fühlt sich wohl in ihrem Leben als Single – nur verreisen will sie nicht gern allein. So gibt sie kurzerhand ein Inserat auf, in dem sie nach einem charmanten Begleiter für eine Ferienreise in den Süden sucht. Der blauäugige Ludwig, der sich auf die Annonce meldet, scheint wirklich vor

Charme nur so zu sprühen – doch ansonsten gibt er wenig von sich preis. Katinka ist dennoch entschlossen, sich ins Abenteuer zu stürzen, und tritt mit Ludwig die Reise ins romantische Südfrankreich an. Doch was sich bereits in der ersten Nacht in der einsamen Mühle, in der sie unterkommen, ereignet, ist ganz und gar nichts für schwache Nerven.

Aus dem Nichts ein neues Leben

Ostpreußen 1945: Die Familie Kurowski steht nach dem Krieg vor den Trümmern ihrer Existenz. In aller Eile muss die Familie ihre Heimat verlassen und mit leeren Händen in eine ungewisse Zukunft fliehen. Doch wo andere aufgeben, fangen die Kurowskis mit ihrem unbeugsamen Willen von vorne an: Die Zeit des Wirtschaftswunders bietet Chancen, die die Familie geschickt nutzt, um es wieder zu etwas zu bringen. Doch als der Vater sich auf erotische Abwege begibt und der Sohn auf die schiefe Bahn gerät, droht die Familie zu zerbrechen.

Wie ein Hauch von Zauberblüten

Als Leiter eines Forschungsinstituts kommt der deutsche Arzt und Bakteriologe Richard Oppermann ins faszinierende Namibia, ein Land zwischen Vergangenheit und Zukunft. Die schöne Luba Olutoni wird ihm als Assistentin zugeteilt und zwischen den beiden Menschen aus völlig unterschiedlichen Kulturkreisen entbrennt eine Liebe von ungeahnter Kraft. Richard will Luba heiraten, doch die Gesetze Namibias verbieten Ehen zwischen Schwarzen und Weißen. Und dann ist Luba eines Tages verschwunden. Der verzweifelte Richard macht sich auf die Suche nach der Geliebten und begibt sich in einen Kampf auf Leben und Tod.

Liebe auf dem Pulverfass

Die bildschöne Amina lernt in Köln den Medizinstudenten Kehat kennen. Für beide ist es Liebe auf den ersten Blick. Doch obwohl sie wissen, dass sie füreinander bestimmt sind, gibt es unüberwindbare Schranken, die sie trennen: Kehat stammt aus Israel, Amina aus Arabien, ihre Väter sind bedeutsame Funktionäre in den Regierungen ihrer Länder. Kehat und Amina wollen an ihrer großen Liebe festhalten, doch damit rufen sie die Geheimdienste beider Seiten auf den Plan. Eine skrupellose Jagd auf die jungen Menschen beginnt.

Liebesnächte in der Taiga

Franz Heller kehrt nach neunzehn Jahren mit einem lebensgefährlichen Auftrag des CIA zurück nach Russland: Er soll eine sowjetische Raketenabschussbasis ausspionieren. Als er Ludmilla kennenlernt, gerät sein Auftrag jedoch in den Hintergrund: Franz verliebt sich in die junge Politkommissarin, die eigentlich seine Gegenspielerin sein sollte. Gemeinsam fliehen die beiden in die Weite der Taiga. Doch ihr Glück ist nicht von Dauer, denn die Häscher des KGB sind ihnen auf der Spur und eine Verfolgungsjagd auf Leben und Tod beginnt.